LAURA KNEIDL & BIANCA IOSIVONI
Midnight Chronicles
Blutmagie

LAURA KNEIDL
BIANCA IOSIVONI

MIDNIGHT CHRONICLES

BLUTMAGIE

ROMAN

LYX in der Bastei Lübbe AG
Dieser Titel ist auch als E-Book und Hörbuch erschienen.

Originalausgabe
Copyright © 2021 by Bastei Lübbe AG, Köln
Dieses Werk wurde vermittelt durch die AVA international GmbH
Autoren- und Verlagsagentur, München.
www.ava-international.de
Und die Langenbuch & Weiß Literaturagentur, Hamburg / Berlin.
www.langenbuch-weiss.de

Textredaktion: Melike Karamustafa
Illustration: © Lorena Lammer
Covergestaltung: Sandra Taufer, München
Coverabbildung: © Shutterstock (Laura Crazy; Nik Merkulov;
HS_PHOTOGRAPHY; Shebeko)
Satz: Greiner & Reichel, Köln
Gesetzt aus der Adobe Caslon
Druck und Einband: GGP Media GmbH, Pößneck
Printed in Germany
ISBN 978-3-7363-1347-7

3   5   7   6   4   2

Sie finden uns im Internet unter: lyx-verlag.de
Bitte beachten Sie auch: luebbe.de und lesejury.de

Für Marie und Nicole

PLAYLIST

Metallica – Shoot Me Again
The Brothers Bright – Blood On My Name
Jinjer – Who Is Gonna Be The One
Miley Cyrus feat. French Montana – FU
Bring Me The Horizon – Shadow Moses
The Hives – Hate To Say I Told You So
Slipknot – Nero Forte
TOOL – Sober
Casper – Sirenen
Princess Nokia – Sugar Honey Iced Tea (S.H.I.T.)
Nightwish – Devil & The Deep Dark Ocean
Doja Cat – Boss Bitch
Emil Bulls – Survivor
Shinedown – DEVIL
Spiritbox – Blessed Be
Sleeping With Sirens – Agree To Disagree
Jinjer – Perennial
MILCK – Devil Devil
Mike Shinoda – Fine
Highly Suspect – Canals
Apocalyptica – Master Of Puppets
Ciara – Paint It, Black
Halsey – Nightmare
Sleeping At Last – Make You Feel My Love
Lamb of God – Walk With Me in Hell
The Prodigy – Spitfire

1. KAPITEL

Cain

Blut tropfte von meinem Kinn.

Fluchend zog ich die Serviette unter meinem Cocktail hervor und wischte mir über die Haut. Ich hätte es mit dem Kunstblut nicht so übertreiben sollen – aber was war schon ein Vampirkostüm ohne Blut? Ich knüllte die rote Serviette zusammen und sah mich nach einem Mülleimer um. Doch trotz meiner geschärften Sicht konnte ich im dämmrigen Licht des Clubs keinen entdecken. Er war gerammelt voll, und wohin ich auch blickte, entdeckte ich Hunter und Archivare, die sich unterhielten, miteinander lachten, tanzten und für ein paar Stunden verdrängten, dass sie wohl einen der gefährlichsten Jobs dieser Welt hatten.

Für gewöhnlich liebte ich die Halloweenpartys, die das Quartier für uns Hunter alljährlich schmiss, zumindest für diejenigen von uns, die in dieser Nacht nicht auf den Straßen von Edinburgh patrouillierten. Doch dieses Jahr war es anders. Dieses Jahr musste ich mich zusammenreißen, denn ich war morgen Vormittag für einen Kindergeburtstag gebucht und konnte es mir nicht erlauben, dort verkatert zu erscheinen.

Genervt stopfte ich die blutige Serviette in meine Hosentasche und trank den letzten Schluck meines Virgin Caipirinha. Ich wusste, dass ich auch ohne Alkohol Spaß haben konnte, aber es war schwer, Anschluss zu finden, wenn man die einzige nüchterne Person in einem Raum voller alkoholisierter Erwachsener war, die es nur darauf anlegten, eine Dummheit zu begehen. Ich fischte mir mit dem Strohhalm einen Eiswürfel aus dem Cocktailglas und schob ihn mir wie einen Bonbon in den Mund, um darauf herumzukauen. Allerdings war das mit den künstlichen Eckzähnen, die ich mir für den Abend angeklebt hatte, schwieriger als erwartet.

Aus Richtung der Bar kam mein Kampfpartner Jules auf mich zugeschlendert, in der Hand hielt er zwei Gläser. Er schob mir eine Cola zu und setzte sich auf den freien Hocker neben mir. »Schau nicht so grimmig, Cain. Das hier ist eine Party, keine Beerdigung. Mach dich locker.«

Ich warf ihm einen finsteren Blick zu – der mir nicht wirklich gelang. Dafür sah Jules einfach zu lächerlich aus. Das diesjährige Motto der Party lautete: »Die Kreaturen, die wir töten«. Jeder musste sich als eines der Wesen verkleiden, die er jagte. Ich war eine Blood Huntress, deswegen hatte ich mich für ein Vampirkostüm entschieden, Jules, der ein Grim Hunter war, für ein Werwolfkostüm. Allerdings kein billiges, wie man es in jedem Kostümladen finden konnte. Oh nein. Jules trug einen Anzug mit Blumenmuster, aus dessen Jackettärmeln Fellbüschel wuchsen, seine Klauen bestanden aus langen schwarzen Gelnägeln, und anstelle einer grausigen blutigen Maske mit gefletschten Zähnen hatte er sich einen Haarreif inklusive Hundeohren auf den Kopf gesetzt. Dass er über dem Anzug sein Amulett der Stufe 1 trug, das er auf eine geflochtene bunte Lederkordel gezogen hatte, machte es nicht besser. Er war der modischste, harmloseste und amüsanteste Werwolf, der mir je begegnet war.

»Du hast leicht reden, immerhin musst du morgen keine Horde Kinder bespaßen.«

»Das hast du dir selbst zuzuschreiben.«

»Was hätte ich machen sollen? Den Auftrag nicht annehmen?«

»Ja, genau das hättest du tun sollen. Agnes hätte auch eine andere Cinderella gefunden.«

»Psst, nicht so laut«, zischte ich. Er war der Einzige, der wusste, wie ich mein Geld verdiente: indem ich bei Kindergeburtstagen als Prinzessin auftrat.

Ich hasste meinen Job. Okay, das war gelogen. Er gefiel mir eigentlich sogar ziemlich gut. Meine Arbeitszeiten waren mehr oder weniger flexibel, es gab immer Kuchen, und die Bezahlung war in Ordnung, vor allem wenn man bedachte, dass ich mit dem Töten von Monstern keinen Cent verdiente. Außerdem kam ich gut mit Kindern klar, weshalb ich auch zweimal die Woche Hunterkinder im Quartier unterrichtete und ihnen erstes Grundwissen vermittelte.

Jules nippte an seinem Cocktail. »Ich versteh nicht, wieso dir das so peinlich ist.«

»Du musst es auch nicht verstehen, nur deine Klappe halten«, sagte ich mit einem verbissenen Lächeln.

Jules war nichts peinlich. Er interessierte sich nicht dafür, was die Leute über ihn und seine bunte Garderobe sagten, aber ich war nicht wie Jules. Mir war es nicht egal, was die anderen Hunter von mir dachten. Ich wollte, dass sie mich ernst nahmen, denn wenn ich erst zur Lachnummer für sie geworden war, könnte ich es vergessen, irgendwann die Leitung des Quartiers zu übernehmen. Zwar würde dies bestimmt noch zwei, drei Jahrzehnte dauern, da ich mit meinen neunzehn Jahren noch ziemlich jung war und reichlich Erfahrung sammeln musste, aber es war nie zu früh, die Grundpfeiler zu legen.

Plötzlich erstarrte Jules neben mir. Seine Muskeln spannten sich an, und er wurde ganz ruhig. Es gab nur zwei Dinge auf der Welt, die ihm eine solche Reaktion entlockten. Und ganz bestimmt war gerade keine übernatürliche Kreatur in den Club marschiert. Was bedeutete …

»Harper ist hier«, hauchte Jules so leise, dass ich ihn über das Wummern der Musik hinweg kaum verstehen konnte.

Ich folgte seinem Blick zum Eingang. Sofort entdeckte ich Harper und ihren Bruder Holden. Es war praktisch unmöglich, die Zwillinge zu übersehen. Sie waren Magic Hunter und wie alle Jäger ihrer Art von einer übernatürlichen Schönheit, wodurch sie immer alle Blicke auf sich zogen. Sie hatten seidiges schwarzes Haar, große braune Augen und volle Lippen. Hätte Harper meinen Job, wäre sie zweifelsohne als Schneewittchen durchgegangen, obwohl sie – wenn man mich fragte – weitaus mehr Ähnlichkeit mit Maleficent hatte. Sie war ziemlich fies, aber aus mir unerklärlichen Gründen mochte Jules sie. Sehr sogar.

»Das ist deine Chance«, sagte ich und verpasste ihm einen sanften Stoß mit dem Ellenbogen.

Er starrte mich an. »Was?«

Ich nickte zur Bar, auf die Harper und Holden zusteuerten. Holden hatte sich als billige Filmversion eines Hexers verkleidet. Er trug ein gräuliches Gewand, das bis zum Boden reichte, und einen langen grauen Bart, der ihn aussehen ließ wie Gandalf. Harper hingegen hatte sich mit ihrem Kostüm noch weniger Mühe gegeben als ich. Sie trug ihre normale Hunteruniform: schwarze Jeans, Stiefel, dunkles Top und Lederjacke. Einzig und allein die spitzen Ohren, die sie sich aufgesetzt hatte, gehörten nicht zu ihrer Standardkluft. »Sprich sie an.«

Jules schüttelte heftig den Kopf. Im flackernden Licht der Clubbeleuchtung glaubte ich zu erkennen, dass er etwas blass um die Nase geworden war. »Auf keinen Fall. Du weißt, was dann passiert.«

Ja, das wusste ich allerdings. Jedes Mal, wenn Jules versuchte, bei Harper zu landen, erteilte sie ihm eine Abfuhr. Was absolut unverständlich war, denn Jules war ein echter Fang. Und das sagte ich nicht nur, weil er mein Cousin war. Er sah gut aus mit seinem zerzausten roten Haar, den stechend blauen Augen und seinen kantigen Gesichtszügen. Außerdem war er witzig, intelligent, liebenswert und einer der besten Jäger, die ich kannte. Er war vielleicht nicht so groß und breitschultrig wie die meisten Grim Hunter, aber was ihm an angeborenen Vorteilen fehlte, machte er durch Disziplin und Entschlossenheit wett.

»Wenn du nicht mit ihr reden willst, solltest du sie vergessen.«

»Das ist leichter gesagt als getan.« Jules' Blick wanderte erneut in Harpers Richtung. Sie lehnte an der Bar und lachte über etwas, das ihr Bruder gesagt hatte. Jules stieß ein tiefes Seufzen aus. »Wie kann ein Mensch nur so perfekt sein?«

Ich schnaubte. »Setz die rosarote Brille ab, Jules. Sie ist ein Miststück, und du bist viel zu gut für sie.« Normalerweise war ich nicht so bissig, zumal ich Harper als Huntress respektierte, aber ich konnte sie nicht ausstehen. Sie hatte Jules bereits zu oft das Herz gebrochen, und ich hasste es, wie sie – und nur sie – es schaffte, sein Selbstbewusstsein auf Erbsengröße zusammenschrumpfen zu lassen.

»Du verstehst das nicht.«

»Richtig, tu ich nicht.«

»Sie ist …« Jules hielt mitten im Satz inne und schüttelte den Kopf, als wollte er den Gedanken loswerden, den er gerade beinahe ausgesprochen hätte. »Weißt du was? Vergiss es. Hast du Lust zu tanzen?«

»Sorry, heute nicht.« Ich war eindeutig zu nüchtern, um mich freiwillig vor meinen Kollegen zum Affen zu machen.

»Ich glaub, ich pack's für heute. Frag doch Ella, sie tanzt sicherlich gern mit dir.«

»Ella ist vor einer halben Stunde abgezischt.«

Ich runzelte die Stirn. »Schon? Aber sie ist doch erst vor einer Stunde gekommen.«

»Jup. Anscheinend hat sie wichtige Soul-Huntress-Dinge zu erledigen«, antwortete Jules mit einem vielsagenden Blick in Richtung Ausgang. »Wayne ist fünf Minuten nach ihr gegangen. Vermutlich treiben sich irgendwo Geister herum, die dringend in die Unterwelt geschickt werden wollen.«

»Awww, sei nicht traurig. Sicherlich findest du noch jemand anderen zum Tanzen«, tröstete ich Jules und hüpfte von meinem Hocker. »Wir sehen uns morgen zur Patrouille.«

Jules lächelte. »Bis morgen.«

Ich schlängelte mich durch die Horde der feiernden Hunter und Archivare, erst zur Garderobe und schließlich zum Ausgang. Erleichtert atmete ich die kühle Nachtluft ein, als ich ins Freie trat. Das erste Mal seit Stunden konnte ich richtig durchatmen, ohne dass mir der Geruch von Schweiß und Alkohol in die Nase stieg.

Ich schlenderte die Victoria Street entlang in Richtung des alten Friedhofs am Calton Hill. Es war eine sternenklare Nacht, und ich beschloss, die zwanzig Minuten zum Quartier der Hunter zu laufen.

Edinburgh war bereits bei Tag wunderschön, aber bei Nacht war die Stadt geradezu berauschend. In der Dunkelheit fühlte man sich zwischen all den alten Sandsteingebäuden wie in eine andere Zeit versetzt. Und die Lichter, die in den Häusern brannten, verliehen meiner Heimat etwas Magisches. Manchmal fragte ich mich, ob das der Grund dafür war, weshalb in Edinburgh mehr übernatürliche Kreaturen hausten als in vielen anderen Städten. So oder so konnte ich verstehen, weshalb man hier wohnen wollte – tot oder lebendig, menschlich oder nicht.

Für gewöhnlich war es um diese Uhrzeit schon ziemlich ruhig auf den Straßen, aber die zahlreichen Halloweenpartys, die an jeder Ecke stattfanden, hatten die Leute aus ihren Wohnungen getrieben. Paarweise oder in Gruppen standen sie vor den Pubs beisammen, rauchten oder spazierten durch die Gegend auf der Suche nach der nächsten Party-Location.

Ich zog meine Jacke enger um mich, da mich der kühle Wind frösteln ließ, und beschleunigte meine Schritte, als mir plötzlich der Duft von Rosmarin in die Nase stieg. Instinktiv spannten sich meine Muskeln an, und ich wurde wieder langsamer, während ich mich nach der Quelle des Geruchs umsah, der Gefahr bedeutete.

Jede Art von Vampir hatte ihren eigenen Duft, den nur wir Blood Hunter wahrnehmen konnten. Manche Düfte waren leicht zuzuordnen – Owenga rochen beispielsweise nach Benzin und Dhampire nach Rauch –, andere wiederum waren weniger deutlich. Aber dieser Geruch nach Rosmarin gehörte unverkennbar zu einem von Isaacs Vampiren. Den klassischen Vampiren, wenn man so wollte. Verwandelte Menschen, die nach Blut gierten.

Suchend ließ ich den Blick umherwandern, bis er auf einen Mann fiel, der allein unterwegs war. Und als wäre das an diesem Abend nicht schon untypisch genug, trug er außerdem kein Kostüm, sondern einen Hoodie, dessen Kapuze er sich tief ins Gesicht gezogen hatte, als hätte er etwas zu verbergen.

Unauffällig beschleunigte ich meine Schritte wieder und schloss zu dem Kerl auf, um meinen Verdacht zu überprüfen.

Wie erwartet, wurde der Geruch nach Rosmarin stärker.

Ich heftete mich an die Fersen des Vampirs und zog mein Handy hervor. Mit der Kurzwahltaste rief ich Jules an.

»Komm schon …«, murmelte ich zu mir selbst, als er nicht ranging.

Ein Klicken ertönte, und sein Anrufbeantworter sprang an.

Shit!

Ich legte auf und rief ihn direkt noch einmal an, während ich dem Vampir weiterhin unauffällig folgte, was dank der zahlreichen Menschen auf den Straßen zum Glück nicht schwer zu bewerkstelligen war.

»Hey, hier ist Jules. Ich kann leider gerade nicht …«

Fuck.

Vermutlich war es im Club zu laut, als dass er sein Handy hätte hören können. Und selbst wenn er ranginge, war ich mir nicht sicher, ob er nach drei Cocktails überhaupt noch in der Verfassung war, einen Vampir zu jagen. Besser ich stellte das nicht auf die Probe.

Verunsichert presste ich die Lippen aufeinander. Ich brauchte meinen Kampfpartner, denn es war uns untersagt, allein auf die Jagd zu gehen. Andererseits konnte ich nicht zulassen, dass sich dieser Vampir ungehindert einen Mitternachtssnack suchte.

Anstatt Jules erneut anzurufen, wählte ich die Nummer des Quartiers. »Gärtnerei Dagger. Was kann ich für Sie tun?«, meldete sich eine Frau, deren Stimme ich nicht erkannte. Wir verwendeten immer eine falsche Begrüßung, damit niemand, der sich womöglich verwählte, den Jägern auf die Schliche kam.

»Cain Blackwood. CB170 516EDI. Kannst du mein Handy orten?«, fragte ich so leise wie nur möglich.

Wilde Tippgeräusche waren zu hören. »Ja, hab dich.«

»Ich verfolge gerade einen Vampir und bräuchte Verstärkung.«

»Uuh, leider ist es gerade ziemlich eng«, sagte die Frau mit deutlichem Bedauern in der Stimme. »Es laufen mehrere

Einsätze. Verstärkung kann frühestens in einer halben Stunde kommen.«

Eine halbe Stunde? In dieser Zeit könnte der Vampir Dutzende von Menschen abschlachten, wenn ihm danach war. Das konnte ich nicht zulassen. Es war vielleicht aus Sicherheitsgründen verboten, allein auf die Jagd zu gehen, aber in diesem Fall ging die Sicherheit von Unschuldigen über meine eigene.

»Vergiss, dass ich angerufen habe. Jules und ich kümmern uns selbst darum«, log ich und legte auf, ohne eine Antwort abzuwarten, um nicht noch mehr Zeit zu verschwenden. Ich wusste, dass ich das hier eigentlich nicht tun sollte, aber mir blieb keine andere Wahl. Es war offensichtlich, dass dieser Vampir vor mir auf der Suche nach Nahrung war, und ich konnte nicht warten, bis er sie gefunden hatte.

In einigen Metern Abstand folgte ich ihm und wartete auf den passenden Moment, um zuzuschlagen. Zwar trug ich, wie jeder Hunter, ein magisches Amulett der Stufe 1 um den Hals, mit dem ich eine Illusion erschaffen konnte, aber ich wollte den Vampir dennoch lieber nicht in aller Öffentlichkeit angreifen. Denn eine Illusion war eben nur das: eine Illusion. Das bedeutete nicht, dass die Leute nicht in uns hineinrennen konnten. Auf diese Weise passierte es immer wieder, dass Unwissende versehentlich Zeugen von Hunteraktivitäten wurden, und das galt es zu vermeiden.

Der Vampir war zum Glück unfreiwillig kooperativ – ich musste nicht lang warten, bis er die Hauptstraße verließ und in eine der zahlreichen schmalen Gassen abbog, welche die Altstadt Edinburghs wie Adern durchzogen.

Ich warf einen Blick über die Schulter. Als ich sicher war, dass uns niemand in die Gasse gefolgt war, warf ich die letzten Bedenken bezüglich meines Alleingangs über Bord. Ich aktivierte das Amulett um meinem Hals und ging in die Hocke, um nach dem Khukuri zu greifen, das in meinem rechten Stiefel steckte. Meine Finger kribbelten vor Erwartung, als sie sich um das lederne Heft schlossen und ich die gekrümmte Klinge herauszog. Meine Sinne, die von Natur aus ausgeprägter waren als die gewöhnlicher Menschen, schärften sich. Hierfür war ich geboren. Das war mein Schicksal, und hätte ich eine Wahl, würde ich mich immer und immer wieder dafür entscheiden.

Entschlossen richtete ich mich auf. »He! Pappnase!«

Der Mann mit dem Hoodie erstarrte in der Bewegung und drehte sich zu mir herum. Als er aufblickte, rutschte ihm die Kapuze vom Kopf. Im Licht einer einsamen Laterne erkannte ich, dass sein Haar von einem leuchtenden Blond war, so als hätte es die Sonne absorbiert. Seine Haut war blass und seine Augen wirkten glasig. Ein Unwissender hätte vielleicht geglaubt, er wäre krank, doch ich wusste es besser – er hatte Hunger.

»Hallo Jägerin«, sagte der Vampir und verzog die Lippen zu einem spöttischen Grinsen, das mir seine Fänge zeigte. Sie waren nicht besonders lang, ein Zeichen dafür, dass er noch jung war. Unerfahren, aber alt genug, um zu wissen, was er tat, und um nicht mehr unkontrolliert zu töten, wie es bei frisch verwandelten Vampiren der Fall war. Diese stürzten sich unüberlegt in den Kampf, reife Vampire hingegen genossen den Nervenkitzel der Jagd und die Angst ihrer Opfer. Es gehörte für sie zum Genuss des Blutes dazu.

»Wie ich sehe, eiferst du uns nach.« Der Vampir betrachtete die künstlichen Eckzähne, die noch immer in meinem Mund steckten. »Schade, dass ich dich nicht verwandeln kann.«

Ich schnaubte. »Lieber würde ich sterben.«

»Das lässt sich einrichten«, sagte der Vampir mit kehliger Stimme. Seine sanften Gesichtszüge wurden härter. Schwarze Adern erschienen unter seiner blassen Haut, und seine Pupillen nahmen eine dunkelrote Farbe an, während sich seine Hände zu Klauen mit langen Krallen verformten, die ihm dabei halfen, seine Beute festzuhalten. Er fletschte die Zähne und stieß ein animalisches Knurren aus – und dann stürzte er sich auf mich.

Obwohl er rannte, nahm ich jede seiner Bewegungen bis ins kleinste Detail wahr. Seine Muskeln, die sich anspannten, und sein Atem, der sich beschleunigte, als würde sein Körper noch immer Sauerstoff brauchen. Die Härchen an meinen Armen richteten sich auf, und ich machte mich bereit.

Ich konnte den nach Metall stinkenden Atem des Vampirs förmlich auf meiner Haut spüren, als er auf mich zuhechtete, um mich zu packen. Doch kurz bevor er mich zu fassen bekam, duckte ich mich in einer fließenden Bewegung und kickte ihm die Füße unter den Beinen weg.

Der Vampir war zu schnell, um das Gleichgewicht zu halten. Mit einem dumpfen Aufprall landete er auf dem Boden. Der Winkel machte es mir allerdings unmöglich, ihm mein Messer durchs Herz zu stoßen. Stattdessen rammte ich ihm die Klinge in den rechten Oberschenkel. Er stieß einen markerschütternden Schrei aus, den man zweifelsohne über die Gasse hinaus hören konnte.

Ich sprang auf die Beine. Mein Khukuri ließ ich stecken, damit sich die Wunde nicht sofort wieder schloss und der Vampir länger etwas von dem Schmerz hatte, der ihn hoffentlich für ein paar Sekunden lähmen würde. Dann sprintete ich los. Zielstrebig rannte ich auf die gusseiserne Laterne zu, die in das Mauerwerk des Hauses eingelassen war. Meine Stiefel donnerten über den Boden, dennoch konnte ich hören, dass der Vampir bereits wieder die Verfolgung aufgenommen hatte. Adrenalin pumpte durch meinen Körper. Doch das Ziel vor

Augen zog ich mein Tempo weiter an. Ich hatte nur diese eine Chance, kurzen Prozess zu machen, denn anders als mir mangelte es dem Vampir weder an Kraft noch an Ausdauer. Im Gegensatz zu mir könnte er ewig so weitermachen, auch wenn mir meine Blood-Hunter-Gene übermenschliche Fähigkeiten verliehen.

Direkt unter der Laterne bremste ich scharf ab und wirbelte herum. Der Vampir war nur noch wenige Schritte von mir entfernt. Er humpelte leicht und hielt mein Khukuri in der Hand, als wollte er mich mit meiner eigenen Waffe zur Strecke bringen. Ein letztes Mal holte ich tief Luft, dann sprang ich nach oben. Meine Finger schlossen sich um die Laterne. Das Eisen ächzte, Sand bröckelte aus den Ritzen des Mauerwerks, als ich mich hin und her bewegte, um an Schwung zu gewinnen.

Ein dunkler Schatten huschte über das Gesicht des Vampirs, als versuchte er herauszufinden, was ich plante. Unaufhörlich kam er näher, von seinen animalischen Trieben befeuert. Ich spannte die Muskeln an, holte ein letztes Mal Schwung und verpasste ihm einen heftigen Tritt ins Gesicht, gerade als er mich erreichte und packen wollte.

Ein Knacken war zu hören. Blut spritzte. Er schrie auf und ließ meinen Dolch fallen, um nach seiner Nase zu greifen, die nur noch ein zertrümmerter Knochen war.

Zufrieden ließ ich die Eisenstange los. Mit beiden Füßen landete ich auf den Pflastersteinen, schnappte mir mein Messer und rammte es dem Vampir in die Kehle, um sein Gejammer im Keim zu ersticken.

Er verstummte.

Mit einem schmatzenden Geräusch und einem Schwall Blut zog ich die Klinge heraus, holte erneut aus und trieb sie gezielt zwischen seinen Rippenbögen hindurch in sein Herz.

Schockiert starrte mich der Vampir an, bevor er leblos vor meinen Füßen zusammensackte.

Ein erleichtertes Seufzen entwich meinen Lippen. Ein Blutsauger weniger, um den wir uns Gedanken machen mussten.

Ich holte mein Handy hervor, das den Kampf zum Glück unbeschadet überstanden hatte, und schrieb eine Nachricht ans Quartier, damit sie jemanden schickten, der die Leiche entsorgte.

Ich war gerade fertig damit, als ich aus dem Augenwinkel eine Bewegung wahrnahm. Ich wirbelte herum und starrte direkt in ein Paar kühler blauer Augen, die mir so vertraut waren wie das Gewicht einer Waffe in meiner Hand.

»Was zum Teufel, Blackwood?«

Warden

Nur eine Sekunde. Eine verdammte Sekunde lang hatte ich mir erlaubt, den Vampir aus den Augen zu lassen, und nun war er tot. Die letzten vier Stunden Observierung waren umsonst, und ich wusste nicht, auf wenn ich wütender sein sollte: auf Cain oder mich selbst, weil ich mich von Kevin hatte ablenken lassen. Zurzeit war der Todesbote oft bei mir. Schwer zu sagen, ob ihm langweilig war oder ob er mehr über meine Lebensdauer wusste, als er mir verraten wollte.

Cain stemmte die Hände in die Hüfte und betrachtete mich finster. Ich erinnerte mich nur noch dunkel an die Zeit, als mein Anblick Licht und keinen Schatten in ihre Augen hatte treten lassen. »Hallo, Warden.«

»Warum hast du ihn getötet?«

Cains rotes Haar wirkte in der dunklen Gasse wie ein Leuchtfeuer. Blut klebte an ihrem Kinn und rann über ihren

Hals. Kurz flackerte Sorge in mir auf, bis ich die künstlichen Fangzähne in ihrem Mund entdeckte. Ernsthaft?

»Ich habe ihn getötet, weil es mein Job ist.«

Ich sah auf den leblosen Körper zu meinen Füßen, dessen Blut auf dem Gehweg ein schmales Rinnsal gebildet hatte. Mir war unerklärlich, wie Cain ihn im Alleingang so schnell hatte kaltstellen können. Ich wusste aus eigener Erfahrung, dass sie gut war. Aber so gut? Was mich allerdings noch mehr verwunderte, war Jules' Abwesenheit. Ich kannte die Regeln auswendig, gegen die ich selbst seit Jahren verstieß. In Edinburgh war es Huntern verboten, allein auf die Jagd zu gehen.

»Er war mein Vampir.«

»Sorry, ich habe nicht gesehen, dass er ein Halsband trägt.«

»Ich bin ihm schon den halben Tag gefolgt.«

Cain ging in die Hocke, um ihr Khukuri aus dem Leichnam zu ziehen. »Und du hast es nicht geschafft, ihn zu töten? Schwach, Warden. Wirklich schwach.«

»Ich wollte ihn nicht töten«, zischte ich zwischen zusammengebissenen Zähnen. Normalerweise ließ ich mich nicht so schnell aus der Ruhe bringen. Egal ob ich einem Vampir nachjagte, einem Werwolf gegenüberstand oder der knisternden Magie eines Hexers auswich. Es war für mein Überleben notwendig, dass ich stets einen kühlen Kopf behielt, aber diese Frau raubte mir jede Gelassenheit. »Ich wollte ihn nach Isaac fragen, und das weißt du.«

Scheinbar seelenruhig wischte Cain ihre blutige Waffe am grauen Hoodie des Vampirs ab, doch ich wusste, dass ihre Beherrschtheit reine Fassade war, genau wie meine eigene. Es war ein Schauspiel, das wir seit Jahren jedes Mal aufführten, wenn wir aufeinandertrafen.

»Was machst du überhaupt hier? Ich dachte, du wärst in London.«

Ich hatte keine Ahnung, woher sie von meinem Ausflug nach London wusste, da es ein inoffizieller Einsatz gewesen war. Beziehungsweise warum es sie überhaupt interessierte. Vermutlich hatte sie gehofft, mich noch eine Weile länger nicht sehen zu müssen. »Ich bin seit heute zurück.«

»Und, wie war es?«

Ich schnaubte und verschränkte die Arme vor der Brust, über welcher der Gurt meiner Machetenhalterung spannte. Für gewöhnlich trug ich bei Observierungen unauffälligere Waffen bei mir, aber da heute Halloween war, stellte niemand die Klinge auf meinem Rücken infrage. »Was interessiert es dich?«

Cain richtete sich auf, wobei sie nicht einmal im Ansatz mit mir auf einer Augenhöhe war. Sie war ziemlich klein für eine Blood Huntress, was sie allerdings nicht daran hinderte, sich wie eine zu bewegen – geschmeidig und dennoch kraftvoll. »Weißt du was, Warden? Vergiss, dass ich gefragt habe.«

»Nichts lieber als das.«

Sie schüttelte den Kopf, als wäre sie enttäuscht von mir. Dann machte sie ohne ein weiteres Wort auf dem Absatz kehrt, marschierte aus der dunklen Gasse und ließ mich mit dem toten Vampir allein.

Ich sah ihr nach, bis ihre Silhouette in der Dunkelheit verschwand.

»Ich mag sie«, erklang plötzlich eine vertraute Stimme schräg hinter mir.

Ich drehte mich um und entdeckte Kevin, meinen persönlichen Todesboten. Sozusagen. Eigentlich war er dafür verantwortlich, Menschen nach ihrem Ableben in die Geister- oder Unterwelt zu begleiten, aber seine Freizeit verbrachte er aus unerklärlichen Gründen gerne mit mir. Und jedes Mal, wenn ich ihn sah, besaß er eine andere Gestalt. Manchmal war er eine alte Frau, manchmal ein kleiner Junge und manchmal, so wie heute, eine Blondine mit aufreizendem Ausschnitt. Doch ich erkannte ihn immer an seiner Vorliebe für K-Pop, die er deutlich zur Schau stellte – heute in Form eines farbenfrohen Basecaps.

»Blackwood? Sie ist eine Nervensäge.«

»Vielleicht«, gab Kevin mit einem wissenden Grinsen zurück. »Aber eine sexy Nervensäge.«

Ich presste die Lippen aufeinander. Dem konnte ich nicht widersprechen. Doch Cain war viel mehr als das. Sie war talentiert. Ehrgeizig. Clever.

Und meine ehemalige Kampfpartnerin.

2. KAPITEL

Cain

Cain Blackwood, CB170516EDI, begib dich umgehend in das Büro des Quartiersleiters.

Ich las die Nachricht von Alessandra, Grants Assistentin, die mich vor fünf Minuten mit einem Signalton aus dem Schlaf geholt hatte, bereits zum zweiten Mal, doch die Worte wollten einfach keinen Sinn ergeben. Grant wollte mich sehen? Sofort? Das war mir noch nie passiert. Ja, ich hatte schon Einladungen von ihm erhalten und Gespräche mit ihm geführt, aber niemals waren diese Treffen so kurzfristig und mit solch einer Dringlichkeit zustande gekommen. Was nichts Gutes bedeuten konnte. Unsicherheit stieg in mir auf und vermischte sich mit einem Gefühl von Angst. Ging es um meine Eltern oder Jules? War einem von ihnen etwas zugestoßen?

Nein, in diesem Fall hätte man mich weitaus ruppiger geweckt. Es musste etwas weniger Dramatisches sein. Dennoch verspürte ich mit einem Schlag mehr Sorge als in der Nacht zuvor, als ich allein diesem Vampir gegenübergestanden hatte.

Mit vor Nervosität zitternden Händen ging ich ins Bad, das an mein Zimmer grenzte. Jedes Quartier war anders aufgebaut, und in vielen Stützpunkten wie in London oder Berlin teilten sich die Hunter eine Gemeinschaftsdusche, aber wir in Edinburgh hatten Glück. Hier verfügte jedes Zimmer über ein eigenes kleines Bad. Zwar dauerte es oft lange, bis das Wasser warm wurde, und öfter als mir lieb war, blieb es einfach kalt, aber es war besser als nichts.

Ich streifte mir die Schlafsachen vom Körper und sprang unter die Dusche. Ich hatte Glück, das Wasser war angenehm warm, ohne Temperaturschwankungen, doch ich war zu unruhig, um es genießen zu können. So schnell wie nur möglich wusch ich mich und schlüpfte anschließend in mein Hunteroutfit: schwarze Hose, schwarzes Top. Wir in Edinburgh mochten es klassisch. Und auch wenn mir hier keine Gefahr drohte, da alles sicher abgeriegelt war, steckte ich mir eines meiner Khukuri in den Stiefel, bevor ich mich auf den Weg in Grants Büro machte, das auf der untersten Etage des Quartiers lag.

Die Zentrale hatte ihren Sitz im Zentrum von Edinburgh unter dem Calton Hill, der tagtäglich von Hunderten von Touristen aufgesucht wurde, die nicht ahnten, dass unter ihren Füßen der Stützpunkt einer geheimen Organisation lag, der sich vom alten Friedhof bis zum Nelson Monument zog. Auf fünf Ebenen verteilt, schliefen, trainierten und lebten knapp zweihundert Blood, Soul, Grim und Magic Hunter – und eine Handvoll freie Hunter, die nicht in dieses Leben hineingeboren waren, sondern es freiwillig gewählt hatten. Ein paar Jäger lebten auch außerhalb des Quartiers, aber nur wenige. Die Mieten in Edinburgh waren teuer, und die Einkünfte durch unsere Nebenjobs meist zu gering. Was mich daran erinnerte, dass ich heute noch auf einem Kindergeburtstag erwartet wurde.

Ich nahm die Treppen bis ganz nach unten und folgte einem langen Flur, vorbei an der Bibliothek, der Werkstatt der Archivare, den Arrestzellen und der Krankenstation bis zu Grants Büro, dem am schwersten zu erreichenden Ort des Quartiers.

Hier wurden alle Akten und Geheimnisse verwaltet. Ich öffnete die gläserne Tür, die zu einem Vorraum führte, in dem Alessandra saß, die gerade dabei war, zwei Personalmappen neu zu beschriften, die ich an ihrer grauen Farbe erkannte. Bekam das Quartier Zuwachs?

»Guten Morgen«, begrüßte ich Grants Assistentin.

Alessandra war keine Huntress, aber sie hatte vor zwei Jahren einen Jäger geheiratet, weshalb sie in unser Geheimnis eingeweiht worden war. Seither arbeitete sie bei uns und unterstützte die Hunter, wo sie nur konnte, mit ihrem Organisationstalent.

»Grant wollte mich sehen?«

»Ja, aber er ist noch in einem Gespräch. Du kannst gern Platz nehmen.« Sie deutete auf eine Reihe Stühle an der gegenüberliegenden Wand.

»Wie lange wird das noch dauern?«, fragte ich mit einem verunsicherten Blick auf die Uhr. Ich hatte angenommen, sofort mit Grant sprechen zu können. Immerhin hatte seine Anfrage ziemlich dringend geklungen. Außerdem hatte ich es selbst eilig. Es kostete mich immer eine halbe Ewigkeit, mich von Cain in Cinderella zu verwandeln, da reichten keine fünf Minuten, und ich wurde pünktlich auf Lindas siebter Geburtstagsfeier erwartet.

Alessandra lächelte. »Das weiß ich leider nicht.«

»Okay. Danke«, antwortete ich mit einem Seufzen.

Ich setzte mich, zog mein Handy hervor und schrieb der Veranstaltungsagentur, die mich vermittelte, eine Nachricht mit der Entschuldigung, ich sei krank. Lieber sagte ich ganz ab, als dass ich zu spät kam. Auf diese Weise bestand vielleicht die Chance, dass noch ein Ersatz für mich gefunden wurde. Auch wenn es wehtat, den Gig sausen zu lassen. Das riss ein ziemliches Loch in meine Finanzen. Zwar bezahlte uns das Quartier das Nötigste wie unsere Kampfausrüstung und Sportkleidung fürs Training und man gewährte uns auch kostenlos Unterkunft, aber alles, was dem privaten Vergnügen galt, musste aus eigener Tasche bezahlt werden. Doch Grant zu versetzen, um zu einem Kindergeburtstag zu gehen, war keine Option.

Nach einer gefühlten Ewigkeit öffnete sich endlich die Tür zum Büro und zwei Hunter, die ich noch nie zuvor gesehen hatte, kamen heraus. Die Frau hatte langes blondes Haar, sodass man sie auf den ersten Blick mit Ella hätte verwechseln können, doch anders als meine beste Freundin hatte sie hellbraune statt weiß-graue Augen und ihre Gesichtszüge waren deutlich markanter. Der Typ neben ihr hatte lockiges braunes Haar und trug einen Dreitagebart. Im Vorbeigehen schenkte er mir ein charmantes Lächeln, woraufhin die Frau die Augen verdrehte, mir aber zumindest kurz zunickte.

Ich sah den beiden nach, bevor ich den Blick wieder auf Alessandra richtete, die mir ein Zeichen gab, dass ich jetzt rein durfte. Um eine selbstsichere Haltung bemüht, straffte ich die Schultern und betrat das Büro, in dem es immer nach vergilbtem Papier roch.

»Hallo, Grant. Du wolltest mich …« Ich erstarrte.

Grant war nicht allein. Warden war bei ihm. Er saß auf einem der Stühle vor dem Schreibtisch und starrte mich wütend an.

Ich hatte das entschiedene Gefühl eines Déjà-vu. Alte Erinnerungen, die ich seit Jahren zu verdrängen versuchte, stiegen in mir auf. Und mich beschlich eine ungute Vorahnung, worum es bei diesem Treffen gehen könnte. Trotzdem wollte ich keine voreiligen Schlüsse ziehen. Vielleicht, nur vielleicht, irrte ich mich ja.

»Guten Morgen, Cain«, begrüßte mich Grant mit einem Lächeln, das die Fältchen in seinem Gesicht noch tiefer werden ließ. Sein Haar war trotz seines Alters von einem tiefen Dunkelbraun, und das hellblaue Hemd, das er trug, zeigte deutlich, dass er in hervorragender körperlicher Verfassung war, obwohl er inzwischen nicht mehr auf die Jagd ging und seine Zeit vor allem im Büro verbrachte. »Schließt du bitte die Tür?«

Ich gehorchte und erkundigte mich anschließend nach den beiden Huntern, die gerade sein Büro verlassen hatten, in der Hoffnung, so noch etwas Zeit schinden und meine Gedanken sortieren zu können.

»Das waren Roxy Blake, eine freie Huntress, und Shaw, ein Hunteranwärter, aus dem Londoner Quartier. Du wirst die beiden sicherlich noch kennenlernen, sie werden eine Weile bei uns bleiben«, antwortete Grant und nippte an der Cola, die auf seinem Schreibtisch stand.

Deswegen auch die neuen Personalakten. Vermutlich hatten Roxy und Shaw gerade von Grant seine Willkommen-in-Edinburgh-Ansprache gehalten bekommen. Wardens Anwesenheit erklärte das allerdings nicht.

»Und warum bist du hier?«, fragt ich geradeheraus.

»Ich habe den beiden nur den Weg gezeigt«, antwortete Warden mit einem unschuldigen Lächeln, das ich ihm nicht abkaufte.

»Setz dich«, forderte Grant mich auf und deutete auf den freien Stuhl vor seinem Tisch.

Ich zögerte kurz, nahm aber schließlich Platz, da ich nicht kindisch wirken wollte.

Die beiden Stühle standen keine Armlänge voneinander entfernt. Ich konnte mich nicht daran erinnern, wann ich Warden das letzte Mal so nahe gewesen war. Seit dem Vorfall vor drei Jahren war er fast ununterbrochen auf der Suche nach Isaac, dem Vampirkönig, unterwegs. Er reiste um die ganze Welt. Und wenn er dann doch einmal im Quartier war, galt die ungeschriebene Regel, dass wir uns aus dem Weg gingen. Im letzten Jahr hatte ich ihn vielleicht eine Handvoll Male gesehen, und nun gleich zwei Tage hintereinander – das war zu viel!

»Du weißt sicherlich, warum ich dich habe rufen lassen«, sagte Grant.

Ich hielt es für das Beste, meine Vermutung erst mal für mich zu behalten. »Nein, um ehrlich zu sein, weiß ich das nicht.«

Warden stieß ein abfälliges Schnauben aus. »Lügnerin.«

Grant verschränkte die Hände vor sich auf dem Tisch und sah mich eindringlich an.

Mein Blick fiel auf sein Huntertattoo, das er gut sichtbar auf seinem rechten Handrücken trug, mit einem Halbmond in der Mitte, der ihn als Grim Hunter auszeichnete. Das Tattoo stammte aus einer Zeit, in der nicht ständig alles überwacht, fotografiert und online geteilt worden war. Heute mussten wir Hunter unser Tattoo verdeckter tragen; meines befand sich auf der Innenseite meines linken Oberarms.

»Warden hat mir erzählt, dass du gestern allein auf Jagd warst. Stimmt das?«

Ich biss die Zähne zusammen. Natürlich hatte Warden mich verraten. Was hatte ich anderes erwartet? Diese einmalige Gelegenheit, mich bei Grant anzuschwärzen, hatte er sich selbstverständlich nicht entgehen lassen können.

»Nein, ich war nicht allein auf der Jagd«, erklärte ich, um einen ruhigen Tonfall bemüht, obwohl ich innerlich kochte. Ein Teil von mir wusste, dass Warden jedes Recht hatte, mich zu verraten, schließlich hatte ich wirklich gegen die Regeln verstoßen. Dennoch stieg Wut in mir auf, denn ich wusste, dass es ihm nicht um die Regeln ging. Die brach er schließlich selbst am laufenden Band. »Ich war auf unserer Halloweenparty und gerade auf dem Weg nach Hause, als ich einen Vampir bemerkt habe. Ich habe versucht, Jules zu erreichen, damit er mich unterstützt, aber er ist nicht an sein Handy gegangen. Daraufhin habe ich im Quartier angerufen. Die haben mir gesagt, dass Verstärkung frühestens in dreißig Minuten kommen kann. So lange hätte ich nicht warten können. Ich wollte verhindern, dass der Vampir Unschuldige tötet, also habe ich mich ihm im Alleingang gestellt.«

Grant nickte, seine Miene war jedoch undurchschaubar. »Hast du den Vampir vernichtet?«

»Ja.«

»Wurdest du dabei verletzt?«

»Nein.«

Grant ließ meine Worte auf sich wirken, dann stieß er ein Seufzen aus. »Du bist eine wirklich gute Jägerin, Cain. Und die Sache ist dieses Mal vielleicht glimpflich für dich ausgegangen, aber dir ist hoffentlich klar, dass du hättest sterben können. Es gibt einen Grund, aus dem ich so viel Wert auf diese Regel lege. Eure Sicherheit liegt mir am Herzen, mehr als alles andere. Du hattest Glück.«

Ich biss mir auf die Zunge und nickte, auch wenn ich nicht unbedingt glaubte, dass mein Überleben etwas mit Glück zu tun hatte, sondern viel mehr mit meinem Können.

»Es tut mir wirklich im Herzen weh, Cain, aber dein Regelverstoß muss Konsequenzen haben.« Grants Blick zuckte von mir zu Warden und wieder zu mir zurück. »Du bist für eine Woche vom aktiven Dienst suspendiert und wirst in dieser Zeit in der Waffenkammer aushelfen.«

»Was?! Das ist nicht fair!«, protestierte ich. »Ich war nicht allein auf der Jagd! Ich habe den Vampir gesehen und sofort meinen Partner angerufen und anschließend das Quartier. Genau wie es das Protokoll verlangt.«

»Aber du hast nicht auf Verstärkung gewartet.«

»Nein, aber das war auch nicht nötig. Die Gelegenheit zuzuschlagen war perfekt. Ich wollte nicht riskieren, dass mir der Vampir womöglich entkommt. Das hätte ich mit meinem Gewissen nicht vereinbaren können. Aber ich war zu jeder Zeit vorsichtig.«

Grant erhob sich von seinem Platz, umrundete seinen Schreibtisch und lehnte sich dagegen, die Arme vor der Brust verschränkt. »Das verstehe ich, Cain, und ich halte dich für eine fantastische Huntress, das kann ich nicht oft genug betonen, aber du hast gegen eine unserer wichtigsten Vorschriften verstoßen. Ein Vergehen, das ich nicht unbestraft bleiben lassen kann. Du bist ein Vorbild für viele junge Hunter und Huntresses. Nehmen wir die Kinder, die du unterrichtest. Sie sehen zu dir auf. Was würde das für ein Signal senden, wenn ich dich ungeschoren davonkommen lasse?«

»Ich finde, die Strafe ist noch zu mild«, warf Warden ein.

Ich schnappte nach Luft. Dieser miese Verräter!

Ich starrte ihn an, und er starrte zurück. Der Blick aus seinen blauen Augen bohrte sich in meinen, als wäre ich ein gefrorener See, dessen Oberfläche es zu brechen galt. Doch wenn er glaubte, mich einschüchtern zu können, irrte er sich. Was bildete er sich überhaupt ein? Seit drei Jahren zog er auf der Suche nach Isaac allein um die Welt, ohne Partner. Was für ein Heuchler! Der einzige Grund, aus dem sich bei Warden nicht eine Bestrafung an die nächste reihte, war der, dass Grant ihn vermutlich nur selten im Quartier erwischte. Oder er hatte ihn einfach als hoffnungslosen Fall abgestempelt. So oder so hatte ihm bisher keine Maßregelung Vernunft eingetrichtert oder ihn von seinem Vorgehen abgebracht. Wieso Zeit und Energie auf jemanden verschwenden, der sich eh nicht darum scherte, ob man sich um ihn sorgte oder nicht?

»Und *ich* finde, du solltest auch bestraft werden«, sagte ich mit einem unschuldigen Lächeln. »Ja, ich war allein auf der Jagd, aber du warst es auch, oder nicht? Zumindest habe ich deinen Kampfpartner nirgendwo gesehen. Ach ja, warte, du hast ja gar keinen.«

»Und wessen Schuld ist das?«

»Deine. Oder wer hat deine letzten fünf Partner vergrault?« Ich wusste, dass Warden nach mir noch einige Partner gehabt hatte, die es aber alle nicht besonders lange mit ihm ausgehalten hatten. Was mich nicht wunderte. Seit dem Vorfall mit Isaac war Warden nicht mehr derselbe. Er war wütend und verbittert und lebensmüde – keine gute Kombination. Und irgendwann hatte Grant ihm keine neuen Partner mehr zugeteilt. Offenbar hatte er Warden genauso aufgegeben wie Warden sich selbst.

»Hört auf damit«, befahl Grant, bevor der Streit zwischen uns eskalieren konnte. »Ich muss zugeben, dass Cain recht hat. Ich habe dich in der Vergangenheit mit viel davonkommen lassen, Warden. Wenn ich Cain für gestern Nacht bestrafe, dann auch dich.«

Fassungslos sah Warden ihn an. »Das ist nicht dein Ernst, oder?«

»Und ob das mein Ernst ist.« Grant stieß sich von der Tischkante ab, um wieder hinter dem Schreibtisch Platz zu nehmen. Beinahe so, als wollte er für seine nächsten Worte eine Barriere zwischen Warden und sich bringen. »Du bist ebenfalls für eine Woche suspendiert und wirst Cain in der Waffenkammer helfen.«

Blitzartig richtete sich Warden auf seinem Stuhl auf. »Was?! Warum?«

»Das ist eine ganz schlechte Idee«, erklärte ich.

»Ja, ganz schlecht!«, pflichtete er mir bei.

Ich nickte heftig, auch wenn das bedeutete, dass wir seit Jahren das erste Mal wieder einer Meinung waren. »Kann er nicht in der Wäscherei arbeiten? Oder in der Cafeteria? Oder die Toiletten putzen?«

»Oder ich tue etwas Sinnvolles und gehe weiter auf die Jagd.«

Ich lachte bitter auf. »Das hättest du wohl gern.«

»Und ob ich das gern hätte.«

»Du bist unmöglich!«

Warden schnaubte. »Das sagt genau die Richtige.«

Argh, dieser Drecksack.

»Ich hasse dich!«

»Seid still!«, fuhr Grant dazwischen. Jegliche Gelassenheit war aus seiner Stimme verschwunden. Ich hatte ihn noch nie so streng erlebt, was vielleicht daran lag, dass ich ihm bisher noch nie einen Grund dafür gegeben hatte. »Ihr werdet eure Strafe gemeinsam in der Waffenkammer ableisten. Ende der Diskussion. Glaubt ihr, ich bin blind? Ich sehe doch, wie kindisch ihr euch seit Jahren verhaltet. Das ist lächerlich. Ihr müsst keine Freunde sein, aber ihr seid Kollegen, also reißt euch zusammen. Und sollte ich mitbekommen, dass irgendetwas nicht rund läuft, verlängere ich eure Strafen. Verstanden?«

»Verstanden«, murmelte ich, auch wenn es mir gegen den Strich ging. Das Letzte, was ich wollte, war, Grant Ärger zu machen; dafür respektierte ich ihn zu sehr, sowohl als Hunter als auch als Leiter des Quartiers. Irgendwie würde ich diese Woche mit Warden schon ertragen. Ich hatte Schlimmeres überstanden – im Vergleich mit dem Biss einer Hydra oder der Besessenheit durch einen Geist würde das ein Spaziergang werden.

Erwartungsvoll sah Grant Warden an, der bisher noch nichts gesagt hatte, dabei breitete sich ein gefährliches Lächeln auf seinen Lippen aus. »Haben wir uns verstanden, *Mr Prinslo?*«

Warden gab ein unverständliches Brummen von sich, das ebenso »Ja, Sir« wie »Fahr zu Hölle, du alter Sack« hätte bedeuten können.

Doch Grant wollte scheinbar das Gute in meinem ehemaligen Kampfpartner sehen, denn er nickte zufrieden. »Gut. Damit ist diese Angelegenheit hoffentlich geklärt. Ihr könnt gehen.«

3. KAPITEL

Cain

3 Jahre zuvor
Vor der Hunterprüfung

»Ist das alles, was du draufhast?«

Mein Tonfall war neckend, als ich Wardens Schlag mit einem Satz zur Seite auswich. Wir trainierten bereits eine halbe Ewigkeit. Mir hämmerte das Herz in der Brust, Schweiß tropfte mir von der Stirn wie Wasser aus einer undichten Armatur – und ich liebte es!

»Ich will dir nicht wehtun«, antwortete mein zukünftiger Kampfpartner mit einem Funkeln in den Augen.

»Das könntest du nicht, selbst wenn du es versuchen würdest.«

»Na gut, du hast es nicht anders gewollt.« Ein breites Grinsen trat auf Wardens gerötetes Gesicht, und er startete eine schnelle Abfolge von Schlägen und Kicks in meine Richtung, denen ich gekonnt auswich.

Wir waren auf den Matten im Trainingsraum des Quartiers und feilten an unserer Nahkampftechnik ohne Bewaffnung. Es kam zwar selten vor, dass ein Hunter einer Kreatur der Nacht unbewaffnet gegenüberstand, immerhin wurden wir vom Quartier stets gut ausgerüstet, aber man musste schließlich auf jede Eventualität vorbereitet sein. Das war zumindest meine Meinung. Warden sah das etwas anders. Er vertraute darauf, dass er stets zumindest einen Dolch bei sich trug, aber er hatte mir meinen Wunsch, heute den Nahkampf zu trainieren, nicht abgeschlagen. Weil er mir nie etwas abschlug.

»Komm schon, Prinslo, das kannst du besser«, stachelte ich ihn an.

Warden kniff die Augen zusammen, fixierte mich mit einem dunklen Blick, und erneut hagelte es Tritte und Schläge, dazu geschaffen, mich zu verletzen.

Wir trainierten immer ziemlich brutal und ohne Schutz, so wie es in der Realität später auch sein würde. Blaue Flecken und kleinere Platzwunden waren da an der Tagesordnung. Viele der anderen Hunter gingen im Training vorsichtiger miteinander um und benutzten Polster, um ihre Körper zu schützen. Wir nicht. Warden und ich waren bereit, alles zu geben, und vielleicht auch etwas übermütig, weshalb wir so gut zusammenpassten. Außerdem waren wir beide geborene Blood Hunter, und unsere Wundheilung ließ Blutergüsse und andere kleine Abschürfungen mir nichts, dir nichts verschwinden. Keine große Sache.

Keuchend setzte Warden zu einem erneuten Angriff an. Das stundenlange Training hatte ihn erschöpft und seine Schläge zunehmend schwächer werden lassen, doch auch ich war langsamer geworden. Mit einem Hieb, den ich nicht kommen sah, traf Warden meine Schulter.

Schmerz explodierte in meinem Arm. Ich keuchte auf. Benommen taumelte ich einen halben Schritt zurück, und diesen kurzen Moment, den Bruchteil eines Augenblicks, als mein Stand nicht zu hundert Prozent gefestigt war, nutzte Warden aus und kickte mir die Füße unter den Beinen weg. Mit einem lauten Knall schlug ich auf den Matten auf.

Doch damit nicht genug. Warden hatte dazugelernt. Früher hätte er jetzt einen Freudentanz aufgeführt, doch mein ständiges Gerede über die korrekte Prozedur im Umgang mit Kreaturen war offenbar endlich bei ihm hängen geblieben. Er stürzte sich mit seinem ganzen Gewicht auf mich, um mich mit seinem Körper am Boden zu fixieren und damit möglichst handlungsunfähig zu machen.

Mit einem schelmischen Grinsen blickte er auf mich herab. Seine Finger hatten sich fest um meine Handgelenke geschlossen, und sein Gesicht war nun wenige Zentimeter von meinem entfernt. Sein warmer Atem streifte meine Haut. Eine Strähne seines braunen Haars fiel ihm in die Stirn. »Und, zufrieden mit meiner Performance?«

Ich lächelte. Und bevor Warden wusste, wie ihm geschah, hakte ich meine Füße um seine Beine, presste meine Hüfte in die Höhe und hebelte ihn aus seiner Position. Blitzschnell, bevor er erneut in den Angriff übergehen konnte, verpasste ich ihm mit meinem Ellenbogen einen Stoß zwischen die Rippen. Ächzend sackte er nach vorne, und ich rollte ihn auf den Bauch, bevor ich mich auf ihn setzte, sodass er vollkommen ruhiggestellt war. Warden war zwar stärker und gut zwanzig Zentimeter größer als ich, aber mit der richtigen Technik konnte man viel bewirken.

Ich beugte mich nach vorn, bis meine Lippen nur noch Zentimeter von seinem Ohr entfernt waren. »Nein, ich bin nicht zufrieden mit deiner Performance. Du bist zu überheblich und lässt deine Deckung zu schnell fallen. Irgendwann wird dir das zum Verhängnis.«

Warden grinste, obwohl er mit einer Wange an der Matte klebte. »Falsch. Dafür hab ich schließlich dich.«

Ich schnaubte und kletterte von seinem Rücken. »Schleimer.«

Er richtete sich auf, und völlig selbstverständlich, ohne uns absprechen zu müssen, steuerten wir die Sitzbank am Rand der Mattenfläche an, auf der unsere Sachen lagen. Das heutige Training war beendet.

Ich trank gierig aus meiner Wasserflasche, bevor ich sie Warden anbot, der seine bereits geleert hatte.

»Kommst du heute Abend noch vorbei?«, fragte er und überließ mir den letzten Schluck.

Ich trank die Flasche aus. »Das kommt darauf an. Kocht dein Dad?«

Anders als ich lebte Warden mit seinen Eltern außerhalb des Quartiers, was vor allem an James, seinem Vater, lag. Er war ein Mensch und unterstützte die Hunter, indem er Waffen und andere Hilfsmittel für die Jagd nach Kreaturen baute. Dafür brauchte er Platz, sowohl für seine Werkzeuge als auch für seine *geistige Entfaltung und Kreativität*, wie er immer betonte.

»Ja, er macht Lasagne.«

»Lecker. Ich liebe die Lasagne deines Dads.«

Warden stopfte das Handtuch, mit dem er sich den Schweiß von der Stirn gewischt hatte, in seine Sporttasche. Er duschte immer zu Hause und nie im Quartier. »Das heißt, du kommst?«

»Klar«, antwortete ich, obwohl es dafür keine Lasagne gebraucht hätte. Ich war immer gern bei den Prinslos. Nicht nur, weil Warden mein bester Freund war und ich es mochte, Zeit mit ihm zu verbringen, sondern auch weil ich das Haus seiner Eltern liebte. Anders als die Wohnung meiner Eltern hier im Quartier war es ein richtiges Zuhause. Sie hatten einen Gartenzaun mit Briefkasten, Nachbarn, die man heimlich durch die Vorhänge beobachten konnte, und sie konnten, wann immer sie wollten, aus dem Fenster schauen und den Himmel sehen. Darum beneidete ich Warden ein bisschen. Nicht dass ich das jemals zugegeben hätte.

»Dann sehen wir uns nachher?« Wardens Worte klangen wie eine Frage, obwohl ich ihm bereits zugesagt hatte.

Vermutlich würden wir für die theoretischen Prüfungen lernen und vielleicht einen Anime schauen. Ich hasste Animes, aber Warden liebte sie, also ertrug ich sie.

Ich nickte. »Ja, ich freu mich schon.«

»Cool, dann bis später.«

Ich lächelte. »Bis später.«

4. KAPITEL

Cain

Ich schrieb Jules eine Nachricht, dass ich suspendiert worden war und nicht mit ihm am Abend auf Patrouille gehen durfte. Er antwortete mir sofort und bestand darauf, dass wir uns für ein frühes Mittagessen in der Cafeteria trafen, um darüber zu reden. Nicht dass es da groß etwas zu bereden gab. Warden hatte nur einmal mehr bewiesen, was für ein elendiger Mistkerl aus ihm geworden war. Er hatte mich nicht an Grant verraten, weil ihm meine Sicherheit am Herzen lag oder weil er an die Regeln glaubte. Nein, er hatte mich aus Rache verraten, weil ich seinen Vampir getötet und ihm vor drei Jahren das Leben gerettet hatte, anstatt dabei zuzusehen, wie er in seinen sicheren Tod rannte. Danke auch.

Eine Stunde nach dem Treffen mit Grant war ich noch immer stinksauer. Wütend hämmerte ich auf den Aufzugknopf ein. »Komm schon«, drängte ich, während ich versuchte, mich seelisch darauf einzustellen, die nächsten Tage mit diesem Gefühl, innerlich zu brennen, zu leben. Warden hatte diese Wirkung auf mich. All die guten und all die schlechten Erinnerungen an ihn kollidierten in meinem Kopf wie zwei aufeinander zurasende Autos, mit deren Zusammenstoß alles in Flammen aufging.

Endlich schob sich die Tür des Aufzugs auf, der allerdings nicht leer war. Die beiden neuen Hunter aus dem Londoner

Quartier standen in der Kabine, zusammen mit einer dritten Person. Einer Person, die mir ein Lächeln auf die Lippen zauberte. »Finny?«

Die blonde Frau, die ein magisches Amulett der Stufe 5 um den Hals trug, hob eine Augenbraue. »Finny?«

»Halt die Klappe, Roxy«, zischte Finn und schob sich an ihr vorbei, um mich zur Begrüßung zu umarmen.

Ich hatte ihn seit Ewigkeiten nicht mehr gesehen, doch er hatte sich seit unserem letzten Treffen vor knapp einem Jahr kaum verändert. Sein schwarzes Haar trug er etwas länger und seine Gesichtszüge wirkten rauer, kantiger, aber seine blauen Augen funkelten noch immer genauso frech.

»Ich wusste gar nicht, dass du hier bist«, sagte ich und löste mich von ihm.

»Ja, ich bin allerdings nur auf der Durchreise.« Finn deutete auf die Tasche zu seinen Füßen.

»Willst du uns deine Freundin nicht vorstellen?«, fragte der Typ, der Shaw sein musste.

Finn legte mir einen Arm um die Schultern. »Das ist Cain. Und das sind Shaw und meine Kampfpartnerin, Roxy.«

Ich nickte ihnen zu. »Freut mich, euch kennenzulernen.«

Shaw lächelte mich an, genau wie Roxy, die jedoch etwas angespannt wirkte und ungeduldig auf die Knöpfe des Aufzugs drückte, dessen Tür Finn und ich blockierten.

»Können wir weiter? Ich bin am Verhungern«, sagte sie, wobei ein leichter irischer Akzent in ihrer Stimme mitschwang.

Finn verdrehte die Augen. »Wir wollen in die Cafeteria. Kommst du mit?«

»Oh, gern! Da bin ich mit Jules verabredet.«

»Cool.«

Wir stiegen in den Aufzug und fuhren hoch in die Mensa, welche sich im zweiten Stock befand.

»Was verschlägt euch nach Edinburgh?«, fragte ich und sah von Finn und Shaw zu Roxy, die so breitbeinig dastand, als versuchte sie, sich im Boden zu verankern.

»Wie gesagt, ich leg hier nur einen kurzen Zwischenstopp ein, bevor es für ein paar Tage zu meiner Familie geht. Und Roxy und Shaw sind hier, um sich das Quartier anzuschauen. Shaw trainiert gerade für seine Hunterprüfung.«

»Oh wirklich? Ich unterrichte einen der Grundkurse für angehende Hunter. Du bist zwar etwas älter als meine anderen Schüler, aber wenn du Fragen hast, helfe ich dir gern.«

Shaw grinste. »Cool, danke.«

Mit einem leichten Ruck kam der Aufzug zum Stehen. Wir stiegen aus und folgten dem breiten Korridor, der von Tageslichtlampen erhellt wurde, die einem das Gefühl gaben, nicht unter der Erde festzustecken.

Wie erwartet war die Mensa um diese Uhrzeit ziemlich voll. Einige der anwesenden Hunter grüßten mich mit einem Nicken, und Evan, ein Junge aus besagtem Grundkurs, winkte mir überschwänglich zu. Ich ließ es mir nicht nehmen, genauso enthusiastisch zurückzuwinken.

»Woher kennt ihr euch?«, fragte Shaw und sah von Finn zu mir.

»Cain war früher unglaublich in mich verliebt und ist mir überallhin nachgelaufen.«

Ich verpasste ihm einen Stoß in die Seite. »Glaubt ihm kein Wort. Finny hat seine Ausbildung im selben Jahr abgelegt wie mein Cousin Jules, der inzwischen mein Kampfpartner ist. Daher kennen wir uns. Und wenn überhaupt war Finn in mich verknallt, nicht andersherum.«

Er schnalzte mit der Zunge. »In deinen Träumen vielleicht.«

»Du meinst wohl eher Albträumen«, gab ich mit einem Lachen zurück.

Wir redeten Unsinn, und das war uns beiden vollkommen klar. Finn und ich waren immer nur Freunde gewesen. Zugegeben, wir hatten uns zwei-, drei-, vier- ... okay, ein paarmal geküsst, aber nur um Dampf abzulassen, nicht weil wir romantische Gefühle füreinander hatten.

»Hey!«, erklang eine Stimme.

Ich hob den Kopf und entdeckte Jules, der zielstrebig auf uns zukam. Er trug eine dunkle Jogginghose und einen ärmellosen grauen Hoodie mit Kapuze. Ein überraschend farbloses Outfit für seine Verhältnisse. Nur die bunte Kette an seinem Amulett stach leuchtend hervor.

Jules war ebenso überrascht, Finn zu sehen, wie ich, und nach einer herzlichen Begrüßung stellten wir uns gemeinsam an der Essensausgabe an.

»Studierst du immer noch Innenarchitektur?«, erkundigte sich Finn.

Jules nickte. »Ja. Letztes Jahr habe ich die Cafeteria neu eigerichtet. Sie ist mein ganzer Stolz.«

»Das erklärt einiges.« Finn sah sich in dem Raum um, der weit mehr war als eine langweilige Mensa mit wackeligen Tischen und verbogenen Stühlen. Jules hatte das von Grant vorgegebene Budget bis aufs Letzte ausgereizt. Nun spannten sich Holzbalken von Wand zu Wand, von denen künstliche Pflanzen baumelten. Und mit Unterstützung von mir und einigen anderen Huntern hatte er Tische aus einem ähnlich robusten Holz geschreinert, da sie anderenfalls ein Vermögen gekostet hätten. Abgerundet wurde die Einrichtung durch die dazu passenden Stühle, weitere naturfarbene Deko-Elemente und eine cremefarbene Couchlandschaft in einer Ecke des Raumes.

»Du solltest dem Londoner Quartier mal einen Besuch abstatten«, warf Shaw ein.

Jules lachte. »Vielleicht irgendwann.«

»Und was ist mit dir?«, wandte sich Finn nun an mich. »Was treibst du so?«

»Dies und das«, antwortete ich ausweichend, da ich ihm ganz bestimmt nicht von meinem Nebenjob als Party-Prinzessin erzählen würde. Abgesehen von Jules, Ella und meinen Eltern wusste niemand davon, und dabei sollte es bleiben. »Aber jetzt lass uns mal über dich reden. Wie läuft dein Studium?«

»Abgesehen davon, dass ich vermutlich so viele Vorlesungen verpasse wie niemand sonst? Ganz gut.«

»Wenn es nur das ist«, sagte ich mit einem Lachen. Denn dies war nur einer der Gründe, aus denen ich mich gegen ein Studium entschlossen hatte. Ich bewunderte Jules dafür, dass er sein Studium und das Hunterdasein unter einen Hut brachte, ohne eines von beiden zu vernachlässigen. Andererseits hatte er auch weniger Ambitionen als ich, was sein Dasein als Jäger anging. Er war glücklich damit, ein Hunter im aktiven Dienst zu sein. Aber ich wollte mehr. Mein Ziel war es, irgendwann den Posten der Leiterin des Quartiers zu übernehmen, um endlich ein paar Dinge zu ändern. Es war nicht alles schlecht, aber ich sah definitiv Verbesserungspotenzial, vor allem im Hinblick auf die Gleichberechtigung. Grant erledigte als Quartiersleiter einen großartigen Job, und auch mein Großvater, der vor ihm in der Position gewesen war, hatte tolle Arbeit geleistet, aber ob bewusst oder unbewusst wurden die hohen Ränge immer nur an Männer vergeben. Grants rechte Hand war Wayne. Der Anführer der Grim Hunter war mein Dad Andrew. Die wenigen Soul Hunter wurden von Ellas Vater Louis angeführt. Die Magic Hunter waren Jason Stafford unterstellt. Und die Blood Hunter standen unter der Leitung von Xavier Gorman, der nicht einmal ein besonders guter Jäger war. Meine Mum hätte diese Position viel mehr verdient gehabt, aber Grant hatte sie an Xavier vergeben, vermutlich aus Gewohnheit, da er eigentlich wusste, wie fähig meine Mutter war. Und an diesen Gewohnheiten wollte, nein, *musste* ich etwas ändern.

Wenn ich erst einmal Quartiersleiterin wäre, würde ich alle Stellen fair besetzen und für Ausgleich sorgen. Denn dadurch, dass mein Dad und all die anderen Kerle das Sagen hatten, bekamen wir Frauen häufig die ungefährlichen, manchmal ziemlich langweiligen Routen auf Patrouillen, und bei größeren Missionen wurden wir als Beobachter abgestellt. Natürlich nicht immer, aber nach den Geschichten, die ich von meiner Mum, meiner Tante und all den anderen Frauen gehört hatte, war durchaus ein Muster zu erkennen. Ein Muster, das ich durchbrechen wollte. Deshalb steckte ich meine ganze Kraft und Energie in die Hunter und dieses Quartier und nicht in ein Studium.

Wir rückten an der Essensausgabe weiter vor, bis wir schließlich an der Reihe waren.

»Was … Was ist das?«, fragte Roxy mit fassungslosem Blick auf die Tageskarte, die mit Kreide auf eine Tafel neben der Ausgabe geschrieben war. »Bio-Lachs mit Kartoffelecken und gedünstetem Gemüse? Schafskäse auf Feldsalat vom Bauernmarkt mit Goji-Beeren und Olivenbrot … wahlweise auch mit Falafel? Ist das alles, was es hier gibt? Wo sind die Pommes, die Pizza, die Mac 'n' Cheese? Bin ich etwa schon in der Hölle gelandet?«

Ich schnappte mir Besteck und einen Teller. »Ja, das ist alles. Hier wird jeden Tag mit frischen Zutaten vom Biomarkt gekocht, daher gibt es immer nur zwei Gerichte – eins mit und eins ohne Fleisch.«

»Okay, und warum sind wir dann hier?«, fragte Roxy verständnislos in die Runde, ehe ihr Blick zu Shaw wanderte.

»Warum sind wir nicht wieder zu diesem leckeren Italiener von gestern gegangen? Die Cannelloni waren zum Niederknien.«

»Weil Finn gleich nach dem Essen fährt und dafür keine Zeit mehr gewesen wäre«, erwiderte Shaw geduldig.

Roxy funkelte Finn an. »Ich hasse dich.«

Er warf ihr einen Luftkuss zu. »Ich dich auch. Und jetzt such dir was aus.«

Roxy gab ein unglückliches Grummeln von sich. »Wer hat sich so einen gesunden Mist ausgedacht?«

»Wayne«, antwortete Jules mit einem Schulterzucken.

»Wer ist dieser Wayne, und wo finde ich ihn?«

»Er sitzt dahinten.« Ich hatte ihn beim Reinkommen entdeckt und deutete in seine Richtung.

Die Blicke der anderen folgten meiner Handbewegung.

Wayne saß allein an einem Tisch. Vor ihm stand ein Tablet, und er schmunzelte über etwas, das sich auf dem Display abspielte. Er hatte dichtes schwarzes Haar, die drahtig-muskulöse Figur eines Blood Hunters und die eindrucksvollen, hellgrauen Augen eines Soul Hunters. Beides zusammen machte ihn zu etwas ganz Besonderem, denn er besaß sowohl das Blood- als auch das Soul-Hunter-Gen. Somit konnte er Vampire riechen *und* Geister sehen. Weltweit waren laut unseren Aufzeichnungen in den letzten hundert Jahren nur vier Jäger dieser außergewöhnlichen Art geboren worden.

»Oha«, entwich es Roxy, als sie Wayne erblickte. Die Unzufriedenheit über die Essensauswahl wich aus ihrem Gesicht und machte Platz für einen entzückten Ausdruck. »Vielleicht sollte ich ihm doch eine Chance geben.«

»Wem, dem Essen oder Wayne?«, fragte Shaw in einem Tonfall, der ein wenig zu betont gleichgültig klang.

Roxy sah zu ihm auf, ein amüsiertes Funkeln in den Augen. »Dem Essen natürlich.«

Shaw erwiderte ihren Blick und hielt ihn fest.

Zwei, drei Sekunden sahen die beiden einander einfach nur an, und obwohl ich sie kaum kannte, konnte ich förmlich spüren, wie sich die Luft zwischen ihnen veränderte.

Finn stupste Roxy an. Er hatte seinen Teller bereits in der Hand. »Du bist dran.«

»Kann ich den Feldsalat auch mit einem Berg Kartoffelecken bekommen?«

Maureen, Xaviers Ehefrau, die erst durch ihn von den Huntern erfahren hatte und seitdem für die Kantine verantwortlich war, schüttelte den Kopf.

Roxy entwich ein enttäuschtes Seufzen. »Dann nehme ich den Salat mit Käse«, sagte sie so gequält, als wäre sie tatsächlich in ihrer persönlichen Hölle gelandet. Sichtlich widerwillig nahm sie den Teller an, der ihr gereicht wurde.

Als Letztes war Shaw an der Reihe, und nachdem wir alle unser Essen hatten, suchten wir uns einen Tisch.

Lustlos stocherte Roxy auf ihrem Teller herum. »Oh Mann, ich habe mich so auf das Essen gefreut.«

»Du hast noch nicht mal probiert«, sagte Finn.

»Ja, aber es ist Salat, *Finny*, S-a-l-a-t. Der ist gesund«, fügte sie hinzu und schüttelte sich.

Shaw schob Roxy seinen Teller hin. »Hier, du kannst ein paar von meinen Kartoffelecken haben.«

»Wirklich?« Er nickte, und sie bediente sich mit einem Lächeln. »Danke, du bist ein wahrer Freund, anders als andere Menschen an diesem Tisch.« Vielsagend schaute sie Finn an, der von ihrem tadelnden Blick allerdings wenig beeindruckt schien.

»Wie seid ihr beide Kampfpartner geworden?«, fragte ich mit einem Schmunzeln, denn trotz ihrer Sticheleien war offensichtlich, dass Roxy und Finn einander mochten.

»Ganz unspektakulär. Ich habe Roxy gefragt, und meine einnehmende Persönlichkeit hat ihr keine andere Wahl gelassen, als Ja zu sagen. Und natürlich die Tatsache, dass niemand anderes ihr Partner sein wollte«, antwortete Finn grinsend, aber ich kannte ihn und wusste, dass mehr hinter seinen lockeren Worten steckte. Er hätte Roxy niemals gefragt, ob sie seine Partnerin werden wollte, wäre er nicht fest von ihrem Können überzeugt.

»Und wie war das bei euch beiden?«, erkundigte sich Shaw und sah zwischen Jules und mir hin und her. Keine ungefährliche Frage – vor allem nicht nach den jüngsten Ereignissen.

»Das ist eine lange Geschichte«, antwortete ich ausweichend. Es war eine Geschichte, die ich nicht erzählen konnte, ohne Warden zu erwähnen, und ich wollte jetzt nicht an ihn denken. Schlimm genug, dass ich in ein paar Stunden gemeinsam mit ihm Dienst in der Waffenkammer würde ableisten müssen.

Doch offenbar verstand Shaw den Wink mit dem Zaunpfahl nicht. »Ich habe Zeit.«

»Eigentlich ist sie gar nicht so lang«, eilte Jules mir zu Hilfe. »Mein damaliger Kampfpartner Eliott ist für sein Studium und seine Freundin umgezogen, und zwischen Warden und Cain gab es ein paar Meinungsverschiedenheiten. Da lag es einfach nahe, dass wir uns zusammentun.«

Roxys Augen wurden groß. »Du warst die Kampfpartnerin von Warden?«

Bei der Erinnerung legte sich ein bitterer Geschmack auf meine Zunge. Ich nickte.

Sie stieß einen leisen Pfiff aus. »Was ist passiert?«

Ich schnaubte. »Warden ist passiert.«

Shaw hob die Brauen. »Was soll das heißen?«

»Lass es dir von ihm erklären«, erwiderte ich trocken, denn ich wollte wirklich nicht darüber reden.

Warden würde mich in seiner Version der Geschichte als die Böse darstellen, aber das war mir egal. Ich stand nach wie vor hinter meiner Entscheidung von damals. Ich wusste, dass ich das Richtige getan hatte. Warden riskierte noch immer Kopf und Kragen auf seiner Suche nach Isaac, doch inzwischen war er ein besserer Jäger. Hätte ich damals zugelassen, dass er loszog, um Isaac zu finden, wäre er seinem Dad ins Grab gefolgt. Und so zerrüttet unsere Beziehung seither auch war, ein Teil von mir würde sich immer um Warden sorgen und sich wünschen, dass es ihm gut ging. Auch wenn er es mir mit seinem Verhalten verdammt schwer machte.

Warden

»Er spürte den Wind auf seiner Haut und den Rauch in seiner Lunge. Die Stadt vor seinen Augen brannte, und das erste Mal in seinem Leben war er wirklich glücklich. Er lächelte und wischte sich das Blut aus dem Mundwinkel, das bereits dabei war zu verkrusten ...«

Ich blickte von dem Buch auf, aus dem ich meiner Mum vorlas, und wie jedes Mal, wenn ich den Kopf hob, hoffte ich auf eine Veränderung – doch nichts veränderte sich. Meine Mum lag noch immer bewusstlos in einem Bett auf der Krankenstation des Quartiers, angeschlossen an eine Maschine, die ihren Herzschlag in piepsende Töne übersetzte.

Ich klappte das Buch zu und legte es auf den Nachttisch zu all ihren anderen Lieblingsbüchern, die ich ihr immer wieder vorlas in der Hoffnung, dass sie mich hörte. Ich stützte die Ellenbogen auf die Knie und betrachtete ihr Gesicht und ihre ergrauten Schläfen, die es mir schwer machten, nicht an all die Jahre zu denken, die sie in diesem Bett bereits verloren hatte.

»Isaacs Spur nach London hat sich ins Nichts verlaufen«, sagte ich, die Stimme zu einem Flüstern gesenkt, damit mich niemand belauschen konnte. Früher hatte sie in einem von fünf Einzelzimmern gelegen, aber inzwischen war sie in einem Gemeinschaftsraum untergebracht, in dem sie nur ein paar dünne Vorhänge vor neugierigen Blicken schützten. »Ich dachte wirklich, ich bin da an was dran, aber anscheinend war es eine Finte. Mal wieder. Trotzdem, ich werde nicht aufgeben. Ich werde Isaac finden. Ich bin sogar schon an einem neuen Hinweis dran. Na ja, Hinweis ist vielleicht etwas übertrieben … Ich hab in Frankreich eine durchgeknallte Magic Huntress gejagt und …«

Ich brach ab, denn die Erinnerung an Amelia brachte unweigerlich auch Erinnerungen an Dominique mit sich. Ich kniff die Augen zusammen, um die Bilder zu vertreiben, um nicht an die Frau mit den schwarzen Haaren und violetten Augen zu denken, aber ich kämpfte auf verlorenem Posten.

Fuck!

Bilder von unserer gemeinsamen Zeit und ihren letzten Augenblicken stiegen in mir auf. Ich hatte nicht viel über Dominique gewusst. Weder was ihr Lieblingsessen gewesen war, noch welchen Film sie sich bis in die Unendlichkeit hätte ansehen können, aber ich hatte mich mit ihr auf andere Art und Weise verbunden gefühlt. Sie hatte ihren Bruder an einen Werwolf verloren, so wie ich meine Familie an die Vampire. Wenn wir zusammen gewesen waren, hatten wir nicht nur Lust und Leidenschaft miteinander geteilt, sondern auch Schmerz und Trauer, wie nur wenige andere es taten. Ich vermisste sie, obwohl sie erst seit ein paar Wochen tot war und wir uns sonst manchmal monatelang nicht gesehen hatten. Aber mit Dominique hatte es sich immer so angefühlt, als wäre keine Zeit vergangen. Sie war ein so offener Mensch gewesen und hatte sich nicht von ihrer Wut leiten lassen. Anders als ich. Wenn einer von uns beiden es verdient gehabt hatte, in diesem Kampf zu sterben, dann ich. Doch es war mir nicht gelungen, sie zu retten, obwohl ich bereit gewesen wäre, mein eigenes Leben dafür zu geben. Ich hatte versagt.

Zitternd holte ich Luft und wandte mich wieder meiner Mum zu. Sie, mein Dad, Dominique. Cain. Warum war ich verflucht, alle Menschen, die mir nahestanden, auf die eine oder andere Art zu verlieren? Aber wenn ich sie schon nicht hatte halten können, würde ich sie zumindest rächen. Amelia war bereits tot, aber Isaac trieb noch immer sein Unwesen auf dieser Welt.

Ich räusperte mich und nahm den Faden wieder auf, um meiner Mum von meinen Plänen zu erzählen. »Jedenfalls hat diese Magic Huntress – Amelia – kurz vor ihrem Tod etwas davon gefaselt, dass der Vampirkönig Baldur töten würde. Keine Ahnung, warum er das tun sollte, aber ich werde dem nachgehen und mit Harper reden. Denn wenn es wirklich Stress zwischen Hexen und Vampiren gibt, sollten wir das wissen.«

Die Stille, die meinen Worten folgte, erzeugte bei mir nicht zum ersten Mal eine Gänsehaut, und ein Gefühl der Ungeduld nistete sich tief in meinem Inneren ein. Ich wartete und wartete und wartete darauf, dass sich etwas veränderte, dass sich der Zustand meiner Mum besserte, sie aufwachte und mir sagte, was ich tun sollte, damit ich mich vielleicht ein klein bisschen weniger verloren fühlte. Es war, als würde ich mich seit drei Jahren allein und blind durch diese Welt tasten. Ein beschissenes Gefühl, das wie eine tickende Zeitbombe in meinem Magen saß, und ich wusste einfach nicht, wie ich sie entschärfen konnte. Genauso wenig wie ich wusste, was passieren würde, wenn der Timer die Null erreichte.

»Hey …«

Überrascht blickte ich auf und entdeckte Shaw. Er stand in der Lücke zwischen den leicht aufgeschobenen Vorhängen, welche den Krankenpflegern einen stetigen Blick auf meine Mum gewährte.

Ich richtete mich in meinem Sessel auf. »Hey. Was machst du hier?«

»Roxy bringt gerade Finn zum Bus, und ich dachte, ich komm mal vorbei, um meine Rippen von eurer Ärztin abchecken zu lassen. Dr. Kivela ist wirklich nett.«

»Verstehe«, brummte ich und sah wieder zu meiner Mum. Manchmal vergaß ich, dass nicht alle Menschen so schnell heilten wie wir Blood Hunter. Meine ausgekugelte Schulter war bereits seit Tagen auskuriert.

Shaw schnaubte. »Danke der Nachfrage, Mann, wirklich nett, dass du dich so um mich sorgst. Falls du es genauer wissen willst: Ich werde es überleben.«

»Gut.« Es war mir nicht egal, wie es Shaw ging, aber man musste kein Arzt sein, um zu sehen, dass er sich hervorragend von den Wunden erholte, die er im Kampf davongetragen hatte.

»Darf ich mich setzen?«, fragte Shaw und deutete auf den zweiten, freien Sessel, der, solange ich mich erinnern konnte, neben dem Bett meiner Mum stand, obwohl es niemand außer mir gab, der sie besuchte. Früher waren öfter Leute hier gewesen, um sie zu sehen, aber je länger ihr Koma andauerte, desto weniger Besucher kamen. Nur Luisa, ihre Kampfpartnerin, hatte regelmäßig vorbeigeschaut, zumindest bis sie vor knapp einem Jahr spurlos verschwunden war.

Ursprünglich waren wir davon ausgegangen, dass eine Wassernymphe Luisa erwischt hatte, aber nach neusten Erkenntnissen bestand auch die Möglichkeit, dass Amelia sie verschleppt hatte, so wie sie es mit Ripley, Dinah und vielen anderen getan hatte. Noch wussten wir nicht, was Amelia mit den entführten Huntern angestellt hatte, aber plötzlich bestand die klitzekleine Chance, dass sie noch am Leben waren und irgendwo dort draußen festgehalten wurden. Nala Madaki, die neue Leiterin des Quartiers in London, hatte zurzeit alle Hände voll damit zu tun, die Quartiere weltweit über diese neueste Erkenntnis zu informieren. Was die Quartiere daraus machten, blieb jedoch ihnen selbst überlassen.

»Warden?« Shaw wedelte mit der Hand vor meinem Gesicht herum.

»Sorry, ich musste gerade nur an etwas denken.«

Ein wissendes Lächeln trat auf Shaws Lippen. »An eine rothaarige Blood Huntress?«

Ich verengte die Augen. »Wie kommst du darauf?«

»Nur so.«

»Shaw …«, mahnte ich.

Er seufzte und setzte sich auf den freien Stuhl, obwohl ich ihm keine Antwort auf seine Frage gegeben hatte. »Wir haben mit Cain und Jules mittaggegessen.«

Wieso überraschte mich das nicht?

»Was hat sie euch erzählt?«

»Nicht viel, nur dass ihr früher Kampfpartner gewesen seid.«

»Wirklich? Sie hat nicht versucht, euch davon zu überzeugen, was für ein furchtbarer Mensch ich bin?«

»Nein, aber ihr war deutlich anzusehen, dass sie kein Fan von dir ist.«

Und ich bin kein Fan von ihr, schoss es mir durch den Kopf, aber ich sagte nichts, sondern wandte mich wieder meiner Mum zu. Es würde ihr das Herz brechen, wenn sie wüsste, wie sich die Dinge zwischen Cain und mir entwickelt hatten. Sie hatte Cain immer sehr gemocht und mir gegenüber kein Geheimnis daraus gemacht, dass sie hoffte, wir würden irgendwann einmal mehr füreinander sein als Kampfpartner. Und ich Idiot hatte ihre Hoffnung geteilt, aber diese Zeiten waren lange vorüber.

Aus dem Augenwinkel konnte ich sehen, wie Shaw unruhig auf seinem Stuhl hin und her rutschte. Vermutlich bereute er es bereits, sich zu mir gesetzt zu haben. Was ich ihm nicht verdenken konnte. Ich war heute ein ziemlich übel gelaunter Mistkerl – wie eigentlich an den meisten Tagen. Dennoch blieb er hocken und ertrug mich.

»Warum sitzt du eigentlich hier?«, fragte Shaw irgendwann, vermutlich weil er die Stille nicht mehr aushielt.

»Ich besuche meine Mum.«

Shaws Blick zuckte zu ihr. »Was ist passiert?«

»Sie wurde von Vampiren angegriffen.«

Ein kurzer Anflug von Angst flackerte über Shaws Gesichtszüge. Vermutlich dachte er an die Vampire, die uns in London attackiert hatten. Seinen entsetzten Blick, als ich einen von ihnen mit meiner Machete geköpft hatte, würde ich so schnell nicht vergessen. »Wann war das?«

»Vor gut drei Jahren.« Es war merkwürdig, Shaw davon erzählen zu müssen, denn in den Reihen der Hunter, auch weit über die Grenzen von Edinburgh hinaus, war der Fall meiner Familie bekannt. Es passierte schließlich nicht jeden Tag, dass sich der König der Vampire zeigte und persönlich die Hände dreckig machte. »Isaac und ein paar seiner Vampire haben unser Haus überfallen. Meine Mum hat versucht, sie zu bekämpfen, und wurde dabei schwer verletzt. Seitdem liegt sie im Koma.«

»Shit. Und dein Dad?«

»Tot«, antwortete ich. Das Wort auszusprechen oder auch nur zu denken hatte mich früher viel Kraft gekostet, aber mittlerweile war es eine Tatsache, die ich zu meinem eigenen Schutz gelernt hatte zu akzeptieren.

»Suchst du deswegen nach diesem Isaac?«

Ich nickte.

»Und er ist der König der Vampire?«, versicherte sich Shaw.

»Ja. Er ist der erste Vampir, der jemals existiert hat, und der Schöpfer aller anderen. Jeder Vampir, dem du je begegnen wirst, ist ein Abkömmling von Isaac. Das ist es, was ihn so gefährlich macht. Er besitzt die Gabe, all seine Abkömmlinge zu kontrollieren und ihnen seinen Willen aufzuzwingen.«

Shaw erschauderte. »Das heißt, wenn ich in einen Vampir verwandelt werde und Isaac mir den Befehl gibt … keine Ahnung, Roxy zu töten, müsste ich das tun?«

»Genau, du kannst dich dem nicht entziehen.«

»Mhh«, brummte Shaw nachdenklich und kratzte sich das Kinn. »Und warum gibt Isaac seinen Vampiren dann nicht einfach den Befehl, alle Menschen gleichzeitig zu verwandeln? Dann wäre er der König der Welt … oder so.«

»Erstens hat er keine Möglichkeit, diesen Befehl allen Vampiren gleichzeitig zu geben. Es sei denn, es würde ihm gelingen, sie alle an einem Ort zu versammeln. Zudem brauchen die Vampire die Menschen, nur so können sie sich ernähren«, erklärte ich und stützte einen Ellenbogen auf der Sessellehne ab. »Und außerdem wäre das ein Krieg, den sie nicht gewinnen können. Vampire sind vielleicht stärker als Menschen, aber die Menschheit ist deutlich in der Überzahl und Vampire sind in ihrer Reproduktion eingeschränkt. Jeder von ihnen kann in seiner ganzen Existenz nur einen weiteren Vampir erschaffen – Isaac ausgenommen. Weshalb wir schätzen, dass die Zahl der Vampire eher ab- statt zunimmt.«

»Beruhigend. Und wenn dieser Isaac stirbt, zerfallen alle anderen Vampire bestimmt zu Asche, oder?« Shaw klang hoffnungsvoll.

»Keinen Schimmer. Das werden wir erst erfahren, nachdem ich Isaac getötet habe.«

Shaw nickte anerkennend. »Klingt nach einem Plan ...«

Ich sah auf. »Aber?«

»Könntest du Roxy helfen, bevor du die Welt von Isaac befreist?«

»Würde ich gern, aber leider muss ich jetzt zuerst zum *Nachsitzen*«, antwortete ich mit einem genervten Blick auf die Uhr und stieß ein tiefes Seufzen aus. Es war nach acht, was bedeutete, dass ich gleich am ersten Abend zu spät zu meiner Schicht in der Waffenkammer kam.

In der Vergangenheit hatte ich Grants Androhungen und Strafen häufig einfach ignoriert, da ich ohnehin immer auf dem Sprung gewesen war. Dass ich damit ein ziemliches Arschlochverhalten an den Tag legte, war mir vollkommen klar, aber Grant hatte mich damit durchkommen lassen. Es schien, als hätte er meine Art und meine Methoden weitestgehend akzeptiert, auch wenn sie nicht mit den Regeln der Hunter konform gingen. Zumindest so lange ich niemanden in Gefahr brachte außer mir selbst.

Doch dieses Mal war es anders. Dieses Mal hing Cain in der Sache mit drin, und ich wusste, dass sie mich mit meinem Bullshit nicht durchkommen lassen würde. Was mir keine andere Wahl ließ, als die Sache durchzuziehen und darauf zu hoffen, dass die nächsten sieben Tage schnell vorübergingen.

5. KAPITEL

Warden

3 Jahre zuvor
1 Tag nach der Hunterprüfung

Mein Herz schlug mir bis in die Kehle. Ich versuchte, meine Nervosität zu verbergen, aber ich war mir sicher, dass mich Cain längst durchschaut hatte. Genau wie ich sie. Ihr Gang wirkte selbstbewusst, aber die Angst stand ihr in die Augen geschrieben, und ich wünschte, ich könnte etwas tun, um sie ihr zu nehmen. Doch dafür war meine eigene Furcht viel zu präsent.

Es war unsere erste Patrouille als anerkannte Hunter. Zwar waren wir schon Hunderte Male durch die Straßen von Edinburgh gezogen und hatten Dutzende von Kreaturen auf der Jagd getötet, aber bisher immer nur mit zwei erfahrenen Jägern an unserer Seite, die uns im Notfall unter die Arme greifen konnten. Wayne und Eva schlichen nun nicht mehr in den Schatten hinter uns her. Wir waren auf uns allein gestellt, und wenn heute Nacht etwas schiefging, jemand verletzt wurde oder gar starb, ging das auf unsere Kappe.

»Warte«, sagte Cain plötzlich und blieb stehen.

Meine Muskeln spannten sich an. »Was ist?«

»Da liegt eine leere Plastikflasche.«

Ich atmete schwer aus. Einen Moment hatte ich gedacht, Cain hätte eine Kreatur entdeckt.

Sie sprang über die niedrige Steinmauer, welche die Promenade vom Strand trennte, und huschte über den Sand, um eine PET-Flasche einzufangen, bevor der seichte Wellengang sie erfassen und aufs Meer hinaustragen konnte.

Man hatte uns das Gebiet rund um Portobello Beach zugeteilt, vermutlich ein kleines Geschenk zum Einstieg. Die Route war im Quartier heiß umkämpft. Sie glich mehr oder weniger einem Spaziergang am Meer bei Nacht, unter einem Sternenhimmel und in Abwesenheit der unzähligen Touristen, die tagsüber hier anzutreffen waren.

Cain warf die Flasche in einen Mülleimer und kam zu mir zurück. In ihrer Uniform aus schwarzen Stiefeln, schwarzem Oberteil und einer ebenso dunklen Stoffhose, die saß wie eine zweite Haut, verschmolz sie beinahe mit der Nacht. Nur ihr rotes Haar ließ sich von der Dunkelheit nicht unterkriegen.

»Hab ich was im Gesicht, oder warum starrst du mich so an?«

»Nein, mir ist gerade nur aufgefallen, wie badass du in deiner Hunteruniform aussiehst.«

Verdutzt sah Cain zu mir auf, immerhin hatte ich sie schon unzählige Male in diesem Outfit gesehen. Doch heute war irgendetwas anders. Heute trug sie es mit mehr Selbstbewusstsein.

Sie lächelte. »Danke. Du siehst auch nicht schlecht aus, Prinslo.«

»Nicht schlecht? Ich sehe echt scharf aus.«

Cain schnaubte. »Absolut, schärfer als die Klingen deiner Macheten.«

Ich hob die Augenbrauen. »Machst du dich etwa über mich lustig, Blackwood?«

»Würde mir nicht im Traum einfallen«, sagte Cain mit verlogener Unschuld in der Stimme.

Ich verpasste ihr einen spielerischen Stoß in die Seite. Sie lachte und versuchte mich ebenfalls mit ihrem Ellenbogen zu treffen, doch ich wich ihr geschickt aus. »Etwas mehr Professionalität, wenn ich bitten darf. Wir sind hier auf einer offiziellen Patrouille.«

Cain schnalzte mit der Zunge. »Du hast angefangen.«

»Und du hast mitgemacht«, neckte ich zurück und legte ihr einen Arm um die Schultern.

Sie zu berühren, ihr nahe zu sein, fühlte sich natürlich an. Immerhin kannten wir uns bereits seit unserer Kindheit und trainierten fast jeden Tag miteinander. Auf den Matten fanden wir uns ständig in kompromittierenden Positionen wieder, in der sich mein Körper gegen ihren drängte oder umgekehrt. Das war nichts Ungewöhnliches. Und dass ich in Momenten wie diesen außerhalb des Trainings hin und wieder das Verlangen spürte, sie zu berühren, war lediglich eine Gewohnheit, nicht mehr und nicht weniger. Das hatte nichts zu bedeuten.

Wir verließen die Strandpromenade und bogen in eine schmale Gasse ein, die zwischen zwei Reihen aus Wohnhäusern verlief. Es waren kleine, süße Häuser mit schiefen Dächern und liebevoll gepflegten Gärten. In unserem Rücken erklang weiterhin sanft das Rauschen des Meeres. Ein geradezu idyllischer Moment … wäre da nicht schlagartig dieser vertraute Duft gewesen. Nicht nach Rosmarin, Lavendel, Rauch oder Benzin. Sondern nach Blut. Menschlichem Blut.

Ich nahm meinen Arm von Cains Schultern und tastete nach einer meiner Macheten. »Riechst du das auch?«

Der spielerische Ausdruck war schlagartig aus ihrem Gesicht verschwunden. Sie war nicht länger Cain, meine beste Freundin, sondern Cain, die jahrelang zum Töten ausgebildet worden war. Und auch ihre Angst war verflogen. An ihre Stelle war wilde Entschlossenheit getreten. Sie zog eines ihrer

Khukuri aus dem Gürtel und nickte in die Richtung, aus welcher der süßliche Gestank kam.

Ohne ein weiteres Wort zu tauschen, wussten wir beide, was zu tun war. Mir gehörte die rechte Seite, Cain die linke. Schritt für Schritt sicherten wir die Umgebung, bis wir die Gasse erreichten, aus welcher der Geruch kam.

»Oh Shit«, fluchte Cain.

Beim Anblick der Leiche, die neben einem umgefallenen Fahrrad lag, verzog ich angewidert die Lippen. Sie war bis zur Unkenntlichkeit geschändet. Ihre Kehle war zerfetzt und ihr Oberkörper vollständig aufgerissen, als hätte jemand, nein, *etwas* versucht, an ihre Organe zu kommen. Dies war nicht das Werk eines Vampirs, sondern einer anderen, gewaltigeren Kreatur. Vampire hatten kein Interesse daran, eine dermaßene Sauerei anzurichten. Meistens verbissen sie sich ziemlich sauber in den Hals ihres Opfers, manchmal auch in den Arm oder Oberschenkel. Im Anschluss töteten sie den Menschen in der Regel mit einem Genickbruch, falls der Blutverlust ihm nicht bereits das Leben geraubt hatte.

»Ich rufe das Quartier an. Sie sollen …«, setzte Cain an, doch ihre Worte wurden von einem lauten Knurren unterbrochen, das hinter uns ertönte.

Wir wirbelten herum – und fanden uns Auge in Auge mit einem Werwolf wieder. Er hatte dunkles, borstiges Fell. Blut klebte an den Klauen, mit denen er vermutlich den Brustkorb seines Opfers aufgerissen hatte. Obwohl Werwölfe aufrecht gehen konnten, pirschte sich die Kreatur auf allen vieren an Cain und mich heran. Ihr warmer, nach verrottetem Fleisch stinkender Atem schien die komplette Gasse zu erfüllen.

Mein Magen zog sich zusammen, doch Flucht war keine Option – weder für mich noch für Cain. Nicht nur, dass das hier unser Job war. Wir hatten auch etwas zu beweisen, immerhin war dies unsere erste offizielle Jagd als Hunter und Huntress. Wir wollten mit einem Sieg ins Quartier zurückkehren.

Es brauchte keinen Countdown. Keinen Befehl. Und auch kein Startsignal. Instinktiv setzten wir uns im selben Augenblick in Bewegung. Cain machte einen Satz auf mich zu und löste die Pistole aus meinem Gurt, nur eine Sekunde bevor ich mich mit der Machete auf den Werwolf stürzte.

Die Kreatur kam mir entgegen, aber ich hielt die Klinge vor mich wie ein Schutzschild. Das Monster konnte mich nicht fassen, ohne sich selbst zu verletzen, aber das hielt es nicht auf. Das Vieh sprang mich an, und seine Krallen bohrten sich in meinen Körper. Ein brennender Schmerz explodierte in meiner Schulter, und ich wurde zu Boden gerissen. Zeitgleich drückte sich meine Machete der Länge nach in den Brustkorb des Werwolfs. Keine tödliche Wunde für eine solche Bestie, aber eine schmerzhafte.

Der Werwolf stieß ein Brüllen aus, das mehr an einen Löwen als an einen Wolf erinnerte. Und in der Sekunde, in der sein Maul sperrangelweit offen stand, erklang das Geräusch dumpfer Schüsse – zwei, drei, vier Kugeln schlugen im Rachen der Kreatur ein und eine fünfte bohrte sich zielsicher zwischen ihre Augen.

Ich spürte, wie die Kraft aus den Klauen des Werwolfs wich und stemmte mich gegen seinen Körper, der um die dreihundert Pfund schwer sein musste, um ihn zur Seite zu schieben, bevor er leblos auf mir zusammensacken konnte. Danach blieb ich schwer atmend liegen, während Cain prüfte, ob die Kreatur wirklich tot war. Wie selbstverständlich löste sie die Machete mit einem Ruck aus dem Brustkorb des Werwolfs und trieb sie zur Sicherheit noch ein letztes Mal mit einer kraftvollen Bewegung in seinen Schädel, wo sie sie stecken ließ.

Gott, ich liebte diese Frau.

Bevor ich den plötzlichen Gedanken greifen und mich fragen konnte, woher zum Teufel er gekommen war, sank Cain neben mir auf die Knie. Ihre Wangen waren gerötet. Blutspritzer, die sie überhaupt nicht zu stören schienen, klebten an ihrer Wange. »Warden? Geht es dir gut?«

»Ja, alles bestens«, log ich, obwohl der Schmerz noch immer durch meinen Körper pulsierte. Ächzend richtete ich mich auf, dankbar für die Dunkelheit, die verbarg, wie schlimm es um meine Schulter stand. Doch ich konnte das wärmende Kribbeln der Heilung bereits spüren. Mein Blick zuckte zu dem toten Werwolf. »Gut geschossen, Blackwood.«

»Danke.« Sie lächelte stolz und rief das Quartier an, bevor sie einen Arm um mich legte, um mir auf die Beine zu helfen.

Und obwohl mir etwas schwindelig war und die Wunde trotz der einsetzenden Heilung heftig pochte, konnte ich es nicht erwarten, morgen wieder gemeinsam mit Cain auf die Jagd zu gehen. Und übermorgen. Und überübermorgen.

Und all die Morgen danach.

6. KAPITEL

Cain

Es war zwanzig Uhr, und wie von Grant angeordnet, war ich an der Waffenkammer anstatt auf der Straße. Die Tür, die normalerweise nur mit einem persönlichen Code entriegelt werden konnte, war offen, da ein Schichtwechsel bevorstand.

Als ich die Kammer betrat, stieg mir sofort der Geruch nach Metall und Öl in die Nase. An den Wänden und in Vitrinen waren besonders prachtvolle oder bedeutsame Waffen ausgestellt wie das Schwert des ersten Quartiersleiters. Doch all jene Klingen, Pistolen und Armbrüste, die im aktiven Dienst benutzt wurden, lagerten in Regalen, Schubladen und Kisten, so waren sie für alle gut zugänglich. Obwohl die meisten Hunter und Huntresses, die ich kannte, eine persönliche Waffensammlung besaßen. Dennoch kamen viele von ihnen vor ihrer Patrouille hier her, um sich zusätzlich auszustatten oder um die Waffen abzuholen, die sie zur Pflege oder Reparatur abgegeben hatten.

»Hallo Cain«, begrüßte mich Ronja, eine Grim Huntress, die gerade dabei war, die Waffenkammer mit einer Armbrust zu verlassen. Ihr Sohn, Gregory, besuchte meinen Grundlagenkurs.

»Hey, viel Erfolg dort draußen.«

»Danke. Dir viel Erfolg hier drin«, sagte sie mit einem Augenzwinkern. Es schien für sie keine große Sache zu sein, dass ich eine Strafarbeit aufgebrummt bekommen hatte. Mir hingegen war das Ganze ziemlich peinlich. Ich war besser als das!

Ich fand Hugo, unseren Waffenmeister, an seinem Schreibtisch, der unter einem Berg von Papieren und Ordnern begraben war. Zwischen offiziell aussehenden Dokumenten entdeckte ich einen Stapel Sci-Fi-Romane, mehrere leere Kaffeetassen und ein halb aufgegessenes Croissant, das alles andere als frisch aussah. Doch Hugo schien sich nicht daran zu stören. Vollkommen vertieft scrollte er auf seinem Bildschirm durch eine Seite, auf der die verschiedensten Waffen verkauft zu werden schienen.

»Hey«, begrüßte ich ihn.

Hugo spähte über die Schulter zu mir, und ein Lächeln, das die Fältchen auf seinem Gesicht tiefer werden ließ, trat auf seine Lippen. »Pünktlich auf die Minute.«

»Hast du etwas anderes erwartet?«

»Nicht von dir.«

»Ist Warden schon da?«

»Nein, aber er wird sicher bald kommen«, sagte Hugo mit einem Optimismus, den ich nicht teilte. Natürlich war Warden noch nicht da, alles andere hätte mich überrascht. Und es hätte mich auch nicht gewundert, wenn er überhaupt nicht auftauchte, aber das sollte sein Problem sein, nicht meines.

Hugo stand von seinem Stuhl auf, schnappte sich das dunkelgraue Jackett, das über der Rückenlehne gehangen hatte, und streifte es sich über seine breite Schulter. Hugo war ebenfalls ein Grim Hunter, aber er hatte sich vor fünfzehn Jahren aus dem aktiven Dienst zurückgezogen, nachdem ein Mantikor sich in seinen linken Arm verbissen hatte, den er trotz zahlreicher Operationen und Therapien bis heute nur noch eingeschränkt benutzen konnte.

»Was machst du an deinem freien Abend?«, fragte ich und griff nach dem vertrockneten Croissant, um es in den Mülleimer zu schmeißen. Ein rascher Blick verriet mir jedoch, dass dieser bereits überquoll.

Hugo lächelte etwas beschämt über den Saustall, der sein Büro darstellte. »Grant und ich gehen ins Kino.«

»Was wollt ihr euch ansehen?«

»Das entscheiden wir, wenn wir dort sind.« Hugo trat vor einen Spiegel in der Ecke des Raumes und zupfte sein Jackett zurecht, bevor er sich eine Strähne seines grauen Haars aus dem Gesicht kämmte. »Eigentlich ist es mir auch egal. Wenn es sein muss, guck ich mir zum hundertsten Mal diesen furchtbaren Gladiator-Film an. Hauptsache, wir verbringen mal wieder einen ruhigen Abend außerhalb dieses Quartiers zusammen.«

»Dann ist es ja gut, dass ich allein auf der Jagd war. Gern geschehen«, scherzte ich in der Hoffnung, dass dieses furchtbare Gefühl, einen Fehler begangen zu haben, endlich nachließ.

Hugo warf mir einen verschwörerischen Blick zu. »Lass das bloß nicht Grant hören. Aber trotzdem: danke.«

»Meine Lippen sind versiegelt.« Ich drehte die Hand vor meinem Mund, als würde ich ihn mit einem unsichtbaren Schlüssel verschließen, den ich anschließend in hohem Bogen wegwarf.

Hugo schmunzelte und trat an seine Müllhalde heran. »Grant hat mich gebeten, eine Liste zu schreiben mit Dingen, die Warden und du erledigen könnt, wenn gerade nicht viel los ist.« Er durchwühlte einen Papierstapel und reichte mir schließlich einen ziemlich zerknitterten Zettel, auf dem ein perfekter Kaffeetassenabdruck prangte.

»Danke, wir kümmern uns darum.«

Hugo verabschiedete sich und brach zu seinem Date mit Grant auf.

Ich sah ihm nach, bevor ich einen Blick auf die Liste warf, die er mir gegeben hatte.

- *Schreibtisch aufräumen*
- *Rechnungen abheften*
- *Munition abzählen (ggf. nachbestellen)*
- *ALLE Waffen reinigen/schleifen*
- *kaputte/unbrauchbare Waffen aussortieren*
- *Liste mit Bestellvorschlägen anlegen*
- *Waffenregister aktualisieren*

Ich hob die Augenbrauen und fragte mich, was Hugo eigentlich den ganzen Tag trieb. Wobei, die ganzen Romane, die hier herumlagen, waren vermutlich Hinweis genug.

Ich beschloss, mit dem Schreibtisch anzufangen, damit ich etwas Platz hatte, und begann damit, die losen Papiere zu sortieren, als die nächsten Hunter in der Kammer eintrudelten, um sich Waffen abzuholen. Die meisten wussten ganz genau, was sie brauchten, weshalb es für mich nicht viel zu tun gab.

»Viel Erfolg! Macht sie fertig!«, rief ich Wanda und Lorelai, die sich ein Maschinengewehr von mir hatten aushändigen lassen, mit etwas zu viel Euphorie hinterher, als Ella und ihr Kampfpartner Owen die Waffenkammer betraten.

Verwundert sah Ella mich an. »Was machst du hier?«

»Ich bin für eine Woche suspendiert.« Immerhin wusste anscheinend noch nicht das ganze Quartier Bescheid, auch wenn es vermutlich nur noch eine Frage von Stunden war.

Ellas Augenbrauen schossen in die Höhe. »Suspendiert? Du?«

»Ja. Ich bin gestern Nacht unfreiwillig mit einem Vampir zusammengestoßen und musste ihn allein erledigen, da keine Verstärkung zur Verfügung stand. Aber ihr kennt Grant – er ist besessen von der Partner-Regel.«

»Shit«, kommentierte Owen.

Ich hob die Schultern, um möglichst gleichgültig zu erscheinen, auch wenn dem nicht so war. Warden nahm die Angelegenheit vielleicht auf die leichte Schulter, aber für mich war das kein Spiel. Wenn ich irgendwann die Leitung dieses Quartiers übernehmen wollte, mussten mich die anderen Jäger respektieren und durften keine Unruhestifterin in mir sehen. Oder, schlimmer noch, jemanden, auf den man sich nicht verlassen konnte.

Schnell wechselte ich das Thema. »Was steht bei euch an?«

»Wir fahren raus nach Stirling. Offenbar treibt sich im Schloss mal wieder ein Poltergeist herum«, antwortete Owen und verschränkte die muskulösen Arme vor der Brust. Dass er ein Grim Hunter war, war ihm deutlich anzusehen. Er war groß, mit breiten Schultern und einem Körperbau wie dafür geschaffen, mächtige Kreaturen in Schach zu halten. Das schulterlange, dunkelblonde Haar hatte er zu einem Knoten zusammengefasst.

»Ich hoffe, wir finden die Seele schnell«, ergänzte Ella mit einem Schaudern. »Ich hasse das Schloss mit seiner gruseligen Einhorn-Tapete, davon bekomm ich Albträume.«

Ich lachte. »Sicher, dass es die Tapete ist, vor der du Angst haben solltest?«

»Absolut, die ist wirklich grauenhaft.«

»Keine Sorge, ich beschütze dich«, sagte Owen mit einem verschmitzten Grinsen und legte Ella einen Arm um die Schultern. Er war so etwas wie Ellas persönlicher Bodyguard. Da weltweit nur sehr wenige Soul Hunter existierten, gingen die beiden fast ausschließlich auf Geisterjagd, doch gegen die meist körperlosen Gestalten konnte Owen kaum etwas bewirken. Das konnte nur Ella mit ihrer Gabe.

»Und womit kann ich euch unterstützen? Ich habe alles da.« Ich beschrieb eine ausladende Geste, als wäre ich eine Barkeeperin, die ihnen jeden Drink mixen konnte. Nur dass ich anstelle von Cocktails scharfe Klingen, spitze Pfeile und andere todbringende Geschütze servierte.

»Ich brauch nur neue Munition.« Owen zog die Waffe aus dem Holster, das über seiner Brust spannte, und reichte sie mir.

Es war dieselbe Pistole, die auch Jules nutzte, daher musste ich nicht ins Register gucken, um herauszufinden, wo ich die passenden Magazine fand. Ich reichte Owen ordentlich Nachschub – Vorsicht war besser als Nachsicht.

Er bedankte sich und machte sich gemeinsam mit Ella auf den Weg in den Kampf, während ich die Müllcontainer ansteuerte, um den Papierkorb auszuleeren.

Als ich zurückkam, war die Tür zur Waffenkammer geschlossen. Ich tippte meinen Code ein, und das Licht neben dem Schloss wechselte von Rot zu Grün. Die Codes galten vor allem der Sicherheit der Kinder, die im Quartier lebten, denn uns ausgebildeten Huntern war es zu jeder Zeit erlaubt, Waffen aus der Kammer zu holen.

Ich stemmte die Tür auf und stockte mitten in der Bewegung, als ich Warden entdeckte, der vor einer der Vitrinen stand. Ich hatte nicht damit gerechnet, dass er tatsächlich auftauchte. Doch ich brachte meine Gefühle schnell wieder unter Kontrolle. »Da bist du ja endlich.«

Warden drehte sich zu mir um. Er war vollkommen in Schwarz gekleidet, mit einer dunklen Jeans und einem T-Shirt. Hätte ich es nicht besser gewusst, hätte ich vermutet, dass er gekommen war, um sich für die Jagd auszustatten.

»Du hast die Tür offen gelassen«, erwiderte er, ohne eine Entschuldigung oder Erklärung für sein Zuspätkommen hinterherzuschieben.

Ich stellte den leeren Mülleimer zurück an seinen Platz. »Ich weiß. Ich war nur kurz weg.«

»Die Tür muss immer geschlossen werden. Das steht auf dem Schild. Das müsstest du als Miss-ich-befolge-immer-alle-Regeln doch wissen.«

»Ach, halt doch die Klappe«

»Warum so angriffslustig?«

»Das weißt du ganz genau«, fauchte ich.

Wardens Mundwinkel zuckten, als würde es ihm gefallen zu beobachten, wie ich die Fassung verlor. Niemand brachte mich so schnell in Rage wie er. »Nein, klär mich auf.«

Ich ballte die Hände zu Fäusten, während ich mir sehnlichst wünschte, es gäbe einen Boxsack in der Waffenkammer, auf den ich einschlagen könnte. Warden ins Gesicht zu schlagen, würde bei Grant sicherlich nicht gut ankommen. »Das hier ist ganz allein deine Schuld. Eigentlich sollte ich jetzt mit Jules auf der Jagd sein. Stattdessen sitze ich hier mit dir fest, weil du unbedingt deine Klappe aufreißen musstest.«

»Du hast gegen die Regeln verstoßen.«

»Erzähl mir keinen Scheiß, Warden! Du interessierst dich null für die Regeln, und das wissen wir beide. Du hast mich verpfiffen, weil ich dich vor drei Jahren verraten habe.«

Die Erwähnung dessen, was ich damals getan hatte, brachte Wardens Miene zum Bröckeln, und in der Millisekunde, bevor er seinen Schutzwall wieder hochfahren konnte, erhaschte ich einen kurzen Blick auf seine Wut, seine Verzweiflung und seinen Hass.

»Nein, ich habe dich verpfiffen, weil du meinen Vampir getötet hast.«

»Er war nicht *dein* Vampir!«

Er schnaubte. »Diese Unterhaltung hatten wir schon.«

»Du bist unmöglich!«

»Und auch das hast du mir heute schon gesagt«, konterte Warden beinahe gelangweilt, und ich fragte mich ernsthaft, wie ich es jemals mit diesem Kerl ausgehalten hatte. War er schon immer so gewesen und ich zu blind und naiv, um es zu sehen? »Verrate mir lieber etwas Neues, und sag mir, was wir machen sollen.«

Ich holte tief Luft, um meinen Wunsch, Warden zu Ohrfeigen, zu zügeln. »Hugo hat uns eine Liste dagelassen«, erklärte ich so freundlich, wie mir nur irgendwie möglich war, und marschierte zum Schreibtisch. Dort schnappte ich mir die Liste und hielt sie Warden vor die Nase.

Betont langsam nahm er mir den Zettel ab und ließ sich extra viel Zeit, ihn zu lesen. Und das alles nur, um mich zu ärgern. Was für eine Pappnase!

Schließlich ließ er den Zettel sinken. »Okay, ich kümmere mich um die Waffen und du um das Bürozeug.«

»Warum soll ich das Bürozeug machen?«

»Weil du auf so einen Scheiß stehst.«

Das stimmte, gelegentlich half ich freiwillig bei den Archivaren aus, einfach weil es mir Spaß machte, aber so leicht würde ich es Warden nicht machen. Immerhin sollte das hier auch für ihn eine Strafe sein. »Ich werde Hugos Chaos ganz sicher nicht allein beseitigen. Du kannst die Rechnungen sortieren und nach Datum abheften«, sagte ich spitz und deutete auf die Ablage, die ich bereits von den leeren Kaffeetassen befreit hatte.

Warden sah zu dem Papierstapel. Ich rechnete fest mit Widerworten, doch er überraschte mich und machte sich ohne Protest an die Arbeit – auch wenn er dafür den einzigen Bürostuhl in Beschlag nahm.

Im Stehen machte ich mich daran, die anderen Unterlagen auf Hugos Tisch zu sichten. Von Strafzetteln über Versicherungsbescheide bis hin zu Meldungen verloren gegangener Waffen war alles dabei. Ich unterteilte die Schreiben in verschiedene Stapel, und für einige Minuten war das Rascheln des Papiers das einzige Geräusch in der Kammer – was das frostige Schweigen zwischen Warden und mir nur betonte.

Die Situation wurde zunehmend unangenehmer, und meine Haut begann zu kribbeln. Früher hatten wir uns so viel zu sagen gehabt, und das, obwohl wir jeden Tag stundenlang zusammen gewesen waren. Es hatte immer einen Gedanken gegeben, an dem wir den anderen hatten teilhaben lassen wollen. Manchmal waren es ernste, manchmal total lächerliche Themen gewesen, aber egal ob wir den größten Stuss geredet oder die tiefgängigsten Gespräche geführt hatten, mit Warden zusammen hatte ich mich immer wohlgefühlt. Doch davon war heute nichts mehr übrig. Stattdessen fühlte ich mich unbeholfen und verlegen, als wäre ich mit einem Fremden hier eingesperrt, und irgendwie stimmte das auch, denn diesen Warden kannte ich nicht mehr.

Ich hob den Kopf und betrachtete meinen ehemaligen Kampfpartner. Etwas, das ich seit Jahren nicht mehr getan hatte, denn unsere letzten Begegnungen waren lediglich flüchtig gewesen. Er sah noch aus wie damals und doch völlig anders. Aus dem Jungen von früher war ein Mann mit härteren Gesichtszügen und einem kräftigeren Körper geworden. Er war groß, mit definierten Muskeln, die keinen Zweifel daran ließen, dass er genauso viel, wenn nicht noch mehr Zeit als ich in irgendwelchen Trainingsräumen verbrachte. Und das Huntertattoo auf seinem rechten Unterarm war nicht mehr sein einziges. Hunderte kleine Striche, zusammengefasst in Gruppen aus fünf, waren wie eine Manschette um seinen linken Unterarm tätowiert. Gerüchteweise hatte ich gehört, dass er so die Vampire zählte, die er bisher auf der Jagd nach Isaac getötet hatte.

»Ist was, Blackwood?«, fragte Warden tonlos, ohne von seiner Arbeit aufzublicken.

»Nein«, antwortete ich, sah jedoch nicht weg. Ich wusste nicht, was mich überkam. Vielleicht war es Nostalgie, vielleicht auch nur Dummheit, die mich die nächsten Worte aussprechen ließ. »Was für einen Anime schaust du gerade?«

»Lass das.« Sein Tonfall war barsch.

»Was soll ich lassen?«

Er blickte auf und sah mich an, der Ausdruck in seinen blauen Augen gewohnt kühl. »Du musst nicht so tun, als würdest du dich für mich interessieren. Lass uns unsere Arbeit erledigen, und gut ist.«

»Aber ich will es wirklich wissen.«

Warden starrte mich nur an.

»Komm schon«, drängte ich. Er liebte Animes. Zumindest hatte er sie geliebt. Keine Ahnung, ob das immer noch so war, aber früher hatte er mir oft stundenlang die Ohren damit vollgequatscht. »Ich weiß, dass du es mir erzählen willst.«

Warden betrachtete mich für einen Moment, als würde er mein Motiv hinterfragen. Als wäre die Vorstellung, dass ich aus Nettigkeit oder ehrlichem Interesse fragte, vollkommen absurd. Wodurch es sich wie ein kleiner Sieg anfühlte, als er mir schließlich trotzdem antwortete. »Ich schau gerade *Kill la Kill*.«

»Und worum geht es?«

»Um böse Klamotten, die versuchen, die Menschheit zu versklaven, und um eine Organisation, deren Mitglieder die Kleidung bekämpfen. Nackt, versteht sich.«

Ich stieß ein Seufzen aus. Böse Klamotten? Nackte Krieger? Wenn Warden nicht mit mir reden wollte, sollte er mir das sagen und mich nicht für dumm verkaufen. Hatten wir uns wirklich so weit entfremdet, dass es in seinen Augen schon absurd war, dass ich überhaupt versuchte, ein Gespräch mit ihm zu führen?

»Vielleicht sollten wir doch lieber im Stillen arbeiten.«

Warden hob die Brauen. »Du glaubst, ich verarsch dich.«

»Tust du das etwa nicht?«

Er erwiderte darauf nichts, sondern wandte sich mit einem Kopfschütteln wieder seiner Arbeit zu.

Es blieb das erste und letzte Mal, dass wir an diesem Abend miteinander sprachen. Und die Stille, die folgte, war noch drückender als zuvor. Das Schweigen noch schwerer. Selbst nachdem ich die Waffenkammer bereits verlassen hatte und in meinem Bett lag, bereute ich es, das Gespräch mit Warden angefangen zu haben. Es war mehr als offensichtlich, dass er nichts mehr mit mir zu tun haben wollte. Wann kapierte ich das endlich?

7. KAPITEL

Cain

3 Jahre zuvor
2 Monate nach der Hunterprüfung

»Alles klar?«, fragte Henry und nickte Warden und mir zur Begrüßung zu, als wir den vereinbarten Treffpunkt zur Ablöse erreichten. Die Sonne ging gerade über den Dächern von Bruntsfield auf, und die ersten Jogger und Hundebesitzer hatten sich im Meadows Park eingefunden. Den vier schwarz gekleideten Gestalten schenkten sie dabei keine Beachtung – manchmal kam es mir so vor, als wollten uns die Leute nicht sehen.

»Ja, war eine ruhige Nacht«, antwortete ich und lehnte mich gegen Warden.

»Dann wird es hoffentlich auch ein ruhiger Morgen.«

»Mhh«, brummte Silas, Henrys Kampfpartner. Der Magic Hunter sah aus, als wäre er gerade erst aus dem Bett gefallen. Hilfsbedürftig klammerte er sich an seinem Kaffeebecher fest und schien die Umgebung um sich herum kaum wahrzunehmen.

Ich fühlte mit ihm. Die Frühschicht war einfach die schlimmste. Abends um zehn losziehen und bis sechs Uhr morgens patrouillieren? Kein Problem. Sich um fünf im Morgengrauen aus dem Bett quälen, um seine Schicht anzufangen? Die

Hölle, vor allem in den Wintermonaten. Aber noch war Sommer. Warden und Henry quatschten noch zwei, drei Minuten über irgendeinen Anime, den sie gerade beide schauten, bevor wir uns auf den Weg zum Quartier machten, in dem mittlerweile auch Warden lebte. Er war nach unserer Prüfung umgezogen, um in meiner Nähe und schneller einsatzbereit zu sein, was mich freute. Dennoch vermisste ich die gemeinsamen Abende in seinem alten Zimmer mit Zugang zu der kleinen Terrasse.

Wir gingen zu Fuß, folgten dem Weg aus dem Park in Richtung Elephant House und vorbei an der Nationalbibliothek und bogen dann in den Bahnhof ein. Hier stoppten wir kurz, um uns einen Kaffee zu holen.

»Sie haben meinen Namen schon wieder falsch geschrieben«, sagte ich mit einem Blick auf den Becher, auf dem J-A-N-E stand. Die Aussprache stimmte überein, die Schreibweise war eine vollkommen andere.

»Sorry, aber das ist allein die Schuld deiner Eltern«, sagte Warden. »Immerhin hat sie niemand gezwungen, sich für die ungewöhnlichste Version deines Namens zu entscheiden, die existiert.«

»Pappnase. Ich mag meinen Namen.«

Warden schnaubte. »Pappnase? Wie alt bist du, zehn?«

Ich zeigte ihm den Mittelfinger, was ihm ein Lachen entlockte, ihn ansonsten jedoch nicht weiter kümmerte.

Wir ließen Coffeeshop und Bahnhof hinter uns und folgten der Princes Street in Richtung Calton Hill, der wie der kleine Bruder des Arthur's Seat über der Stadt aufragte.

»Wie lief eigentlich dein Date mit Austin?«, fragte ich und nippte an meinem Becher.

Warden hob eine Schulter. »Ich glaube nicht, dass wir uns noch mal treffen.«

»Wieso nicht? Ich dachte, bei eurer letzten Verabredung hattet ihr so viel Spaß.«

»Ja, aber irgendwie passt es einfach nicht.«

Ich lächelte. »Schade. Aber der oder die Richtige wird schon noch kommen.«

»Vielleicht«, antwortete Warden und wich meinem Blick aus, ehe er schnell das Thema wechselte. »Wo wir gerade bei Partnern sind … Gibt es was Neues von Jules?«

Ich grinste angesichts seiner schiefen Überleitung, schüttelte dann aber den Kopf. »Leider nicht. Er ist gerade in Kontakt mit einer Grim Huntress aus Dublin, aber das ist alles andere als in trockenen Tüchern.«

Zwar war es untypisch, dass wie Warden und ich zwei Hunter derselben Art gemeinsam auf die Jagd gingen, aber es ließ sich auch nicht vermeiden; dafür herrschte ein zu großes Ungleichgewicht zwischen Grim und Blood Huntern und den selteneren Magic und Soul Huntern. Zumal niemand damit gerechnet hatte, dass Elliott plötzlich seine Sachen packen würde, um nach Berlin zu seiner Freundin zu ziehen.

»Und wo liegt das Problem?«, fragte Warden.

»Jules will nicht nach Irland, und die Grim Huntress ist nicht von Schottland überzeugt.«

»Was? Wieso nicht?«

Ich lachte über Wardens empörten Gesichtsausdruck. Genau wie ich liebte er Schottland und Edinburgh, auch wenn uns diese Stadt verdammt viel Arbeit machte. Nur an wenigen anderen Orten auf dieser Welt hielten sich mehr Kreaturen auf als hier. »Keine Ahnung, aber ich hoffe, dass er bald einen neuen Partner oder eine Partnerin findet. Schade, dass Finn nach London gegangen ist.«

Warden nippte an seinem Kaffee. »Der will nicht vielleicht zurückkommen?«

»Nein, er scheint dort ziemlich glücklich zu sein.«

»Dumm«, murmelte Warden, als wir den alten Friedhof am Fuß des Calton Hill ansteuerten, der mit seinen verwitterten, ausgewaschenen Grabsteinen, den Mausoleen und dem Political Martyrs Monument heute vor allem eine Touristenattraktion war. Doch um diese Zeit des Tages war es ruhig auf dem Gelände, sodass Warden und ich uns keine Gedanken machen mussten, ob uns möglicherweise jemand beobachtete oder sogar folgte.

Wir steuerten ein Mausoleum im verstecktesten Winkel des Friedhofs an, das von einer Steinmauer und unzähligen Bäumen geschützt wurde, die um diese Jahreszeit in einem satten Grün leuchteten. Es gab ein Absperrband mit einer falschen Warnung, die das Betreten untersagte und die Warden und ich ignorierten. Im Mausoleum löste ich einen lockeren Stein aus dem Gemäuer, hinter dem ein Tastenfeld zum Vorschein kam. Ich tippte meinen individuellen Zugangscode ein, wobei gleichzeitig mein Finger gescannt wurde. Nirgendwo im Quartier gab es Schlüssel, da es viel zu unpraktisch gewesen wäre, diese auf der Jagd mitzunehmen, und die Gefahr, sie zu verlieren, außerdem zu groß war.

Über dem Ziffernblock befand sich ein kleiner Bildschirm, auf dem meine Kennnummer erschien: CB170 516EDI. Kurz darauf war ein Klicken zu hören, die Mauer links von mir schob sich auf, und dahinter kam ein Aufzug zum Vorschein. Wir traten ein, und ich betätigte den Knopf für die oberste Etage des unterirdischen Quartiers. Die anderen Stockwerke waren durch gesonderte Fahrstühle und Treppenhäuser zu erreichen. Eine Sicherheitsmaßnahme, um es potenziellen Eindringlingen möglichst schwer zu machen.

»Und was steht bei dir heute noch an?«, fragte Warden, der bereits dabei war, seinen Waffengürtel zu lösen.

»Erst mal werde ich duschen und schlafen, und später muss ich unbedingt für den Test morgen lernen.« Allein der Gedanke daran, mich heute noch mit Mathe beschäftigen zu müssen, ließ mich aufstöhnen. Ich konnte es kaum erwarten, bis ich endlich meinen Abschluss in der Tasche hatte. Ich musste nur noch ein paar Monate durchhalten.

»Du schaffst das«, sagte Warden und schenkte mir einen mitfühlenden Blick. Der Glückliche hatte die Schule vor ein paar Wochen beendet und sich gegen ein Studium entschieden. Was bedeutete, dass er sich, abgesehen von seinem Aushilfsjob, ganz dem Hunterdasein widmen konnte.

Bevor ich Warden fragen konnte, wie seine Pläne für heute aussahen, kam der Aufzug mit einem Ruck zum Stehen. Die Türen öffneten sich, und wir sahen uns einem Empfangskomitee gegenüber, bestehend aus Grant Livingston und Wayne McKinley, den Grant erst kürzlich zu seiner rechten Hand gemacht hatte.

Ein Blick in ihre Gesichter genügte, um mich wissen zu lassen, dass etwas nicht stimmte. Ganz und gar nicht stimmte. Grant hatte die Lippen fest aufeinandergepresst, und die Ringe unter Waynes Augen waren so dunkel, als hätte er nächtelang nicht geschlafen.

Warden zog die Brauen zusammen. »Was ist los?«

Grants Blick zuckte von Warden zu mir und wieder zurück. »Wir müssen mit dir reden.«

»Okay.« Warden klang hörbar verunsichert. Er sah mich an, doch ich konnte nur hilflos mit den Schultern zucken. Gleichzeitig breitete sich ein flaues Gefühl in meinem Magen aus.

Grant trat einen Schritt auf Warden zu. »Wir sollten vielleicht besser in mein Büro gehen.«

Warden schüttelte den Kopf. »Nein, nicht nötig. Was ist los?« Dieses Mal klangen seine Worte eindringlicher, geradezu

ungeduldig. Ich konnte die Unruhe und die Angst, die plötzlich in Wellen von ihm ausging, förmlich spüren. Ein kalter
Schauer lief mir über den Rücken.

Grant holte tief Luft. Der innere Kampf war ihm deutlich
anzusehen, doch dann machte er einen weiteren Schritt auf
Warden zu und begann mit gesenkter, aber klarer Stimme zu
sprechen. »Es gab einen Angriff auf das Haus deiner Eltern.
Offenbar hat sich eine Gruppe Vampire gewaltsam Zugriff
verschafft. Wir sichten gerade noch das Material der Überwachungskamera an eurer Haustür, um ...«

»Was ist mit meinen Eltern?«, unterbrach ihn Warden. Seine
Stimme zitterte, ebenso wie seine Schultern.

Ich schluckte schwer und schloss sanft meine Finger um sein
Handgelenk, sodass ich fühlen konnte, wie panisch das Blut
durch seine Adern pumpte.

»Deine Mutter hat versucht, deinen Vater zu beschützen«,
setzte Wayne die Erklärung fort. »Sie konnte drei der Vampire
töten, allerdings wurde sie dabei schwer verletzt.«

»Wo ist sie jetzt?«

»Sie ist auf der Krankenstation und wird gerade operiert,
aber ... es steht nicht gut um sie.«

Warden nickte langsam, beinahe teilnahmslos, als wären die
Worte und ihre Bedeutung noch nicht vollständig bei ihm angekommen. »Und mein Dad?«

»Wir müssen leider annehmen, dass er tot ist«, sagte Grant,
und obwohl sein Blick klar und nicht von Tränen getrübt war,
war ihm seine Trauer deutlich anzusehen.

»Was soll das heißen, ihr müsst *annehmen*, dass er tot ist? Ist
er tot oder ist er es nicht?«

Erneut ergriff Wayne das Wort. »Wir konnten deinen Dad
noch nicht finden«, erklärte er, sichtlich darum bemüht, eine
ruhige, professionelle Ausstrahlung aufrechtzuerhalten. »Da

war sehr viel Blut in eurem Haus, das weder von den Vampiren noch von deiner Mum stammt. Wir haben mehrere Trupps losgeschickt, um nach deinem Dad zu suchen, aber, Warden …« Wayne hob eine Hand, als wollte er ihn berühren, ließ sie dann jedoch wieder sinken. »Du weißt, es wäre verlogen, dir falsche Hoffnungen zu machen.«

Warden schüttelte ruckartig den Kopf. »Nein, das … das kann nicht sein.«

Tränen schimmerten in Waynes Augen. »Es tut mir so leid.«

Warden rührte sich nicht. Er stand einfach nur da und schwieg, während ich so viel zu sagen hatte. Dass es mir leidtat. Dass ich für ihn da war. Dass er nicht allein sein musste. Dass ich mit ihm auf der Krankenstation warten würde, egal wie lange es dauerte. Und überhaupt, dass ich bereit war, ihm zu helfen. Was immer er von mir wollte, ich würde es tun, ohne mit der Wimper zu zucken – alles, nur um ihm den Schmerz zu nehmen.

Doch bevor mir ein Wort über die Lippen kommen konnte, entriss mir Warden mit einer abrupten Bewegung sein Handgelenk, fuhr herum und marschierte den Gang hinunter. Ich wollte ihm nachlaufen, aber Waynes Hand, die sich auf meine Schulter legte, hielt mich zurück.

»Lass ihn«, sagte er mit sanfter Stimme. »Er braucht jetzt vermutlich ein bisschen Zeit für sich.«

Ich presste die Lippen aufeinander und blieb stehen, obwohl alles in mir drängte, Warden nachzulaufen und ihn in die Arme zu schließen. Aber vermutlich hatte Wayne recht. Denn wenn er mich bei sich hätte haben wollen, dann hätte er es mir auf irgendeine Weise mitgeteilt, oder nicht?

8. KAPITEL

Cain

»Bis morgen, Blackwood«, sagte Warden, als unsere Schicht in der Waffenkammer an diesem Nachmittag endete. Es klang beinahe wie eine Drohung – und so fühlte es sich auch an. Drei Tage. Es waren bisher nur *drei Tage* vergangen, und ich hatte keine Ahnung, wie ich die nächsten vier überstehen sollte.

Die Arbeit mit Warden war die reinste Hölle. Seit jenem ersten Tag hatten wir kein Wort mehr als nötig miteinander gesprochen. Wir tauschten uns aus, wenn es unsere Aufgaben erforderten, mehr aber auch nicht. Warden war sogar dazu übergegangen, Musik zu hören, während er die Waffen reinigte, als könnte er es nicht einmal ertragen, mich atmen zu hören. Was mich sehr verletzte, auch wenn ich das niemals zugegeben hätte, denn es erinnerte mich an die Zeit, als unsere Freundschaft in die Brüche gegangen war.

Es war für Warden damals nicht leicht gewesen, für mich aber auch nicht. Ich hatte viel geweint und immer gehofft, dass er sich fangen und eines Tages zu mir zurückkommen würde. Doch er war nicht zurückgekommen, und das hatte mir das Herz gebrochen. Selbst heute, Jahre später, waren da noch Scherben. Ich tat jedoch mein Bestes, sie unter den Teppich zu kehren – Warden sollte keine Macht über mich und meine Gefühle haben.

Ich holte tief Luft und versuchte, die Gedanken abzuschütteln, während ich zu meinem Zimmer ging, um mich vor dem Unterricht mit den Kleinen noch etwas frisch zu machen. Grant hatte Wardens und meine Strafarbeit extra so gelegt, dass meine Schüler nicht darunter litten.

Ich war gerade dabei, mir das Gesicht zu waschen, als mein Handy klingelte. Es war meine Agentur.

»Hallo?«

»Hallo Cain, hier ist Agnes. Ich rufe an, um zu fragen, ob du morgen Zeit für einen Gig hättest. Wir haben eine kurzfristige Anfrage reinbekommen.«

Ich knirschte mit den Zähnen, da Warden und ich auch morgen für den Dienst in der Waffenkammer eingeteilt waren.

»Um wie viel Uhr wäre das?«

»13 Uhr.«

»Und wie lange?«

»Drei, maximal vier Stunden.«

Das sollte hinhauen, unsere Schicht begann erst am Abend. Und während das Fertigmachen für einen Job immer ziemlich lange dauerte, war das Schminkkunstwerk am Ende des Tages schnell wieder beseitigt.

»Das klappt. Schickst du mir die Adresse?«

»Klar, texte ich dir sofort«, versprach mir Agnes und legte auf.

Die Anfrage kam mir sehr gelegen, nach dem Verdienstausfall von vor ein paar Tagen konnte ich das Geld ziemlich gut gebrauchen. Ich machte eine Notiz in meinem Kalender, um den Termin keinesfalls zu verpassen, und schlüpfte in meine Sportkleidung, bevor ich mich auf den Weg zum Unterricht machte.

Heute war Praxisstunde, weshalb ich mich mit den Kleinen in einem der Trainingsräume traf. Es war eine Gruppe von neun Kindern im Alter zwischen acht und elf. Als mich Grant vor gut einem Jahr gefragt hatte, ob ich die Aufgabe übernehmen wollte, war ich zuerst skeptisch gewesen, aber bereits nach der ersten Unterrichtsstunde waren alle Bedenken vergessen gewesen. Die Kinder waren großartig und hörten mir aufmerksam zu. Sie fanden es cool, endlich mehr über die verschiedenen *Monster* zu erfahren.

In den Fitnessräumen war so kurz vor Schichtwechsel eine Menge los, da die meisten Hunter die Zeit zwischen ihrem Brotjob und ihrer Schicht fürs Training nutzten. Ich entdeckte auch Shaw, der mit einem anderen Hunter auf den Matten stand. Er war so vertieft in seine Übung, dass er mich überhaupt nicht bemerkte.

»Cain, Cain!«, grölte eine kindliche Stimme.

Ich sah mich um und entdeckte Gregory, der am Eingang des Trainingsraums stand. Damit unser Unterricht ungestört ablaufen konnte, gab es einen kleinen separaten Raum, den ich gemeinsam mit den Kindern und Jules vor einem halben Jahr neu gestaltet hatte. Wir hatten die Wände frisch gestrichen, den Boden mit neuen Matten ausgelegt, Kletterstangen an den Wänden angebracht, und das kindgerechte Equipment bestehend aus Springseilen, Bällen und Ähnlichem war in bunt angemalten, ordentlich beschrifteten Holzkisten verstaut.

Die Eltern, die gewartet hatten, bis ich die Aufsicht übernehmen konnte, verabschiedeten sich, und wir begannen mit dem Unterricht.

Heute stand Selbstverteidigung auf dem Plan. Noch konnten sich die Kinder damit nicht gegen die Kreaturen der Nacht wehren, aber die Griffe und Bewegungen bildeten eine Grundlage für ihre spätere Ausbildung. Ich half ihnen, ihre Schutzkleidung anzulegen, bevor ich ihnen die Handgriffe mithilfe eines Dummys vorführte. Anschließend stellten sie die Bewegungsabfolgen in Paaren nach und ich korrigierte sie, wenn ich

Fehler bemerkte. Die Stunde verging wie im Flug, und ehe ich michs versah, wurden die Kinder von ihren Eltern abgeholt.

Von den Übungen bereits aufgewärmt, machte ich mich an mein eigenes Training. Wir hatten neue Ski-Ergometer bekommen, die ich ausprobieren wollte. Im Anschluss lieferte ich mir einen Liegestütz-Wettkampf mit Silas, den ich nicht ganz überraschend gewann, bevor ich an die Maschinen ging, um noch ein paar Gewichte zu drücken. Ohne die Patrouillen mit Jules fehlte es mir eindeutig an Bewegung. Ich fühlte mich wie geladen und hatte keine Ahnung, wohin mit meiner Energie.

»Hey!«

Ich drehte mich um und entdeckte Jules, der mit langen Schritten auf mich zukam. Sein rotes Haar war vom Training leicht zerzaust, aber er wirkte nicht gerade so, als hätte er sich total verausgabt.

»Hey! Ich hab dich gar nicht gesehen«, erwiderte ich etwas atemlos. Langsam ließ ich das Gewicht auf die Pressbank sinken, um mich aufzurichten. Meine Muskeln zitterten angenehm.

Jules bückte sich nach meiner Wasserflasche und reichte sie mir. »Ich war beim Schießtraining.«

Ich trank einen Schluck. »Du willst nicht zufällig noch eine Runde mit mir in den Boxring steigen, oder? Ich hab Lust, jemanden zu vermöbeln.«

»Nein danke, ich verzichte. Ich hab vorhin schon zwei Stunden mit Shaw trainiert und bin echt fertig. Der Junge legt es wirklich darauf an, seine Prüfung in Rekordzeit abzulegen.«

»Der Junge?« Ich hob die Augenbrauen und schraubte meine Wasserflasche zu. »Du klingst wie ein alter Mann.«

»Ich fühle mich wie ein alter Mann.« Mit einem Ächzen ließ sich Jules betont langsam auf den Boden sinken.

»Das heißt, du nimmst jetzt ein Rheumabad und legst dich mit dem heutigen Kreuzworträtsel ins Bett?«, fragte ich. Da heute Jules' freier Abend war, hatte ich gehofft, dass wir etwas unternehmen konnten. Wenn ich noch einen Abend nutzlos im Quartier rumsitzen musste, würde ich durchdrehen.

Jules lachte. »Nicht ganz. Ella und ich haben uns überlegt, heute um die Häuser zu ziehen. Das haben wir schon lange nicht mehr gemacht. Hättest du Lust?«

»Wo wollt ihr hin?«

»Keine Ahnung, dass entscheiden wir noch. Wir sind junge, spontane Menschen«, sagte Jules mit verstellter, rauer Stimme, die vermutlich an die eines alten Mannes erinnern sollte.

Ich lachte und stand von der Pressbank auf, um unter die Dusche zu springen. »Okay, du Jungspund. Ich bin dabei – solange dir dabei nicht deine Dritten in den Cocktail fallen.«

»Keine Sorge, die sind gut festgeklebt.«

Warden

»Ich hätte gern eine große Pommes, zwei Cheeseburger und einen Schokomilchshake«, sagte Roxy von der Rückbank. Sie hatte ihren Kopf zwischen den Sitzen nach vorne geschoben, um mit dem Drive-in-Schalter zu sprechen. »Und eine Apfeltasche.«

»Gern. Darf es noch etwas sein?«

Mein Blick wanderte von Roxy zu Shaw, der sich an mir vorbeilehnte, um ein enthusiastisches »Ich nehm dasselbe!« durchs Fenster zu rufen.

»Ist das alles?«

»Ja«, antwortete ich.

»Okay, fahren Sie vor.«

Ich legte den Gang ein und ließ den Jeep, den ich mir von Wayne geliehen hatte, langsam anrollen. Eigentlich hatte ich diesen Stopp nicht eingeplant, aber Roxy hatte nicht aufgehört rumzunerven. Irgendwann hatte ich beschlossen, dass es leichter war nachzugeben, als dagegen anzukämpfen.

Fünf Minuten später reichte mir ein Typ zwei nach Fett und Käse riechende Tüten durch das Fenster. Hoffentlich verflog der Geruch, bevor ich Wayne den Wagen zurückgeben musste, sonst würde er mir den Kopf abreißen. Er hasste Fast Food. Generell verteufelte er alles vermeintlich Ungesunde, seit sein Vater an Krebs gestorben war.

»Wenn ihr kleckert, müsst ihr Wayne ein neues Auto kaufen«, ermahnte ich Roxy und Shaw nur halb im Scherz, als ich ihnen ihr Essen reichte.

Roxy ignorierte meinen Kommentar und nahm mir freudestrahlend ihre Tüte und den Milchshake ab, bevor sie sich genau wie Shaw mit Heißhunger auf das Essen stürzte. Nachdem sie schweigend ihre Burger inhaliert hatten, begannen sie eine Unterhaltung darüber, wie sie sie bewerten würden.

Ich blendete ihr Gerede aus und konzentrierte mich auf den Verkehr, der weniger wurde, je weiter wir uns vom Stadtkern entfernten. Ich lenkte den Wagen auf ein altes Fabrikgelände, das jahrelang brachgelegen hatte, bevor Investoren es restauriert und damit begonnen hatten, die Büroräume an kleine Start-ups zu vermieten.

Nachdem ich mich am Eingang ausgewiesen hatte, öffnete man uns die Schranke. Ich lenkte den Wagen durch die schmalen Gassen, die zwischen den alten Industriehallen aus rotbraunem Sandstein mit breiten Türen und schmalen Fenstern lagen. Schließlich parkte ich den Jeep vor dem Raum, den ich angemietet hatte. Die Vorhänge waren zugezogen, die Fenster vergittert, und ich hatte mir von Tim, einem unserer Techniker, das gleiche komplexe Sicherheitssystem einbauen lassen, das auch für die Quartiere genutzt wurde. Nur ein Code in Kombination mit meinem Fingerabdruck entriegelte die Tür.

Im Inneren roch es nach Metall und Staub. Nach dem Überfall auf das Haus meiner Eltern hatte Wayne mir geholfen, die Sachen aus der Werkstatt meines Dads herzuschaffen. Glücklicherweise hatten Isaac und seine Lakaien die geheime Werkstatt unter dem Schuppen im Garten nicht entdeckt, anderenfalls hätten sie den Inhalt und somit das Vermächtnis meines Dads vermutlich zerstört.

Zwar war ich nur selten hier, da mich die Suche nach Isaac ganz einnahm, aber ich stellte mir oft vor, wie es sein würde, wenn der König der Vampire erst einmal tot war. Dann müsste ich nicht mehr ständig herumreisen und hätte mehr Zeit, die Ideen meines Vaters zu verwirklichen.

Flackernd erwachte das Licht im Raum zum Leben und gewährte Roxy und Shaw einen ersten Blick auf meine Werkstatt mit dem angrenzenden Lager.

»Sicher, dass wir hier richtig sind?«, fragte Roxy und hob den Deckel eines alten Pizzakartons an, den sie allerdings sofort wieder schloss, als sie die mit grünem Flaum überzogenen Reste darin entdeckte.

»Ignorier die Unordnung«, sagte ich und durchquerte die Werkstatt, um ins Lager zu gelangen, in dem sich Regal an Regal mit Prototypen reihte, von denen viele kurz vor der Fertigstellung standen, darunter auch der Apparat, mit dem ich Roxy helfen wollte.

Bevor mein Dad meine Mum kennengelernt hatte, hatte er Maschinen für die Automobilbranche gebaut; aber nachdem sie ihn in die Welt der Hunter eingeweiht hatte, hatte er gekündigt und es sich zur Aufgabe gemacht, ihr und anderen Jägern das Leben mit seinen Erfindungen zu erleichtern. In den letzten Jahren seines Lebens hatte er vor allem viel Zeit damit verbracht, Dinge zu entwickeln, die das Soul-Hunter-Defizit zumindest ein wenig ausgleichen sollten. Doch leider war er vor der Vollendung der meisten seiner Erfindungen gestorben, und obwohl er mir einiges beigebracht hatte, fehlte es mir an jeder Menge Wissen. Trotzdem hoffte ich, Roxy helfen zu können.

Der Geister-Detektor, den er damals auf meinen Vorschlag hin Ghostvision getauft hatte, stand in einer der hintersten Ecken. Er befand sich noch in seiner rohsten Form ohne Gehäuse und sah dadurch aus wie das Innere eines aufgeschraubten Laptops. Ich brachte ihn in die Werkstatt. Roxy hatte sich auf einen Stuhl gesetzt, während Shaw, der eine Vorliebe fürs Reparieren von Autos und Motorrädern entwickelt hatte, interessiert mein Werkzeugarsenal musterte.

Ich ging zu einem alten Apothekertisch in einer Ecke der Werkstatt. Meine Mum hatte ihn auf einem Flohmarkt erstanden. Darauf stand ein altes Foto, auf dem ich mit meinen Eltern zu sehen war. Es war im Zoo von Edinburgh aufgenommen worden, zu einer Zeit, als ich noch ein glückliches, sorgloses Kind gewesen war, wie mein breites Grinsen bewies.

Ich holte, was ich brauchte, und setzte mich auf den Hocker gegenüber von Roxy. »Streck deinen Arm aus.«

»Was hast du vor?« Roxy sah skeptisch auf die Kanüle in meiner Hand.

»Ich will dir Blut abnehmen.«

Sie hob die Augenbrauen. »Wieso?«

»Um es auf dem Schwarzmarkt an Vampire zu verkaufen.« Ich verdrehte die Augen und streifte mir ein Paar Latexhandschuhe über. Wäre Roxy eine Blood Huntress gewesen, hätte ich die Hygiene vermutlich vernachlässigt, aber sie war ein gewöhnlicher Mensch, und ich wollte keine Blutvergiftung riskieren. »Ich brauche es, um den Detektor auf dich kalibrieren zu können. Jedes Mal, wenn du eines der Wesen zurückschickst, verschwindet ein Teil der Narbe an deiner Schulter, richtig?«

Roxy nickte.

»Das bedeutet, du – deine Haut, dein Blut, dein Körper – bist in irgendeiner Weise mit diesen Kreaturen verbunden. Ich hab keine Ahnung, wie die Magie funktioniert, die Kevin für den Fluch benutzt hat, aber es muss möglich sein, seine Wirkung für uns zu nutzen. Das Gerät meines Dads ist darauf ausgelegt, Geister aufzuspüren; wenn ich es also so modifiziere, dass es gezielt auf Energie reagiert, die mit deinem Fluch in Verbindung steht, sollte es dir möglich sein, deine Geister zu finden.«

Roxy schürzte die Lippen. »Klingt schlüssig.«

»Wieso benutzen die Hunter das Gerät deines Dads nicht?«, fragte Shaw.

»Weil es nie funktioniert hat.«

Shaw wirkte skeptisch. »Und du glaubst, du bringst es dazu, zu funktionieren?«

»Ich werd's versuchen. Wie gesagt, ich kann nichts versprechen, aber ich gebe mein Bestes. Und jetzt streck den Arm aus.«

Roxy gehorchte, und nachdem ich ihre Haut desinfiziert hatte, führte ich die Kanüle ein, die ich mit einem Pflaster befestigte, um sie nicht mehrfach stechen zu müssen. Kurz hatte ich überlegt, ihr das Blut einfach im Quartier abzunehmen, um nicht bis hier raus fahren zu müssen, aber ich hatte nicht riskieren wollen, erwischt zu werden und mich vor Dr. Kivela erklären zu müssen. Die Sache mit Kevin und der Unterwelt war Roxys Geheimnis, in das weder Grant noch die anderen eingeweiht werden sollten.

»Kann ich dich etwas zu Amelia fragen?«, erkundigte ich mich und schraubte die erste Spritze an der Kanüle fest.

Roxy zuckte gleichgültig mit den Schultern, aber ihre plötzlich steife Körperhaltung verriet mir, dass sie nicht gern über Amelia sprach. Oder sie hatte ein Problem mit Spritzen. So oder so musste sie da jetzt durch. Ich brauchte Blut und Antworten. Auf Fragen, die mir bereits seit einer ganzen Weile auf den Nägeln brannten.

»Kurz vor ihrem Tod hat sie gesagt, dass der Vampirkönig Baldur töten wird«, sagte ich, die Erinnerung an ihre Worte noch lebhaft im Kopf. »Kann man ihr das glauben, oder waren das nur die wahnsinnigen Worte einer sterbenden Frau?«

Roxy zögerte einen Augenblick. »Aus persönlicher Erfahrung würde ich alles, was Amelia gesagt hat, mit Vorsicht genießen. Sie war keine Lügnerin, aber Halbwahrheiten haben zu ihrem Spezialgebiet gezählt.« Vielsagend deutete sie dabei auf ihre Schulter, wo sich die Narbe befand, die Kevin ihr zugefügt hatte, nachdem Roxy auf Amelias Befehl hin ein Tor zur Unterwelt geöffnet hatte, ohne sich dessen bewusst gewesen zu sein.

»Okay. Aber woher konnte sie wissen, was Isaac plant?«

»Amelia hatte den Schicksalsblick. Sie hat es also vermutlich aus einer Zukunftsvision. Allerdings hat sie keine Tatsachen gesehen, nur Möglichkeiten, die oftmals auch Interpretationssache waren.«

»Der Blick funktioniert doch nur durch eine Berührung, oder?« Der Schicksalsblick gehörte zwar zu den häufigsten Blicken, dennoch war er äußerst selten, und abgesehen vom Seelenblick, den auch Wayne besaß, hatte ich von der Magie, die mit den Blicken einherging, nur wenig Ahnung.

Roxy nickte. »Ja, es muss eine Berührung stattfinden.«

»Das bedeutet, Amelia hatte Kontakt mit Baldur oder Isaac?«

»Baldur«, antwortete Roxy mit absoluter Gewissheit, als hätte sie seit unserer Abreise aus Paris schon viel Zeit damit verbracht, über dieses Thema nachzudenken. »Du hast gesehen, wie ihre Magie gewirkt hat. Das … Das war nicht normal. Keine Ahnung, wie oder wann, aber sie und Baldur … Sie müssen zusammengearbeitet haben.«

Ich runzelte die Stirn. »Warum sollte der König der Hexen mit einer Jägerin zusammenarbeiten?«

»Das ist die Eine-Million-Dollar-Frage«, mischte sich Shaw in das Gespräch ein. »Roxy, Finn und die anderen vermuten, dass Amelia Ripley, Dinah und die anderen Hunter auf Baldurs Befehl hin entführt hat. Wir wissen nur noch nicht, was Baldurs Absichten sind.«

Ich gab ein Brummen von mir und löste die inzwischen volle Spritze von der Kanüle, um die nächste anzuschließen. Eigentlich war es mir ziemlich gleichgültig, warum Amelia und der König der Hexen beste Freunde gewesen waren. Ich interessierte mich nur für einen, und das war Isaac. Allerdings fragte ich mich, ob ich seine mögliche Feindschaft mit Baldur irgendwie für mich nutzen konnte.

Ich nahm Roxy noch ein paar Röhrchen ihres Blutes ab und fuhr die beiden anschließend wieder ins Quartier, bevor ich in die Werkstatt zurückkehrte, um in aller Ruhe am Ghostvision zu arbeiten.

Cain

Der Pub, in den Ella und Jules mich führten, war gerammelt voll. Laute Musik. Betrunkene Menschen. Stickige Luft. Auf einem Fernseher über der Bar lief ein Fußballspiel, dessen Kommentator nicht zu verstehen war, und an den Billardtischen war ein Junggesellenabschied in vollem Gang. Es roch nach Schweiß, Bier und billigem Bratfett, aber die meisten

Gäste waren schon so angeheitert, dass sie den Gestank offenbar nicht mehr wahrnahmen.

»Sucht ihr einen Platz. Ich besorg uns mal was zu trinken und komm dann nach«, brüllte Jules über den Lärm hinweg. Ich nickte ihm zu, bevor er sich an voll besetzten Tischen vorbei Richtung Bar schlängelte.

Es entging mir nicht, wie sich einige Köpfe verwundert in seine Richtung drehten. Er trug eine kakifarbene Hose und ein weißes Hemd, dessen Ärmel er nach oben gekrempelt hatte. Es war ein beinahe gewöhnliches Outfit, wäre da nicht der lederne Brustgurt gewesen, der um seine Schultern und seine Mitte geschnallt war und aussah, als hätte er ihn in einem Shop für Bondage-Zubehör gekauft. Ich hatte versucht, ihn davon zu überzeugen, dieses Accessoire wegzulassen, aber Jules wäre nicht Jules gewesen, hätte er auf mich gehört. Er liebte Mode und provozierte langweilige Spießer gern mit seinen Outfits. Außerdem sah er damit, wenn ich ehrlich war, verdammt gut aus, auch wenn das extravagante Outfit nicht ganz zu der gemütlich-lockeren Stimmung des Pubs passte.

»Ich glaube, dahinten wird was frei!«, rief Ella, die mich mit ihren eins sechsundsiebzig deutlich überragte und einen weitaus besseren Überblick über die Situation hatte. Sie griff nach meiner Hand, um mich in dem Gedränge nicht zu verlieren.

Wir hatten Glück. Eine Gruppe Studenten, die anscheinend gerade auf Kneipentour waren, räumten ihre Nische im hinteren Teil des Pubs. Eilig setzten wir uns, noch bevor der Tisch abgeräumt werden konnte, und schoben die leeren Gläser und Flaschen an den Rand.

Es dauerte eine Weile, bis ein Mitarbeiter des Pubs auftauchte, der die Sachen abräumte, und noch länger dauerte es, bis Jules mit unseren Getränken kam. Er hatte uns einen Pitcher Bier mit drei Gläsern besorgt. Nachdem er uns eingeschenkt hatte, hob er sein Glas und prostete uns zu. »Auf einen schönen Abend!«

»Ohne Verpflichtungen«, fügte Ella hinzu.

»Und auf uns«, ergänzte ich mit einem Grinsen.

»Auf uns«, echoten Jules und Ella.

Wir stießen an, und ich ließ mich mit einem zufriedenen Seufzer tiefer in das Polster der Sitzbank sinken. »Das habe ich wirklich vermisst.«

»Ich auch.« Ella lehnte ihren Kopf an meine Schulter.

Es war immer etwas schwierig, unsere Terminkalender aufeinander abzustimmen. Jules und ich waren nachts oft auf Patrouille, Ella reiste mit Owen um die Welt, um Geister zu vernichten, und dazwischen lernten wir für Prüfungen, unterhielten Kinder und jobbten im Café. Abende wie heute waren selten, und selbst jetzt fehlte Owen, der auf dem Geburtstag seiner Mum war.

»Wie läuft es im Café?«, fragte ich und drehte den Kopf, um meine beste Freundin ansehen zu können.

Ella zuckte mit den Schultern. Ihr blondes Haar hatte sie zu einem raffinierten Zopf geflochten, und obwohl sie nur eine Jeans, ein einfaches Top mit V-Ausschnitt und einige goldene Ketten um den Hals trug, hatte sie bereits beim Hereinkommen zahlreiche Blicke auf sich gezogen. Nicht zuletzt wegen ihrer weißgrauen Augen, die viele für Kontaktlinsen hielten. »Wie immer. Die Menschen lieben Kaffee.«

Jules lachte, fast ein wenig verzweifelt. »Das kann man ihnen nicht verdenken. Ich lebe praktisch von dem Zeug. Vier Kaffee am Tag sind zurzeit Minimum.«

»Oh nein, ist es gerade stressig?«

»Normal stressig, aber das reicht schon«, antwortete Jules. »Ich wünschte nur, das Quartier und die Uni könnten sich absprechen. Aktuell bin ich bis sechs Uhr morgens auf der Jagd, um zehn startet meine erste Vorlesung und um sechzehn Uhr meine letzte. Ab neun Uhr abends bin ich dann wieder auf Patrouille. Finde den Fehler.«

»Ich bekomme schon vom Zuhören Schlafmangel«, sagte ich und wünschte mir, Jules' Uni und das Quartier könnten sich tatsächlich besser organisieren. Aber leider standen die Hunter unter strengster Geheimhaltung, was notwendig, dafür im Alltag allerdings oft unglaublich unpraktisch war.

»Du schaffst das«, sagte Ella aufmunternd und tätschelte Jules die Hand. Sie selbst hatte zwei Semester an der University of Edinburgh studiert, bevor sie ihre akademische Laufbahn aufgegeben hatte. Es gab einfach zu viele Soul-Hunter-Aufträge und zu wenig Jäger, um sie zu erfüllen.

Wir redeten noch eine Weile über Jules' Studium und unsere Jobs, und ehe wir uns versahen, war der erste Pitcher leer und Jules holte uns einen zweiten. Leider durfte ich auch an diesem Abend nicht über die Stränge schlagen, obwohl ich mich wirklich gern betrunken hätte, um die Gedanken an Warden für ein paar Stunden auszulöschen. Doch mit dem Job, den ich heute an Land gezogen hatte, wäre das eine schlechte Idee gewesen. Ich konnte der Agentur nicht zum zweiten Mal innerhalb einer Woche absagen.

»Wie war es eigentlich die letzten Tage ohne mich auf der Jagd?«, fragte ich. »Wie läuft es mit Floyd?«

Floyd war ein Magic Hunter und ein paar Jahre älter als Jules und ich. Sein Kampfpartner war gerade in den Flitterwochen, weshalb es sich für Floyd und Jules angeboten hatte, sich für diese Woche zusammenzutun.

»Ganz gut«, antwortete Jules mit einem Schulterzucken. »Er ist nett und weiß, was er tut, aber ich vermisse dich trotzdem.«

»Awww, ich vermisse dich auch. Nur noch vier Tage, dann kann ich wieder Dinge mit dir töten!« Ich drückte Jules an mich. Es war eine herzliche, angetrunkene Umarmung, bei der wir beide nicht ganz wussten, wohin mit unseren Gliedmaßen.

»Wie ist es überhaupt mit Warden?«, fragte Ella, das Kinn in eine Hand gestützt, als würde sie auf eine spannende Geschichte warten. »Nach all der Zeit sicherlich komisch, oder?«

Ich schnaubte. Es war nicht komisch, eher nervig und unangenehm. Ungefähr wie ein Besuch beim Zahnarzt, nur schlimmer!

Jules lachte. »Wieso, was hat er angestellt?«

»Er existiert.«

»Früher mochtest du seine Existenz«, nuschelte Ella mit einem Schmunzeln hinter ihrem Glas.

»Das war, bevor er mir die Partnerschaft gekündigt und mich einfach hat sitzen lassen, um die Welt zu bereisen«, erwiderte ich, obwohl es um sehr viel mehr ging als das.

»Er bereist nicht die Welt, sondern jagt Isaac.«

Mit zusammengekniffenen Augen sah ich meine beste Freundin an. »Auf wessen Seite stehst du?«

»Auf deiner, du Dummkopf. Aber die ganze Geschichte ist drei Jahre her. Vielleicht hat Warden sich geändert.«

»Oh, ja klar hat er das. Er ist jetzt ein Arschloch.«

Jules verdrehte die Augen. »Ich sag's dir ja nur ungern, Cain, aber das war er schon immer.«

»Zu mir war er immer nett.«

Ella stieß ein trocknes Lachen aus, das ich nicht deuten konnte, doch bevor ich die Chance hatte, sie danach zu fragen, vibrierte ihr Handy auf dem Tisch. Sofort entsperrte sie den Bildschirm, um die eingegangene Nachricht zu lesen. Ein feines Lächeln zuckte in ihren Mundwinkeln, als sie rasch eine Antwort tippte.

Jules nippte an seinem Bier. »Ist das Owen?«

Er hatte uns versprochen, sich zu melden, sollte er früher als gedacht von seiner Familienfeier loskommen.

»Nein, das war nur meine Mum«, sagte Ella und sperrte eilig ihr Handy, als wollte sie sichergehen, dass wir nicht heimlich einen Blick auf das Display warfen.

Misstrauisch sah ich Ella an, als ich aus dem Augenwinkel zwei bekannte Gestalten bemerkte, die gerade den Pub betraten. »Hey, sind das da vorne nicht Roxy und Shaw?«

Die beiden steuerten zielstrebig auf die Bar zu. Roxy mit ihrem hüftlangen blonden Haar und Shaw mit den wirren Locken auf dem Kopf, die praktisch eine Einladung waren, mit den Fingern hindurchzufahren, zogen etliche Blicke auf sich.

»Ja, stimmt«, bestätigte Jules.

»Wer sind die beiden?«, erkundigte sich Ella und versuchte dabei auszumachen, wen genau ich in dem dichten Gedränge meinte.

»Die blonde Frau und der Typ mit den braunen Locken. Das sind die zwei Hunter, die zu Besuch aus London da sind.«

Ella nickte. »Cool, aber was machen sie hier?«

Jules zuckte mit den Schultern. »Keine Ahnung. Vermutlich hat Finn ihnen den Laden empfohlen. Er ist Roxys Kampfpartner.«

»Sollen wir sie zu uns holen?«, fragte ich.

»Gern, aber ich will die beiden auch nicht stören«, warf Jules mit einem nachdenklichen Blick ein, bei dem sich eine kleine Falte zwischen seinen Augenbrauen bildete. »Sieht aus, als hätten sie ein Date.«

Ich sah mir die beiden noch einmal genauer an und verstand, wie Jules' auf den Gedanken kam. Sie standen dicht beieinander an der Bar und lachten über etwas. Dabei ruhte Shaws Hand locker auf Roxys Rücken. Wobei Letzteres in einem Pub, in dem alle dicht gedrängt standen, nicht viel zu bedeuten hatte. Vielleicht wollte er sie nur davor schützen, angerempelt zu werden, oder ihr die dummen Anmachen irgendwelcher Typen ersparen.

»Ich glaube nicht, dass sie zusammen sind.«

»Sicher?«

»Ziemlich sicher.« Zugegeben, so sicher war ich mir nicht, aber während unseres gemeinsamen Mittagessens waren sie mir nicht wie ein Paar erschienen. Zumindest noch nicht.

»Wir könnten sie fragen«, schlug Ella vor. Normalerweise war sie nicht so forsch und direkt, aber der Alkohol lockerte nicht nur ihre Zunge, sondern senkte auch ihre Hemmschwelle.

Da ich selbst neugierig auf die Antwort war, stieg ich über Jules hinweg und schob mich durch die Menschenmasse in Richtung von Roxy und Shaw.

Sie entdeckten mich, als ich nur noch ein paar Schritte von ihnen entfernt war. Shaw begrüßte mich mit einer Umarmung, und Roxy schenkte mir ein kleines Lächeln. Ich lud sie zu uns ein, und eine Minute später erreichten wir die Nische, die Ella, Jules und ich besetzt hatten.

»Hey«, grüßte Roxy. »Wir haben euch in der dunklen Ecke überhaupt nicht gesehen.«

»Nicht schlimm. Setzt euch.« Jules machte für mich auf der Bank Platz.

Ich rutschte nach, und Roxy und Shaw folgten mir. Zu fünft saßen wir ziemlich gedrängt, aber es war auch gemütlich.

»Du bist Shaw, richtig?«, fragte Ella und betrachtete den Neuankömmling mit einem so intensiven Blick, als würde sie jedes Fragment seiner Aura inspizieren.

Er nickte und streckte ihr über den Tisch hinweg die Hand hin. »Ja, und du bist …?«

»Ella.« Zögerlich erwiderte sie den Händedruck, und ich wartete darauf, dass sie mit ihrer Neugier bezüglich Roxys und Shaws Beziehungsstatus herausplatzte, aber was sie fragte, war etwas ganz anderes. »Haben wir uns schon mal getroffen?«

»Nicht dass ich wüsste«, sagte Shaw amüsiert und sah zu Roxy, die jedoch nur den Kopf schüttelte, als würde sie sich weigern, Teil dieses Insider-Witzes zu sein.

Ella ließ Shaws Hand los, wandte ihren Blick aber nicht von ihm ab. »Ich könnte schwören, dass ich dich ein paarmal in dem Café gesehen habe, in dem ich arbeite.«

Shaws Miene wurde schlagartig ernst. »Bist du dir sicher?«

»Ja, ziemlich. Ich bin gut mit Gesichtern.«

»Und das war hier in Edinburgh?«, hakte Shaw nach.

Ella nickte.

Ich war offenbar nicht die Einzige, die etwas verpasst hatte. Jules trug einen ähnlich ratlosen Gesichtsausdruck zur Schau. Als wären wir beide in der Mitte eines Films eingeschlafen, dessen Ende wir nun nicht verstanden.

Roxy entging unsere Verwirrung nicht. »Shaw hat sein Gedächtnis verloren«, erklärte sie, während sie mit einem der zahlreichen Ringe an ihren Fingern spielte. »Er war von einem Geist besessen, als ich ihn gefunden habe. Ich konnte den Geist vertreiben, aber dabei hat Shaw seine Erinnerungen verloren. Seitdem versucht er herauszufinden, wer er vor dem Vorfall war.«

Verwundert runzelte Ella die Stirn. »So etwas sollte bei einer Geisteraustreibung eigentlich nicht passieren.«

»Aber es ist passiert«, erwiderte Roxy, deren Stimme einen leicht defensiven Ton angenommen hatte, als hätte Ella angedeutet, dass sie an Shaws Gedächtnisverlust schuld war.

»So war das nicht gemeint«, beschwichtigte Ella, die immer auf ruhige, friedvolle Stimmung aus war. Bisher hatte ich nicht herausfinden können, ob das eine spezielle Eigenart von ihr oder eine allgemeine von Soul Huntern war – so vielen von ihnen war ich noch nicht begegnet. Aber sowohl Ella als auch ihr Dad und Wayne hatten dieselbe unglaublich ruhige Art, die sich anders schwer erklären ließ. »Ich habe nur noch nie davon gehört, dass jemand bei einer Austreibung sein Gedächtnis verloren hat. Das ist alles.«

»Tja, ich bis vor ein paar Monaten auch nicht«, erwiderte Roxy wenig erfreut.

»Okay, okay, aber noch mal zurück zu der Ich-kenne-dich-Sache«, sagte Shaw, der plötzlich nur noch Augen für Ella hatte. »Erinnerst du dich an mehr? Weißt du vielleicht noch, wie ich meinen Kaffee getrunken habe?«

»Schwarz? Vielleicht. Sorry, ich bin mir nicht ganz sicher, es kommen jeden Tag echt viele Leute ins Café.«

»Aber weißt zu zufällig noch, was ich anhatte? War ich sportlich gekleidet? Oder im Anzug?«, fragte Shaw, der für jeden Hinweis auf seine Vergangenheit dankbar schien, auch wenn dieser noch so klein war.

»Du warst immer ziemlich locker gekleidet, wenn ich mich nicht irre. Jeans und ein Shirt, nichts Ungewöhnliches.«

»War ich vielleicht Student?«

»Keine Ahnung.«

»Hab ich mal ein Haustier erwähnt?«

»Nein.«

»Eine Freundin? Oder einen Freund?«

»Nicht dass ich wüsste.«

Shaw hatte noch ein Dutzend weiterer Fragen, aber Ella konnte ihm keine davon wirklich beantworten, weshalb wir anderen uns aus dem Gespräch ausklinkten.

Roxy erzählte Jules und mir von ihrer Partnerschaft mit Finn. Es war interessant zu hören, wie er sich entwickelt hatte.

Früher waren Finn und ich zwar befreundet gewesen, aber unsere Freundschaft lag ebenso lange zurück wie Wardens und meine. Der einzige Unterschied bestand darin, dass ich Finn nie einen Grund gegeben hatte, mich zu hassen.

Unwillkürlich fragte ich mich, was Warden wohl gerade machte. Hatte er sich aus dem Quartier geschlichen und war heimlich auf die Jagd gegangen? Oder saß er in seinem Zimmer und schaute sich irgendeinen Anime an?

Aus einem Impuls heraus, den ich nicht genau deuten konnte, zog ich mein Handy hervor, öffnete den Browser und suchte nach *Kill la Kill*. Der Anime existierte wirklich, und die Inhaltsangabe stimmte mit dem überein, was Warden mir erzählt hatte.

Shit. Er hatte die Wahrheit gesagt, und ich Idiotin hatte ihn als Lügner dargestellt. Warum hatte ich das getan? Und warum hatte Warden es zugelassen?

9. KAPITEL

Warden

3 Jahre zuvor
3 Monate nach der Hunterprüfung

»Dein Verlust tut mir leid.«

»Lass es mich wissen, wenn ich etwas für dich tun kann.«

»Deine Mum ist eine starke Frau. Sie wird es schaffen.«

»Ich habe deinen Vater sehr gemocht.«

»Das mit deinen Eltern tut mir schrecklich leid.«

Bla. Bla. Bla. Ich konnte es nicht mehr hören. Konnte es nicht mehr ertragen. Wohin ich auch ging, betrachteten mich die Leute mit traurigen Blicken und lächelten mich mitfühlend an. Anfangs hatte ich die Beileidsbekundungen noch hingenommen, mich sogar dafür bedankt. Aber damit war jetzt Schluss. Ihr Mitleid brachte meinen Dad nicht zurück und holte meine Mum auch nicht aus dem Koma. Sie waren alle Heuchler. Verlogene Heuchler. Und ich wollte nichts mehr von ihnen hören.

Was ich wollte, war Rache. Rache an jenen Vampiren, die meine Eltern überfallen hatten, und vor allem Rache an Isaac. Die Überwachungskamera auf der Veranda meiner Eltern hatte aufgenommen, wie kurz nach seinen Lakaien der Vampirkönig persönlich ihr Haus betrat und es fünf Minuten später verließ. Fünf Minuten. Mehr Zeit hatte er nicht gebraucht, um mein Leben zu zerstören. Und dafür musste er sterben. Ich wollte Isaac vor mir auf dem Boden knien sehen. Jammernd. Flehend. Um sein Leben winselnd. Und wenn er mich anbettelte, ihn zu verschonen, würde ich ihm diesen Wunsch verwehren und ihn stattdessen töten. Langsam und qualvoll. Und ich würde es genießen.

Doch es waren ausgerechnet die Hunter, meine angeblich zweite Familie, die mir bei meinem Vorhaben im Weg standen. Denn anstatt Himmel und Hölle in Bewegung zu setzen, um den Mann zu finden, der nicht nur für die Vernichtung meiner Familie, sondern auch für den Tod zahlloser anderer Menschen verantwortlich war, unternahmen die Jäger nichts.

Wir halten nach Isaac Ausschau, hatte Grant gesagt.

Was zum Teufel sollte das bedeuten? Sie hielten angeblich seit Jahrzehnten Ausschau nach diesem Typen, und was hatten sie erreicht? Nichts. Rein gar nichts. Daher war ich gezwungen, die Dinge selbst in die Hand zu nehmen, auch wenn das bedeutete, gegen die Befehle von Grant und gegen das offizielle Protokoll zu verstoßen. Ich wusste, dass ich in diesem Leben keine Ruhe mehr finden würde, solange Isaac noch irgendwo da draußen war.

Ich tippte meinen Code zur Entriegelung der Waffenkammer ein und hielt einen Moment den Atem an, unsicher, ob sich die Tür aufschieben lassen oder verschlossen bleiben würde. Denn Grant, dieser Idiot, hatte mich beurlaubt. Angeblich sei ich nicht in der richtigen Verfassung, um auf die Jagd zu gehen.

Er irrte sich.

Zu meiner Erleichterung war ein Klicken zu hören, und die Tür zur Waffenkammer öffnete sich. Zwar befanden sich zwei Macheten in meinem privaten Besitz, die mir meine Eltern zum Bestehen der Hunterprüfung geschenkt hatten, aber das war nicht genug. Ich schnappte mir einen Dolch, zwei Pistolen, mehrere Wurfsterne, Tränengas und zwei Dosen Pfefferspray. Vor allem auf Letzteres reagierten Isaacs Vampire oft empfindlich, denn obwohl sie untote Monster waren, waren sie dennoch an einen ursprünglich menschlichen Körper gebunden.

Nachdem ich mich ausgestattet hatte, machte ich mich auf den Weg zu der einen Person, von der ich wusste, dass sie mich nicht nur mit einer geheuchelten Plattitüde unterstützen würde. Grant und die anderen Hunter hatten mich vielleicht im Stich gelassen, aber nicht Cain. Sie war alles, was mir noch geblieben war. Die Einzige, auf die ich mich verlassen konnte.

Entschlossen klopfte ich an ihre Tür, doch es dauerte einen Moment, bis sie mir öffnete.

»Hey«, begrüßte sie mich mit einem Gähnen. Sie trug einen knappen Pyjama, und der Zopf, den sie sich jede Nacht flocht, war ziemlich zerzaust, als hätte sie bereits einige Zeit geschlafen. »Was ist los?«

Ich lächelte. »Zieh dich an. Wir gehen auf die Jagd.«

Cain blinzelte müde. »Du bist beurlaubt, schon vergessen?«

»Nein, aber ich kann nicht länger rumsitzen und Däumchen drehen. Ich muss Isaac finden«, antwortete ich mit gesenkter Stimme, auch wenn die Chance, dass wir belauscht wurden, gering war. Schließlich war es mitten in der Nacht und das Quartier wie ausgestorben. Die meisten Hunter waren entweder auf der Jagd oder schliefen.

Die Müdigkeit wich aus Cains Blick. »Du willst Isaac jagen?«

»Ja.«

»Das halte ich für keine gute Idee. Grant –«

»Hat keine Ahnung, wovon er redet«, unterbrach ich sie und machte mir keine Mühe, meinen Frust zu verbergen.

Als Cain keine Anstalten machte, sich zu bewegen, sondern mich nur stumm und schließlich etwas mitleidig anblickte, spürte ich Wut in mir aufflackern. Ich war fest davon ausgegangen, dass sie, ohne Fragen zu stellen, ihre Ausrüstung packen und mit mir kommen würde. Schließlich war sie meine Partnerin und hatte versprochen, mir immer den Rücken zu stärken. Doch wie es schien, hatte ich mich geirrt.

»Er ist unser Quartiersleiter.«

»Aber er ist nicht allwissend. Und mich auf die Ersatzbank zu setzen ist ein Fehler.«

»Das denke ich nicht.«

Ich presste die Lippen aufeinander. »Was soll das heißen?«

»Es tut mir leid, Warden, wirklich, aber ich glaube auch nicht, dass du schon wieder bereit für die Jagd bist.«

»Das bedeutet, du kommst nicht mit?«

Cain schenkte mir eines dieser milden Halblächeln, die ich in den letzten Wochen so sehr zu hassen gelernt hatte. »Genau das bedeutet es.«

Meine Hände ballten sich wie von selbst zu Fäusten. Am liebsten hätte ich ein Loch in die Wand geschlagen. Ich hasste mich dafür, dass ich geglaubt hatte, sie würde mir helfen. Natürlich nicht. Sie hatte noch nie gegen die Regeln verstoßen. Und ich hätte verdammt noch mal wissen müssen, dass sie das auch nicht für mich tun würde.

»Gut, dann gehe ich eben allein.«

Ich wollte mich umdrehen und verschwinden, als Cain plötzlich meinen Unterarm packte. »Nicht! Wir dürfen nicht allein auf die Jagd.«

Ich schnaubte und riss mich mit einer ruppigen Bewegung von ihr los. »Ist mir egal.«

»Warden …« Sie folgte mir den Gang hinunter, wobei sie Schwierigkeiten hatte, mit mir Schritt zu halten.

Ich hatte keine Minute mehr zu verschwenden. Mit jedem Zögern gab ich Isaac mehr Zeit, unterzutauchen und seine Spuren zu verwischen.

Kurz vor dem Aufzug, der mich nach oben und zum Ausgang bringen würde, versperrte Cain mir den Weg. »Bitte, geh nicht. Das ist allein viel zu gefährlich.«

»Dann komm mit«, sagte ich und gab mir Mühe, jede Spur der Verbitterung aus meiner Stimme zu verbannen. Um ihr eine ernsthafte letzte Chance zu geben.

Mit verlorenem Blick sah Cain mich an. Und schwieg.

Damit hatte ich meine Antwort.

Ich lächelte grimmig und schob mich an ihr vorbei. Um mit einem Herz so schwer wie meine Schritte davonzumarschieren und Isaac zu finden.

10. KAPITEL

Cain

Ein nerviges Piepsen riss mich aus dem Schlaf.

Ich wälzte mich in meinem Bett herum und drückte mein Gesicht ins Kopfkissen in der Hoffnung, meinen Wecker noch für ein paar Minuten ignorieren zu können, aber das Piepsen hörte nicht auf. Stattdessen wurde es lauter und lauter, bis ich mich meinem Schicksal schließlich ergab, aus dem Bett rollte und zur gegenüberliegenden Seite des Zimmers ging, wo mein Handy lag. Gähnend deaktivierte ich den Alarm und schlurfte ins Badezimmer, um mich für meine Trainingseinheit mit Jules fertig zu machen.

Wer von uns hatte es für eine gute Idee gehalten, sich um diese Uhrzeit zum Training zu treffen und das nach einer durchzechten Nacht? Ich hatte keine Ahnung, wie spät es gewesen war, als Roxy, Shaw, Jules und ich zurück ins Quartier kamen, aber ich hätte schwören können, dass die Vögel bereits gezwitschert hatten. Vielleicht hätte ich Ellas Beispiel folgen sollen, die sich bereits ein paar Stunden zuvor abgesetzt hatte.

Unfreiwillig nahm ich eine kalte Dusche, da das Wasser mal wieder nicht warm wurde, und schlüpfte anschließend in meine Trainingskleidung, bevor ich mit dem Aufzug in die obere Etage fuhr.

Kaum hatte sich die stählerne Tür vor mir aufgeschoben, hörte ich auch schon die Stimmen aus den verschiedenen Trainings- und Fitnessbereichen. Egal ob Nah- oder Fernkampf, Schusstraining, Cardio oder Muskelaufbau, hier gab es für alles den passenden Übungsraum.

Ich holte mir eine Wasserflasche und sah mich um. Der Fitnessraum war um diese Uhrzeit immer ziemlich leer. Die Hunter der Nachtschicht lagen in ihren Betten, die Frühschicht war auf den Straßen, und die Tagschicht ging vermutlich in großen Teilen ihren Brotjobs nach. Nur ein paar Jäger waren hier, und zu meinem Erstaunen waren Ella und Owen unter ihnen. Jules schien noch nicht da zu sein, also schlenderte ich zu den beiden hinüber.

Ella lag gerade mit angewinkelten Beinen auf dem Rücken, und Owen hielt ihre Füße fest, während sie sich wenig erfolgreich an Sit-ups versuchte.

»Komm schon«, feuerte Owen sie an. Sein langes dunkelblondes Haar fiel ihm lose über die Schultern, und ein Dreitagebart bedeckte sein Kinn. »Du schaffst das, Ella, ich glaub an dich!«

»Warum tust du mir das an?«, ächzte sie und versuchte, ihren Oberkörper anzuheben, allerdings sackte sie fast augenblicklich wieder zurück auf die Matte und blieb mit ausgestreckten Armen einfach liegen. Wie Owen sie dazu motiviert hatte, so früh aufzustehen und hierherzukommen, war mir ein Rätsel, aber er hatte schon immer einen guten Einfluss auf sie gehabt.

»Weil du mir wichtig bist und ich nicht möchte, dass du von einem Werwolf gefressen wirst«, erwiderte Owen mit einem amüsierten Funkeln in den Augen. »Und jetzt komm schon, nur noch einmal hoch.«

Ella stöhnte, als litte sie grausame Schmerzen.

»Quäl sie nicht so«, sagte ich mit einem Lachen und hockte mich neben sie auf die Matte.

Ella war das genaue Gegenteil von mir. Ich liebte Sport und Bewegung und tat mein Möglichstes, den Trainingsräumen jeden Tag einen Besuch abzustatten. Wenn ich es einmal nicht schaffte, fühlte ich mich rastlos und unausgeglichen. Ella hingegen wäre heilfroh gewesen, nie wieder einen Fuß auf ein Laufband oder eine Sportmatte setzen zu müssen.

Ich reichte ihr meine Wasserflasche.

Dankend nahm sie diese entgegen und trank einen Schluck.

»Wie lange wart ihr gestern noch unterwegs?«, fragte Owen. »Ella meinte, ihr habt länger durchgehalten als sie.«

»Viel länger«, murmelte ich mit einem Gähnen. Ich war es gewohnt, lange wach zu sein und wenig zu schlafen, aber der gestrige Abend hing mir ganz schön nach.

Meine Tage waren in der Regel in drei Einheiten unterteilt: Schlafen. Trainieren. Patrouille. Nicht immer in dieser Reihenfolge, und manchmal kam mir der Unterricht oder ein Geburtstag dazwischen, so wie heute, aber aus viel mehr bestand mein Leben nicht. Pub-Besuche wie gestern Abend waren eher die Ausnahme als die Regel, und das merkte ich.

»Wie war es bei deiner Mum?«, gab ich die Frage an Owen zurück.

»Schön, aber wie immer ein Drahtseilakt mit den Fragen der Verwandtschaft. Ich glaube, sie halten mich für den faulsten Menschen auf Erden.« Anders als Owen und sein Vater gehörte seine Mum nicht zu den Huntern und ging einem gewöhnlichen Job nach. Sie wusste natürlich von den Aktivitäten ihres Mannes und Sohnes, aber der Rest von Owens recht zahlreicher Verwandtschaft mütterlicherseits war nicht in die Existenz von Jägern und Kreaturen eingeweiht.

Ächzend richtete Ella sich auf. »Hat ihr mein Geschenk gefallen?«

Owen lächelte. »Ja, sie hat sich sehr gefreut.«

»Was hast du ihr denn geschenkt?«

»Einen Ring, der aussieht wie meiner«, sagte Ella und hob ihre rechte Hand, an deren Mittelfinger ein Ring steckte, in den ein magischer Stein der Stufe 4 eingesetzt war, der die Farbe von dunklem Magenta hatte. »Sie hat mir schon öfter gesagt, wie gut er ihr gefällt, also hab ich ihr eine Nachbildung besorgt.«

»Das war wirklich eine schöne Idee.«

Ohnehin machte Ella die besten Geschenke. Ich hatte keine Ahnung, wie sie es anstellte, aber sie fand einfach immer das Richtige und wusste, was man sich wünschte, bevor man selbst ahnte, dass man es in seinem Leben brauchen konnte. Zu meinem neunzehnten Geburtstag vor ein paar Wochen hatte sie mir einen Gutschein fürs Indoor-Surfen geschenkt. Es war einer der besten Tage meines Lebens gewesen, aber von allein wäre ich niemals auf die Idee gekommen.

»Hey«, begrüßte uns Jules, der sich in diesem Moment neben mir auf die Matte fallen ließ. »Was läuft hier denn für eine Therapiesitzung? Darf ich mitmachen?«

Ella grinste Jules an. »Klar. Womit können wir dir behilflich sein?«

»Ich bin in eine Frau verliebt, die meine Existenz nicht einmal anerkennt. Hilfe!«

Interessiert hob Ella die Augenbrauen. »Harper?«

Ich schnaubte. »Wer den sonst?«

»Du solltest einfach mit ihr reden und ihr offen sagen, wie du fühlst, aber ohne sie zu drängen«, sagte Ella.

»Das habe ich ihm auch geraten«, warf ich ein. »Oder du vergisst sie endlich.«

Meine beste Freundin nickte entschlossen. »Genau.«

»Das ist manchmal nicht so einfach«, mischte sich Owen ein, der die Arme auf den Knien abgestützt hatte. »Gefühle lassen sich nicht so einfach abstellen, vor allem nicht, wenn du die Person, für die du sie hast, ständig sehen musst.«

Ella sah von Jules zu ihrem Kampfpartner. »Dann ändere etwas daran. Geh ihr aus dem Weg.«

»Und wenn das nicht geht?«, fragte Owen.

»Es gibt immer einen Weg.«

»Nicht für mich«, warf Jules ein und lenkte damit den Fokus wieder auf sich. »Die einzige Möglichkeit, Harper dauerhaft aus dem Weg zu gehen, wäre, dass Quartier zu wechseln, und das kommt nicht infrage. Mein ganzes Leben spielt sich in Edinburgh ab.«

»Dann musst du Harper wohl vergessen«, stellte Ella fest.

»Oder für immer leiden«, ergänzte ich.

Jules warf mir einen finsteren Blick zu. »Danke, Cain. Sehr hilfreich.«

Ich grinste ihn verschmitzt an. Jules wusste, dass ich es nicht so meinte. Auch wenn ich kein Fan von Harper war und ihn gern damit aufzog, würde ich alles tun, um ihm zu helfen. Entweder um über sie hinwegzukommen oder um sie für sich zu gewinnen. Er musste mir nur sagen, was ich tun sollte, und ich würde es tun.

Wir quatschten noch eine Weile. Owen erzählte uns von einer Geisteraustreibung, die er vor einer knappen Woche mit Ella in der Nähe von Loch Lomond vorgenommen hatte. Eigentlich gehörte das Loch in der Nähe von Glasgow nicht mehr zu unserem Gebiet, aber da Soul Hunter so eine Rarität waren, mussten Owen und Ella nicht selten durch halb Europa reisen, um Geister einzufangen, weil sich gerade niemand sonst darum kümmern konnte. Nur Soul Hunter verfügten über den Seelenblick, der es ihnen ermöglichte, Geister der Phase 1 und 2 zu sehen. Geister der Phase 3 und 4 konnten zwar auch von Jägern vernichtet werden, die im Besitz eines Amuletts waren, das mindestens der Stufe 3 angehörte, aber Soul Hunter hatten einfach eine ganz besondere Verbindung zu den verstorbenen Seelen.

Schließlich brachen Owen und Ella auf, um sich für ihre Patrouille fertig zu machen, während Jules und ich unser Training starteten. Mit meiner Lieblingsplaylist auf den Ohren ging es zuerst auf ein Laufband. Ich begann langsam und steigerte mich, bis ich praktisch rannte. Mein Atem beschleunigte sich, mein Herz pochte kräftiger, und in meiner Kehle breitete sich ein Kratzen aus, das ich ignorierte. Ein Vampir würde darauf auch keine Rücksicht nehmen, wenn ich ihn verfolgte. Auf diese Weise lieferten Jules und ich uns ein kleines Wettrennen – wer schaffte mehr Kilometer in einer Stunde –, wobei Jules mit seinen langen Beinen wie üblich gewann. Im Anschluss trainierten wir One-on-One im Nahkampf, auch wenn Jules, der Spielverderber, wie immer darauf bestand, mit Holzwaffen statt mit echten Dolchen zu kämpfen. Und zuletzt machten wir einen Abstecher zum Pool in der untersten Etage des Quartiers, um dort noch ein paar Runden zu schwimmen.

»Ich muss jetzt leider los«, sagte Jules und stemmte sich aus dem Becken. Wasser rann aus seinen Haaren und ließ die roten Strähnen beinahe braun wirken. »Floyd und ich haben gleich Dienst.«

Ich blieb im Wasser und sah missmutig zu ihm auf. »Ich beneide dich.«

»Bald sind wir beide wieder gemeinsam unterwegs.« Er schnappte sich sein Handtuch und begann, sich trocken zu rubbeln. »Wann musst du heute in die Waffenkammer?«

»Um fünf, aber vorher muss ich noch zu einem Kindergeburtstag. Kommst du nach deiner Schicht vorbei?«, fragte ich möglichst neutral, aber vermutlich ahnte Jules, dass ich nicht mit Warden allein sein wollte. Zeit mit ihm allein zu verbringen fühlte sich an, als würde man stundenlang in Schuhen rumlaufen, die einem drei Nummern zu klein waren. Sie drückten, scheuerten und ließen schmerzhafte Blasen zurück, die einen noch tagelang begleiteten. Vermutlich würde es mich Monate kosten, diese Woche mit Warden wieder zu vergessen und mental und emotional wieder das Stadium zu erreichen, in dem ich mich zuvor befunden hatte.

»Klar«, antwortete Jules. »Vielleicht kannst du mir ein paar coole, neue Waffen zeigen, die ich dann gleich an Warden ausprobieren kann.«

Ich lächelte dankbar. »Alles, was du willst.«

Warden

»Was machst du hier?«

Das waren die Worte, mit denen mich Becky begrüßte, als sie mir die Tür zu ihrem Laden öffnete, ein kleiner Shop mit Andenken für Touristen in der Nähe der High Street. Es war noch früh am Morgen, und der Shop würde erst in knapp einer Stunde öffnen, aber bis dahin mussten die Regale neu bestückt und sortiert werden.

»Ich arbeite hier.«

Becky stemmte einen Arm gegen den Türrahmen, um mir den Zugang zum Laden zu versperren. »Nein, tust du nicht. Nicht mehr.«

Ich runzelte die Stirn. »Warum?«

»Ist das dein Ernst?« Sie lachte auf. »Du warst fünf Wochen nicht da.«

»Ich habe doch geschrieben, dass ich weg bin.«

Becky zog ihr Handy aus der Hosentasche, tippte ein paarmal darauf herum und räusperte sich: »Ich bin in London und kann die nächsten Tage nicht kommen. Bin bald zurück, Warden«, las sie die Nachricht vor, die ich an sie geschickt hatte. Dann sah sie erneut zu mir auf. »Das war alles. Mehr hast du nicht geschrieben. Und nur um das festzuhalten, diese Nachricht habe ich zwanzig Minuten *nachdem* deine Schicht angefangen hatte von dir bekommen.«

»Heißt das, ich bin gefeuert?«, fragte ich, nur um sicherzugehen.

»Ja, das heißt es. Und jetzt verschwinde, ich hab zu tun.« Bevor ich noch etwas erwidern konnte, knallte Becky mir die Tür vor der Nase zu.

Ich stieß ein Seufzen aus und wandte dem Laden den Rücken zu, unentschlossen, was ich jetzt tun sollte. Der wievielte Job dieses Jahr war das, der mir flöten ging? Der neunte? Der zehnte? Ich hatte den Überblick verloren. Nicht dass es eine Rolle spielte. Die Jobs an sich waren mir egal, aber ich brauchte sie, um meine Suche nach Isaac zu finanzieren. Für Zugtickets nach London für persönliche Rachefeldzüge kam das Quartier genauso wenig auf wie für die Miete der Werkstatt.

Genervt setzte ich mich in Bewegung und spazierte hinauf zur High Street. Dabei genoss ich es, dass man um diese Uhrzeit nicht über die Füße von Hunderten Touristen stolperte. Ich legte einen kurzen Stopp ein, um mir einen Kaffee zu holen, und machte mich dann auf den Weg ins Fitnessstudio, in dem Wayne arbeitete. Vielleicht konnte er mir einen Job dort besorgen.

»Was willst du?«, fragte ich, als ein Typ in dunkelgrauem Anzug plötzlich neben mir in Gleichschritt verfiel. An seinem Handgelenk baumelte ein pastellfarbenes Armband.

Er lächelte mich an. »Nur ein bisschen Quatschen. Wie geht es dir?«

»Ich wurde gerade gefeuert, aber das weißt du sicherlich schon«, antwortete ich und nippte an meinem Kaffee.

Kevin verzog die Lippen. »Ja, das konnte ich beobachten.«

»Du brauchst dringend ein eigenes Leben, Kev.«

»Ich finde mein Leben gut, so wie es ist«, sagte er und begann, die Aktentasche zu durchsuchen. Er fand einen Schokoriegel, wickelte ihn aus und biss mit einem genüsslichen Seufzen hinein. Manchmal verhielt er sich wirklich merkwürdig menschlich. »Was macht der Apparat, den du Roxy versprochen hast?«

»Ich arbeite dran.« Noch war mir kein großer Durchbruch gelungen, aber nachdem ich Roxy Blut abgenommen hatte, hatte ich mich die halbe Nacht in der Werkstatt verschanzt und war ein gutes Stück weitergekommen.

»Ich versteh nicht, wieso du ihr hilfst. Sie hat sich das selbst eingebrockt.«

»Sie wusste nicht, was sie tut, als sie Amelias Amulett zerstört hat«, verteidigte ich Roxy. Ich kannte sie nicht besonders gut, aber es war offensichtlich, dass ihr leidtat, was damals geschehen war, und dass sie Ulysses, den König der Unterwelt, nicht absichtlich um diese Geister bestohlen hatte.

»Unwissenheit schützt nicht vor Strafe.«

»Mag sein, aber sie hat es nicht verdient, in der Unterwelt zu landen. Sie ist ein guter Mensch.«

»Du warst noch nie dort. Vielleicht ist es da gar nicht so übel, wie alle sagen.«

Ausdruckslos starrte ich Kevin an. »Und weil es gar nicht so übel ist, hängst du ständig hier ab?«

Kevin verzog den Mund. »Langsam bekomme ich das Gefühl, du genießt meine Gesellschaft nicht.«

Ich bemühte mich, nicht die Augen zu verdrehen. Auf merkwürdige Weise mochte ich Kevin tatsächlich. Uns verband eine verquere Freundschaft, seit ich vor knapp drei Jahren das erste Mal um ein Haar gestorben wäre bei dem Versuch, allein ein Lamien-Nest auszuheben. Dennoch wäre es mir lieber, wenn er nicht ständig überall auftauchen würde. Zumal seine Gegenwart auch immer ein Zeichen für meinen baldigen Tod sein konnte. Wenn es irgendwann wirklich so weit war, würde ich Kevin nicht einmal mehr als Warnzeichen erkennen.

Wir erreichten das Fitnessstudio.

Ich zog die Eingangstür auf und warf meinem Begleiter noch einen letzten Blick zu. »Willst du mit reinkommen?«

»Nein, danke. Sport ist nicht so mein Ding.« Er grinste mich an, und in der nächsten Sekunde war er verschwunden.

Ich stieß ein Seufzen aus und betrat das Fitnessstudio. Im Inneren roch es nach Gummimatten; das Klirren von Metall war zu hören. Zielstrebig steuerte ich den Empfangstresen an, hinter dem eine der Trainerinnen saß. Ihren Namen hatte ich vergessen. »Ist Wayne da?«

»Ja. Er ist bei den Gewichten«, antwortete die Frau – Charlie? Charlotte? Chelsea? – mit einem Lächeln und ließ ihren Blick langsam und ziemlich eindeutig über mein Gesicht und meinen Oberkörper wandern.

Ich ignorierte ihre anzüglichen Blicke und bedankte mich knapp für die Auskunft, bevor ich mich auf die Suche nach Wayne begab. Lange musste ich mich nicht umschauen. Er trainierte gerade an einer der Rudermaschinen.

Als er mich kommen sah, wurden seine Bewegungen langsamer, bis er schließlich ganz stoppte. »Hat Becky dich gefeuert?«, fragte er ohne jede Begrüßung. Offenbar trainierte er schon eine Weile, sein Gesicht war gerötet und sein Haar verschwitzt.

Ich setzte mich auf eine Pressbank. »Jup.«

»Und jetzt bist du hier, weil du einen Job brauchst.«

»Du kennst mich einfach zu gut.« Ich kannte Wayne wirklich schon mein ganzes Leben. Genau wie Cain hatte ich ihn im Quartier getroffen, als ich fünf Jahre alt gewesen war. Er war ein paar Jahre älter, weshalb wir als Kinder nur wenig Zeit miteinander verbracht hatten, aber später hatte er Cains und meine Ausbildung begleitet. Und er war es gewesen, der damals mit seiner Kampfpartnerin Eva zusammen meine Mum gefunden und ihr vermutlich das Leben gerettet hatte. Spätestens seitdem war er für mich das, was einem besten Freund wohl am nächsten kam. »Also, hilfst du mir?«

Wayne wischte sich den Schweiß von der Stirn und sah mich durchdringend aus seinen hellgrauen Augen an. »Nein, das kannst du vergessen.«

»Wieso?«

»Weil Rolf dich nicht einstellen wird. Nicht nach dem, was letztes Mal passiert ist.«

»Das ist schon über ein Jahr her«, protestierte ich.

Außerdem war es nicht meine Schuld gewesen, dass mir ein Vampir ins Studio gefolgt war. Er hatte seinen Tod praktisch selbst gewählt, und was hätte ich tun sollen? Ihn einfach gehen lassen? Natürlich hatte ich ihn in einer der Umkleiden erledigen müssen.

»Sorry, das wird nichts. Es war damals schwer genug, Rolf davon zu überzeugen, nicht die Polizei zu verständigen. Probier es doch mal in einem Café, die suchen immer irgendwelche Aushilfen.«

Ich schnaubte. »Genau, weil ich so ein unglaublich talentierter Kellner bin.«

»Du findest schon was«, versuchte Wayne, mich aufzumuntern, und bedeutete mir aufzustehen und die Pressbank für ihn freizumachen. Er legte sich hin, und ich stellte mich hinter ihn, um ihm die Gewichte im Notfall abzunehmen. Schweigend drückte er die Hantel mehrfach langsam in die Höhe und ließ sie ebenso langsam wieder sinken, bevor er etwas atemlos sagte: »Ich habe gesehen, dass du Anhang aus London mitgebracht hast.«

»Ja, Roxy und Shaw wollten sich mal unser Quartier anschauen.«

»Eine kleine Auszeit tut den beiden sicherlich gut, nach allem, was mit Maxwell Cavendish passiert ist. Sein Tod muss im Londoner Quartier einiges in Bewegung gesetzt haben. Hast du Maxwell noch getroffen?«

»Ja. Ich war dabei, als er gestorben ist.«

Wayne runzelte die Stirn. »Ist Cavendish nicht in Frankreich gestorben?«

Ich nickte, sagte aber nichts weiter, da ich nicht über die Geschehnisse in Paris reden wollte. Gott, ich wollte noch nicht einmal daran denken, dennoch kamen die Erinnerungen immer wieder hoch. Alle redeten von Maxwell, aber er war nicht der einzige Jäger, der an diesem Tag ums Leben gekommen war. Dominique war mit ihm gegangen. Und immer und immer wieder fragte ich mich, was ich anders, besser hätte machen können, um sie zu retten.

Es schien ein sich wiederholendes Muster in meinem Leben zu sein. Menschen, die mir am Herzen lagen, starben durch die Hände irgendwelcher Kreaturen, weil ich nicht in der Lage war, sie zu beschützen. Bei meinen Eltern war ich nicht vor Ort gewesen, aber mit Dominique war es etwas anderes. Sie hatte direkt neben mir gestanden. Und ich war nicht stark, nicht schnell, nicht fähig genug gewesen, um sie vor Amelia und dem Dolch zu beschützen. Dominiques Tod war meine Schuld.

»Ich mach mich besser wieder auf den Weg«, sagte ich, bevor Wayne weitere Fragen stellen konnte. »So ein Job findet sich nicht von selbst.«

Auf den Treppenstufen vor dem Fitnessstudio holte ich mein Handy hervor, und nach einer kurzen Recherche zu Stellenausschreibungen in der Umgebung machte ich mich wieder auf den Weg in die Innenstadt, um die Cafés dort abzuklappern. Ich war tatsächlich ein grauenhafter Kellner, aber Job war Job und Geld war Geld, und eigentlich würde ich alles tun, wofür man mich bezahlte. Okay, fast alles. Und wer mich als Kellner einstellte, war irgendwie auch selbst schuld.

Inzwischen hatte sich die Royal Mile mit Touristen gefüllt, die offenkundig nur existierten, um mir das Leben schwer zu machen und ohne jede Vorwarnung mitten auf der Straße stehen zu bleiben oder abrupt die Richtung zu wechseln und mir vor die Füße zu stolpern. In suboptimaler Stimmung lief ich von Café zu Café, um nachzusehen, ob eine Stellenausschreibung in den Schaufenstern hing. Wurde jemand gesucht, ging ich hinein, um ein Bewerbungsformular auszufüllen.

Eine Glocke an der Tür kündigte mich an, als ich das nächste Café betrat, das gerade nach einem Teilzeitkellner suchte. Im Inneren herrschte reges Treiben. Sämtliche Tische waren besetzt, vor der Kuchenvitrine hatte sich eine Menschentraube gebildet, und auch an der Theke warteten einige Leute darauf, bedient zu werden. Es duftete nach süßem Gebäck und herbem Kaffee. Der Raum war erfüllt von einem Meer aus Stimmen, und aus dem hinteren Teil des Ladens erklang lautes Kindergelächter. Kurz überlegte ich, einfach auf dem Absatz kehrtzumachen, aber ich war auf einen neuen Job angewiesen, also ignorierte ich das nervige Plärren.

»Hey«, fing ich einen Kellner ab, der gerade mit einem Tablett voll leerer Kaffeetassen an mir vorbeilief. »Ich hab gesehen, ihr sucht noch Leute. An wen muss ich mich wegen einer Bewerbung wenden?«

»Darum kümmert sich Jillian«, antwortete der Kerl.

»Und wo finde ich Jillian?«

»Sie ist gerade hinten. Einfach den Gang entlang.« Der Typ deutete in die Richtung, aus der das Kindergeschrei kam.

Großartig.

Ich bedankte mich und begab mich auf die Suche nach Jillian. Doch was ich fand, war der Ursprung des Lärms. Im hinteren Teil des Cafés war ein Kindergeburtstag in vollem Gange. Überall waren Luftballons. Es gab einen Tisch voller Geschenke und eine Frau, vermutlich Jillian, brachte gerade eine Torte. Die Kinder schenkten dem Kuchen allerdings keine Beachtung. Noch nicht. Ihre ganze Aufmerksamkeit ruhte auf einer Frau, die als Cinderella verkleidet war und mit ihrem blauen Rüschenkleid aufpassen musste, nicht alles in ihrer Nähe umzustoßen.

»Wer von euch hat Lust, ein Lied mit mir zu singen?«, fragte Cinderella in diesem Moment, und die Kinder reagierten mit enthusiastischer Zustimmung. Begeistert klatschte die verkleidete Prinzessin in die Hände.

Ich wusste nicht, was es an dieser Geste war, aber sie fesselte meinen Blick und sorgte dafür, dass ich mir Cinderella noch einmal genauer ansah. Sie kam mir auf einmal merkwürdig vertraut vor. Die Art, wie sie sprach und sich bewegte und …

»Heilige Scheiße!«, entfuhr es mir laut.

Dutzende Köpfe drehten sich in meine Richtung, und alle anwesenden Eltern sahen mich mit empörtem Blick an. Doch ich hatte nur Augen für eine Person. Cinderella.

Falsch, Cain.

Sie hatte ebenfalls den Kopf gehoben und starrte mich an. Blanke Panik stand ihr ins Gesicht geschrieben. Selbst durch die dicke Schicht Make-up, die ihre Sommersprossen verdeckte, konnte ich erkennen, dass mein Anblick sie blass werden ließ. Und das war alles, was ich wissen musste. Cain war in diesem Moment das Kind und ich das Monster in ihrem Schrank. Ich war ihr schlimmster Albtraum, indem ich ihr Geheimnis gelüftet hatte. Ein Geheimnis, von dem ich nicht einmal gewusst hatte, dass es existierte. Aber das machte das Wissen darum nur umso süßer.

11. KAPITEL

Cain

3 Jahre zuvor
3 Monate nach der Hunterprüfung

Fahrig lief ich im Vorraum vor Grants Büro auf und ab und wartete darauf, dass er und Warden wieder herauskamen. Sie waren mittlerweile seit über einer halben Stunde dort drin.

Der Pullover, den ich mir übergestreift hatte, war verschwitzt, und meine Kopfhaut prickelte vor Nervosität, während ich mich davon zu überzeugen versuchte, dass ich das Richtige getan hatte.

Grant zu alarmieren und ihn wissen zu lassen, das Warden losgezogen war, um Isaac im Alleingang zu fassen, war das Klügste gewesen. Und diente nur seiner eigenen Sicherheit. Ich verstand, weshalb er sich nach Rache sehnte; was seinen Eltern widerfahren war, war grausam. Doch weder Emma noch James hätten gewollt, dass sich ihr einziger Sohn auf diese Art und Weise in Gefahr brachte. Genauso wenig wie ich. Und ich war mir sicher, dass auch Warden mich verstehen würde, wenn er die erste heftigste Trauer und die Wut über den Verlust überwunden hatte.

Abrupt blieb ich stehen und hielt zum gefühlt hundertsten Mal in den letzten dreißig Minuten den Atem an in der Hoffnung, etwas von dem zu hören, was hinter verschlossener Tür gesagt wurde. Doch alles, was ich wahrnahm, war gedämpftes Gemurmel. Ich war so vertieft, dass ich erschrocken zusammenzuckte, als plötzlich jemand die gläserne Tür zum Vorraum aufdrückte.

Ich wirbelte herum und entdeckte Wayne. Der Blick aus seinen blassen Soul-Hunter-Augen war stürmisch, und er trug seine Uniform, was vermuten ließ, dass er von einer Patrouille kam und Grant ihn zurückgerufen hatte. Was nicht verwunderlich war, denn irgendwie hing Wayne in dieser ganzen Sache mit drin. Er war nicht nur Grants rechte Hand, sondern auch derjenige gewesen, der Wardens Mum gefunden und dabei geholfen hatte, das Chaos zu beseitigen, dass Isaac und seine Vampire hinterlassen hatten.

Wayne blieb neben mir stehen. »Hey.«

»Hey«, erwiderte ich mit kratziger Stimme.

»Wie geht es dir?«

Ich zuckte mit den Schultern, weil ich es selbst nicht wusste. Ich fühlte mich schuldig, obwohl ich das Richtige getan hatte. Ich trauerte mit Warden und war gleichzeitig wütend auf ihn, weil er mich in diese Situation gebracht hatte. Und all diese Gefühle lagen unter einer Decke der Ungewissheit, weil ich keine Ahnung hatte, was zum Teufel da drinnen so lange dauerte!

Wayne nickte und nahm meine vage Antwort hin. Ich erwartete, dass er in Grants Büro gehen würde, doch stattdessen nahm er auf einem der Stühle im Vorraum Platz, faltete die Hände im Schoß und leistete mir schweigend Gesellschaft.

Fünf Minuten später wurde die Tür zum Büro von Warden aufgestoßen. Sein Haar war zerzaust, Blut klebte an seiner Wange. Offenbar hatte er eine Kreatur gefunden, an der er seine Wut hatte auslassen können, bevor die anderen Hunter ihn gefunden hatten. Was mich jedoch noch mehr beunruhigte als das Blut, waren die Schatten, die sich über sein Gesicht gelegt hatten, und der Hass in seinen Augen. Bisher hatte ich nur er- lebt, wie er Vampiren, Werwölfen und anderen Kreaturen mit einer solchen Feindseligkeit begegnet war. Doch heute galt die Abscheu in seinem Blick mir. Mir ganz allein.

Ich schluckte schwer und versuchte, mir nicht anmerken zu lassen, was das mit mir anstellte, auch wenn es mir die Kehle zuschnürte, so von meinem Kampfpartner angesehen zu wer- den. Als würde er mir am liebsten einen Dolch zwischen die Rippen stoßen.

»Wayne, würdest du Warden bitte in eine unserer Arrest- zellen bringen«, sagte Grant, der hinter Warden aus seinem Büro trat. Anders als Warden wirkte er nicht wütend und auf- gebracht, sondern erschöpft und enttäuscht – und vor allem müde. »Er hat vier Wochen Hausarrest. Außerdem wird ihm seine Hunterprüfung aberkannt. Streich ihn aus allen Einsät- zen, bis er die Prüfung wiederholt hat.«

Ich riss die Augen auf. »Was?!«

Grant blickte zu mir. »Warden hat gegen eine unserer wich- tigsten Regeln verstoßen: Gehe niemals allein auf die Jagd. Und dann auch noch, nachdem ich ihn ausdrücklich beurlaubt hatte. Sein Verhalten muss Konsequenzen haben, ich weiß nicht, wo die ganze Sache sonst noch enden soll. Die Regeln dienen eurer Sicherheit.«

»Aber …« Plötzlich verstand ich den ungezügelten Hass in Wardens Augen.

»Strafe muss sein. Wir können nicht zulassen, dass andere junge Hunter und Anwärter einem solchen Verhalten nach- eifern. Warden kann die Prüfung nach seinem Arrest wieder- holen, um sich noch einmal auf die Werte unseres Quartiers zu besinnen. Sicherheit geht vor.«

»Und mit wem soll ich auf die Jagd gehen?« Es war nicht das, was ich eigentlich sagen wollte. Eigentlich wollte ich Grant anflehen, Warden seine Lizenz nicht zu entziehen, aber in diesem Moment konnte ich keinen klaren Gedanken fassen. Das hatte ich nicht gewollt. Auf keinen Fall! Ich hatte Warden beschützen wollen, anstatt ihm das Einzige zu nehmen, was ihm als Konstante in seinem Leben noch geblieben war.

»Jules wird vorübergehend dein Partner«, antwortete Grant. »Sobald Warden seine Prüfung nachgeholt hat, könnt ihr euch gern wieder zusammentun.«

»Nur über meine Leiche.« Wardens Worte fühlten sich an wie ein Schlag in die Magengrube.

»Warden …«

Ich trat einen Schritt auf ihn zu, doch er wich zurück, nicht nur einen oder zwei Schritte, sondern mehrere, als könnte er gar nicht genug Distanz zwischen uns bringen. Dann schüttelte er den Kopf und wandte sich an Wayne, der ihn aufforderte, die Arme auszustrecken. Wie ein Verbrecher wurde Warden von ihm abgetastet und sämtlicher Waffen entledigt. Dabei starrte ich unentwegt auf das Tattoo auf seinem rechten Unterarm, das nicht nur ihn, sondern auch mich zu verspotten schien. Es war dasselbe Symbol, mit demselben Datum und demselben Ortskürzel, das auch auf meiner Haut prangte.

Wayne überreichte Grant die Waffen, die er von Warden einkassiert hatte, dann führte er ihn ohne ein weiteres Wort aus dem Vorraum und den Gang entlang zu den Arrestzellen, die sich ebenfalls auf der untersten Ebene des Quartiers befanden.

Mit wild pochendem Herzen blickte ich Warden nach. Hoffte. Betete. Flehte innerlich, dass er sich noch einmal zu mir umdrehte. Um mich wissen zu lassen, dass ich unsere Freundschaft nicht zerstört hatte. Dass es noch Hoffnung gab.

Doch Warden sah sich nicht um, sondern marschierte schnurstracks davon, als könnte er mich nicht schnell genug hinter sich lassen. Was hatte ich nur angerichtet?

12. KAPITEL

Cain

Mit gestrafften Schultern und hoffentlich den Anschein von Normalität erweckend, marschierte ich durch das Quartier der Hunter, auf dem Weg in mein Zimmer. Meine Schritte hallten von den unterirdischen Gängen wieder, und meine Finger krallten sich fest um die Sporttasche in meiner Hand. Darin steckte mein Cinderella-Kostüm. Lieber wäre ich unbewaffnet gegen eine Horde Vampire in den Kampf gezogen, als dass einer der anderen Hunter es zu Gesicht bekam.

Aber Warden hat dich gesehen.

Warden hat dich gesehen.

Warden. Hat. Dich. Gesehen.

Die Worte rauschten in Endlosschleife durch meinen Verstand und ließen meinen Puls höherschlagen. Im einen Moment hatte ich noch unbeschwert mit den Kindern geredet, ganz in meine Rolle versunken, und im nächsten war da Warden gewesen, mit einem selbstgefälligen Grinsen im Gesicht. Mir war das Herz stehen geblieben; ich wusste ganz genau, dass dieser Gesichtsausdruck nichts Gutes für mich bedeutete. Doch Warden war aus dem Café verschwunden, bevor ich ihm die Situation hatte erklären und ihn darum bitten konnte, mein Geheimnis für sich zu behalten. Hoffentlich würde er mit sich reden lassen …

Ich verstaute mein Kostüm wie immer im hintersten Teil

meines Kleiderschranks und machte mich anschließend auf den Weg in die Waffenkammer.

Wie auch die Tage zuvor war Warden noch nicht da. Ich schickte Hugo in den Feierabend, bevor er bemerken konnte, dass etwas mit mir nicht stimmte.

Ein paar Hunter kamen vorbei, um sich mit Waffen auszustatten. Sie grüßten mich wie gewohnt, was bedeutete, dass Warden mein Geheimnis offenbar noch nicht lauthals herumerzählt hatte. Dennoch wurde das nervöse Ziehen in meinem Magen mit jeder Sekunde, die ich nicht mit ihm reden konnte, schlimmer.

Jules behauptete immer, ich würde übertreiben, aber er hatte keine Ahnung, wie es war, eine Frau unter Blood Huntern zu sein. Vampire zu jagen war keine leichte Aufgabe, diese Monster waren schneller, stärker und tödlicher als die meisten Kreaturen. Die Vampirjagd war seit Jahrhunderten eine Männerdomäne. Viele Jägerinnen wurden lieber an der Seite von Magic und Soul Huntern eingesetzt, um diese bei der Suche nach Hexern und Waldgeistern zu unterstützen. Um mein Ziel, irgendwann an der Spitze des Quartiers in Edinburgh zu sitzen, zu erreichen, musste ich ernst genommen werden – und selbst dann gab es keine Garantie. Meine Mum nahmen alle ernst, sie war eine ausgezeichnete Jägerin, und dennoch hatte Grant nicht sie, sondern Xavier zum Anführer der Blood Hunter gemacht. Trällernd in einem Rüschenkleid herumzutänzeln, würde meine Position innerhalb des Quartiers also bestimmt nicht stärken.

Mit einer halben Stunde Verspätung spazierte Warden schließlich in die Waffenkammer.

Ich hätte mich gern cool gegeben, gleichgültig, doch meine Nerven lagen blank. Ich ließ die Pistole, die ich gerade reinigte, sinken. »Wo warst du?«

»Ich wüsste nicht, was dich das angeht«, erwiderte er trocken und schlenderte an mir vorbei, um sich eine Schrotflinte aus dem Container mit den Waffen zu schnappen, die gereinigt und gewartet werden mussten. Mit nur wenigen geübten Handgriffen zerlegte er sie in ihre Einzelteile.

Ich seufzte. »Ich muss mit dir reden.«

»Worüber?« Die Frage klang unschuldig, aber mir konnte Warden nichts vormachen. Ich sah das spöttische Funkeln in seinen Augen, auch wenn er es vor mir zu verbergen versuchte.

In den Jahren, die wir zusammen trainiert hatten, hatte ich gelernt, ihn zu lesen wie ein offenes Buch. Er hatte sich zwar verändert, aber er war noch immer derselbe Mensch, und ich kannte seine Ticks. Ich wusste, dass er zu lachen begann, wenn er nervös war. Dass er nur gut schlafen konnte, wenn er mit dem Rücken zur Wand lag. Und dass er den Kopf immer leicht nach rechts neigte, wenn er eine Lüge erzählte. Es war eine kleine, kaum sichtbare Bewegung, der sich Warden vermutlich nicht einmal selbst bewusst war.

»Über das, was du heute gesehen hast.«

Ein Grinsen trat auf Wardens Lippen. »Stimmt, da war ja was …«

Ich umklammerte die Tischplatte. »Könntest du die Sache für dich behalten?«

Das ließ ihn von der Schrotflinte aufblicken. »Wieso sollte ich?«

»Weil ich dich darum bitte. Ich weiß, dir ist es vermutlich ein dringendes Bedürfnis, mir das Leben schwer zu machen, aber wenn die anderen davon erfahren, könnte das meinem Ruf im Quartier wirklich schaden«, erklärte ich und hoffte, dass Warden erkannte, wie ernst es mir war. »Ich habe hart dafür gearbeitet, als Blood Huntress respektiert zu werden.«

»Wieso machst du den Job dann?«

»Er ist gut bezahlt, und die Arbeitszeiten sind flexibel. Du weißt, wie schwer es ist, einen Job zu finden, der sich mit unserer Arbeit hier im Quartier vereinbaren lässt, also bitte mach mir das nicht kaputt.«

Warden musterte mich, wobei noch immer ein kleines Lächeln auf seinen Lippen ruhte. Er genoss es sichtlich, mich zappeln zu sehen. Als wäre ich ein Fisch, den er aus dem Wasser gezogen hatte. Mein Leben lag in seiner Hand. Er konnte mich zurück ins Meer entlassen oder mich elendig am Ufer verenden lassen.

Angespannt hielt ich die Luft an, als plötzlich die Tür zur Waffenkammer aufflog.

Fantastisches Timing.

Ich wandte mich den Neuankömmlingen zu und musste mich davon abhalten, eine Grimasse zu ziehen, als ich Harper entdeckte. Offenbar hatte sie es sich zur Aufgabe gemacht, nicht nur Jules das Leben schwer zu machen, sondern auch mir. Das schwarze Haar hatte sie heute zu einem Zopf gebunden, und um ihren Hals baumelte ein Amulett der Stufe 1.

»Ich habe vor ein paar Stunden mein Katana bei Hugo abgegeben«, sagte sie ohne jede Begrüßung, wobei mich der liebliche, sanfte Klang ihrer Stimme wie immer überraschte – er passte so überhaupt nicht zu ihrem Auftreten. »Er wollte es mir bis zu meiner Patrouille fertig machen.«

Warden rührte sich nicht, und auch ich bewegte mich nicht vom Fleck. Ich warf ihm einen Blick zu, der sagte: *Schau du nach.* Was er mit einem *Nein, mach du das*-Blick erwiderte, bei dem seine Augenbrauen leicht in die Höhe zuckten.

Unter anderen Umständen wäre ich nicht eingeknickt, aber immerhin war er mir noch immer eine Antwort auf meine Bitte schuldig. Genervt ging ich zu dem Regal mit den persönlichen Waffen, die zur Pflege abgegeben worden waren. Harpers Katana war unter »I« wie Iwanow einsortiert.

»Danke«, erwiderte sie und begutachtete die Klinge. Sie schien mit Hugos Arbeit zufrieden, denn kurz darauf wandte sie sich mit einem Nicken um, ließ das Katana in einer fließenden Bewegung in die Halterung auf ihrem Rücken gleiten und verschwand ohne ein weiteres Wort. Zurück blieb nur ein leichter Duft nach Jasmin.

Ich verstand wirklich nicht, was Jules an ihr fand. Ja, sie war hübsch, aber das waren alle Magic Hunter und Huntresses. In dieser Hinsicht war sie nun wirklich nichts Besonderes, und ich hielt Jules eigentlich für intelligent genug, um sich nicht allein von einem attraktiven Gesicht einnehmen zu lassen.

»Was hat Harper dir getan?«, unterbrach Warden meine Gedanken.

»Ich weiß nicht, wovon du redest.«

»Wirklich? Dafür ist dein Blick aber ziemlich mordlustig.«

»Du bist mir noch immer eine Antwort schuldig«, sagte ich, und wich damit dem Thema Harper aus. Ich würde Jules' Gefühle garantiert nicht mit Warden besprechen. Zwar hasste er ihn nicht so sehr wie mich, aber was Jules für Harper empfand, ging Warden nichts an.

»Okay, ich behalte dein kleines Geheimnis für mich. Unter einer Bedingung.«

Erneut entwich mir ein schweres Seufzen. Warum überraschte mich das nicht?

»Die da wäre?«

»Du bist mir einen Gefallen schuldig.«

Ich hob die Augenbrauen und versuchte die aufkommende Wut auf Warden zu zügeln. Er schaffte es immer wieder aufs Neue, die Knöpfe zu drücken, die mich auf die Palme brachten. Ich konnte es gar nicht abwarten, bis wir wieder getrennte Wege gingen.

»Was für einen Gefallen?«

Warden zuckte mit den Schultern. »Keine Ahnung, das wird sich noch zeigen. Irgendwann werde ich dich um etwas bitten, und du wirst es tun, ohne Wenn und Aber, weil ich heute meine Klappe gehalten habe.«

»Das gefällt mir nicht.«

»Akzeptier es oder nicht. Deine Entscheidung.«

Shit. Ich wusste, dass ich mich nicht darauf einlassen sollte. Das war Erpressung, aber wenn irgendetwas von dem, was Warden heute gesehen hatte, die Runde machte, war der Ruf, den ich mir in den letzten Jahren erarbeitet hatte, dahin. Auch wenn die beiden Dinge eigentlich nichts miteinander zu tun haben sollten. Ich sollte als Frau rosa Kleider und pinken Nagellack tragen können, ohne an Respekt einzubüßen, solange ich meinen Job gut erledigte, aber so weit waren viele der Kerle in diesem Quartier noch nicht. Und genau aus diesem Grund war es so wichtig, dass ich alles in meiner Macht Stehende tat, um Quartiersleiterin zu werden; nur so konnte ich mit den alten Verhaltensmustern und -regeln der Hunter brechen.

»Okay, ein Gefallen. Aber es darf nichts Illegales oder Sexuelles sein.«

Warden schnaubte und bedachte mich mit einem abwertenden Blick. »Glaub mir, Cain, du bist die letzte Person auf dieser Welt, von der ich einen sexuellen Gefallen einfordern würde. Also keine Sorge, du kannst deine Jungfräulichkeit gern noch eine Weile behalten.«

»Ich bin keine …«, setzte ich an, ohne den Satz zu beenden. Warden wollte mich nur provozieren, und darauf würde ich mich nicht einlassen. Schlimm genug, dass ich einen Deal mit ihm einging. Denn was immer er von mir verlangen würde, es würde mir garantiert nicht gefallen. »Okay, dann sind wir uns einig?«

»Sieht ganz so aus.«

»Gut«, erwiderte ich und griff nach der Pistole und dem Reinigungszeug, um meine Arbeit wieder aufzunehmen. Es war zwar nur eine Strafarbeit, aber am Ende des Tages wollte ich, dass Hugo und Grant zufrieden mit meiner Leistung waren.

Es kamen noch ein paar Hunter vorbei, um sich ihre Waffen für die Nachtschicht abzuholen, aber kaum hatte diese begonnen, wurde es ruhig in der Kammer und Warden und ich waren allein.

Ich tat mein Bestes, um ihn auszublenden. Doch seine Anwesenheit war wie der Wind auf der Spitze des Arthur's Seat – immer da und nur schwer zu ignorieren, wenn er einem das Haar ins Gesicht peitschte. Dennoch versuchte ich, mich auf meine Arbeit zu konzentrieren, und mit der Zeit fand ich einen Rhythmus, der dem von Warden glich, bis das Auseinandernehmen, Reinigen und Zusammenbauen der Waffen zu einer Art stillem Wettbewerb wurde; zumindest in meinem Kopf. Aus dem Augenwinkel beobachtete ich, wann Warden sich eine neue Schusswaffe nahm, und versuchte dann, meine vor ihm fertig zu bekommen. Es motivierte mich, und wenn ich schneller war als er, verschaffte mir das eine gewisse Genugtuung, auch wenn er nichts von meinem Sieg mitbekam.

Irgendwann fiel mir jedoch auf, dass Warden immer wieder den Kopf hob und gedankenverloren in eine leere Ecke des Raumes schaute. Hin und wieder zuckten dabei seine Mundwinkel, als würde sich in seinem Kopf ein Witz abspielen. Zuerst versuchte ich es zu ignorieren, aber das wollte mir nicht gelingen, vor allem als Warden überraschend ein Grunzen von sich gab, als müsste er ein Lachen unterdrücken. Unsicherheit keimte in mir auf. Machte er sich über mich lustig?

Ich legte die Waffe ab, an der ich gerade arbeitete. »Was ist so witzig?«

Wardens amüsierte Gesichtszüge glätteten sich. »Nichts.«

»Ach ja? Und warum schmunzelst du die ganze Zeit?«

»Die viel wichtigere Frage ist doch: Warum beobachtest du mich die ganze Zeit?«

»Tue ich nicht!«, blockte ich instinktiv ab und bereute es, überhaupt den Mund aufgemacht zu haben. Wenn Warden in seinem Kopf lustige Selbstgespräche führen wollte, war das seine Angelegenheit.

»Und woher weißt du dann, dass ich *die ganze Zeit* schmunzle?«

»Das … Das sagt man nur so. Mir ist es eben aufgefallen«, stammelte ich. Lieber hätte ich mir den kleinen Zeh abgehackt, als zuzugeben, dass ich mehr auf ihn als auf die Waffen in meinen Händen achtete; die konnte ich auch blind zusammenbauen.

Er hob die Brauen. »Du streitest also nicht ab, dass du mich beobachtet hast.«

»Als hättest du mich nicht beobachtet.«

»Hab ich nicht. Ich habe Kevin zugehört.«

Ich runzelte die Stirn. »Wer ist Kev–«

Ich kam nicht dazu, meine Frage zu Ende zu stellen, denn in diesem Moment öffnete sich die Tür zur Waffenkammer und Grant betrat den Raum. Ich setzte zu einer Begrüßung an, stockte jedoch, als ich sein schmerzverzerrtes Gesicht bemerkte und realisierte, dass er nicht allein war. Meine Mum befand sich direkt hinter ihm. Zwischen ihre Augenbrauen hatte sich eine tiefe Falte gegraben, und sie hatte die Lippen fest aufeinandergepresst, als würde sie versuchen, ihre Gefühle zu verbergen. Doch ihr glasiger Blick verriet mir mehr, als ich wissen wollte – und doch viel zu wenig. Mein Herzschlag beschleunigte sich.

»Was ist los?«, fragte Warden und trat damit eine Erinnerung los, die ich lieber vergessen hätte. Nur hatte damals Wayne anstelle meiner Mum an Grants Seite gestanden. Warden schien in diesem Moment das Gleiche bewusst geworden zu sein, denn nun legte er die Pistole weg, an der er bis eben gearbeitet hatte. »Ist etwas mit meiner Mum?«

Grant holte tief Luft, schüttelte jedoch den Kopf.

Erleichtert atmete Warden neben mir aus, doch ich spürte nichts von seiner Erleichterung. Meine Mum hatte die ganze Zeit über nicht eine Sekunde den Blick von mir genommen. Eine Welle aus Angst und Panik brach über mir zusammen, als ich plötzlich mit absoluter Gewissheit wusste, dass es um meinen Dad ging. Er war ein Grim Hunter und vor ein paar Stunden mit seinem Kampfpartner losgezogen. So wie jede Nacht.

Übelkeit erregender Schwindel überkam mich, und mir traten Tränen in die Augen. Doch obwohl ich es weder hören noch wissen wollte, stellte ich die Frage, die plötzlich tonnenschwer auf meiner Zunge lag. »Was ist passiert?«

»Das versuchen wir noch herauszufinden«, antwortete Grant mit einer Selbstbeherrschung, die er sich über viele Jahre antrainiert haben musste. »Wir haben vor gut einer halben Stunde einen Notruf von Jules erhalten. Er und Floyd sind einem Vampir durch Portobello gefolgt, zu einem verlassenen Schwimmbad, das sich als Vampirnest entpuppt hat. Offenbar hat dort eine Art Versammlung stattgefunden, bei der auch Isaac anwesend war.«

Bei der Erwähnung des Vampirkönigs sprang Warden blitzartig von seinem Stuhl auf.

Ich hingegen rührte mich nicht. Wie betäubt lauschte ich Grants Worten und versuchte, ihren Sinn zu erfassen. Es ging nicht um meinen Dad, sondern um Jules. Meinen Jules. Meinen Kampfpartner.

»Sie haben Hilfe angefordert«, fuhr Grant fort. »Wir haben sämtliche Hunterteams in der näheren Umgebung zu ihnen geschickt. Keine Ahnung, ob sie einen verfrühten Angriff gestartet haben oder ob sie entdeckt wurden, aber als die Verstärkung ankam, war es schon zu spät.«

»Was … Was soll das heißen?«, fragte ich mit bebender Stimme und wünschte mir, Grant würde nicht so um den heißen Brei herumreden, sondern mir einfach sagen, was Sache war. War Jules noch am Leben? Ja oder nein?

»Die Vampire waren bereits verschwunden. Unsere Leute konnten nur noch Floyds Leiche bergen.«

»Was ist mit Jules?« Die Frage kam nicht von mir, sondern überraschenderweise von Warden. Ich hätte schwören können, dass er sich zuallererst nach Isaac erkundigen würde, doch ich war dankbar, dass er diese Frage stellte, die mir wohl nur schwer über die Lippen gekommen wäre. Die Angst um Jules kroch mir als Gänsehaut die Arme empor.

Grant rieb sich die Stirn. »Das wissen wir noch nicht. Wir haben nur Floyd und eine Handvoll toter Vampire gefunden sowie zwei menschliche Leichen, die allerdings schon ein paar Tage alt waren. Jules' Handy konnten wir bergen, aber von ihm fehlt bisher jede Spur. Wir haben das Gebiet weiträumig umstellt, und Xavier hat mehrere Suchtrupps bilden lassen.«

»Okay, gebt mir fünf Minuten«, hörte ich mich, ohne zu zögern, sagen und hechtete los, um meine Ausrüstung zu holen und mich auf die Suche nach Jules zu machen.

Doch ich kam keine drei Schritte weit, bevor meine Mum mir den Weg verstellte. »Nein, Cain, du bleibst hier.«

»Auf keinen Fall!«, protestierte ich, während ich gegen das Zittern ankämpfte, das von meinem Körper Besitz ergreifen wollte. Ich würde ganz bestimmt nicht tatenlos herumsitzen und auf Neuigkeiten warten, wenn ich stattdessen helfen konnte, Jules zu finden. Er war mein Kampfpartner. Wir waren ein Team, und ich würde ihn nicht im Stich lassen, während er irgendwo dort draußen war, möglicherweise verletzt und in Lebensgefahr schwebend. »Ich will in einen der Suchtrupps. Ich will helfen.«

»Deine Mutter hat recht«, sagte Grant und trat an die Seite meiner Mum, als befürchtete er, ich könnte mich an ihnen vorbeidrängen. »Wir wissen nicht, was mit Jules ist.«

»Und genau deswegen will ich helfen.«

»Dafür bist du nicht in der Verfassung.«

»Bin ich wohl!«

Grant schüttelte den Kopf. »Nein, bist du nicht. Schau dir an, wie deine Hände zittern. Damit bist du nicht nur eine Gefahr für dich, sondern auch für andere. Sie müssen sich auf Jules konzentrieren und können nicht auch noch auf dich aufpassen.«

»Aber …«

»Nein, Cain, du bleibst hier«, befahl Grant und sah zu Warden. »Und dasselbe gilt für dich. Ich weiß, was du denkst, aber wir müssen strategisch vorgehen, wenn wir Isaac schnappen wollen. Das Letzte, was wir jetzt brauchen, sind irgendwelche Alleingänge. Habt ihr verstanden?«

Warden presste die Lippen aufeinander und sagte nichts, aber ich konnte den Zwiespalt und die Verzweiflung in seinen Augen erkennen. Ich fühlte mich genauso. Warum ließ man mich nicht helfen? Ich war eine hervorragende Jägerin, ich kannte Jules besser als die meisten, und wenn er sich irgendwo versteckte, dann konnte ich vielleicht …

Meine Mum trat dicht an mich heran und strich mir sanft eine Strähne meines roten Haars hinters Ohr. Ihre nächsten Worte waren nicht die einer ranghöheren Blood Huntress, sondern einer Mum wie jeder anderen. »Mach dir keine Sorgen, mein Schatz.« Sie griff nach meiner Hand und drückte sie. »Die fähigsten Hunter, die Edinburgh zu bieten hat, sind gerade dort draußen und suchen nach Jules.«

Aber nicht ich.

»Ihr werdet mich wirklich nicht gehen lassen?«, hakte ich ein letztes Mal nach, weil sich alles andere danach angefühlt hätte, Jules im Stich zu lassen. Und das würde ich nicht tun. Niemals.

Meine Mum sah mich ernst an. »Es ist zu deiner eigenen Sicherheit.«

Ich blinzelte und schluckte gegen das Gefühl der Taubheit an, das meinen Körper in Besitz genommen hatte. Ich wollte weinen und schreien, aber weder das eine noch das andere würde mir Jules zurückbringen. Stattdessen ertappte ich mich dabei, wie ich nickte. Nicht weil ich wollte, sondern weil ich musste. Jede Faser meines Körpers rebellierte gegen die Entscheidung, doch jede Sekunde, die wir hier herumstanden, war eine zu viel. Mehr Zeit bräuchten Isaac und seine Vampire nicht, um Jules zu töten, wenn ihnen der Sinn danach stand. Sofern sie es nicht schon längst getan hatten.

»Was ist mit mir?«, kam es von Warden.

Grant neigte den Kopf. »Was soll mit dir sein?«

»Ich habe Jagdverbot. Aber was, wenn ich mich an die Spielregeln halte? Darf ich dann helfen?« Die Worte auszusprechen schien Warden einiges an Überwindung zu kosten, aber anscheinend war sein Wunsch, Isaac zu töten, größer als sein eigener Stolz.

Grant betrachtete ihn nachdenklich, bis er schließlich nickte.

»Einverstanden, du darfst mitkommen. Aber wenn du auch nur einmal aus der Reihe tanzt …«

»Das werde ich nicht!«

»Gut, dann lass uns gehen. Cain, wir geben dir Bescheid, sobald wir etwas gefunden haben.« Grant wandte sich ab und marschierte davon, dicht gefolgt von meiner Mum, die bestimmt auch Teil eines Suchtrupps war.

Warden setzte an, den beiden zu folgen, hielt dann jedoch noch einmal inne und wandte sich mir zu. »Ich werde alles tun, um Isaac zu finden.« Ein Versprechen, das von der wilden Entschlossenheit, die in seinem Blick loderte, unterstrichen wurde.

Ich wusste seine Hilfe zu schätzen, aber er irrte sich, wenn er glaubte, ich hätte Interesse an dem Vampirkönig. »Ich will nicht Isaac. Ich will Jules.«

Schweigend nickte Warden mir zu und eilte hinter den anderen her.

Ich sah ihm nach, auch dann noch, als sich die Tür der Waffenkammer schon längst wieder hinter ihm geschlossen hatte. Reglos stand ich einfach nur da und versuchte die letzten Minuten zu begreifen, die sich anfühlten wie ein schlechter Traum. Ein schlechter Traum, der bittere Wirklichkeit geworden war.

Isaac, der König der Vampire, war zurück.

Und er hatte Jules.

13. KAPITEL

Cain

Cain: *Gibt es schon etwas Neues?*

In den letzten drei Tagen hatte ich vermutlich keine Frage so oft gestellt wie diese. Unruhig trat ich von einem Fuß auf den anderen und wartete darauf, dass meine Mum mir antwortete. Doch sie schrieb mir nicht zurück, und wie all die Male zuvor versuchte mein von Sorge getriebener Verstand auszuknobeln, was das zu bedeuten hatte. Hatten sie Jules' Leiche gefunden und wollten es mir persönlich sagen? Oder war meine Mum gerade in einen Kampf um Leben und Tod verwickelt und konnte deswegen nicht antworten? Was, wenn sie oder mein Dad auch noch verletzt wurden?

»Hör auf, solche Sachen zu denken!«, fauchte ich mich selbst an. Wenn ich das nicht sein ließ, würde ich noch den Verstand verlieren.

Ich holte tief Luft, schnappte mir die Unterlagen, die ich für den Unterricht vorbereitet hatte, und machte mich auf den Weg zu den Kleinen, für die heute eine Theoriestunde anstand. Wayne hatte mir angeboten, den Unterricht zu übernehmen, aber ich war dankbar für die Ablenkung und zudem war er mir bei der Suche nach Jules eine größere Hilfe.

Ich hatte meine Mum, Grant und Xavier noch mindestens ein Dutzend Mal gefragt, ob ich mich den Suchtrupps nicht doch anschließend durfte, aber sie hatten jedes Mal verneint. Ebenso wie Jules' Eltern, Charles und Olivia, sollte ich mich zurückhalten, da ich emotional zu involviert war. Ein Teil von mir wusste, dass sie recht hatten, dennoch trieb mich das Rumsitzen und Warten in den Wahnsinn.

Die Kinder bemerkten, dass ich nicht ganz bei der Sache war. Während ich ihnen den Unterschied zwischen den verschiedenen Arten von Blutwesen erklärte, stolperte ich immer wieder über meine Sätze, während meine Gedanken zu Jules und der unbeantworteten Nachricht auf meinem Handy wanderten. Warum schrieb mir niemand zurück?

Ich war erleichtert, als die Kinder endlich abgeholt wurden und ich wieder zurück in die Wohnung meiner Eltern konnte, um dort im Geheimen durchzudrehen und hoffentlich meine Mum abzufangen, sobald sie von ihrer Patrouille zurückkehrte. Ich hatte mich bereits vor drei Tagen bei ihnen einquartiert, weil ich es allein in meinem Zimmer einfach nicht aushielt. Zwar waren meine Eltern kaum zu Hause, da sie jede freie Minute mit der Suche nach Jules verbrachten, trotzdem hatte es eine beruhigende Wirkung, mich in der Wohnung meiner Kindheit aufzuhalten.

Na ja, beruhigend im relativen Sinne – die meiste Zeit über tigerte ich nervös auf und ab oder trieb Sport, bis mir schlecht wurde. Dabei existierte ich in einer Art Trance, in der ich abwechselnd von Jules' Rückkehr und seinem Tod fantasierte. Ich stellte mir vor, wie es an der Tür klopfte und Jules davorstand, wenn ich sie öffnete. Doch mindestens genauso oft stellte ich mir vor, wie es wäre zu erfahren, dass man seine Leiche gefunden hatte. Ein Gedanke, den ich vehement zu verdrängen versuchte. Jules war nicht tot. Hätten Isaac und seine Leute ihn töten wollen, hätten sie ihn an Ort und Stelle umgebracht, genauso wie Floyd. Doch stattdessen hatten sie sich die Mühe gemacht, ihn zu verschleppen. Das musste etwas zu bedeuten haben. Außerdem kannte ich meinen Kampfpartner. Jules war stark, clever und geschickt, und solange er atmete, würde er einen Weg finden, zu überleben und zu mir zurückzukehren. Davon war ich fest überzeugt. Nur leider änderte das nichts daran, dass ich mir zum wohl hundertsten Mal wünschte, ich wäre in jener Nacht bei ihm und nicht mit Warden in dieser beschissenen Waffenkammer gewesen.

Ich entsperrte mein Handy, das neben mir auf der Couch lag – wie ich es gefühlt alle fünf Minuten tat –, um nachzusehen, ob mir meine Mum, Wayne oder irgendeiner der anderen Hunter geantwortet hatte. Aber da war nur eine Nachricht von Ella, die, ebenso wie ich, wissen wollte, ob es Neuigkeiten gab. Eigentlich hatte sie sich einem der Suchtrupps anschließen wollen, war dann aber gemeinsam mit ihrem Dad, dessen Kampfpartnerin und Owen zu einem Notfall in Helsinki gerufen worden.

Ich antwortete ihr, bevor ich auf Jules' Kontakt klickte und noch einmal die letzten Texte, die wir ausgetauscht hatten, las.

Cain: *Ich raste aus!*
Jules: *Was ist los?*
Cain: *Warden hat mich gesehen.*
Jules: *???*
Cain: *Auf dem Kindergeburtstag. In meinem Kostüm!!*
Jules: *Ernsthaft?*
Cain: *Ja! Ich war grade mittendrin in der Cinderella-Nummer und … da war er plötzlich.*
Jules: *OMG! Was hat er gesagt?*
Cain: *Nichts. Er hat nur gegrinst und ist dann gegangen, bevor ich mit ihm reden konnte.*

Cain: *Ich schwöre, wenn er irgendjemandem davon erzählt, töte ich ihn.*

Jules: *Das will ich sehen.*

Cain: *Ich meine es ernst.*

Jules: *Oh, das weiß ich …*

Jules: *Sag Bescheid, wenn du Hilfe beim Vergraben seiner Leiche brauchst.*

Cain: *Danke, du bist ein wahrer Freund.* <3

Ich würgte den Kloß, der sich in meinem Hals gebildet hatte, hinunter, als plötzlich der Riegel an der Wohnungstür aufschnappte. Hektisch sprang ich von der Couch und flitzte durch das kleine Wohnzimmer zu meinen Eltern, die in diesem Moment in den Flur traten.

Ihr Anblick ließ mich innehalten. Sie waren völlig verdreckt und blutbeschmiert. Doch was mir wirklich Angst machte, war der leere Ausdruck in ihren Augen. Die letzten Tage waren sie erschöpft und enttäuscht von ihrer Suche zurückgekehrt, aber nicht hoffnungslos. Doch nun war der Funke der Hoffnung erloschen.

Mein Herz hämmerte schmerzhaft schnell, und ich musste mich an der Kommode im Gang festhalten, als sich der Raum um mich herum zu drehen begann.

Der Blick meiner Mum zuckte von mir zu meinem Dad, der sich die Jacke von den Schultern streifte. Ihr Schweigen machte mich nervöser, als ich es ohnehin schon war.

»Was … Was ist los?«, stammelte ich mit einem verräterischen Kratzen in der Kehle. »Habt ihr Jules gefunden?«

Meine Mum schüttelte den Kopf.

»Was ist es dann?« Ich wusste, dass etwas vorgefallen war. Meine Eltern waren routinierte Hunter, sie machten das schließlich bereits seit fast drei Jahrzehnten. Es gab nur wenige

Dinge, die sie erschütterten oder sprachlos machten, dafür hatten sie in ihrem Leben schon zu viel gesehen. Und dann war da noch meine unbeantwortete Nachricht …

Mein Dad räusperte sich. Der Blick aus seinen blauen Augen fand meinen. »Wir sollten uns besser setzen.«

Ich nickte, auch wenn mich die Anspannung fast umbrachte, aber meine Eltern hatten eine Vierzehn-Stunden-Patrouille hinter sich. Sie hatten es verdient, sich zu setzen.

Wir gingen ins Wohnzimmer, und während sie sich auf die Couch sinken ließen, holte ich ihnen etwas zu trinken aus der Küche. Wobei ich die Gläser nur halb voll machen konnte, weil meine Hände so heftig zitterten.

»Danke«, sagte mein Dad mit einem sanften Lächeln, das seine Augen nicht erreichte.

Unruhig nahm ich ihm gegenüber auf seinem Lesesessel Platz.

Meine Mum nippte an ihrem Glas, stellte es aber nach nur einem kleinen Schluck auf den Tisch und holte tief Luft, bevor sie sich mir zuwandte. Ihre Augen lagen in tiefen Höhlen, um die sich dunkle Ringe gebildet hatten. »Wir haben Jules nicht gefunden.«

Ich nickte.

»Wir haben die Gegend um Portobello weitläufig abgesucht. In ganz Edinburgh halten die Hunter Ausschau nach Jules, und Grant hat auch andere Quartiere benachrichtigt. Inzwischen sind über zweiundsiebzig Stunden vergangen, und von Jules fehlt noch immer jede Spur.«

»Okay …?« Ich begriff nicht, worauf sie hinauswollte. All das wusste ich bereits.

»Wir hatten gerade eine lange Unterhaltung mit Grant, Xavier, Tante Olivia und Onkel Charles«, fuhr meine Mum fort, wobei ihr Blick immer wieder den meines Dads suchte, als könnte sie es nicht ertragen, mich zu lange anzusehen. »Und nachdem wir all unsere Möglichkeiten und die Wahrscheinlichkeiten abgewägt haben, haben wir uns schweren Herzens dazu entschieden, die Suche nach Jules nicht fortzusetzen.«

Fassungslos starrte ich meine Eltern an. Bestimmt hatte ich mich verhört. »Ihr wollt die Suche einstellen?«

Meine Mum senkte den Kopf, dann nickte sie langsam. »Es tut mir leid, Cain, aber es gibt nichts, was darauf hindeutet, dass die Vampire Jules am Leben gelassen haben. Dafür haben sie keinen Grund. Wäre er Isaacs Geisel, hätte der sich längst mit einer Forderung an uns gewandt.«

Ich wollte es nicht, kämpfte dagegen an, trotzdem quollen mir Tränen der Frustration aus den Augen. Ich konnte nicht glauben, was ich da hörte. Sie wollten Jules einfach aufgeben? Nach nur drei Tagen?

»Und Tante Olivia und Onkel Charles finden das okay? Sie nehmen das einfach so hin?«, krächzte ich heißer. Das hier konnte nicht passieren. *Durfte* nicht passieren. Ich weigerte mich, es zu akzeptieren.

Meine Mum griff nach meiner Hand, doch ich entzog sie ihr. Sie seufzte schwer, versuchte aber nicht noch einmal, mich anzufassen. »Cain, niemand von uns nimmt das einfach so hin. Denkst du, uns fällt es leicht, diese Entscheidung zu treffen? Wir alle lieben Jules, und wir werden ihn vermissen, aber wir müssen der Wahrheit ins Auge sehen. Er ist tot, das akzeptieren auch deine Tante und dein Onkel.«

Ich schüttelte heftig den Kopf, während alles um mich herum hinter einem Tränenschleier verschwand und ich das Gefühl hatte, keine Luft mehr zu bekommen. Sie wollten Jules einfach so sich selbst überlassen?

»Cain –«, setzte meine Mum an, aber ich unterbrach sie.

»Jules ist nicht tot. Wäre er es, hättet ihr seine Leiche gefunden!«

»Nicht alle Toten werden gefunden«, schaltete sich mein Dad ein. »Wir haben einen gefährlichen Job, und die Chance, dass Jules noch am Leben ist, ist so gering, dass wir nicht länger unsere Ressourcen darauf verschwenden können, ihn zu suchen. Es gibt dort draußen andere Menschen, die unsere Hilfe brauchen. Menschen, die wir noch retten können.«

»Ja, Menschen wie Jules!«, schrie ich wütend und wünschte mir in diesem Moment nichts sehnlicher, als etwas kaputt zu schlagen. »Was ist, wenn ihr euch irrt? Was, wenn Isaac Jules nur entführt hat? Roxy und Shaw haben euch doch von all diesen Huntern erzählt!«

Meine Mum nahm einen tiefen Atemzug. »Ja, darüber haben wir auch nachgedacht. Aber offensichtlich war Amelia für das Verschwinden der Hunter verantwortlich, und sie ist tot. Und Floyd …« Sie ließ den Satz in der Luft hängen, aber ich wusste, was sie sagen wollte. Floyd war ebenfalls tot. Hätten Isaac und irgendwer sonst ein Interesse daran, Gefangene zu machen, hätten sie nicht nur Jules, sondern vermutlich auch ihn mitgenommen.

»Wir verstehen deine Wut, aber es gibt nichts, was wir noch tun können. Wir haben die ganze Stadt abgesucht.«

Die ruhige, gelassene Stimme meines Dads traf mich wie ein Schlag ins Gesicht. Ich verstand einfach nicht, wie er dermaßen beherrscht sein konnte. Wäre ich an Jules' Stelle, würden sie mich genauso schnell aufgeben? Nach nur drei Tagen? Wäre ich ihnen nicht einmal eine ganze Woche wert?

Ich presste die Lippen aufeinander, weil ich nicht wusste, was ich noch erwidern sollte. Es war offensichtlich, dass die Entscheidung bereits gefallen und nicht rückgängig zu machen war.

Wortlos stand ich von der Couch auf, schnappte mir mein Handy und marschierte aus der Wohnung. Hinter mir hörte ich noch die Stimme meiner Mum, die mich zurückrief, aber ich beschleunigte meine Schritte und hielt erst inne, als ich in einem vollkommen anderen Bereich des Quartiers angekommen war.

Ich zitterte am ganzen Körper, rasend vor Zorn. Meine Tränen waren getrocknet, als hätte meine brennende Wut sie verdampfen lassen. Jules hatte das nicht verdient. Ich würde nicht zulassen, dass es so endete. Was ihm zugestoßen war, war meine Schuld. Hätte ich an Halloween auf Verstärkung gewartet, anstatt Wardens Vampir im Alleingang zu töten, wäre das alles nicht passiert. Grant hätte mich nicht in die Waffenkammer verbannt, und ich wäre anstelle von Floyd bei Jules gewesen. Ich hätte ihn beschützen können, stattdessen hatte ich ihn im Stich gelassen. Doch noch einmal würde ich ihn nicht hängen lassen. Mir war egal, was Grant und die anderen entschieden hatten. Wenn sie nicht nach Jules suchten, dann würde ich es eben selbst tun. Scheiß auf die Regeln. Scheiß auf die Bestimmungen. Scheiß auf alle, die glaubten, es wäre in Ordnung, Jules einfach abzuschreiben.

Warden

Meine Hände rochen nach Blut und meine Haare nach Abwasser. Ich hatte bereits geduscht, doch der Gestank der Kanalisation haftete hartnäckig an mir. Mit gerümpfter Nase ließ ich mich auf mein Bett fallen und hoffte, dass ich den Geruch irgendwann nicht mehr wahrnehmen würde.

Ich hatte eine zwölfstündige Patrouille mit dem Ergebnis von zehn toten Vampiren hinter mir, und jeder Teil meines Körpers schmerzte. Eigentlich wäre heute meine letzte Schicht in der Waffenkammer gewesen, doch nachdem die Sache mit Jules passiert war, hatte ich mich ganz darauf konzentriert. Isaac war zurück. Der Mörder meiner Eltern. Drei Jahre lang war ich jedem Hinweis auf ihn quer durch Europa gefolgt, ohne ihm jemals wirklich nahe zu kommen. Aber jetzt war er hier in Edinburgh, und noch einmal würde ich ihn nicht davonkommen lassen. Und wenn ich dafür die ganze Stadt niederbrennen musste.

Ich holte mein Handy hervor, um nachzusehen, ob es etwas Neues gab. Zum ersten Mal seit Jahren war ich wieder Teil einer Hunter-Nachrichtengruppe, in der sich in diesem Fall sämtliche Teams, die an der Suche nach Jules beteiligt waren, austauschten. Unweigerlich fragte ich mich, ob es eine solche Gruppe auch damals für die Suche nach meinem Dad gegeben hatte. Die Parallelen waren erschreckend, mit dem einzigen Unterschied, dass Jules und Floyd nicht in ihrem Haus überfallen worden waren. Doch genau wie bei meinen Eltern war Isaac wie aus dem Nichts aufgetaucht, nur um anschließend spurlos wieder zu verschwinden. Genauso wie es keine Hinweise auf Jules gab, gab es auch keine auf den Vampirkönig. Einige Hunter zweifelten sogar daran, dass er in jener Nacht wirklich anwesend gewesen war. Jules hatte in seinem Notruf zwar behauptet, er hätte Isaac gesehen, aber wie die meisten von uns kannte er ihn nur von Bildern und körnigen Videoaufnahmen. Es bestand also durchaus die Möglichkeit, dass er sich geirrt hatte, wie einige andere Jäger im Chat hatten anklingen lassen. Aber ich zweifelte nicht an Jules' Aussage. Früher waren er und ich einmal so etwas wie Freunde gewesen, bis die Sache zwischen Cain und mir in die Brüche gegangen war. Er war ein verdammt guter und dazu ein verdammt unterschätzter Jäger. Er hatte sich zwar immer angezogen wie ein Clown, aber er war clever und geschickt und hätte eine solche Aussage über Isaac niemals leichtfertig getroffen.

Ein Klopfen riss mich aus meinen Gedanken.

Überrascht richtete ich mich auf. Ich erwartete niemanden, und es verirrten sich nur selten Leute spontan vor meine Tür. Ich hatte nicht gerade viele Freunde im Quartier, ganz abgesehen davon, dass ich in den letzten drei Jahren kaum Zeit hier verbracht hatte.

Ich schwang die Beine über die Bettkante und setzte meine Brille auf, die Kontaktlinsen hatte ich bereits rausgenommen. Ohne Sehhilfe war ich blind wie ein Maulwurf.

Als ich die Tür öffnete, blinzelte ich verdutzt. War ich eingeschlafen und in einer Erinnerung aufgewacht?

»Hey.« Cain sah mitgenommen aus. Ihr rotes Haar war zu einem einfachen Knoten auf dem Kopf zusammengebunden, und sie trug einen Hoodie, in dem sie förmlich ertrank. Ihre Augen, unter denen dunkle Ringe lagen, waren rot geschwollen, doch ihr Blick … ihr Blick war wach und voller Zorn. Zorn, der sich ausnahmsweise nicht gegen mich zu richten schien. Dennoch blieb ich auf der Hut.

»Hey.«

Sie räusperte sich. »Darf ich reinkommen?«

Ich zögerte. Die letzten Begegnungen zwischen Cain und mir hatten nichts Gutes mit sich gebracht. Doch ich hatte nicht den Eindruck, dass sie hier war, um einen Streit anzufangen. In der Hoffnung, es später nicht zu bereuen, machte ich einen Schritt zur Seite.

Cain trat ein und ließ den Blick durch mein Zimmer gleiten, das identisch mit ihrem eingerichtet war. Es gab ein Bett, einen Wandschrank mit Spiegel, einen Schreibtisch, über dem ein veralteter Flachbildfernseher hing, und ein angrenzendes Badezimmer mit Dusche. Doch anders als ihr Zimmer war meines nicht militärisch sauber aufgeräumt. Überall lagen Waffen und Kleidung herum, und meine Wände waren mit Notizen und Hinweisen zu Isaac, seinen Vampiren und anderen Kreaturen beklebt. Auf meinem Schreibtisch stapelten sich Bücher über Baldur, die ich mir vor einigen Tagen aus der Bibliothek geholt hatte.

»Hier sieht es noch genauso aus wie früher«, stellte Cain fest und griff nach einem der Notizbücher, die auf meinem Schreibtisch lagen. Es war eines von denen, die nicht mit Anmerkungen und Hinweisen gefüllt waren, sondern mit Zeichnungen. Ein Hobby, für das ich nicht mehr viel Zeit übrig hatte.

Ich nahm Cain das Skizzenbuch aus der Hand. »Was willst du, Blackwood?«

»Sie haben beschlossen, die Suche nach Jules einzustellen.«

Davon hatte ich in der Gruppe noch nichts gelesen. »Woher weißt du das?«

»Meine Eltern haben es mir gerade gesagt. Sie, Jules' Eltern, Grant und Xavier haben das anscheinend in kleiner Runde entschieden, da es keine brauchbaren Hinweise auf seinen Verbleib gibt. Und da er nun schon drei Tage verschwunden ist, wollen sie keine weiteren Ressourcen verschwenden«, erklärte Cain in einem solch bitteren Tonfall, dass klar wurde, dass es sich dabei nicht um ihre Wortwahl handelte.

Mich überraschte die Entscheidung nicht im Geringsten. Die Suche nach meinem Dad hatte damals gerade mal zwei Tage gedauert. Und auch für all die anderen Hunter, die in den letzten Jahren verschwunden waren, hatte man sich nicht gerade ein Bein ausgerissen. Was nichts mit Herzlosigkeit zu tun hatte. Unser Job brachte nun mal ein gewisses Berufsrisiko mit sich, das es zu akzeptieren galt.

»Das erklärt nicht, wieso du hier bist.«

Cain holte tief Luft, als müsste sie sich überwinden, die nächsten Worte auszusprechen. »Ich brauche deine Hilfe.«

Meine Augenbrauen schossen in die Höhe. Hatte ich mich verhört?

»*Du* brauchst *meine* Hilfe?«

»Ja, das hab ich doch gerade gesagt. Oder spreche ich undeutlich?«

Neugier flackerte in mir auf, die groß genug war, um mir Cains nächste Worte anzuhören, statt sofort abzublocken. Ich verschränkte die Arme vor der Brust. »Und was willst du von mir?«

Nervös schob sie die Hände in die Taschen ihres übergroßen Hoodies. »Ich will, dass du mit mir auf die Jagd gehst.«

Ich blinzelte. Zweimal. Dreimal. Viermal. Dann begann ich zu lachen. »Das ist ein Scherz, oder?«

»Nein«, antwortete Cain mit unveränderter Miene.

»Du meinst das wirklich ernst«, stellte ich amüsiert fest.

Sie nickte, und ich hätte am liebsten noch einmal laut losgelacht. Sie hatte das Vertrauen, das ich einst in sie gehabt hatte, schamlos ausgenutzt, mich verraten und gedemütigt, und nun wollte sie sich wieder mit mir zusammentun? Nachdem sie mich drei Jahre lang ignoriert hatte?

»Und, was meinst du?«, hakte Cain nach, als mein Schweigen andauerte.

Ich schüttelte den Kopf. »Du bist unglaublich. Nach allem, was passiert ist, denkst du wirklich, ich komm zu dir zurück, nur weil der Ersatz, den du dir damals für mich gesucht hast, jetzt tot ist? Vergiss es. Ich bin kein dressiertes Äffchen, das springt, weil es dir gerade in den Kram passt.«

Immerhin hatte sie zumindest den Anstand, beschämt auszusehen. »Das … Das weiß ich.«

»Gut, dann kannst du ja wieder gehen.« Ich öffnete die Tür und bedeutete ihr zu verschwinden.

Sie zögerte, machte dann jedoch einen Schritt nach vorne. Allerdings nicht, um zu gehen, sondern um unmittelbar vor mir stehen zu bleiben.

Ich senkte den Blick und sah sie an. Die Sommersprossen auf ihrer Nase waren deutlich sichtbar. Es war Jahre her, seit wir uns das letzte Mal so nahe gewesen waren. Ich hätte nur meinen kleinen Finger ausstrecken müssen, um sie zu berühren. Und als hätte es diese Jahre der Distanz nie gegeben, reagierte mein Körper auf sie. Als hätte er vergessen, dass ich Cain inzwischen hasste. Mein Herz hämmerte los, und in meinen Fingern breitete sich ein Kribbeln aus, als könnten sie es nicht erwarten, meine ehemalige Partnerin endlich wieder zu berühren. Aber das würde nicht passieren. Nicht heute, nicht morgen. Nie wieder.

»Warum haust du nicht endlich ab?«, knurrte ich, mehr von mir selbst als von ihr genervt, während ich mich ernsthaft fragte, warum sie sich das hier antat.

Doch sie zeigte sich unberührt von meiner ablehnenden Art. »Ich will, dass du mir hilfst, Jules zu finden«, sagte sie und sprach damit das erste Mal aus, was sie wirklich von mir wollte.

»Du hast mir gerade erklärt, dass die Suche eingestellt wurde.«

»Wurde sie auch, aber …« Cain schluckte schwer. »Ich bin noch nicht bereit, Jules aufzugeben.«

Sieh mal einer an.

»Du willst gegen die ausdrückliche Anweisung des Quartiers handeln?«

»Ja.«

»Aber die Regeln …«

»Scheiß auf die Regeln«, unterbrach sie mich, und das wütende Funkeln, das ich bei ihrer Ankunft in ihren Augen gesehen hatte, kehrte zurück. »Sie wollen Jules einfach sich selbst überlassen, obwohl sie keinen Beweis für seinen Tod haben. Das kann ich nicht zulassen.«

»Und ich soll dir helfen?«

Cain nickte, als hätte sie sich das hier gut überlegt.

Ich fragte mich, ob sie sich der Ironie des Augenblicks bewusst war. Wir hatten uns vor drei Jahren schon einmal in einer sehr ähnlichen Situation befunden, nur war damals ich derjenige gewesen, der sie um Hilfe gebeten hatte. Hilfe, die sie mir verweigert hatte.

»Danke, ich verzichte.«

»Sagst du das wegen dem, was damals passiert ist?«

Aha, sie war sich der Ironie also auch bewusst.

»Nein, ich sage es, weil die anderen recht haben. Jules ist tot.«

»Das weißt du nicht.«

»Doch, ich weiß es«, sagte ich, nicht weil ich gemein sein oder mich rächen wollte, sondern weil es die Wahrheit war. Ich wusste es, seit Grant und Cains Mum die Waffenkammer betreten hatten. »Siehst du das?« Ich deutete auf meinen tätowierten Unterarm. »Jeder Strich steht für einen Vampir, den ich getötet habe. Willst du wissen, wie viele es sind? Über achthundert, und das in drei Jahren. Ich kenne diese Blutsauger besser als jeder andere. Sie sind Monster, und sie machen keine Gefangenen. Keine Ahnung, was sie mit Jules' Körper angestellt haben, damit wir ihn nicht finden, aber er ist tot. Die Vampire haben keinen Grund, ihn am Leben zu lassen. Je schneller du das akzeptierst, umso besser für dich.«

Cain schüttelte den Kopf. »Du irrst dich.«

»Ich wünschte, es wäre so.«

»Du wirst mir also nicht helfen?«

»Nein.«

Kleine Falten erschienen auf Cains Stirn, und einen Moment wirkte es so, als würde ihr noch irgendein Argument auf der Zunge liegen oder vielleicht auch nur eine Beleidigung. Doch dann besann sie sich eines Besseren und trat einen Schritt zurück, dann noch einen und noch einen, bis sie den Flur vor meiner Tür erreicht hatte. Der Blick, mit dem sie mich bedachte, war nicht zu deuten. »Wir sehen uns, Warden.«

Das wird sich nicht vermeiden lassen.

14. KAPITEL

Warden

Von: Grant Livingston
An: Hunter Edinburgh – ALL
Betreff: Julius (Jules) Marlowe und Floyd Gunnach

Nach reichlichen Überlegungen und Abwägungen und in Absprache mit Julius' Eltern, Olivia und Charles Marlowe, haben wir uns dazu entschieden, die Suche nach Julius einzustellen, da keine Hinweise auf seinen Verbleib gefunden werden konnten. Wir bedauern seinen Verlust sehr, ebenso wie den von Floyd Gunnach. Eine Trauerfeier für die beiden findet morgen Abend um 20 Uhr statt. Sowohl die Familie Marlowe als auch die Familie Gunnach bitten darum, von Beileidsbekundungen abzusehen. Dr. Kivela steht wie immer für eine Trauerberatung zur Verfügung.

Kaum hatte Cain mein Zimmer verlassen, war das Schreiben von Grant in meinem Maileingang gelandet. Ich hatte die Nachricht gelöscht, weil ich nicht vorhatte, die Trauerfeier zu besuchen. Ich wollte meine Zeit nicht mit deprimierenden Reden, heuchlerischen Gesprächen und erzwungenem Gelächter verschwenden. Lieber war ich allein. Doch mein Plan wurde von Roxy, Shaw und Finn, der extra für die Trauerfeier aus den Highlands zurückgekommen war, vereitelt, die mich ungefragt abholten. Ich wusste nicht, warum ich mich ihnen anschloss, aber ich tat es.

»Ganz schön viele Leute hier«, bemerkte Shaw, als wir die Cafeteria betraten, in der sich rund zweihundert Hunter versammelt hatten, womöglich sogar mehr, denn das Quartier in Edinburgh war mit knapp dreihundert aktiven Jägern eines der größten der Welt. Ich war mir sicher, die Mensa noch nie so überfüllt erlebt zu haben.

Mein Blick glitt über ein Meer aus schwarz gekleideten Menschen. Nichts Ungewöhnliches für ein Hunterquartier, doch das Fehlen von Waffen und die traurigen Mienen änderten alles. Die Luft vibrierte nicht vor Anspannung und Vorfreude auf den Kampf, stattdessen herrschte eine gedrückte Stimmung. Die Anwesenden redeten mit gesenkten Stimmen, niemand lachte oder alberte herum. Nur eine Person hier wirkte glücklich: der Junge in dem pinken T-Shirt, der mir von der anderen Seite des Raumes zunickte. Eigentlich hätte ich nicht überrascht sein dürfen, Kevin zu sehen. Trauerfeiern entsprachen vermutlich seiner Vorstellung von einer Party.

»Ich sag Jules' Eltern Hallo«, murmelte Finn und berührte Roxy im Vorbeigehen kurz an der Schulter.

Wir anderen suchten uns eine freie Ecke, um nicht im Weg herumzustehen, denn trotz der zusätzlich aufgestellten Stühle waren sämtliche Plätze besetzt.

Ich lehnte mich gegen die Wand und ließ den Blick durch den Raum schweifen. Auf keinen Fall hielt ich dabei Ausschau nach einer bestimmten, rothaarigen Person, die ich seit unserem letzten Gespräch nicht mehr aus dem Kopf bekam.

Ich entdeckte Cain an einem Tisch mit ihren Eltern. Statt ihrer üblichen Hunterkleidung trug sie ein ärmelloses schwarzes Kleid, das ihre trainierte Figur betonte.

Cain hatte keine weichen Kurven wie Roxy oder Ella, sondern den gestählten Körper einer Blood Huntress; mit Muskeln, die sich deutlich an ihren Armen abzeichneten und keinen Zweifel daran ließen, dass sie wusste, wie man zuschlug. Und ihrem Gesichtsausdruck nach zu urteilen, hätte sie gern genau in diesem Moment auf etwas oder jemanden eingeschlagen. Sie wirkte nicht traurig wie die meisten der Anwesenden, sondern wütend und so als wäre sie lieber an jedem anderen Ort als an diesem. Ich kannte diese Wut nur zu gut. Sie brannte in mir, seit Isaac in das Haus meiner Eltern eingedrungen war. Und mit den Jahren war sie zu meiner engsten Verbündeten geworden.

Das Klirren eines Messers, das gegen ein Glas geschlagen wurde, ertönte. Die Gespräche verstummten, und alle Köpfe wandten sich in Richtung des Geräusches.

Grant war auf einen der Tische in der Mitte des Raumes gestiegen. Er trug einen schwarzen Anzug mit einem dunklen Hemd darunter; neben ihm stand Hugo, der unterstützend seine Hand hielt. »Liebe Jäger und Jägerinnen, danke, dass ihr so zahlreich erschienen seid, um Roseanne und Percy Gunnach sowie Olivia und Charles Marlowe in dieser schweren Stunde beizustehen. Wir haben uns heute hier versammelt, um Abschied von ihren Söhnen, unseren Kollegen und Freunden zu nehmen – Julius Marlowe und Floyd Gunnach. Vor vier Tagen kamen die beiden im Kampf gegen Vampire ums Leben. Sie haben ihr Leben gegeben, um die Menschen dieser Stadt zu beschützen. Floyd war ein einfallsreicher, nie um einen Spruch verlegener Magic Hunter. Er schloss seine Ausbildung hier in Edinburgh am 11. April 2009 ab und entschied sich im Anschluss ...«

Grant erzählte noch mehr über Floyd, den ich nur flüchtig gekannt hatte. Ich bemühte mich, ihm zuzuhören, doch immer wieder wanderten meine Gedanken zu Cain. Obwohl ich mich davon abgehalten hatte, wieder in ihre Richtung zu schauen, wusste ich, dass sie noch immer wie versteinert an ihrem Platz saß. Ich konnte sie spüren. Es war derselbe Instinkt, mit dem ich auch die Anwesenheit einer Kreatur wahrnahm. Nur war Cain kein Monster. Sie war etwas anderes, viel Gefährlicheres. Und wie auch bei einem Wendigo, einer Banshee oder einem Vampir gelang es mir nicht, die Augen zu verschließen und einfach wegzusehen. Es lag in meiner Natur, mich der Gefahr zu stellen, weshalb mein Blick wider besseres Wissen erneut in ihre Richtung wanderte. Sie hatte die Arme vor der Brust verschränkt und war offenbar noch immer verärgert, aber der Zug um ihre Lippen wirkte angestrengter als zuvor. Ich bezweifelte, dass es für die anderen Hunter ebenso leicht erkennbar war, aber ich war mir sicher, dass sie grade verzweifelt darum kämpfte, nicht zu weinen.

»An der Seite von Floyd Gunnach stand Julius Marlowe, den wir alle nur Jules nannten. Er war ein allzeit verlässlicher und sehr erfolgreicher Grim Hunter, der seine Ausbildung am 06. Oktober 2015 hier in Edinburgh beendet hat. Seither widmete er einen Großteil seiner Zeit den Huntern. Nach einer kurzen Partnerschaft mit Eliott Donovan wurde seine Cousine, Cain Blackwood, seine neue Kampfpartnerin.«

Ich sah deutlich, wie Cain sich bei diesen Worten versteifte.

»Drei Jahre haben die beiden gemeinsam gegen die Kreaturen der Nacht gekämpft und sich gegenseitig den Rücken gestärkt. Sie waren ein eingespieltes Team, und Jules hat oft betont, dass er unverschämt viel Glück hatte, Cain an seiner Seite – «

Bevor Grant den Satz beenden konnte, sprang Cain von ihrem Platz auf und stürmte aus der Cafeteria.

Zahlreiche Köpfe drehten sich in ihre Richtung, und ein besorgter Ausdruck trat auf das Gesicht ihres Dads, aber weder er noch ihre Mum machten Anstalten, ihr nachzugehen.

»Entschuldigt mich«, murmelte ich, bevor ich mir dessen bewusst war, und schob mich an den anderen Huntern vorbei Richtung Ausgang.

Fuck! Ich wusste, ich sollte das nicht tun. Ich sollte Cain nicht nachlaufen. Das war nicht meine Angelegenheit, und ich war garantiert einer der letzten Menschen, die sie gerade sehen wollte, vor allem nach der Abfuhr, die ich ihr erteilt hatte. Doch etwas in mir – vielleicht die Wut, die wir nun teilten – zerrte mich aus der Cafeteria. Es war ein Zwang, gegen den ich mich nicht wehren konnte. Also gab ich ihm nach und folgte Cain.

Cain

Sie waren ein eingespieltes Team und haben sich gegenseitig den Rücken gestärkt.

Grants Worte hallten mir in den Ohren wider und schienen mich zu verspotten. Sie waren das Gegenteil von dem, was ich für Jules getan hatte. Ich war nicht für ihn da gewesen, als er mich am meisten gebraucht hatte.

»Scheiße!«, fluchte ich, als ich in meinen hohen Schuhen stolperte und ins Taumeln geriet. Ich fand mein Gleichgewicht wieder, bevor ich hinfiel, blieb jedoch kurz stehen, zog mir die Schuhe aus und ließ sie an Ort und Stelle liegen. Scheiß auf sie. Ich hatte sie überhaupt nicht anziehen wollen. Meine Eltern hatten mich überredet, sie zu einer Trauerfeier zu tragen, auf die ich gut und gern verzichten konnte. Ich hatte nicht vor, um Jules zu trauern. Weil er nicht tot war. Davon war ich überzeugt, egal was Grant, Warden und all die anderen behaupteten. Er lebte, und ich würde ihn finden, wenn es sein musste, auch im Alleingang.

Normalerweise respektierte ich die Regeln der Hunter, aber

wie konnte ich etwas respektieren, das gegen all meine moralischen Vorstellungen verstieß? Die Antwort war einfach: Ich konnte es nicht. Keine Strafe, die Grant sich für mich ausdachte, konnte schwer genug sein, um meine Schuldgefühle darunter zu begraben. Vielleicht würde es mich meine Chance, Quartiersleiterin zu werden, kosten. Doch wenn diese Position von mir verlangte, dass ich Jules einfach aufgab, dann wollte ich sie ohnehin nicht.

Ich erreichte mein Zimmer, und in weniger als einer Minute hatte ich das Kleid gegen meine Uniform getauscht. Meine nackten Füße steckten in stahlverstärkten Stiefeln, und statt des Schmucks meiner Großmutter trug ich nun meine beiden Khukuri. Aber es brauchte noch etwas mehr, um auf die Jagd zu gehen.

Das Quartier war wie ausgestorben. Auf dem Weg zur Waffenkammer begegnete mir niemand, der sich dafür hätte interessieren können, was ich vorhatte. Dort angekommen, schnappte ich mir alle Waffen, die mir nützlich erschienen, und ging im Geiste die Munition durch, die ich dafür einstecken musste.

»Was machst du da?«

Erschrocken wirbelte ich beim Klang der tiefen Stimme herum und entdeckte Warden, der auf der Schwelle zur Waffenkammer stehen geblieben war. Ich hätte schwören können, ihn mit Roxy, Finn und Shaw auf Jules' Trauerfeier gesehen zu haben, aber womöglich hatte ich mich getäuscht. Auch er trug seine Uniform und hatte seine Macheten auf den Rücken geschnallt. Er sah völlig anders aus als der junge Mann, der mir gestern die Tür zu seinem Zimmer geöffnet hatte. Mit seiner Brille und dem bedruckten T-Shirt, das vermutlich eine Anspielung auf irgendeinen Anime war, hatte er mich so sehr an *meinen* Warden erinnert, dass ich für einen Moment geglaubt hatte, ich wäre in eine Zeitmaschine gestiegen. Doch egal wie er aussah, er war nicht länger mein Warden.

»Wonach sieht es denn aus?«, fragte ich bitter und steckte eine Pistole in das Holster, das ich mir gerade um den Oberschenkel gebunden hatte.

Warden trat einen Schritt auf mich zu. »Es sieht aus, als würdest du durchdrehen.«

Ich stieß einen amüsierten Laut aus, in dem ein leicht hysterischer Unterton mitschwang. Vielleicht hatte er recht. Womöglich stiegen mir meine Angst und meine Sorge um Jules zu Kopf und ließen mich langsam den Verstand verlieren.

Unter Wardens aufmerksamen Blicken rüstete ich mich weiter aus, bis ich von Kopf bis Fuß bewaffnet war. Nachdem ich das letzte Messer, das aus mehreren Gliedern bestand und sich zu einem Armband formen ließ, an meinem Handgelenk befestigt hatte, sah ich wieder zu ihm hinüber. »Warum stehst du eigentlich so unnütz da rum?«

»Ich warte.«

»Worauf?«

Seine Augenbrauen zuckten in die Höhe, als wäre ich schwer von Begriff. »Darauf, dass du fertig wirst.«

»Ich bin fertig.«

»Gut.« Er löste die Arme, die er vor der Brust verschränkt hatte. »Dann lass uns gehen.«

Ich runzelte die Stirn und verließ hinter Warden die Waffenkammer. »Wohin?«

»Das kommt darauf an. Wo willst du mit der Suche anfangen?«

»Warte.« Ich packte sein Handgelenk, sodass er gezwungen war, stehen zu bleiben. »Du hilfst mir?«

Er schnaubte und verdrehte genervt die Augen. »Ja. Aber mach keine große Sache draus.«

»Warum?« Ich verstand das nicht. Gestern hatte er mir klar und deutlich zu verstehen gegeben, dass Jules tot war und damit jeder Versuch, ihn zu suchen, Zeitverschwendung, und heute wollte er mir helfen? Vielleicht war nicht ich diejenige, die dabei war, den Verstand zu verlieren.

»Spielt das eine Rolle?«

»Ja.« Wenn er nur hier war, um mir das Leben schwer zu machen oder um mich auszuspionieren und anschließend an Grant zu verraten, dann konnte ich gut auf ihn verzichten. Auch wenn es vermutlich von Vorteil wäre, jemanden wie ihn an meiner Seite zu haben. Nicht nur, dass er seit Jahren ohne die Hilfe des Quartiers jagte, er war auch einer der besten Kämpfer, die ich kannte. Allerdings wäre ich lieber tot umgefallen, als das ihm gegenüber zuzugeben.

»Ich will Isaac finden«, antwortete Warden.

»Okay …«

»Und offenbar war Jules einer der Letzten, der ihn gesehen hat.«

Nun dämmerte es mir. »Finde ich Jules, findest du womöglich auch Isaac.«

Warden nickte.

Natürlich entsprang seine unerwartete Hilfsbereitschaft nicht einer neu gefundenen Selbstlosigkeit, aber das war in Ordnung. Mir war egal, warum er mir half, wichtig war nur, dass er es tat.

Schweigend folgten wir dem langen Korridor, der zur Tiefgarage führte. Mit meinem Sicherheitscode entriegelte ich den Kasten mit den Schlüsseln, die zu Fahrzeugen gehörten, die dem gesamten Quartier zur Verfügung standen – abgesehen von Warden. Mit seinen unautorisierten Missionen hatte er das Recht, diese Autos und Motorräder zu benutzen, bereits vor langer Zeit verwirkt.

Ich warf Warden den Schlüssel zu, da ich es hasste, am Steuer zu sitzen.

Nach einer kurzen Absprache beschlossen wir, nach Portobello zu fahren. Es war der letzte Ort, an dem Jules lebend gesehen worden war. Die Suchtrupps hatten diese Gegend zwar schon mehrfach und weitläufig durchkämmt, aber eine andere Anlaufstelle hatten wir nicht, und womöglich war ein Hinweis übersehen worden.

Auf den Straßen Edinburghs war es zu dieser Zeit ruhig. Es herrschte kaum Verkehr, und Edinburgh Castle, das tagsüber von Tausenden von Touristen besucht wurde, ruhte majestätisch im Licht der Scheinwerfer über der schlafenden Stadt. Zehn Minuten später parkte Warden, der genauso fuhr wie er kämpfte – ohne Rücksicht auf Verluste –, den Wagen vor dem verlassenen Schwimmbad, in dem Floyd und Jules Isaac und seine Vampire entdeckt hatten.

Eine Gänsehaut kroch mir die Arme empor, was nicht nur an der kühlen Nachtluft lag. Das einstöckige Gebäude mit der Kuppel in der Mitte musste seit Jahren leer stehen, denn es war ziemlich heruntergekommen. Die einst helle Fassade war ergraut und mit Graffitis bedeckt, die rein gar nichts mit Kunst zu tun hatten. Tonschindeln lagen auf dem Boden, als würde das Dach mit jedem Windstoß weiter abgetragen werden. Die gläserne Eingangstür war eingeschlagen und nur notdürftig mit einem Absperrband versiegelt worden. Daneben hing noch immer die verblichene Tafel mit den Schwimmbadpreisen an der Wand, die allerdings kaum mehr zu lesen war.

Ohne ein Wort miteinander zu sprechen, setzten Warden und ich uns in Bewegung. Ich tippte kurz gegen das Amulett an meinem Hals, damit es eine Illusion erschuf, die Warden und mich unsichtbar machte. Das Letzte, was wir brauchten, waren Zeugen, die beobachteten, wie wir hier einbrachen.

Warden schob das Absperrband zur Seite und betrat das Schwimmbad, eine seiner Macheten in der Hand, die andere noch auf dem Rücken. Ich zog eines meiner Khukuri und folgte ihm dicht auf den Fersen.

Im Inneren des Schwimmbads roch es nach abgestandenem Regenwasser und Schimmel. Und auch der zarte Duft des Desinfektionsmittels, welches der Reinigungstrupp der Hunter benutzt hatte, lag noch in der Luft. Trockene Blätter und Plastikverpackungen knirschten unter unseren Füßen, als wir uns langsam dem verlassenen Kassierhäuschen näherten. Vergilbte Flyer klebten am Boden.

»Wir sollten uns aufteilen«, schlug ich vor.

Warden schüttelte den Kopf. »Nein, wir bleiben zusammen.«

»Aber so geht es schneller.«

»Ich habe Nein gesagt.«

Ich hob die Augenbrauen. »Hast du etwa Angst?«

Warden suchte meinen Blick und starrte mich lange an, bevor er betont langsam zu sprechen begann. »Wir bleiben zusammen. Und wenn wir getrennt werden sollten, treffen wir uns am Wagen. Verstanden?«

Was sollte das? Früher hatten wir uns immer aufgeteilt, wenn wir Gebäude durchsuchen mussten, und das hatte meist gut geklappt. Keine Ahnung, woher Wardens Abneigung dagegen plötzlich kam, aber wenn er wollte, dass wir zusammenblieben, würden wir das eben tun.

»Wohin zuerst?«

Warden nickte in Richtung der Umkleiden.

Mit erhobenen Waffen betraten wir den langen Gang, von dem zahlreiche Kabinen abzweigten, deren Türen ebenfalls mit Graffitis besprüht waren. Automatisch nahm ich mir die linke und Warden die rechte Seite vor, so wie wir es früher immer getan hatten. Wir prüften Kabine für Kabine, um sicherzustellen, dass keine Gefahr drohte, ehe wir uns daran machten, den Bereich nach Spuren abzusuchen, die uns möglicherweise einen Hinweis darauf gaben, was in der Nacht von Jules' Verschwinden passiert war. Anschließend widmeten wir uns den Duschen für Männer und Frauen und zwei Abstellkammern.

Mit jedem Raum, in dem wir keinen Hinweis fanden, schwand meine Hoffnung. Die Wahrscheinlichkeit, dass wir etwas entdeckten, das alle anderen übersehen hatten, war von Beginn an gering gewesen, aber wo hätten wir sonst mit unserer Suche anfangen sollen?

Warden

»Nichts«, sagte ich und ließ meine Machete sinken.

Wir hatten die Schwimmhalle erreicht, und bisher war das Einzige, was wir gefunden hatten, ein Bikini-Oberteil und Bierflaschen, die offenbar die Überreste einer Party waren, die allerdings mehr nach Studenten schrien als nach Vampiren.

Das Licht des Mondes schien durch die Kuppel, die sich direkt über dem leeren Schwimmbecken befand und deren Glas an etlichen Stellen gesprungen war, sodass sich im Pool kleine Pfützen gesammelt hatten, in denen Splitter, Blätter und weiterer Müll schwammen. Unbenutzte, zum Teil abgebrochene Sprungbretter ragten über das leere Becken, an dessen Rand eine Handvoll fleckiger Liegen standen.

Cain nickte in Richtung des westlichen Flügels, wo eine Treppe in den ersten Stock hinaufführte. »Lass uns da oben weitermachen.«

Ich ging voraus, während Cain uns Rückendeckung gab, damit uns nichts von hinten anfiel. Es war erschreckend, was für ein eingespieltes Team wir auch nach all den Jahren waren. Als hätte sich nie etwas geändert. Wir wussten beide noch ganz genau, was zu tun war, damit wir zusammen funktionierten.

»Erinnerst du dich an unsere erste offizielle Jagd?«, fragte Cain im Flüsterton.

Wie könnte ich die vergessen? Wir sind im Mondlicht die Strandpromenade entlangspaziert, und du hast mir jedes Mal einen halben Herzinfarkt verpasst, wenn du plötzlich losgespurtet bist, um Müll aufzusammeln, den andere am Strand haben liegen lassen.

»Nein«, log ich. Trotz allem, was zwischen Cain und mir vorgefallen war, gehörte diese Erinnerung zu einer meiner liebsten, aber das hätte ich niemals zugegeben. Vor allem nicht ihr gegenüber.

»Das war auch hier in Portobello«, sagte Cain, als wollte sie meiner Erinnerung auf die Sprünge helfen.

Wir hatten das obere Ende der Treppe erreicht. Anstatt Cain anzuschauen, sah ich mich in dem Restaurant um, in dem wir standen. Tische und Stühle waren umgeworfen. Über der Essensausgabe hingen noch die Schilder, die für Fish & Chips und andere Speisen warben. Dahinter lag eine verschlossene Tür, die vermutlich in die Küche führte.

»In Portobello ... Wirklich?«

»Ja.«

»Mhh«, brummte ich. »Kann sein. Ich war seitdem viel unterwegs.«

Cains Erwiderung ließ zwei, drei Herzschläge auf sich warten. Dann schob sie sich an mir vorbei, um als Erste die Küche zu betreten. »Ist auch nicht so wichtig«, murmelte sie, doch ihr Tonfall verriet, dass sie das genaue Gegenteil empfand.

Ich war wirklich ein Arschloch. Was nur einmal mehr deutlich machte, weshalb es für Cain besser war, mich nicht mehr in ihr Leben zu lassen. Mit Ausnahme dieser einen, letzten Mission. Sollte sie erfolgreich sein und ich Isaac finden, wäre es vielleicht das Klügste, die Stadt dauerhaft zu verlassen. Ich könnte meine Mum nach London verlegen lassen und mit Roxy, Finn und Shaw dorthin zurückkehren. Sicherlich würde sich Ingrid gut um meine Mum kümmern, und Nala hätte bestimmt auch nichts dagegen, ihr Quartier um einen Blood Hunter zu verstärken, zumal es in London nicht viele davon gab.

Ich wollte Cain gerade in die Küche folgen, als sie einen Schritt zurückmachte und mir eine Hand auf die Brust legte, um mich zu stoppen. Instinktiv schloss ich die Finger fester um den Griff meiner Machete.

Cain sah zu mir auf. »Riechst du das?«, formten ihre Lippen die tonlosen Worte.

Ich nickte. Rosmarin. Keine Ahnung, ob es an der geschlossenen Tür gelegen hatte oder an dem penetranten Geruch nach abgestandenem Regenwasser, der dank des undichten Dachs allgegenwärtig war, aber ich hatte den Vampirduft zuvor nicht wahrgenommen, was verdammt nachlässig von mir gewesen war.

Cain zog das zweite Khukuri aus der Halterung an ihrer Hüfte und betrat die Küche.

Es juckte mich in den Fingern, sie zu packen, zurückzuziehen und selbst die Vorhut zu bilden. Doch ich hielt mich zurück. Nicht nur, dass Cain mehr als fähig war voranzugehen. Sie würde es auch nicht gutheißen, wenn ich einen auf großen Beschützer machte. Obwohl ich genau das tun wollte.

Die Küche befand sich in einem noch schlechteren Zustand als der Rest des Schwimmbads. Pfützen hatten sich auf dem Boden gebildet, Schränke waren aus der Wand gerissen worden. Eine Ratte huschte bei unserem Eintreten über den zerbrochenen Fliesenboden davon. Metalllampen baumelten schief von der durchhängenden Decke, die aussah, als könnte sie jede Sekunde einstürzen. All das erfasste ich in weniger als einer Sekunde, denn im nächsten Augenblick richtete sich mein Fokus bereits auf den Schatten, der sich aus der Dunkelheit löste.

Der Vampir, der sich hier vor uns versteckt hatte, machte einen Satz nach vorne und versuchte, Cain zu packen. Sie wich seinem Angriff geschickt aus und rammte ihm dabei eines ihrer Khukuri in den Magen. Er brüllte auf und zog sich die Klinge aus den Eingeweiden. Augenblicklich erfüllte der Gestank von verrottetem Blut den Raum.

Es wäre ein Kinderspiel gewesen, ihn zu töten. Ein einzelner, offenbar junger und nicht allzu cleverer Vampir konnte nichts gegen zwei erfahrene Blood Hunter ausrichten. Ihn nicht zu töten, sondern für ein Verhör zu immobilisieren, war jedoch eine weitaus größere Herausforderung.

Er bemerkte mich im selben Moment, in dem ich mit meiner Machete auf ihn zuhechtete. Er wandte Cain den Rücken zu und stürzte sich auf mich.

Und dann ging alles ganz schnell. Ich warf meine Machete in Cains Richtung. Im selben Augenblick zog ich mit meiner Linken eine Pistole hervor. Der Vampir sprang mich an, und ich feuerte einen Schuss ab. Die Kugel traf auf die Fleischwunde, die Cain ihm bereits zugefügt hatte. Er stieß ein animalisches Knurren aus und riss mich mit sich. Hart schlug ich auf den Boden auf.

Der Vampir war von seinem Schmerz zu eingenommen, um Cain zu beachten, die sich inzwischen meine Machete geschnappt hatte. Sie holte mit der Klinge aus, und mit einem einzigen festen Hieb, in dem mehr Kraft steckte als für einen normalen Menschen möglich, durchtrennte sie Haut und Kochen und schlug dem Vampir sein rechtes Bein auf Höhe des Knies ab.

Er brüllte auf, ein markerschütternder Schrei, und vielleicht, ganz vielleicht hätte ich Mitleid mit ihm haben können, hätte kein getrocknetes Blut an seiner Kleidung geklebt, vermutlich die Reste seiner letzten menschlichen Mahlzeit.

Cain kickte den Unterschenkel beiseite und löste ein Paar Handschellen von ihrem Gürtel.

Ich packte den Vampir, dessen schmerzverzerrtes Gesicht von dunklen Adern durchzogen war, und legte ihm die Fesseln an, die mit einer Silberlegierung versehen waren, um der Stärke von Kreaturen wie dieser standzuhalten. Anschließend schleifte ich ihn zu einem der am wenigsten ramponierten Schränke und lehnte ihn unsanft mit dem Rücken dagegen.

Wutentbrannt starrte er mich aus rot leuchtenden Augen an und versuchte aufzustehen, aber mit nur einem Bein und gefesselten Händen war das ziemlich unmöglich. Abgesehen davon steckte noch immer eine Kugel in seinem Magen, was bedeutete, dass die Wunde nicht ungehindert heilen konnte.

»Willst du oder soll ich?«, fragte Cain und trat an meine Seite. Ihr Gesicht war vom Blut des Vampirs gesprenkelt.

Ohne zu antworten, ging ich neben dem Vampir in die Hocke, bis ich mit ihm auf Augenhöhe war. Nun hatte ich einen ungehinderten Blick auf seine Fänge, deren Kürze meine Vermutung bestätigte, dass er vor nicht allzu langer Zeit verwandelt worden war. Ich vermutete vor fünf oder sechs Monaten.

»Wo ist Isaac?«

»Macht mich los!«, brüllte der Vampir und schnappte nach mir.

»Wo ist Isaac?«, wiederholte ich.

»Fahrt zur Hölle!«

Ich stieß ein genervtes Seufzen aus. Warum mussten es einem diese Vampire immer so schwer machen? Er wusste, dass er sterben würde. Ich wusste es. Cain wusste es. Gott, meine im Koma liegende Mutter wusste es. Warum sagte er also nicht gleich die Wahrheit, anstatt unsere Zeit zu verschwenden?

»Isaac war vor fünf Tagen hier«, mischte sich Cain ein. »Weißt du etwas darüber?«

»Selbst wenn ich etwas wüsste, würde ich es euch nicht sagen!«

»Das solltest du aber besser.«

»Nur über meine Leiche!«

Meine Mundwinkel zuckten. »Das lässt sich einrichten.« Ich streckte die Hand aus, und Cain reichte mir eines ihrer Khukuri.

Die Augen des Vampirs weiteten sich panisch. Egal wie monströs, brutal und mächtig die meisten Kreaturen waren, auch sie fürchteten das Ende ihrer Existenz. Denn anders als Menschen kamen Vampire nicht in die Geister- oder Unterwelt. Ihre Seelen waren verdammt und verschwanden im Nirgendwo.

»Sag uns, was du weißt«, forderte ich den Vampir auf. »Das ist deine letzte Chance.«

Er schluckte schwer. »Aber ich weiß nichts.«

»Wirklich? Und warum warst du heute hier?«

»Ich wollte mich verstecken. Das ist alles. Ich weiß nicht, wo Isaac ist. Ich bin ihm noch nie begegnet.«

Ich lehnte mich nach vorne. »Bist du dir sicher?«

»Ja!« Ein Zittern hatte sich in die Stimme des Vampirs geschlichen.

»Du würdest uns doch nicht anlügen, oder?«

»Nein. Ich … Ich weiß wirklich nicht, wo er ist.«

»Schade«, erwiderte ich und rammte dem Vampir das Khukuri geradewegs zwischen die Augen. Seine Bewegungen erstarben, und seine Hände fielen schlaff zu Boden. Ich ließ die

Klinge in seinem Schädel stecken und blickte zu Cain auf, die mich aufmerksam beobachtete.

»Glaubst du, er hat die Wahrheit gesagt?«

Ich nickte. »Ja, zumindest seine Wahrheit«.

Das war die Schwierigkeit dabei, Vampire zu befragen. Man konnte sie so viel quälen und foltern, wie man wollte, wenn Isaac ihnen den Befehl gegeben hatte, nicht über ihn zu reden, gab es nichts, was man tun konnte, um diesen Schwur zu brechen. Der einzige Vorteil bestand darin, dass Isaac solche Anweisungen von Angesicht zu Angesicht aussprechen musste und die Wirkung mit der Zeit nachließ. Falls dieser Vampir also unter Isaacs Einfluss gestanden hatte, bedeutete das, dass der König erst kürzlich mit ihm in Kontakt gewesen war.

»Schere, Stein, Papier?«, fragte Cain.

Ich hob die Augenbrauen. »Ernsthaft?«

»Ja, oder meldest du dich freiwillig?«

Ich richtete mich auf. »Auf drei. Eins. Zwei. Drei …« Ich ließ meine Faust geballt, während Cain mit ihren Fingern eine Schere formte. »Stein besiegt Schere, du durchsuchst ihn.«

Cain schnaubte. »Warum gewinnst du immer?«

»Weil du immer Schere nimmst.«

»Das stimmt nicht!«

»Willst du eine Revanche?«

»Ja, wieder auf drei. Eins. Zwei. Drei …«

Erneut ließ ich meine Faust geballt. Erneut imitierte Cain mit ihren Fingern eine Schere.

»Arg! Woher wusstest du das?«

Ich kenne dich eben.

»Durchsuch den Vampir, ich schau mich im Rest des Schwimmbads um«, sagte ich, auch wenn ich bezweifelte, dass sich hier weitere seiner Artgenossen rumtrieben. Dafür hatten wir zu großen Lärm verursacht. Entweder wären sie geflohen oder sie hätten sich in den Kampf eingemischt.

Wie erwartet war der Rest des Gebäudes verlassen, und ich kehrte zehn Minuten später ohne neue Erkenntnisse zu Cain zurück.

»Und, hast du was gefunden?«

»Ja, das hier.« Cain reichte mir eine schwarze Visitenkarte mit Gold geprägter Schrift, auf der stand: *The Sorcerer – Antiquitäten. Inhaberin: Fallon Emrys. Sie suchen ein Stück Geschichte für Ihre Wohnung? Dann sind Sie bei uns genau richtig!* Darunter waren die Öffnungszeiten und die Adresse zu lesen.

»Das ist in der Nähe des Quartiers«, stellte ich fest.

»Jup.«

Ich hatte zwar keine Ahnung, warum ein Vampir die Visitenkarte eines Antiquitätenhandels mit sich herumtrug, aber vermutlich würden wir es bald herausfinden. »Wir sollten diesem Laden mal einen Besuch abstatten.«

Cain nahm mir die Karte wieder ab. »Auf jeden Fall. Allerdings müssen wir uns zuerst hier drum kümmern.« Sie deutete auf den toten Vampir. »Wir können ihn schlecht liegen lassen; aber wenn wir die Reinigung anrufen, erfahren Grant und die anderen, dass wir auf der Jagd waren.«

»Wäre das so schlimm? Immerhin haben wir gegen keine Regeln verstoßen und waren brav zu zweit, genau wie Grant es sich wünscht«, bemerkte ich mit abfälligem Unterton. Ich verstand, weshalb die Regel existierte, aber Grant nahm es für meinen Geschmack etwas zu genau damit. Ich schlug mich seit drei Jahren allein, ohne die Hilfe vom Quartier oder sonst jemandem, durch. Und ich war noch am Leben.

»Wir verstoßen vielleicht nicht gegen diese Regel. Aber was glaubst du, passiert, wenn Xavier, Grant und meine Eltern erfahren, dass wir nach Jules fahnden, obwohl die Suche nach ihm offiziell eingestellt wurde?«, fragte Cain, während sie ihre Waffen an der Kleidung des Vampirs abwischte. »Sie werden uns vorwerfen, Zeit und Ressourcen zu verschwenden, und uns dann entweder suspendieren oder wieder für die offiziellen Patrouillen einteilen, damit uns keine Zeit mehr bleibt, nach Jules zu suchen.«

»Okay, okay, meine Lippen sind versiegelt.«

Cain lächelte. »Danke. Und was machen wir jetzt mit unserem einbeinigen Freund hier? Wie entsorgst du deine Leichen? Ich weiß, dass Grant die Reinigungstrupps für dich gesperrt hat.«

Ich schnaubte. Natürlich hatte sie das mitbekommen. Grant hatte den Trupps befohlen, meine *Tatorte* nicht mehr zu reinigen in der Hoffnung, mich damit wieder auf tugendhafte Wege zu führen, aber seine Rechnung war nicht aufgegangen.

Ich zückte mein Handy.

Cain runzelte die Stirn. »Wen rufst du an?«

»Wayne.«

»Aber −«

Ich unterbrach sie, indem ich den Finger hob, als Wayne abnahm. Im Hintergrund konnte ich Gemurmel hören, offenbar war er noch immer auf Jules' Trauerfeier. »Hey, ich bräuchte einen Reinigungstrupp im alten Schwimmbad in Portobello. Ich wollte noch mal die Lage checken, und da ist mir ein Vampir ins Messer gelaufen.«

Wayne schwieg einen Moment. »Okay, aber gib mir ein paar Stunden. Meine Schicht beginnt erst morgen Früh.«

»Geht klar«, erwiderte ich. Ich wusste, dass ich auf Wayne zählen konnte. Er kümmerte sich um alle Leichen, die ich in und rund um Edinburgh zurückließ. Und auch bei dieser würde er es so aussehen lassen, als wäre *ihm* der Vampir bei seiner

Schicht begegnet. »Ich pack die Leiche in einen Schrank in der Küche, damit sie keiner vor dir findet.«

Wayne brummte zustimmend und beendete das Telefonat.

Ich steckte das Handy weg und sah zu Cain, die mit skeptischer Miene zugehört hatte. »Mach dir keine Sorgen, auf Wayne ist Verlass.«

»Ich weiß. Deswegen hätte ich nicht damit gerechnet, dass ausgerechnet er Grants Anweisungen auf diese Weise missachtet«, sagte sie und schüttelte ungläubig den Kopf. Dann rappelte sie sich vom Boden auf und half mir dabei, die Leiche in einem der Schränke zu verstecken.

15. KAPITEL

Cain

»Hier ist es«, sagte ich und deutete auf das Gebäude, über dessen Eingangstür in dunkelblauen Buchstaben *The Sorcerer* geschrieben stand. Es war ein unscheinbar aussehender Laden mit großen Schaufenstern, in denen jede Menge alter Krempel stand. Das Ganze sah eher nach Wohnungsauflösung aus als nach irgendetwas Magischem.

»Lass uns reingehen.« Warden zog die Tür auf, die unsere Ankunft mit einem leisen Läuten verkündete.

Der Laden war vollgestellt mit zahllosen Antiquitäten. Es gab Kommoden, Schränke und Stühle, aber auch Sanduhren, die zwischen Skulpturen und Vasen standen.

Unweigerlich fragte ich mich, ob Jules den Laden kannte. Er liebte alles, was mit Design und Innenarchitektur zu tun hatte, und ich entdeckte auf Anhieb mindestens ein Dutzend Dinge, die ihm vermutlich ein entzücktes Seufzen entlockt hätten.

Wir bahnten uns einen Weg durch den Krempel bis zur Kasse, hinter der ein junger Mann mit dunkelbraunem Haar saß.

»Hey.«

»Hi«, begrüßte uns der Typ mit einem spitzbübischen Lächeln, als wüsste er mehr, als er verraten wollte. Wardens finsterer Blick schien ihn auf jeden Fall nicht einzuschüchtern.

»Ist Fallon hier?«, fragte ich, da sie laut der Visitenkarte, die identisch war mit jenen, die hier neben der Kasse in einem Kästchen lagen, die Inhaberin des Sorcerer war.

»Ja, sie ist hinten im Lager. Ich kann sie holen.«

»Das wäre nett.«

Der Typ war schon aufgestanden, als er innehielt und sich noch einmal zu uns umdrehte. Misstrauisch wanderte sein Blick zwischen Warden und mir hin und her. »Und wer seid ihr?«

»Alte Freunde von Fallon«, log ich. Solange ich nicht wusste, in welcher Verbindung dieser Schuppen mit den Vampiren stand, würde ich meinen Namen auf keinen Fall preisgeben. Es hätte mich nicht einmal gewundert, wenn sich diese Fallon Emrys selbst als Blutsauger entpuppte. Vampire hätten in den Laden gut reingepasst.

»Irgendwie gruselig hier«, sagte Warden, als hätte er meine Gedanken gelesen. Er lehnte sich gegen den Tresen und ließ den Blick durch den Raum gleiten, in dem es nach altem Papier und Politur roch.

»Gruseliger als in dem heruntergekommenen Schwimmbad?«

»Viel gruseliger! Hast du die Uhr mit dem untoten Kuckuck gesehen?«

Ich lachte und senkte die Stimme, damit man uns nicht belauschen konnte, obwohl sich außer uns niemand im Verkaufsraum befand. »Hat mit Wayne und der Reinigung alles geklappt?«

Warden nickte. »Ja, ist alles geklärt.«

Erleichtert stieß ich den Atem aus. Ich konnte immer noch nicht glauben, dass Wayne mit Warden unter einer Decke steckte. Ich wusste, dass die beiden gute Freunde waren, aber Wayne war auch Grants rechte Hand und einer der verantwortungsvollsten Menschen, die ich kannte. Niemals hätte ich erwartet, dass ausgerechnet er Warden bei seinen gefährlichen Aktionen unterstützte und damit gegen die Anweisungen von Grant handelte. Ich an seiner Stelle könnte Grant vor lauter schlechtem Gewissen vermutlich nicht mehr in die Augen sehen – weshalb ich heilfroh war, unserem Quartiersleiter seit der Trauerfeier nicht mehr begegnet zu sein.

»Hey«, durchbrach eine helle Stimme meine Gedanken. Ich sah auf und blickte geradewegs in ein Paar blaugrauer Augen. Sie gehörten zu einer Frau mit langem braunen Haar, die deutlich jünger war als erwartet – und ganz eindeutig kein Vampir. »Kennen wir uns?«

Ich lächelte. »Nein.«

»Aber ihr habt gesagt, ihr wärt alte Freunde von Fallon«, warf der Typ neben ihr ein.

»War gelogen«, sagte Warden. »Sorry.«

Fallon verschränkte die Arme vor der Brust. »Okay … Und wer genau seid ihr?«

»Ich bin Cain, und das ist Warden. Wir sind auf der Suche nach jemandem, den du vielleicht kennen könntest. Ein junger Mann, blond, braune Augen. Etwas schlaksig. Auf seine Schulter ist eine Schlange mit Apfel tätowiert«, beschrieb ich ihr den Vampir, den wir getötet hatten. »Kennst du ihn?«

»Ja …« Misstrauisch wanderte Fallons Blick von mir zu Warden und wieder zu mir zurück. Sie war vielleicht kein Vampir, aber sie hatte eindeutig irgendetwas zu verbergen. Hielt sie uns für Cops? »Steckt er in Schwierigkeiten?«

»Nein.« *Nicht mehr.* »Es gibt da nur etwas, bei dem wir seine Hilfe brauchen.«

Fallon zögerte kurz, bevor sie mit einem Seufzen einknickte. »Der Kerl, den du suchst, heißt Travis Lee. Er war Auktionator, unter anderem für Haushaltsauflösungen, daher kennen wir uns. Ich habe bei ihm öfter Sachen für den Laden gekauft, aber wir haben uns schon eine ganze Weile nicht mehr gesprochen.«

»Hast du eine Ahnung, wo wir ihn finden können? Am besten persönlich, nicht nur übers Telefon.« Natürlich würden wir ihn nirgendwo mehr finden, denn sein Körper war nur noch ein Häufchen Asche in der Verbrennungsanlage der Hunter. Aber womöglich lieferte uns Fallons Antwort einen Anhaltspunkt, wie er mit Isaac und den Vampiren in Berührung gekommen war, und womöglich konnten wir diese Spur zurückverfolgen.

»Nicht wirklich. Hmm ... Oder warte, er hat mir öfter diesen einen Pub empfohlen, Tolbooth Tavern. Es klang, als wäre er dort Stammgast.«

Warden brummte. »Ist das alles?«

»Ich fürchte ja«, antwortete Fallon.

Wir bedankten uns und verließen den Laden.

Es war Warden anzusehen, dass er sich ebenso wie ich mehr von der Antiquitätenspur erhofft hatte, aber da wir keinen anderen Hinweis hatten, durften wir nicht wählerisch sein.

»Auf zur Tolbooth Tavern?«, fragte Warden.

Ich knöpfte meinen Mantel zu und vergrub die Hände tief in den Taschen, denn es war ziemlich frisch geworden. Die Sonne, die am Morgen noch geschienen hatte, war von tristen Regenwolken ersetzt worden. »Ich treffe mich gleich mit Ella.«

Sie war heute Morgen aus Helsinki zurückgekommen und hatte mich gefragt, ob wir uns in unserem Lieblingscafé, dem Zebra Coffee, treffen wollten. Ich hatte mich nicht zweimal bitten lassen, denn ich liebte die Brownies dort und außerdem hatte ich Ella in den letzten Tagen und auf Jules' Trauerfeier vermisst.

»Dann heute Abend?«

Ich nickte, froh darüber, noch ein paar Stunden Abstand von Warden zu gewinnen. Es gefiel mir nicht, wie sehr es mir gefallen hatte, wieder gemeinsam mit ihm auf die Jagd zu gehen. Seit wir in Portobello gewesen waren, musste ich ständig daran denken. Zumindest wenn ich mir nicht gerade Sorgen um Jules machte. Warden und ich waren dort draußen ein perfekt eingespieltes Team gewesen. Anfangs hatte es sich etwas merkwürdig angefühlt, und dass er sich nicht an unsere erste Jagd erinnerte, hatte mir einen seltsamen Stich versetzt, aber diesen Vampir mit ihm zu erledigen hatte Spaß gemacht. Und es war offensichtlich, dass wir zusammen einfach funktionierten. Wardens Kampftechnik hatte sich verändert, trotzdem hatte ich zu jedem Zeitpunkt genau gewusst, was er plante, ganz ohne darüber nachdenken zu müssen. Genau wie er noch immer jeden meiner Schritte voraussagen zu können schien.

Wir verabredeten uns für später, und ich machte mich auf den Weg zum Zebra Coffee.

Das Café war erfüllt vom süßen Geruch nach Schokolade und mit nur einer Handvoll Tischen und Stühlen so winzig, dass ich Ella sofort entdeckte.

»Hey!« Sie sprang von ihrem Platz auf, um mich fest zu umarmen. Seit Jules' Verschwinden hatten wir uns nicht mehr gesehen, und dies war ihre Art, mir auch ohne Worte mitzuteilen, wie sehr sie mit mir litt. Wir hatten seither zwar fast täglich miteinander telefoniert und geschrieben, aber das war einfach nicht dasselbe.

»Wie geht es dir?«, fragte sie und lockerte ihre Umarmung, ließ ihre Hände allerdings auf meinen Schultern liegen, während sie mich durchdringend aus ihren weißgrauen Augen ansah.

»Manchmal ist es kurz okay … und dann wieder nicht«, antwortete ich mit einem Schulterzucken.

Was ich allerdings nicht zugab, war, dass mir alles erträglicher schien, nachdem ich mit Warden auf die Jagd gegangen war. Ich wusste nicht, ob es an Warden selbst lag oder daran, dass ich aktiv etwas unternahm, um Jules zu suchen. So oder so fühlte ich mich ein kleines bisschen besser, und das würde ich vorerst einfach mal stehen lassen. Ich wollte nicht näher erörtern, was es damit auf sich hatte, obwohl ich Ella am Telefon bereits von meiner wiederbelebten *Partnerschaft* mit Warden erzählt hatte. Ich hatte mit irgendjemandem darüber reden müssen, anderenfalls wäre ich womöglich explodiert.

Ich löste mich von Ella, um mich zu setzen, als ich Roxy entdeckte, die aus Richtung der Toiletten kam und gerade dabei war, sich ihre Ringe wieder an die Finger zu stecken.

»Hey«, begrüßte ich sie, überrascht sie zu sehen.

Sie nickte mir zu. »Hey.«

»Ich hoffe, es ist okay, dass ich Roxy mitgebracht habe«, sagte Ella. »Sie kommt gerade von der Jagd und war im Quartier verzweifelt auf der Suche nach etwas zu essen, das kein Sellerie ist.«

Ich lachte. »Klar ist das okay.«

Gemeinsam gingen wir zur Theke und bestellten Kaffee und Brownies.

»Oh. Mein. Gott«, stöhnte Roxy, nachdem sie den ersten Bissen probiert hatte, und kaute mit einem seligen Lächeln auf den Lippen. »Wie kann es sein, dass ich schon seit fast zwei Wochen hier bin und mir noch niemand von diesem Laden erzählt hat?«

Ella schmunzelte. »Du verbringst zu viel Zeit mit diesen ganzen Trainingsfanatikern.«

»Heh!«, protestierte ich.

»Ich sag nur die Wahrheit. Wann warst du das letzte Mal *nicht* trainieren?«

Ich presste die Lippen aufeinander, da ich die Antwort nicht kannte. Das tägliche Aufsuchen der Kampf- und Trainingsräume war ein Ritual für mich. Ein fester Bestandteil meines Tagesablaufs. Immerhin hing auf der Jagd mein Leben davon ab, dass mir nicht nach fünf Minuten die Puste ausging.

»Du magst Sport auch nicht?«, fragte Roxy Ella überrascht.

»Ich hasse ihn.«

Roxy lächelte, als hätte sie gerade eine wichtige Verbündete gefunden. »Ich auch!«

»Yeah, Anti-Sportfreunde-High-Five.« Ella streckte ihr über den Tisch die Hand entgegen, und Roxy schlug ein.

Ich verdrehte die Augen und machte mir eine mentale Notiz, die beiden besser nicht zu fragen, ob sie mit mir trainieren wollten. Seit Jules weg war, fehlte mir nicht nur ein Partner im Kampf, sondern auch beim Training. Allein auf dem Laufband zu stehen oder auf der Rudermaschine zu sitzen war kein Problem, aber mir fehlte das One-on-One-Training. Mit Warden zusammen auf die Jagd zu gehen war eine Sache. Nur so konnte ich Jules und er Isaac finden. Gemeinsam zu trainieren hingegen war keine Notwendigkeit, deswegen würde ich ihn niemals darum bitten.

»Wie war es in Helsinki?«, fragte ich Ella, um mich auf andere Gedanken zu bringen.

Das Lächeln wich aus ihrem Gesicht, und sie zog die wohlgeformten Augenbrauen zusammen. »Seltsam.«

»Waren die Hunter in Helsinki seltsam oder die Geister?«

Sie schüttelte den Kopf. »Weder noch. Owen war seltsam.«

»Wieso?«

Sie stieß ein Seufzen aus und rührte in ihrem Milchkaffee. »Normalerweise teilen wir uns ein Hotelzimmer, wenn wir unterwegs sind. So kann man sich leichter absprechen, und es ist günstiger für das Quartier. Aber dieses Mal hat er darauf bestanden, sein eigenes Zimmer zu bekommen.«

»Hat er gesagt warum?«

»Er meinte, er schläft gerade unruhig.«

»Owen schläft nie unruhig«, bemerkte ich. Das war eine Sache, über die sich Ella im Scherz immer wieder beschwerte. Sie hatte seit jeher Probleme einzuschlafen, während Owen wie eine Katze war. Er konnte zu jeder Zeit und innerhalb weniger Sekunden einpennen, egal wie kalt oder warm, unbequem oder laut es an einem Ort war.

»Eben. Merkwürdig, oder?«

»Ist irgendwas zwischen euch vorgefallen?«

»Nichts, das mir in Erinnerung geblieben wäre.«

»Vielleicht hat er jemanden kennengelernt«, warf Roxy ein, die in der Zwischenzeit ihren halben Brownie verputzt hatte. »Würde ich Owen daten, würde ich auch nicht wollen, dass er sich ein Zimmer mit einer anderen Frau teilt. Noch dazu mit einer, die aussieht wie ein verdammtes Victoria's Secret Model.«

»Da ist was dran«, stimmte ich zu.

Ella runzelte die Stirn. »Aber wenn Owen jemanden trifft, würde er mir davon erzählen.«

»Sicher?«

»Ja, warum sollte er das nicht tun?«

Ratlos zuckte ich mit den Schultern. Owen und Ella hatten ein ähnliches Verhältnis wie Jules und ich, sie vertrauten einander alles an, denn bedingungsloses Vertrauen war für unseren Job unablässig. Bei Ella und Owen sogar noch mehr als bei anderen Hunterpaaren. Geister der Phase 1 und 2 konnten nur von Ella gesehen werden. Und auch Geister der Phase 3 und 4 nahm Owen nur wahr, wenn sie einen Körper besetzten oder ihren eigenen materialisierten. Sein Leben hing davon ab, dass Ella ihn vor unsichtbaren Gefahren warnte. Und wenn er ihr sein Leben anvertraute, wortwörtlich, warum dann nicht auch sein Liebesleben?

»Ich werde später einfach noch mal mit ihm reden«, sagte Ella und stocherte gedankenverloren in ihrem Brownie herum.

Als sich die Stille am Tisch ausdehnte, räusperte ich mich und sah zu Roxy. »Wie lief die Jagd?«

Zufrieden kratzte sie die Schokokrümel auf ihrem Teller zusammen. »Gut. Ein Geist weniger, der auf dieser Erde wandelt.«

»Warst du mit Shaw unterwegs?«, fragte ich weiter. In dem Fall wäre Grant sicherlich alles andere als begeistert. Zwar waren Roxy und Shaw ihm als Mitglieder des Londoner Quartieres nicht direkt unterstellt, aber das änderte nichts an der Tatsache, dass Shaw noch kein ausgebildeter Hunter war und somit in Edinburgh eigentlich nicht auf die Jagd gehen durfte.

»Nein, mit Finny. Er hat den Besuch bei seiner Familie abgekürzt.«

Ella, die scheinbar den Appetit verloren hatte, schob Roxy die Reste ihres Brownies zu. »Und was macht Shaw so?«

»Er trainiert für seine Prüfung und treibt sich viel in der Stadt rum, um etwas über seine Vergangenheit rauszufinden. Seit du erwähnt hast, dass du ihn in deinem Café gesehen hast, ist er wie besessen davon. Er lungert jeden Tag ein paar Stunden dort herum in der Hoffnung, von jemandem erkannt zu werden.«

»Und, hat er schon irgendetwas in Erfahrung gebracht?«

»Nicht dass ich wüsste.«

Ella runzelte die Stirn. »Das mit seinem Gedächtnis ist wirklich eine verrückte Sache.«

»Mhm«, brummte Roxy mit vollem Mund. Sie schien dankbar für den Brownie, aber nicht dafür, dass Ella erneut ihr Vorgehen bei Shaws Geisteraustreibung infrage stellte.

»Er hat mir erzählt, du hast ihn im Ravenscourt Park gefunden?«

»Richtig.«

»Und der Geist, von dem er besessen war, ließ sich einfach austreiben?«

Roxy blickte auf. »*Einfach* würde ich es nicht nennen. Er hat mich angegriffen und hätte Shaw beinahe getötet.«

»Aber du hast ihn so ausgetrieben wie jeden anderen Geist auch?«

Roxy seufzte tief. »Ja. Ich habe alles wie immer gemacht. Wieso willst du das wissen?«

»Nur so«, antwortete Ella und trank einen Schluck Kaffee. »Ich würde nur gern eine Erklärung finden, damit wir ihm helfen können, aber das ergibt alles keinen Sinn.«

»Ergibt überhaupt etwas in unserem Job wirklich Sinn?«, gab ich zu bedenken.

Ella und Roxy stimmten mir zu, und damit wandte sich unser Gespräch anderen Themen zu. Roxy erzählte uns Geschichten aus London, und wir verrieten ihr ein paar Insider aus unserem Quartier, bis das Café schloss und es für mich Zeit wurde, mich mit Warden zu treffen, um mit ihm gemeinsam auf Jagd zu gehen. Fast wie in alten Zeiten.

16. KAPITEL

Cain

Ich fühlte mich beobachtet, obwohl ich nichts Verbotenes tat. Schließlich lief ich nur mit einer Tasche voller Waffen durch das Quartier. Das war nichts Besonderes, dennoch kam ich mir auf dem Weg zur Tolbooth Tavern vor wie ein Schwerverbrecher. Ich hatte sogar Sportkleidung oben in die Tasche gestopft, falls mich jemand kontrollieren sollte. Obwohl mir das noch nie passiert war, schließlich war das Quartier kein Gefängnis und wir durften uns frei bewegen. Dennoch konnte ich das Gefühl, beobachtet zu werden, einfach nicht abschütteln. Was vermutlich daran lag, dass ich es nicht gewohnt war, gegen die Anweisungen des Quartiersleiters zu handeln. Während der Trauerfeier für Jules und Floyd war es leicht gewesen, sich aus dem Quartier zu schleichen, aber an einem gewöhnlichen Abend sah das anders aus. Überall wimmelte es von Huntern, die Feierabend hatten und durch die Gänge schwirrten, um sich mit ihren Freunden zu treffen oder zu trainieren; andere wiederum machten sich bereit für die Jagd.

Unauffällig bewegte ich mich zwischen ihnen, meine Kopfhörer im Ohr, damit mich niemand ansprach. Ich hatte die Aufzüge schon fast erreicht, als ich plötzlich meine Mum entdeckte. Für einen Moment geriet ich ins Stolpern, fing mich jedoch schnell wieder. Vielleicht lief sie ja an mir vorbei, weil sie es eilig hatte, einen Auftrag zu erledigen.

Doch so viel Glück hatte ich nicht. Zielstrebig steuerte sie auf mich zu, ein sanftes Lächeln auf den Lippen.

Ich zog die Stöpsel aus den Ohren. »Hey.«

»Hey, ich wollte gerade zu dir.«

»Ich bin auf dem Weg zu einem Job«, log ich. Tatsächlich hatte ich von Agnes die Anfrage bekommen, ob ich übermorgen auf einem Kindergeburtstag auftreten wollte, aber ich hatte abgesagt. Die Suche nach Jules ging jetzt vor.

»Ach so, dann will ich dich nicht aufhalten.«

»Schon in Ordnung. Worum geht's?«, fragte ich, neugierig darauf, was meine Mum zu sagen hatte. Zwar hatten meine Eltern und ich ein gutes Verhältnis, und sie waren immer für mich da, aber wir hatten alle unsere eigenen Leben. Sie waren Jäger mit Kampfpartnern und Verpflichtungen im Quartier, genau wie ich. Außerdem gingen sie beide noch einem Nebenjob nach. Mein Dad arbeitete viermal die Woche als Türsteher eines Clubs, und meine Mum verdiente ihr Geld, indem sie Selbstverteidigungskurse für Frauen anbot.

Sie lächelte. »Hättest du noch Zeit für einen Kaffee?«

»Ja, ich denke schon.«

Wir fuhren mit dem Aufzug nach oben in die Cafeteria, wobei mich ein mulmiges Gefühl beschlich. Ich war seit der Trauerfeier nicht mehr hier gewesen. Jeder Winkel des Raumes erinnerte mich an Jules.

Wir bedienten uns an den Kaffeevollautomaten und setzten uns auf die Couch in der hintersten Ecke.

Meine Mum rührte in ihrer Tasse, und ein kleines, fast schon nervöses Lächeln erschien auf ihren Lippen.

»Ist alles in Ordnung?«, fragte ich und nippte an meinem Kaffee, den ich tatsächlich gut gebrauchen konnte. Warden und mir stand eine lange Nacht bevor, und zwischen dem Training, dem Besuch im Sorcerer, dem Treffen mit Ella und Roxy und der anstehenden Jagd hatte ich nicht viel Zeit gehabt, mich auszuruhen.

»Jaja, es ist nur … Grant hat mich gebeten, mit dir zu reden.« Ich runzelte die Stirn. »Worüber?«

Sie holte tief Luft. »Was mit Jules passiert ist, ist eine Tragödie, und es wird vermutlich noch eine ganze Weile dauern, bis wir über seinen Verlust hinweg sind.« Ihre Stimme hatte einen ernsten Klang angenommen. »Aber das Leben geht weiter, und die Kreaturen der Nacht interessieren sich nicht für unsere Trauer. Sie fressen, töten und foltern, und wenn wir ihnen keinen Einhalt gebieten, tut es niemand.«

»Und?«, hakte ich nach. Das alles war nichts Neues für mich.

»Und Grant möchte gern wissen, ob du dir bereits Gedanken darüber gemacht hast, wer dein neuer Kampfpartner oder deine neue Kampfpartnerin werden soll, damit ihr möglichst bald anfangen könnt, zusammen zu trainieren.«

Obwohl mich die Worte nicht vollkommen unvorbereitet trafen, fühlten sie sich dennoch an wie ein Schlag ins Gesicht. Ich war noch nicht bereit, Jules zu ersetzen. Ja, ich ging mit Warden auf die Jagd, aber das war etwas anderes. Unsere Zusammenarbeit hatte ein klares Ablaufdatum.

»Nein, hab ich noch nicht.«

»Okay«, sagte meine Mum bedacht. »Du musst dich auch nicht sofort entscheiden, aber du solltest zumindest anfangen, dir Gedanken zu machen. Wenn du möchtest, kann dir Grant auch eine Liste möglicher Kandidaten geben.«

Ich nickte und schwor mir, diese Entscheidung so lange wie nur möglich hinauszuzögern. Denn sobald ich einen neuen Partner hatte und wieder offiziell auf Patrouille ging, würde es schwer werden, weiter nach Jules zu suchen. »Ist das alles?«

»Ja.«

Mit einem letzten großen Schluck trank ich meinen Kaffee aus und schnappte mir meine Tasche. »Dann sollte ich jetzt besser los. Ich will die anderen nicht warten lassen.«

»Okay, ich wünsch dir einen schönen Abend.«

»Danke. Dir und Jackson viel Erfolg auf der Jagd. Grüß ihn von mir.«

Sie lächelte. »Das werde ich.«

Warden

»Du bist zu spät.« Ich war direkt von meiner Werkstatt hergekommen und stand bereits seit einer halben Stunde vor dem alten Sandsteingebäude, das die Tolbooth Tavern beherbergte. Der Laden, zu dem uns Fallon Emrys geschickt hatte, stellte sich als ein Pub in der Nähe des schottischen Parlaments heraus. Soweit ich das beurteilen konnte, war er gut besucht. Was kein Wunder war, keine drei Minuten Fußweg entfernt befanden sich einige Gebäude der University of Edinburgh.

»Sorry«, murmelte Cain. Sie wirkte nachdenklich. »Meine Mum hat mich aufgehalten.«

Ich hob die Augenbrauen. »Hat sie rausgekriegt, dass wir Jules suchen?«

Sie schüttelte den Kopf. »Nein, sie wollte mit mir über meinen neuen Kampfpartner reden.«

Das überraschte mich nicht. Jules war zwar erst vor ein paar Tagen verschwunden, aber bei den Huntern wurde schnell vergessen, ausgetauscht und ersetzt. Grant predigte regelmäßig, dass es absolut notwendig war, so zu handeln, da die Kreaturen der Nacht sich einen Scheiß für unsere Gefühle interessierten.

»Was hast du ihr gesagt?«

»Dass ich noch nicht bereit bin, wieder auf die Jagd zu gehen«, antwortete Cain und trat einen Schritt näher auf mich zu, um einer Gruppe Studenten Platz zu machen, die in den Pub wollten.

Ich lächelte. »Und das hat sie dir abgekauft?«

»Ja, ich habe sie bisher noch nie angelogen. Sie hat keinen Grund, mir nicht zu glauben.« Cain zuckte mit den Schultern und sah sich um. Sie trug einen grünen Mantel und eine schwarze Tasche bei sich, die ziemlich schwer aussah und in der vermutlich die Waffen für uns steckten. »Wollen wir reingehen?«

Ich nickte und öffnete ihr die Tür.

Im Pub wurden wir von einem Gewirr aus Stimmen und Gelächter begrüßt. Die Einrichtung war schlicht, aber elegant. Rechts vom Eingang befand sich eine große Bar mit Holztheke, dahinter waren mehrere Vitrinen aufgestellt, die mit bunten Alkoholflaschen bestückt waren. Der Boden war mit einem dunkelroten Teppich ausgelegt, und die Tische und Stühle für die Gäste waren ebenfalls aus dunklem Holz. Was aber keineswegs eine gedrückte, sondern vielmehr eine gemütliche Stimmung erzeugte, die von der fröhlichen Musik untermalt wurde, die aus den Lautsprechern tönte.

»Riechst du etwas?«, fragte Cain.

Ich schüttelte den Kopf. Die Luft im Raum war schwer und der Duft nach Essen stark, was es praktisch unmöglich machte, den Geruch eines Vampirs herauszufiltern, sollte sich einer hier befinden. Kein Wunder, dass sich diese Biester so gern in Pubs herumtrieben. Nicht nur, dass der Gestank ihren Duft überlagerte, sie befanden sich auch gleich an einem All-you-can-eat-Buffet. Sehr praktisch.

Cain und ich beschlossen, dass es das Beste wäre, uns erst einmal unauffällig zu verhalten und zu beobachten. Wir besorgten uns etwas zu trinken und setzten uns an einen der wenigen freien Tische, von dem aus wir einen guten Überblick hatten.

Die Besucher des Pubs bildeten eine bunte Mischung aus Jung und Alt, Einwohnern und Touristen, Studenten und Berufstätigen, was an ihren Shirts und Anzügen deutlich zu erkennen war. Unser Vampir, Travis, hatte offenbar zu letzterer Gruppe gehört, also behielten wir diese besonders im Auge.

»Warum hast du keinen Kampfpartner?«

Die Frage von Cain kam aus dem Nichts. Ich sah zu ihr. Sie schlürfte ihren Eistee und beobachtete mich dabei aus großen Augen. Ihren Mantel hatte sie ausgezogen. »Ist das deine Art, mich zu fragen, ob ich dein Kampfpartner werden will, wenn wir Jules nicht finden?«

»Wir werden Jules finden«, erwiderte Cain, ohne zu zögern oder sich auf meine neckenden Worte einzulassen. »Ich meine es ernst, Warden. Du bist ein guter Hunter, aber im Team wärst du hervorragend. Warum willst du keinen Kampfpartner?«

Weil niemand dich ersetzen kann.

»Weil ich niemanden in meine Scheiße mit reinziehen will«, antwortete ich in bemüht neutralem Tonfall.

Ich hatte es mit Pietro, Cains Nachfolger, wirklich versucht, aber auf unserer ersten Jagd wären wir beinahe beide ums Leben gekommen, weil wir einfach nicht synchron liefen. Ich hatte ihm danach noch zwei weitere Chancen gegeben, aber es hatte einfach nicht funktioniert. Und auch die vier Hunter nach ihm hatten Cain nicht das Wasser reichen können. Weshalb ich es irgendwann vorgezogen hatte, allein auf die Jagd zu gehen, anstatt weiter zu versuchen, etwas zu ersetzen, das nicht zu ersetzen war. Irgendwann hatte dann auch Grant aufgegeben und mir keine neuen Partner zugeteilt.

»Dort draußen gibt es jede Menge Hunter, die sich liebend gern in deine Scheiße mit reinziehen lassen würden«, bemerkte

Cain und spielte dabei mit den Eiswürfeln in ihrem Glas. »Nicht dass ich es nachvollziehen könnte, aber du hast unter den Jägern so was wie einen kleinen Fanclub.«

»Ja, aber nur, weil mich diese Leute nicht kennen.« Sie feierten mich dafür, dass ich Jagd auf Isaac machte und dass ich mehr Kreaturen erledigt hatte als all die anderen Hunter in meinem Alter. Aber das machte mich noch lange nicht unfehlbar, wie Dominique am eigenen Leib hatte erfahren müssen. Sie hatte an mich geglaubt und mir vertraut. Und was hatte es ihr gebracht? Den Tod. Ich war nicht der Hunter, für den sie mich gehalten hatte. Ich war kein Held. Ich wollte einfach nur meine Rache.

»Stimmt«, pflichtete Cain mir bei. »Sie wissen nicht, was für eine Pappnase du bist.«

Ich schnaubte und ließ den Blick durch den Raum schweifen. Dabei blieb meine Aufmerksamkeit an einer Frau hängen, die allein mit einem Glas Wein in der Hand an der Bar saß. Eigentlich nichts Ungewöhnliches, dennoch konnte ich mich nicht von ihr losreißen. Irgendetwas an ihr erschien mir falsch. Es war … ihre Haltung. Sie strahlte etwas Erhabenes, Anmutiges aus, eine Ruhe und Selbstsicherheit, die mir für eine Frau ihres Alters ungewöhnlich erschien und sie deutlich älter wirken ließ. Natürlich konnte das reiner Zufall sein. Oder sie war ein Vampir und sah nur aus wie zwanzig, während sie in Wirklichkeit zweihundert war.

Cain schien die Veränderung in meiner Miene bemerkt zu haben, denn sie drehte den Kopf und folgte meinem Blick.

Noch waren wir dem Vampir nicht aufgefallen, aber wir mussten vorsichtig sein. Denn so wie Blood Hunter ein Gespür für Vampire hatten, so war es auch ihnen möglich, uns zu wittern. Unser Blut unterschied sich von dem der Menschen und anderen Huntern, weshalb wir für die Blutsauger ungenießbar waren. Was auch der Grund dafür war, dass wir nicht verwandelt werden konnten. Einmal hatte ein Vampir behauptet, ich würde für ihn riechen wie ein Sack fauler Eier, aber ich vermutete stark, dass er mich einfach nur beleidigen wollte.

»Was sollen wir machen?«, fragte Cain, während sie wieder mit dem Eiswürfel in ihrem Glas herumzuspielen begann, um keine Aufmerksamkeit auf uns zu ziehen.

»Warten. Sie ist vermutlich auf der Suche nach einem Snack. Sobald sie ihr Opfer gefunden hat, wird sie mit ihm oder ihr verschwinden, dann können wir ihr folgen.«

Cain nickte, obwohl ihr anzusehen war, dass es ihr nicht gefiel, einen Köder zu benutzen.

Lange mussten wir nicht warten. Eine Frau, die so aussah wie der Vampir, mit langem braunen Haar und in einem eng anliegenden Kleid, blieb selten lange allein. Bereits kurz nachdem wir sie bemerkt hatten, gesellte sich ein Typ zu ihr. Er war in meinem Alter, vermutlich ein Student. Die beiden redeten miteinander, aber schon ein paar Minuten später war das Gespräch beendet und sie verließen den Pub Hand in Hand. Das Grinsen des Kerls, der vermutlich dachte, einen Volltreffer gelandet zu haben, reichte bis über beide Ohren.

Wortlos schnappte Cain sich ihren Mantel und die Tasche, und wir folgten dem Paar. Im Gehen aktivierte ich mein Amulett, das Cain und mich für die Menschen um uns herum unsichtbar machte, und holte die beiden Dolche hervor, die ich unter meinem T-Shirt getragen hatte.

Zielstrebig, als hätte sich der Vampir genau überlegt, wie der heutige Abend ablaufen sollte, steuerte er eine Gasse unweit der Tolbooth Tavern an.

»Ich versuche mich von hinten anzuschleichen«, sagte Cain und reichte mir eine Pistole aus ihrer Tasche, die ich in meinen Gürtel steckte.

Ich nickte ihr zu, und kurz darauf eilte sie die Straße entlang, um die Gasse von der anderen Seite zu betreten, während ich bereits geräuschlos in sie abbog.

Der schmale Weg war unbeleuchtet, da das gelbe Licht der Straßenlaternen nur wenige Meter weit reichte. Dafür nahm ich nun deutlich den Duft nach Rosmarin wahr, der im Pub von den anderen Gerüchen überlagert worden war.

Ich räusperte mich. Laut genug, um die Aufmerksamkeit des Vampirs auf mich zu ziehen, der ein paar Meter vor mir mit seinem nichtsahnenden Opfer spazierte.

Die Frau blieb stehen und drehte sich zu mir herum. Als sie erkannte, wer ich war – *was* ich war –, zog sie die Oberlippe nach oben.

»Verschwinde«, knurrte sie mit kehliger Stimme, die so gar nicht zu ihrem attraktiven Äußeren passte.

Der Kerl an ihrer Seite wirkte irritiert, da er mich zuerst nicht sehen konnte; bis sein Verstand den Schleier der Amulett-Illusion durchdrang und er mich anschaute.

»Oh Shit!«, fluchte er mit weit aufgerissenen Augen, als er meine Waffen entdeckte. Er taumelte einen Schritt zurück, dann wirbelte er herum, um wegzurennen. Er kam nicht weit. Die Frau, die eigentlich seine Eroberung für die Nacht hatte sein sollen, packte ihn und zog ihn an sich. Ihre Hand war zu einer Klaue geworden, und ihre spitzen Fingernägel schwebten drohend über seinem Hals. Er versuchte, sich zu wehren, aber gegen den eisernen Griff des Vampirs hatte er keine Chance.

Die Frau lächelte grimmig, ihre Fänge nun deutlich sichtbar. »Verschwinde, oder er wird sterben.«

»Lass ihn gehen!«, verlangte ich mit fester Stimme.

»Damit du mich ungehindert töten kannst? Ich denke nicht.« Sie packte die Kehle des Kerls, der zu wimmern begonnen hatte. Seine Schluchzer hallten durch die Gasse.

»Oh, wir können dich auch so umbringen«, erwiderte ich.

Die Augen des Vampirs weiteten sich. »Wir ...?«

In diesem Moment ging ein Ruck durch ihren Körper, und die rot gefärbte Spitze eines Bolzens ragte einige Zentimeter aus ihrem Brustkorb. Cain hatte sie von hinten mit einer Armbrust erwischt. Die Hand des Vampirs glitt von der Kehle ihres Opfers, kurz bevor ihr toter Körper in sich zusammensackte.

Einen kurzen Augenblick lang fühlte ich so etwas wie Triumph, doch dann kam die Enttäuschung. Wir hatten den Vampir nicht töten, sondern befragen wollen, und es war eine Schande, diese Spur zu Isaac ungenutzt ins Grab zu bringen. Doch sosehr wir Jules und den Vampirkönig auch finden wollten, wir konnten dafür nicht das Leben Unschuldiger aufs Spiel setzen.

Apropos ...

Mit weit aufgerissenen Augen starrte der Kerl auf die Leiche. Cain, die sich ihm langsam von hinten näherte, schien er überhaupt nicht wahrzunehmen.

»Mach dich vom Acker«, befahl ich.

Der Kerl starrte mich an und schluckte schwer. Sämtliche Farbe war aus seinem Gesicht gewichen. Er sah aus, als würde er sich jede Sekunde übergeben. In seinen Augen stand die nackte Angst.

»Wenn du irgendjemandem hiervon erzählst, finde und töte ich dich.«

Er nickte panisch, rührte sich aber nicht.

»Jetzt!«, knurrte ich und hob drohend einen meiner Dolche.

Das zeigte Wirkung. Er rannte los, an Cain vorbei, die ihm mit einem raschen Schritt zur Seite auswich – doch er kam nicht weit. In diesem Augenblick erschienen drei Männer und eine weitere Frau am Ende der Gasse. Ihr Geruch nach Rosmarin war unverkennbar. Einer der Vampire packte den flüchtenden Kerl bei der Kehle, und bevor dieser reagieren konnte, drückte er zu. Klauen glitten durch Haut wie ein Messer durch weiche Butter. Mit einem gurgelnden Laut sackte der Mann zu Boden, wo er zuckend liegen blieb, während sich der Vampir genüsslich das Blut von den Fingern leckte.

Offenbar war die Frau aus dem Pub nicht allein um die Häuser gezogen. Manche Vampire waren Einzelgänger, andere schlossen sich in Gruppen zusammen, um Hinterhalte besser planen zu können und sich dann die Opfer zu teilen. Letztere Kategorie war um einiges gefährlicher.

Cain ging neben mir in Kampfposition. Mir blieb grade noch genügend Zeit, um zu realisieren, dass sie ihren Mantel abgelegt hatte, um sich freier bewegen zu können, dann griffen uns die Vampire auch schon an.

Zwei von ihnen stürzten sich auf mich, die beiden anderen gingen auf Cain los. Was folgte, war ein wildes Durcheinander, denn in der schmalen Gasse war kaum genügend Platz für einen Kampf dieser Größe.

Ich riss meine Dolche in die Höhe. Der erste Vampir versuchte, mich zu Boden zu reißen, aber ich duckte mich geschickt unter dem Angriff hindurch und rammte ihm eine Klinge in den Rücken, die ich stecken ließ. Er kreischte auf, doch meine Aufmerksamkeit war bereits woanders. Der zweite Vampir attackierte mich mit einem Satz und erwischte mich mit seiner Klaue an der Wange.

»Mistvieh«, knurrte ich. Ich hatte mich schon gegen weitaus mehr Vampire behauptet, aber arrogant werden durfte ich deshalb nicht. Jeder Kampf barg seine eigenen Gefahren, und egal wie viele Vampire ich bereits getötet hatte: Überheblichkeit konnte mich das Leben kosten.

Während der eine Vampir mich angriff und ich ihn blockte, versuchte der andere, der inzwischen den Dolch aus seinem

Rücken gezogen hatte, meine ungeschützte Seite für sich auszunutzen. Wir waren ein Wirbel aus Klingen, Klauen und Fängen, und ich spürte jeden Schlag, der mich traf, durch meinen Körper vibrieren. Aber ich hatte mich daran gewöhnt, den Schmerz auszublenden. Er war ein entferntes Summen, ähnlich wie die Geräusche der Straße, die Stimmen aus dem Pub und das Keuchen von Cain, die nur ein paar Meter entfernt kämpfte.

Einer der Vampire kam mir mit seinen Reißzähnen verdammt nah, aber ich nutzte die Nähe für mich aus, indem ich ihm meinen Dolch in die Kehle rammte. Mit der anderen Hand zog ich die Pistole aus meinem Gürtel und richtete ihren Lauf auf das Herz des Vampirs.

Ich drückte ab. Ein Knall hallte durch die Gasse, und der Blutsauger ging zu Boden. Da ich nur noch einen Gegner im Auge behalten musste, konnte ich ihm ein schnelles Ende bereiten. Ich täuschte einen Schuss auf sein Herz an, traf stattdessen aber die Schulter. Der Vampir krümmte sich, und ich stieß mit dem Dolch zu, der noch mit dem Blut seines Kameraden getränkt war. Leblos sackte er in sich zusammen.

Keuchend stand ich über den beiden Leichen. Auch die Kampfgeräusche auf der anderen Seite der Gasse waren verstummt, und ich kniete mich hin, um meinen zweiten Dolch wieder einzusammeln.

»Warden?« Cains Stimme wohnte ein ungewohnt zittriger Klang inne.

Ich drehte mich zu ihr herum und erstarrte. Sie saß zusammengesunken auf dem Boden zwischen den beiden Vampiren, die sie getötet hatte, und war dabei kaum von diesen zu unterscheiden. Leichenblass hielt sie sich mit blutüberströmter Hand das linke Bein.

An ihrem Oberschenkel klaffte eine riesige Fleischwunde.

17. KAPITEL

Cain

»Wir müssen dich auf die Krankenstation bringen.«

Ich schüttelte den Kopf – was keine gute Idee war. Sofort erfasste mich Schwindel, während massig Blut aus der Wunde an meinem linken Oberschenkel sickerte. Dort, wo der zweite Vampir mich mit meiner eigenen Klinge erwischt hatte, klaffte eine Wunde, die selbst ein Blood Hunter nicht so einfach wegsteckte.

Warden ging vor mir in die Hocke. »Cain, wir sollten wirklich –«

»Nein«, unterbrach ich ihn und hasste es, wie dünn und verletzlich meine Stimme dabei klang. Dazu zitterte ich auch noch am ganzen Körper, so kalt war mir. »Wenn du mich auf die Krankenstation bringst, wissen sie, dass wir auf der Jagd waren; und dann werden sie uns davon abhalten, weiter nach Jules zu suchen. Und das würde mich umbringen. Das hier nicht.« Ich deutete auf die Wunde.

Er presste die Lippen aufeinander, und sein Blick wanderte von mir ins Leere. Gedankenverloren starrte er auf einen unbestimmten Punkt in der Gasse, dann zog er sein Handy hervor.

»Ich habe gesagt keine –«

»Beruhig dich«, schnitt Warden mir das Wort ab. »Ich will nur etwas nachsehen.« Ein paar Sekunden, die sich zogen wie eine Ewigkeit, tippte er auf seinem Handy herum, ehe er wieder aufblickte. »Ein paar Seitenstraßen von hier ist ein Tierarzt. Dort sollten wir alles finden, was wir brauchen, um dich wieder zusammenzuflicken. Kannst du laufen?«

Ich nickte, da ich keine andere Wahl hatte. Die Wunde musste genäht werden, der Blutverlust setzte mir trotz meiner beschleunigten Heilungsfähigkeiten zu.

Ich winkelte mein gesundes Bein an und versuchte, mich in die Höhe zu stemmen, wobei sich die schwarzen Punkte, die bereits die ganze Zeit in meinem Sichtfeld tanzten, verdoppelten. Ich schloss die Augen, als könnte ich den Schwindel, der mich zu Boden zerren wollte, ausblenden. Was sich als Fehleinschätzung erwies. Meine Beine zitterten unkontrolliert und knickten unter mir weg.

»Shit!«, fluchte Warden. Dabei zuckte sein Blick noch einmal an dieselbe leere Stelle in der Gasse. Wäre Warden ein Soul Hunter gewesen, der Geister sehen kann, hätte mir das Sorgen bereitet. »Vielleicht sollten wir dich doch ins Quartier bringen.«

»Nein.« Ich konnte nicht zulassen, dass meine Eltern und Grant hiervon Wind bekamen. Also biss ich die Zähne zusammen, kämpfte gegen die Schmerzen an, die meinen ganzen Körper durchzogen, und drückte mich hoch. Doch kaum dass ich stand, geriet ich erneut ins Wanken.

Blitzschnell legte Warden einen Arm um meine Taille, um mich zu stabilisieren.

Die Welt um mich herum drehte sich endlich ein bisschen langsamer – nur um eine Sekunde später teuflisch schnell wieder an Geschwindigkeit aufzunehmen. Meine Füße verloren den Kontakt zum Boden. Und dann lag ich auf einmal in Wardens Armen.

»Was soll das werden?«, protestierte ich schwach.

»Ich trage dich.«

»Das … Das musst du nicht.«

»Und ob ich das muss. Sonst bist du verblutet, bevor wir die Praxis erreichen«, sagte Warden mit einem Schnauben und setzte sich in Bewegung.

Ich hasste es, so verletzlich zu sein. Und noch mehr hasste ich es, dass er recht hatte, denn wie sollte ich laufen, wenn ich nicht einmal stehen konnte?

Wir verließen gerade die Gasse, als ich im Schein einer Straßenlaterne eine Klinge aufblitzen sah. »Unsere Waffen …«

»Ich habe Wayne geschrieben. Er kümmert sich.«

Ich wollte Warden gern ansehen, aber mein Kopf war zu schwer. »Du hast ihm von uns erzählt?«

»Nein, keine Sorge. Wie auch beim Schwimmbad glaubt er, ich wäre allein für die Sauerei verantwortlich.«

»Danke«, murmelte ich und ließ den Kopf gegen seine Schulter sinken. Das Verlangen, die Augen zu schließen und mich in seiner Wärme zu verlieren, war übermächtig. Ich fror und war unglaublich müde. Meine Augenlider waren tonnenschwer, während mein Verstand sich auf einmal so leicht anfühlte, als könnte er jeden Moment abheben und davonschweben.

»Hey, nicht einschlafen.« Warden klang gestresst.

Ich riss die Augen auf. Ich hatte nicht einmal bemerkt, dass ich sie geschlossen hatte, aber sie mussten schon eine Weile zu gewesen sein.

Warden hatte sich mit rasantem Tempo durch die Stadt bewegt. Wir befanden uns nun an einer großen Straße, umgeben von Menschen, die keine Kenntnis von uns nahmen, da uns die Magie von Wardens Amulett schützte.

»Erzähl mir was«, forderte ich ihn auf, nicht nur um wach zu bleiben, sondern auch um mich von dem schmerzhaften Pulsieren meiner Wunde abzulenken.

Er wich einem Pärchen aus, das uns händchenhaltend entgegenkam. »Was willst du hören?«

»Egal«, nuschelte ich an seiner Brust.

Ich konnte spüren, wie er tief einatmete, und schmiegte mich noch enger an ihn. Mehrere Atemzüge verstrichen, bis er schließlich etwas sagte. »Du hast mich im Schwimmbad doch gefragt, ob ich mich an unsere erste gemeinsame Jagd erinnere. Weißt du noch?«

»Mhhh«, brummte ich träge.

»Ich hab gelogen. Ich erinnere mich an jedes Detail, als wäre es gestern gewesen. Es war eine sternenklare Nacht, und ich war unglaublich nervös, aber das war okay, weil du bei mir warst.«

Ein Lächeln zupfte an meinen Mundwinkeln, aber ich konnte sie nicht wirklich heben, dafür war ich zu erschöpft. »Man hat dir angesehen, dass du nervös warst«, murmelte ich undeutlich.

»Wirklich?«

»Ja, ich sehe dir alles an.«

Ich war mir nicht sicher, ob Warden antwortete oder nicht oder ob ich noch einmal kurz das Bewusstsein verlor, aber das Nächste, was ich wahrnahm, war, dass wir die Praxis erreichten. Sie war geschlossen, und Warden musste mich kurz absetzen, um das Schloss aufzubrechen. Augenblicklich vermisste ich die Wärme, die sein Körper ausstrahlte.

Im Schein seines Handys führte er mich durch den Eingangsbereich. Erst im Behandlungszimmer, dessen Fenster man zum Glück verdunkeln konnte, schaltete er das Licht ein. Bläulich und grell leuchtete es von der Decke. Ich kniff die Augen zusammen.

Warden half mir dabei, mich auf den Behandlungstisch zu setzen. Es gab keine Unterlage wie bei richtigen Ärzten, sondern nur kühles Metall, und ich begann noch heftiger zu zittern. Ob vor Kälte, Schock, Blutverlust oder allem zusammen konnte ich nicht mehr unterscheiden.

Warden verschwand in einem angrenzenden Raum. Ich konnte hören, wie er Regale und Schubladen durchsuchte, dann kam er bepackt mit Desinfektionsmittel, Verbandsmaterial und Nähzeug zurück, das er neben mir auf dem Tisch ausbreitete. Er hatte auch eine Spritze und ein kleines Fläschchen mitgebracht. »Soll ich deine Hose aufschneiden, oder willst du sie ausziehen?«

»Ausziehen«, antwortete ich. Damit fühlte ich mich wohler als mit einer Schere in der Nähe meiner Wunde.

Stöhnend ließ ich mich vom Behandlungstisch gleiten und öffnete Knopf und Reißverschluss; aber es gelang mir nicht, die Hose über meinen Oberschenkel zu ziehen, da sie durch das viele Blut an meiner Haut klebte und jede Bewegung Schmerzen durch meinen Körper jagte.

Ich biss die Zähne zusammen. »Kannst du mir helfen?«

Warden schluckte schwer und trat an mich heran. Er war so himmlisch warm, dass ich am liebsten erneut meinen Kopf gegen seine Schulter gelehnt hätte. Er griff nach meiner Hose, und entgegen meiner Erwartung zog er sie mir nicht in einer fließenden Bewegung aus, sondern schob sie langsam über meine Oberschenkel, darauf bedacht, dass sie sich nicht in meiner klaffenden Wunde verfing.

Seine Berührungen waren fürsorglich, sanft und standen im starken Kontrast zu dem Schmerz. Mit einer Hand stützte ich mich an seiner Schulter ab, bis ich aus der Jeans heraussteigen konnte.

Ich wagte es nicht, die Wunde anzusehen. Zwar hatte ich kein Problem mit Blut, aber ich war nicht scharf darauf, das Innere meines Oberschenkels zu inspizieren. Dem Pochen nach zu urteilen musste der Schnitt ziemlich tief sein.

Warden half mir, mich zurück auf den Behandlungstisch zu setzen. Dann wusch er sich die Hände und zog sich einen Stuhl heran, bevor er nach dem kleinen Fläschchen griff, das er mitgebracht hatte.

»Was ist das?«, fragte ich und las das Etikett. *Lidocain.*

»Das betäubt dein Bein«, erklärte er und zog die Spritze auf, als hätte er das schon Hunderte Male gemacht. Vorsichtig setzte er die Nadel in der Nähe meiner Wunde an.

Ich presste die Lippen aufeinander, um keinen Laut von mir zu geben, da es verdammt wehtat, aber ohne die Betäubung genäht zu werden hätte noch um einiges mehr geschmerzt.

Warden setzte die Spritze an verschiedenen Stellen rund um die Wunde an, und mit jeder Sekunde ließen der Schmerz und das Pochen mehr nach, bis ich kaum mehr etwas davon spürte. Anschließend wusch er die Wunde aus und desinfizierte sie.

»Kann es losgehen?«, fragte er, die Nadel bereits in der Hand.

Als hätte ich eine Wahl gehabt.

Ich nickte. Es war nicht meine erste Wunde, die genäht werden musste. Beim ersten Mal hatte ich unglaubliche Angst davor gehabt, dass sich der Faden anfühlen würde wie eine kleine Schlange, die durch meine Haut kroch. Tatsächlich hatte ich aber gar nichts gespürt. Genauso wie jetzt.

Konzentriert setzte Warden einen Stich nach dem anderen. Seine Miene war dabei unbewegt, aber in seinen Augen blitzte Zorn auf, als wäre es das größte Ärgernis in seinem Leben, dass er meinetwegen jetzt nicht auf der Jagd sein konnte.

Ich verstand ihn. Mir wäre es selbst sehr viel lieber gewesen, in diesem Moment weiter nach Jules suchen zu können.

»Tut mir leid«, flüsterte ich.

Unbeirrt arbeitete Warden weiter an meiner Wunde. »Was tut dir leid?«

»Dass ich verletzt wurde.«

»Dafür kannst du nichts.«

»Und warum starrst du mich dann so wütend an?«

Die Frage ließ ihn aufhorchen. Sekundenlang hielt er meinen Blick fest, ohne zu antworten, bis die Worte schließlich doch über seine Lippen kamen. »Ich bin nicht wütend auf dich, Cain, sondern auf mich selbst, weil ich das hier nicht verhindern konnte. Es waren nur vier Vampire. Ich hätte mit ihnen klarkommen müssen.«

»*Nur* vier Vampire.«

»Ich habe schon gegen deutlich mehr gekämpft.«

»Gleichzeitig?«

»Mhm«, brummte er, als wäre das keine Leistung, die es wert wäre, anerkannt zu werden.

Eigentlich hätte ich das Thema damit fallen lassen können, aber aus irgendeinem Grund war es mir wichtig, dass er sich meinetwegen nicht schlecht fühlte.

»Dass ich verletzt wurde, ist nicht deine Schuld. Ich kann auf mich selbst aufpassen.«

»Offensichtlich nicht.«

Ich blinzelte, und meine Hände schlossen sich um die Kante des stählernen Behandlungstisches. »Hältst du mich für eine schlechte Huntress?«

»Das habe ich nicht gesagt.«

»Aber du hast es angedeutet.«

Warden schüttelte den Kopf. »Vergiss, dass ich überhaupt etwas gesagt habe. Du bist eine so großartige Jägerin, dass es ganz allein deine Schuld ist, dass du verletzt wurdest. Das hast du echt gut gemacht.«

»Danke.«

Was? Nein. Moment. Das war nicht das, was ich hatte hören wollen. Oder doch?

Ich war verwirrt, was vermutlich auch am Blutverlust lag.

Ich hatte keine Ahnung, wie viel ich verloren hatte, aber es war eindeutig zu viel, und ich war bestimmt nicht mehr in der Lage, eine so komplizierte Unterhaltung zu führen. Eigentlich sollte es mir auch egal sein, ob Warden mich für eine gute Jägerin hielt oder nicht. Ich wusste, was ich draufhatte. Ich brauchte Warden, um Jules zu finden, nicht als Aufpasser. Und das heute ... das war ein Ausrutscher gewesen. Es gehörte praktisch zur Jobbeschreibung, hin und wieder verletzt zu werden.

»Verschwinde endlich«, zischte Warden, den Kopf über meine Wunde gebeugt.

Ich hob die Augenbrauen. »Hast du etwas gesagt?«

»Nein, ich hab nur mit mir selbst geredet.«

Okay ... Unsicher ließ ich den Blick durch das Behandlungszimmer gleiten, an dessen Wänden sich klinisch weiße Regale und Schränke reihten. Doch außer uns war niemand hier. Aber wer wusste schon, was sich in Wardens Kopf abspielte.

Schweigend ließ ich ihn seine Arbeit verrichten. Das einzige Geräusch war das Surren der Leuchtstoffröhren über unseren Köpfen.

Ein paar Minuten später war Warden fertig, und ich betrachtete meine Wunde, die mir wohl kein Arzt ordentlicher hätte vernähen können. »Hast du das schon öfter gemacht?« Für eine Premiere war die Naht viel zu sauber gestochen.

Warden stellte meinen Fuß auf sein Knie, damit er einen Verband um die Wunde legen konnte. »Ja, aber bisher nur bei mir.«

»Du nähst dich selbst?«

»Ich kann nicht jedes Mal in eine Krankenstation rennen, wenn ich verletzt werde.« Er zuckte mit den Schultern und befestigte die Mullbinde mit Tape. »Wie fühlst du dich?«

»Etwas betrunken, aber schon viel besser.«

Warden nickte und machte sich daran, aufzuräumen und unsere Spuren zu verwischen. Er fand eine Jogginghose, die der

Tierarzt anscheinend für Notfälle in seiner Praxis aufbewahrte. Sie war mir viel zu groß, aber besser als nichts, zumal ich ohne Hose vermutlich in kein Taxi der Stadt hätte einsteigen dürfen. Warden bestellte uns eines, da ich mein Bein die nächsten Tage würde schonen müssen. Noch war mein Oberschenkel taub, aber schon bald würde das Lidocain aufhören zu wirken, und dann würde der Schmerz mit voller Wucht zurückkehren.

Das Taxi parkte vor dem alten Friedhof am Calton Hill, und nachdem Warden den Fahrer bezahlt hatte, half er mir dabei, unbemerkt in mein Zimmer zu kommen.

Vor meiner Tür blieben wir stehen. Wardens Haar war zerzaust von den unzähligen Malen, die er heute Abend genervt mit den Fingern hindurchgefahren war, und unter seinen Augen lagen dunkle Schatten, als hätte er eine lange Nacht hinter sich, dabei war es noch nicht einmal Mitternacht. Aber ich verstand, wie er sich fühlte. Ich war so ausgelaugt wie sonst nach einer Zwölf-Stunden-Patrouille.

»Ich glaube, ab hier komme ich allein zurecht«, sagte ich und tippte den Code auf dem Tastenfeld ein, der meine Zimmertür entriegelte.

»Gut«, erwiderte Warden und sah sich um, als befürchtete er, dass jeden Augenblick ein anderer Hunter um die Ecke biegen und uns dabei erwischen könnte, wie wir miteinander redeten. »Dann lasse ich dich jetzt mal in Ruhe.«

Ich wollte gern noch etwas sagen, mich vielleicht sogar bedanken, aber Warden erweckte nicht den Eindruck, als wollte er irgendetwas davon hören. Also nickte ich nur, betrat mein Zimmer und ließ mich seufzend aufs Bett fallen. Dieser Abend war eine einzige Katastrophe gewesen, und abgesehen von dem Schmerz, den ich allmählich wieder zu spüren begann, war da dieses Ziehen in meiner Brust, das ich mir nicht so ganz erklären konnte.

Kurz überlegte ich zu duschen, stellte aber schnell fest, dass ich dazu viel zu erschöpft war. Mein Kopf und meine Glieder fühlten sich so schwer an, als wären meine Adern mit Beton gefüllt. Ich schloss die Augen und nahm einen tiefen Atemzug, um zu vergessen, wie der heutige Abend gelaufen war. Es war zu spät, um daran etwas zu ändern, und mir blieb nichts weiter übrig, als nach vorne zu blicken …

Ich musste eingenickt sein. Als ein Klopfen an meiner Tür erklang, schreckte ich hoch. Mist. Wie spät war es? Ich tastete nach meinem Handy und stellte fest, dass erst eine Viertelstunde vergangen war. Hatte uns doch jemand ins Quartier kommen sehen und an Grant verpetzt?

Ich quälte mich von meiner Matratze und humpelte zur Tür. Doch der Flur vor meinem Zimmer war leer. Hatte ich mir das Klopfen nur eingebildet? Ich blinzelte und wollte die Tür gerade wieder schließen, als mein Blick auf etwas fiel, das am Boden lag. Ich bückte mich, um es aufzuheben. Es war eine Flasche Cola und ein Riegel meiner Lieblingsschokolade.

Ich lächelte. Unglaublich, dass er sich daran noch erinnerte.

Ich schlurfte zurück zu meinem Bett, schnappte mir mein Handy und öffnete im Messenger meinen Chat mit Warden. Die neuste Nachricht darin war bereits über drei Jahre alt. Ich schluckte. So lange hatten wir schon nicht mehr miteinander geschrieben. Es war an der Zeit, das Schweigen zu brechen.

Cain: *Danke für die Schokolade.*
Cain: *Und für deine Hilfe heute.*
Cain: *Wenn du irgendwann kein Hunter mehr sein willst, wärst du sicherlich ein hervorragender Arzt.*
Warden: *Freut mich, dass du so denkst …*
Cain: *Gute Nacht.*
Warden: *Schlaf gut, Cain.*

18. KAPITEL

Warden

»Fass das nicht an«, ermahnte ich Shaw zum dritten Mal.

Der Junge benahm sich wie ein Kleinkind in der Entdeckerphase. Alles wollte angefasst, betrachtet und studiert werden, aber meine Werkstatt war garantiert nicht der richtige Ort dafür, seine Neugierde auszuleben.

Shaw zog seine Finger vom Ghostvision zurück. Ich schnappte mir den Apparat, den ich für Roxy modifizieren wollte, und stellte ihn auf meine Werkbank, die ich zuvor gründlich gereinigt hatte. Werkzeuge und Messgeräte lagen schon bereit, ebenso wie eine Kanüle mit Roxys Blut, wobei ich einiges davon bereits aufgebraucht hatte.

»Wie läuft es mit deinem Training?«

»Ziemlich gut. Ich hab ein paar Blood Hunter gefunden, die mir helfen. Und Finn ist jetzt auch wieder da, um mit mir zu üben.«

»Er geht nicht mit Roxy auf Jagd?«

»Doch, doch. Die beiden waren erst kürzlich in St. Andrews, einen Geist der Phase 4 erledigen, aber wie sich herausgestellt hat, war er keiner von den Wesen, die sie befreit hat«, antwortete Shaw, während er durch die Werkstatt spazierte. »Sie wird langsam nervös, weil wir jetzt schon so lange hier sind.«

Ich schnaubte. *Nervös* war eine ziemliche Untertreibung. Roxy hatte mich vor vier Tagen, kurz nachdem ich Cain die

Schokolade vorbeigebracht hatte, im Flur abgefangen und mir einen Vortrag darüber gehalten, dass ich gefälligst *endlich das Teil zusammenbauen sollte, das ich ihr versprochen hatte.* Und ich machte ihr keine Vorwürfe. Stünde mein Leben auf dem Spiel, würde ich wohl auch unruhig werden. Daher hatte ich die letzten Tage genutzt, um so viel wie nur möglich an dem Gerät zu arbeiten. Nicht zuletzt, weil ich Kevin eins auswischen wollte. Ihm gefiel es nicht, dass ich Roxy half, was nur ein Grund mehr für mich war, es zu tun. Er hatte mir den Schreck meines Lebens eingejagt, als er in der Gasse neben Cain aufgetaucht war. Einen Moment lang hatte ich wirklich geglaubt, der Todesbote wäre gekommen, um sie mir wegzunehmen. Dabei war er nur aus Langeweile dort gewesen. Doch die wenigen Sekunden der Ungewissheit hatten ausgereicht, um mich in blanke Panik zu versetzen.

»Kann ich dir irgendwie helfen?«, fragte Shaw und spähte mir über die Schulter.

»Du kannst mir die Werkzeuge angeben.«

Er nickte entschlossen. Wenn es eine Person auf dieser Welt gab, die Roxy noch mehr helfen wollte als ich, war es Shaw. Und natürlich Finn.

Konzentriert arbeiteten Shaw und ich an dem Apparat, wobei unser Schweigen nur von seinen gelegentlichen Fragen unterbrochen wurde. Er erkundigte sich nach meinem Vorgehen und welche Funktionen die einzelnen Komponenten hatten, die ich einbaute. Es dauerte den ganzen Nachmittag, aber schließlich war das Gerät tatsächlich für einen weiteren Probelauf bereit. Ich hoffte wirklich, dass es dieses Mal funktionierte.

Vorsichtig schob ich einen der Teststreifen in das Gerät. Anschließend träufelte ich etwas von Roxys Blut darauf, das daraufhin analysiert wurde. Der Apparat surrte leise, während er die Daten verarbeitete. Dazu wählte er sich in verschiedenste Computer und Satelliten ein, welche von den Archivaren betrieben wurden oder gehackt worden waren, um sie sich für die Suche nach Kreaturen zu eigen zu machen. Gespannt starrte ich mein Handy an, das schließlich mit der Ankündigung einer neuen Nachricht vibrierte. Ich öffnete sie und studierte die Koordinaten, welche der Apparat mir geschickt hatte.

Ich verzog die Lippen. »Okay, shit. Das funktioniert noch nicht.«

Shaw schielte auf mein Handy. »Wieso nicht?«

»Das sind die Koordinaten meiner Werkstatt. Offenbar reagiert das Blut auf sich selbst.«

»Und was heißt das?«

»Dass ich die Sensoren noch weiter verfeinern muss, damit Roxy nicht immer ihren eigenen Standpunkt angezeigt bekommt.«

Ich hatte befürchtet, dass so etwas passieren könnte. Immerhin suchte das Gerät nach einer Energie, die jener von Roxys Fluch glich. Und im Moment war es noch so, als versuchte der Apparat, ein Flüstern ausfindig zu machen, während er kontinuierlich angeschrien wurde. Doch nach über acht Stunden in der Werkstatt fühlte sich mein Hirn matschig und mein Körper erschöpft an, und ich wollte nicht riskieren, etwas an der Maschine kaputt zu machen, daher packte ich sie ein und trug sie zurück an ihren Platz im Lager.

Anschließend machte ich mich mit Shaw auf den Weg zurück ins Quartier, wo ich mit Wayne für eine Trainingssession verabredet war. Ich fragte Shaw, ob er sich uns anschließen wollte, aber er hatte bereits Pläne mit Roxy und Finn.

Nachdem ich mich schnell in meine Sportkleidung geworfen hatte, erreichte ich mit einer Viertelstunde Verspätung die Trainingsräume.

»Sorry«, begrüßte ich Wayne, der bereits am Rand der Matten auf mich wartete.

Er sah von seinem Handy auf und legte es auf die Bank zu seinem Handtuch und seiner Trinkflasche, wo ich auch mein Zeug abstellte. »Kein Ding, ich hab eh noch mit Eva geschrieben.«

»Die hab ich ewig nicht mehr gesehen. Wie geht es ihr?«

Wir betraten die Matten und begannen uns aufzuwärmen, wobei ich die Bewegungen imitierte, die Wayne vorgab.

»Gut. Theo und sie haben endlich ein Haus gefunden.«

»Weiß sie schon, wann sie wieder zurückkommt?«

Wayne schüttelte den Kopf und wirkte dabei nicht ganz glücklich. »Um ehrlich zu sein, glaube ich nicht, dass sie überhaupt zurückkommen wird. Sie scheint das Kämpfen nicht sonderlich zu vermissen.«

Überrascht hob ich die Augenbrauen. Davon hörte ich zum ersten Mal. Früher waren Eva und Wayne für Cain und mich Vorbilder gewesen, obwohl die beiden nur ein paar Jahre älter waren. Und ich war immer davon ausgegangen, dass Eva die Jagd genauso sehr brauchte wie Cain. »Wie kommst du darauf?«

»Sie liebt es, Mutter zu sein, und erzählt mir ständig, wie gefährlich Theos Arbeit als Polizist ist. Ich glaube, sie hat Angst davor, dass sie eines Tages beide nicht mehr von ihrer Schicht zurückkehren und Jeffrey dann ohne Eltern dasteht.«

Diesen Gedanken konnte ich verstehen, aber …

»Dann soll Theodor seinen Job an den Nagel hängen.«

Wayne lachte. »Ich werde es ihr vorschlagen.«

Wir waren fertig mit dem Aufwärmen und schnappten uns je zwei Dolch-Attrappen. Cain und ich hatten früher immer mit echten Waffen trainiert, obwohl das eigentlich nicht erlaubt war. Hin und wieder konnte ich Wayne ebenfalls dazu überreden, aber nur, wenn wir ganz allein in den Trainingsräumen waren, da er als Grants rechte Hand eine Vorbildfunktion besaß, die er sehr ernst nahm.

»Weißt du schon, was du machst, wenn sie nicht zurückkommt?«, fragte ich und blockte mit meinem Dolch mehrere von Waynes Angriffen ab; dabei entstand ein rhythmisches Schlagen von Holz auf Holz.

»Du meinst, ob ich mir einen neuen Kampfpartner suche?«

Ich nickte.

Eine schnelle Abfolge von Waynes Hieben und meinen Versuchen, sie abzuwehren, unterbrach unser Gespräch für ein paar Sekunden, ehe er den Faden wieder aufnahm. »Vermutlich. Wieso? Interesse?«

Sich mit ihm zusammenzutun, würde bedeuten, meine Blood-Hunter-Karriere weitestgehend an den Nagel zu hängen. Zwar jagte Wayne hin und wieder auch Vampire und andere Kreaturen aus Fleisch und Blut, aber sein Können wurde vor allem für die Jagd nach Geistern benötigt. »Nope.«

»Schade, dann werde ich mir wohl jemand anderen suchen müssen«, sagte Wayne und setzte zu einem weiteren Angriff an. »Vielleicht frag ich Cain ...«

»Fuck!« Wayne hatte meine Blockade durchbrochen und mich an der Schulter erwischt. Der Schlag tat weh, aber der Schmerz verklangt so schnell, wie er gekommen war. Seine Worte hallten wesentlich länger in mir nach. »Du willst Cains Kampfpartner werden?«, fragte ich verwundert. Nicht darüber, dass er sie grundsätzlich als Partnerin in Erwägung zog, das ergab Sinn, sondern vor allem darüber, wie sehr mir allein der Gedanke gegen den Strich ging.

»Es würde sich irgendwie anbieten, meinst du nicht?«

»Klar«, sagte ich mit einem hoffentlich beiläufigen Schulterzucken. Ich konnte nicht einmal sagen, warum mir die Vorstellung, die beiden könnten Partner werden, so bitter aufstieß, und eigentlich wollte ich es auch gar nicht wissen. Ich hatte das dumpfe Gefühl, dass mir die Antwort nicht gefallen würde.

Wayne lachte. »Du solltest mal dein Gesicht sehen.«

Ich versuchte, meine Miene zu entspannen. »Keine Ahnung, wovon du redest.«

»Warden, ich weiß, dass ihr zusammen auf die Jagd geht.«

»Ich wiederhole: Keine Ahnung, wovon du redest.«

»Ich habe ihren Mantel gefunden.« Wayne ließ seine Übungswaffen sinken und betrachtete mich mit einem durchdringenden Blick, der mich ermahnte, ihn nicht weiter anzulügen. »In der Gasse, als ich hinter dir aufräumen sollte. Wofür du dich übrigens noch nicht bedankt hast.«

»Danke.«

Wayne schnaubte. »Das kannst du dir sparen. Erzähl mir lieber, was du dort mit Cain getrieben hast.«

Ich trat dichter an Wayne heran. Für Zuschauer sah es mit den Waffen in der Hand vermutlich aus wie eine Konfrontation, doch ich wollte vermeiden, dass irgendjemand unser Gespräch belauschte. »Cain und ich sind auf der Suche nach Jules.«

»Jules ist tot.«

»Ich weiß. Aber Cain denkt, dass er noch am Leben ist.«

»Wieso hilfst du ihr, wenn du vom Gegenteil überzeugt bist?«

»Jules war der Letzte von uns, der Isaac gesehen hat. Finden wir eine Spur von ihm, finden wir hoffentlich auch Isaac. Oder zumindest einen brauchbaren Hinweis auf ihn«, erklärte ich, auch wenn das nur ein Teil der Wahrheit war. Isaac hätte ich genauso gut allein suchen können, so wie bisher.

»Das heißt, ihr seid wieder Partner?«, fragte Wayne, ohne seinen Worten irgendeine Gewichtung zu geben.

Das war einer der Gründe, aus denen er mein bester Freund

war. Er verurteilte mich nicht wie Grant und viele der anderen Jäger. Er steckte mich in keine Schublade und tat mich nicht als rebellischen Verrückten ab, nur weil ich meine eigenen Methoden hatte, die Dinge anzugehen. Zwar ließ er mich immer mit deutlichen Worten wissen, wenn er anderer Meinung war, aber er akzeptierte meine Entscheidungen als das, was sie waren: *meine* Entscheidungen.

Ich schüttelte den Kopf. »Nein, auf keinen Fall.«

»Wieso nicht?«

»Weil ich ihr nicht vertrauen kann«, antwortete ich und nahm wieder eine Kampfhaltung ein, um nicht nur untätig herumzustehen. »Sie hat mich im Stich gelassen, als ich sie am meisten gebraucht habe.«

Wayne zog die Augenbrauen zusammen. »Hat sie das wirklich? Du warst derjenige, der nicht mehr ihr Partner sein wollte. Du hast sie fallen lassen, nicht andersherum.«

»Ja, weil sie mich verraten hat.«

»Hast du je mit ihr darüber geredet? Oder sie gefragt, warum sie es getan hat?«

Sie hat es getan, weil ihr die Regeln wichtiger waren als ich.

Für Jules war sie bereit, eben jene Regeln zu brechen, und das sagte mehr über Cains Gefühle für mich aus, als ich je hatte wissen wollen. Und dass ich ihr dennoch half, sagte wiederum mehr über meine Gefühle für sie aus, als ich mir eingestehen wollte.

»Es ist egal, warum sie es getan hat. Es ist passiert. Ende der Geschichte.«

Wayne wirkte, als wollte er noch etwas sagen, aber ich ließ ihn nicht zu Wort kommen, sondern ging mit meinen Dolchen auf ihn los.

Die nächsten Minuten blieb uns beiden keine Zeit, zu reden oder auch nur nachzudenken, was mir ganz gelegen kam. Ich hatte in den letzten Tagen schon genug über Cain gegrübelt. Sie war wie ein Fluss, der sich durch mein Leben zog. Und irgendwie war es meinem damaligen Ich gelungen, einen Damm zu errichten, der sie genau aus diesem rausgehalten hatte. Doch nun hatte dieser Damm Löcher und Risse bekommen, die sich nicht so einfach wieder versiegeln ließen.

Wayne und ich redeten nicht mehr über Cain oder Eva, sondern trainierten bis zur Erschöpfung. Bis mein Herz raste und meine Muskeln zitterten. Es war genau das, was ich gebraucht hatte und was mir hoffentlich später dabei helfen würde, schnell einzuschlafen, bevor ich wieder an den Fluss namens Cain denken musste und daran, was er alles mit sich reißen würde, sollte der Damm brechen.

Zurück in meinem Zimmer nahm ich eine heiße Dusche, schaltete den Fernseher ein, der noch aus dem Haus meiner Eltern stammte, und warf mich aufs Bett. Wie jede Nacht, die ich nicht auf die Jagd ging, fühlte ich mich ein wenig schuldig, aber heute war einer dieser seltsamen Tage, an denen ich nicht in der Stimmung dafür war, Kreaturen zu töten. Das, was mit Cain geschehen war, hing mir noch immer nach. Es erinnerte mich zu sehr an das, was mit Dominique passiert war. Mir war klar, dass ich mit der Sache abschließen sollte. Nichts und niemand konnte sie zurückbringen, und Amelia war tot, Dominique somit gerächt. Aus irgendeinem Grund konnte ich trotzdem nicht aufhören, an sie zu denken, und ich hatte eine vage Ahnung, warum das so war …

»Kevin?«, fragte ich in den leeren Raum und schaltete meinen Fernseher stumm. »Kevin? Kannst du mich hören?«

Ich hatte ihn noch nie gerufen, aber ich hatte eine Frage, die nur er mir beantworten konnte. »Kev?«

»Was ist?« Wie aus dem Nichts war neben mir auf dem Bett eine Frau aufgetaucht. Sie trug einen Bikini und einen großen Hut, als hätte sie eben noch an einem Strand in Bali gelegen.

Ich hatte keine Ahnung, wie er das machte, aber ich hatte schon lange aufgehört, die Magie des Todesboten verstehen zu wollen. Sie schien sämtlichen Gesetzmäßigkeiten zu trotzen.

»Hey«, begrüßte ich ihn überrascht. »Ich kann nicht glauben, dass das funktioniert hat.«

Kevin schnaubte. »Das tut es auch nicht. Ich bin kein verdammter Schoßhund und auch nicht dein persönlicher Djinn. Aber ich war neugierig, was du von mir willst. Also, was gibt's?«

»Ich muss dich etwas fragen.«

Abwartend sah Kevin mich an.

Ich holte tief Luft. Mein Herzschlag beschleunigte sich, und meine Hände wurden feucht, so sehr fürchtete ich mich vor Kevins Antwort. »Dominique … Kannst du mir sagen, ob sie in der Geisterwelt ist?«

»Na endlich, ich habe schon die ganze Zeit drauf gewartet, dass du mich nach ihr fragst«, sagte Kevin und überkreuzte seine langen, gebräunten Beine. »Ja, sie ist in der Geisterwelt.«

»Und geht es ihr dort gut?«

Die Geisterwelt war ebenso wie die Unterwelt ein Geheimnis für die Lebenden. Es gab bestimmte Tage im Jahr, an denen der Schleier zwischen den Welten sehr dünn war und ein Übergang möglich, aber es gab gute Gründe dafür, dass die Welten voneinander getrennt waren. Und Marjorie, die Königin der Geisterwelt, mochte es anscheinend nicht sonderlich, Lebende in ihrem Reich willkommen zu heißen.

»Ich habe nicht nachgesehen, aber ich bin mir sicher, es geht ihr blendend«, sagte Kevin. »Die Geisterwelt ist ein friedlicher Ort, und sie ist dort mit ihrem Bruder vereint, also mach dir keine Sorgen um sie.«

Ich konnte fühlen, wie sich ein Gewicht von meiner Brust hob, das in den letzten Wochen zu einer solchen Selbstverständlichkeit geworden war, dass ich es kaum noch wahrgenommen hatte. »Danke, Kevin.«

Er lächelte. »Kann ich sonst noch was für dich tun?«

Ich schüttelte den Kopf. Das war alles, was ich wissen musste. Ich hatte mich lange vor dieser Frage gedrückt aus Angst davor, Kevins Antwort könnte anders ausfallen. Ich hätte nicht gewusst, wie ich damit umgehen sollte, wäre Dominique in der Unterwelt gelandet. Zwar hatte sie in meinen Augen nie etwas getan, um das zu verdienen, dennoch war da diese Angst gewesen. Eine Angst, die Kevin mir nun genommen hatte. Dominique war bei ihrem Bruder, das … das war schön. Auch wenn es nichts an der Tatsache änderte, dass ihr Leben zu kurz gewesen war und ich sie nicht hatte retten können. Sie hätte auf dieser Welt noch viel Gutes bewirken können.

Kevin verabschiedete sich mit einem Nicken, und in der nächsten Sekunde war er bereits verschwunden.

Reglos saß ich auf dem Bett und ließ die Worte des Todesboten in mir nachhallen, als plötzlich mein Handy aufleuchtete. Ich nahm es vom Nachttisch und stellte verblüfft fest, dass Tränen meinen Blick verschleierten. Schnell blinzelte ich sie weg.

Cain: *Gehen wir heute auf die Jagd?*
Warden: *Du bist noch verletzt.*
Cain: *Es ist schon viel besser.*
Warden: *Vergiss es.*
Cain: *Ich will nicht noch mehr Zeit verlieren.*
Warden: *Du bist Jules keine Hilfe, wenn du dich selbst in Gefahr bringst.*
Cain: *Argh, ich hasse es, wenn du recht hast.*

Cain: *Aber ich werde verrückt, wenn ich hier noch länger rum-sitze.*

Warden: *Es sind erst ein paar Tage vergangen.*

Cain: *Ja! Tage, in denen ich nur in meinem Zimmer rumsaß. Ich war noch nicht mal trainieren aus Angst, dass jemand vielleicht bemerken könnte, dass ich verletzt bin.*

Warden: *Das ist nicht der einzige Grund, aus dem du noch nicht trainieren solltest.*

Cain: *Ach, halt die Klappe.*

19. KAPITEL

Cain

Ich starrte auf mein Handy und wartete darauf, dass Warden eine schlagfertige Antwort als Erwiderung auf meine Nachricht schickte, aber es kam nichts. Obwohl er sich von mir noch nie den Mund hatte verbieten lassen, weder im Ernst noch aus Spaß. Ich hatte ihn ärgern wollen so wie ... so wie früher.

Vielleicht lag es daran, dass ich mein Zimmer seit Tagen nicht verlassen hatte. Oder daran, dass er mir gestanden hatte, sich doch an unsere erste Jagd zu erinnern. Vielleicht hatte es auch einen ganz anderen Grund, aber ich wollte wirklich gern mit ihm reden. Er war so lange ein Teil meines Lebens gewesen, und die letzten Tage hatten mich erkennen lassen, dass ich ihn vermisste. Wir waren damals nicht einfach nur Kampfpartner gewesen, sondern beste Freunde. Zwischen uns hatte es keine Geheimnisse gegeben, und egal ob ich einen guten Witz oder eine interessante Geschichte gehört hatte oder ob mir etwas Lustiges passiert war, er war immer die erste Person gewesen, der ich alles hatte erzählen wollen. Noch vor Jules, Ella und meinen Eltern. Eine solch tiefe Verbundenheit verschwand nicht einfach, nur weil man sich eine Weile nicht mehr sah.

Als Warden damals beschlossen hatte, unsere Partnerschaft zu beenden, hatte es mir das Herz gebrochen. Ich war verletzt und gekränkt gewesen und hatte nicht verstanden, wie er Jahre der Freundschaft so leicht hatte wegwerfen können, zumal ich ihn nur vor sich selbst hatte schützen wollen. Dafür hatte ich ihn lange gehasst. Aber das alles lag inzwischen drei Jahre zurück. Die Wut war noch immer da, allerdings weniger dominant. Auch wenn es zwischen uns nie wieder sein konnte wie früher, war es vielleicht an der Zeit, ihm zu verzeihen und das, was zwischen uns gewesen war, hinter uns zu lassen – sowohl das Gute als auch das Schlechte – und neu anzufangen.

Cain: *Sorry, ich hab es nicht so gemeint.*

Ich konnte sehen, dass die Nachricht zugestellt wurde, allerdings nicht erkennen, ob Warden sie gelesen hatte. Sekunden, die zu Minuten wurden, verstrichen, ohne dass ich eine Antwort bekam. Ich wollte gern glauben, dass er eingeschlafen war oder mit Roxy, Finn und Shaw unterwegs war und mir deswegen nicht schreiben konnte, aber die Wahrheit war, dass er mich vermutlich nur ignorierte.

Cain: *Wie war dein Tag?*
Cain: *Hast du schon von dem Streit gehört, den Owen und Ella in den Trainingsräumen hatten?*
Cain: *Warden?*
Cain: *Rede mit mir. Bitte.*

Okay, jetzt klang ich wirklich verzweifelt. Für Ella wäre es der Himmel auf Erden gewesen, tagelang in ihrem Zimmer herumliegen und Musik hören zu können, für mich hingegen war es die Hölle. Das einzige Mal, dass ich mich abseits der Essenszeiten rausgewagt hatte, war gewesen, um die Kleinen zu unterrichten. Leider hatte diese Woche eine Stunde Kampfpraxis auf dem Plan gestanden. Damit ich ihnen keine neuen Bewegungsabfolgen zeigen musste, die womöglich etwas über meinen gesundheitlichen Zustand verrieten, hatte ich sie die Übungen der Vorstunde wiederholen lassen.

Ich steckte mein Handy weg, bevor ich noch mehr Nachrichten verschicken konnte, die ich vermutlich bereuen würde, sobald wieder Normalität eingekehrt war. Dann rollte ich mich von meinem Bett, wobei ich ein schmerzhaftes Ziehen im Oberschenkel verspürte. Zwar hatte sich die Wunde bereits geschlossen, aber nicht einmal Wardens Nähkünste konnten dafür sorgen, dass sich Muskeln und Haut innerhalb weniger Tage wieder so zusammenfügten, als hätte es die Verletzung nie gegeben. Vermutlich würde sie noch zwei, drei weitere Tage zum Abheilen benötigen.

Ich humpelte ins Badezimmer, um mich aus Langeweile zu schminken. Nebenbei ließ ich den Podcast eines Hunters aus Tokio laufen, der nur über eine passwortgeschützte Webseite zugänglich war. Er erzählte darin über seine eigenen Erfahrungen als Jäger, gab Geschichten zum Besten, die er gehört hatte, und manchmal waren auch andere Hunter bei ihm zu Gast. Letztere waren die interessantesten Folgen.

Ich war mit meinem Lidschatten fertig und wollte gerade den Eyeliner-Strich ziehen, als es klopfte. Verwundert legte ich den Stift zur Seite, um aufzumachen, und war ziemlich überrascht, Warden vor meiner Tür stehen zu sehen. Ich blinzelte, als könnte er nur eine Einbildung sein. Er trug seine Brille, eine schlichte graue Jogginghose und ein schwarzes T-Shirt.

»Hey«, begrüßte ich ihn leicht verwirrt. Was machte er hier? Wollte er mich persönlich für die ganzen Nachrichten anschnauzen, mit denen ich ihn zugespamt hatte? »Was gibt's?«

»Ich bin hier, um dich abzuholen.«

»Gehen wir jagen?«

»Nein.«

»Brauch ich Schuhe?«

Warden blickte an sich herab. Er trug ebenfalls nur Socken.

»Okay, dann wohl nicht«, schlussfolgerte ich und trat ohne weitere Fragen in den Flur hinaus.

Mir war es eigentlich egal, wohin wir gingen oder was wir vorhatten, solange ich aus meinem Zimmer kam. Womit ich allerdings nicht gerechnet hatte, war, dass wir zwei Korridore weiter bereits angekommen waren. Vor der Tür seines Zimmers. Er tippte seinen Sicherheitscode ein und bedeutete mir einzutreten.

Ich sah mich in dem Raum um, in dem noch immer Chaos herrschte, vielleicht sogar noch mehr als bei meinem letzten Besuch. »Was machen wir hier?«

Warden schnappte sich zwei PlayStation-Controller von seinem Bett, die ich dort in der Unordnung überhaupt nicht bemerkt hatte. Einen davon reichte er mir. »Deine Langeweile bekämpfen.«

War das sein Ernst? Offensichtlich. Denn er setzte sich auf sein Bett, den Rücken an die Wand gelehnt, und schaltete den Fernseher ein, der über seinem Schreibtisch hing. Verdutzt stand ich einfach nur da und versuchte zu begreifen, was gerade vor sich ging. War Warden von einem Geist besessen?

»Setz dich«, sagte er, ohne den Blick vom Fernseher zu nehmen. »Oder willst du den Rest des Abends da rumstehen und mich anstarren?«

Ich schüttelte den Kopf und kletterte zu ihm aufs Bett. Um einen guten Blick auf den Fernseher zu haben, musste ich mich direkt neben ihn setzen. Unsere Knie waren nur Millimeter voneinander entfernt. »Ich wusste nicht, dass du eine PlayStation hast.«

»Hab ich auch nicht. Die ist aus den Gemeinschaftsräumen.«

»Du hast sie geklaut?«

»Ausgeliehen«, korrigierte mich Warden.

Er hatte sich in der Zwischenzeit mit seinem Profil eingeloggt und ein Spiel für uns ausgewählt. Es folgte ziemlich einfachen Regeln. Jeder von uns wählte einen Charakter, und anschließend kämpften wir in einem Duell gegeneinander, bei dem jeder Charakter über zwei Leben und besondere Fähigkeiten und Attacken verfügte, die eine Animationssequenz starteten und beim Gegner besonders viel Schaden verursachten.

Wild hämmerte ich auf den Controller ein, ohne zu wissen, welcher Knopf welchen Angriff auslöste. »Komm schon, komm schon, komm schon …«, flehte ich und umklammerte den Controller fester, als ich versuchte, Warden auszuweichen, der mit einer Sonderattacke auf mich losging. Mein Energiebalken befand sich bereits auf einem lebensbedrohlichen Tiefstand. Doch ich entkam ihm nicht, und am Ende der Simulation vollführte sein Charakter einen Freudentanz über seinen Sieg.

Warden grinste selbstgefällig.

Ich schnaubte. »Du hattest den besseren Charakter.«

»Nein, du bist einfach schlecht.«

»Ich will eine Revanche.«

Dieses Mal wählte ich den Charakter, mit dem Warden zuvor gespielt hatte, während er sich für einen anderen entschied. Hektisch, als würde mein Leben davon abhängen, hämmerte ich auf den Controller ein. Für einen kurzen Moment übernahm ich die Führung, ehe Warden mich erneut plattmachte, dieses Mal ganz ohne Sonderattacke. Ich gab ein frustriertes Grummeln von mir, da meinem zwanghaften Ehrgeiz nicht gefiel, Warden so haushoch gewinnen zu sehen; aber es machte trotzdem Spaß, mit ihm zu zocken, und außerdem war es eine willkommene Abwechslung.

In der dritten Runde wählte ich denselben Charakter wie Warden, und dieses Mal sah das Ergebnis schon ganz anders aus. Mein Energiebalken war noch fast vollständig gefüllt, während der von Warden bereits eine gefährlich rote Färbung angenommen hatte. Ich verpasste ihm einen heftigen Tritt, und sein Charakter ging zu Boden.

»Ja, so hab ich mir das vorgestellt!«

Warden neben mir war auf einmal ganz ruhig. Ich schielte zu ihm hinüber, aber er war völlig auf den Fernseher konzentriert, wo sein Charakter mit nur noch einem Leben wieder aufstand, während ich noch fast völlig gesund war. Zuversichtlich, diese Runde endlich gewinnen zu können, ging ich auf Wardens Avatar los – und bekam heftig den Arsch versohlt. Ich konnte gar nicht so schnell schauen, da wurde aus meinem grünen Energiebalken ein orangener, dann ein roter und schließlich wieder ein grüner, als sich mein zweites Leben aktivierte. Von dem ein paar Sekunden später nur noch ein gelbes Leuchten übrig war.

Was zum Teufel?

Mit aller Kraft versuchte ich, den Kampf zu gewinnen, aber die Chance auf einen Sieg verpuffte vor meinen Augen, als Warden seine Spezialattacke auf mich losließ. Bye bye, schöne Welt. Mein Charakter ging zu Boden, und erneut ergötzte sich der Avatar von Warden an meinem Tod.

Ich sah zu Warden hinüber. Seine Miene war noch immer ausdruckslos, aber das Funkeln in seinen Augen verriet mir, dass ich nie eine Chance gehabt hatte zu gewinnen. Er hatte mich in falscher Sicherheit gewogen, um mich anschließend noch brutaler als die Male zuvor zu zerstören, dieser Mistkerl!

»Du hast mich verarscht«, stellte ich fest.

Wardens Mundwinkel zuckten, aber immerhin besaß er den Anstand, sein Grinsen zurückzuhalten. »Vielleicht.«

»Wie oft spielst du das mit Wayne?«

Nun lachte er doch. Es war ein fröhliches Lachen, das ausnahmsweise nicht von Verachtung und Bitterkeit durchzogen war, so wie ich es zuletzt von ihm gewöhnt gewesen war. Es zu hören, war es schon beinahe wert, verloren zu haben.

»Was? Kann ich nicht einfach so besser sein als du?«

»Warte ab, bis ich mich warmgespielt habe«, knurrte ich.

Aber meine Drohung stellte sich eher als milder Sommerregen denn als bedrohliches Gewitter heraus. Warden besiegte mich in zehn von zehn Runden, die gefühlt alle innerhalb eines Wimpernschlags vorbei waren. Ich hasste es, wie viel besser er war als ich. Gleichzeitig genoss ich es zu sehen, wie sehr er sich über seine Siege freute. Denn auch wenn er es vor mir zu verstecken versuchte, blieb mir sein kleines Lächeln nicht verborgen.

»Ich hab Hunger«, verkündete Warden nach einer weiteren Niederlage meinerseits. Er ließ seinen Controller in meinen Schoß fallen und rutschte vom Bett. »Soll ich dir was aus der Cafeteria mitbringen?«

»Ich kann mitkommen.«

»Nein, schon gut. Üb lieber noch ein bisschen«, sagte er mit einem Grinsen, dann war er verschwunden und ich allein in seinem Zimmer.

Langsam ließ ich den Blick schweifen, und erst in diesem Moment, ohne das ständige Keuchen meines sterbenden Charakters im Hintergrund, wurde mir wirklich bewusst, wo ich mich befand und mit wem ich Zeit verbrachte. Hätte mir jemand vor drei Wochen gesagt, dass ich mit Warden in seinem Zimmer abhängen und Videospiele spielen würde, hätte ich ihn ausgelacht. Trotzdem kam mir die Situation, die sich eigentlich fremd anfühlen sollte, merkwürdig vertraut vor. Wir hatten vor unserem Streit oft auf seinem Bett gesessen, Karten gespielt und einfach nur geredet. Damals war ich noch fest davon überzeugt gewesen, dass es nichts gab, was uns je würde auseinanderbringen können. Wie sehr ich mich geirrt hatte.

Ich startete einen Trainingskampf, stellte aber schnell fest, dass es – obwohl ich gewann – nicht einmal halb so viel Spaß machte, gegen den Computer zu kämpfen wie gegen Warden. Es war einfach nicht dasselbe. Ich legte den Controller zur Seite und schnappte mir stattdessen das Buch, das auf dem Nachttisch lag.

Es war ein Buch über Geister der Phase 4, das sich allerdings nicht nur mit den Arten verstorbener Seelen auseinandersetzte, sondern auch mit der Physik, Chemie und Biologie hinter den Erscheinungen. Es ging um Theorien zu elektromagnetischen Feldern und jede Menge anderen wissenschaftlichen Kram, den ich nicht ganz verstand. Dass Warden es las, überraschte mich allerdings nicht. Er hatte sich schon immer für die Wissenschaft hinter den Kreaturen interessiert, genau wie sein Vater. Früher hatten sie oft gemeinsam an Erfindungen für die Hunter herumgeschraubt. Immer wenn ich bei Familie Prinslo zum Abendessen gewesen war, hatte mir James erzählt, woran er gerade arbeitete. Doch durch seinen frühen Tod waren viele seiner Ideen lediglich Theorien geblieben. Wie das Gerät, mit dem man Hexern ihre Magie entziehen konnte, ein Kompass zum Aufspüren von Geistern und ein Impfstoff, der die Verwandlung in einen Vampir nicht nur verhindern, sondern auch umkehren sollte. Aber das wäre vermutlich eh alles zu schön gewesen, um wahr zu sein.

Ich blätterte noch immer durch das Buch, als Warden mit einem Stapel Sandwiches auf einem Teller und zwei Cola-Flaschen in der Hand zurückkam. Es war das einzige zuckerhaltige Getränk, das Wayne nicht geschafft hatte, aus den Automaten im Quartier zu verbannen. Grant war süchtig nach dem Zeug.

»Ich sehe, du hast dich dafür entschieden herumzuschnüffeln, anstatt zu üben«, bemerkte Warden, wirkte aber nicht verärgert. Er setzte sich wieder zu mir aufs Bett und reichte mir eine der Flaschen. Den Teller stellte er zwischen uns.

»Ich hab nicht herumgeschnüffelt, nur das Buch angeschaut.« Ich legte es zurück und schnappte mir eines der Sandwiches. »Nicht gerade das, was man als leichte Bettlektüre bezeichnen würde.«

Er hob die Schultern, als sei es für ihn vollkommen mühelos, dieses Zeug zu lesen.

»Warum interessierst du dich überhaupt für Geister der Phase 4?«, fragte ich und biss von dem Toast ab.

»Tu ich nicht. Ich helfe nur einem Freund.«

»Wayne?«

»Mhh, er ist da gerade an einer Sache dran.«

Das ließ mich aufhorchen. »Und warum fragt er dich und keinen Soul Hunter? Ella oder Louis würden ihm sicherlich helfen, wenn er Probleme hat.«

Warden trank einen Schluck von seiner Cola und zuckte ein weiteres Mal mit den Schultern. Er hatte ein Bein an seinen Körper gezogen, das andere lag zu meiner linken Seite ausgestreckt, sodass ich es leicht hätte berühren können.

»Wo du gerade Ella erwähnst«, setzte Warden an und schnappte sich das nächste Sandwich. »Was ist zwischen Owen und ihr passiert?«

Oh, ich hatte schon fast vergessen, dass ich Warden den Köder hingeworfen hatte, um seine Aufmerksamkeit zu gewinnen. Andererseits war der Streit der beiden kein wirkliches Geheimnis. »Ich war nicht dabei, aber ich habe gehört, dass sie sich im Trainingsraum ziemlich gezofft haben.«

»Und worüber?«

»Das konnte mir niemand so genau sagen.«

»Du hast nicht mit Ella gesprochen?«

»Nein, sie ist gerade auf einer Mission und meldet sich im Anschluss. Allmählich mache ich mir allerdings schon ein wenig Sorgen. Sie meinte kürzlich erst, dass sich Owen im Moment merkwürdig verhält.«

Warden hob die Augenbrauen. »Wie, merkwürdig?«

»Er will nicht mehr mit ihr in einem Hotelzimmer schlafen, wenn sie unterwegs sind. Und dass er einen Streit mit ihr provoziert, sieht ihm auch nicht ähnlich. Er küsst normalerweise den Boden, auf dem Ella geht.«

»Vermutlich ist das das Problem. Er ist in sie verliebt, sie erwidert seine Gefühle nicht. Daher der Zoff.«

Ich schnalzte mit der Zunge. »Unsinn. Owen ist nicht in Ella verknallt. Die beiden sind schon ewig Kampfpartner.«

»Und?«

»Owen hatte noch nie Interesse an Ella.«

»Gefühle ändern sich«, warf Warden ein.

»Nicht nach so langer Zeit.«

»Unsere Gefühle füreinander haben sich verändert.«

Autsch.

Seine Worte waren wie ein Weckruf, der mich daran erinnerte, dass dieser friedliche Moment der Zweisamkeit nicht mehr unsere Norm war. Auch wenn es uns beiden nach den ersten Startschwierigkeiten ganz offenbar leicht fiel, zu unserem früheren Miteinander zurückzukehren.

Ich hatte damals viel Zeit damit verbracht, Warden zu vermissen; und anschließend hatte ich viel Zeit damit verbracht, mir einzureden, dass ich ihn nicht brauchte. Dass ich *uns* nicht brauchte. Aber wirklich vergessen hatte ich ihn nie. Immer wieder hatte es Momente gegeben, in denen er sich in meine Gedanken geschlichen hatte. Zum Beispiel wenn ich mir eine Pizza mit Ananas bestellte, was Warden, der das für einen kulinarischen Frevel hielt, immer hatte kommentieren müssen. Oder wenn Jules darauf bestand, dass wir mit den Attrappen trainierten anstatt mit richtigen Waffen. Oder wenn ich in der Buchhandlung an einem Regal mit Mangas vorbeilief. Ich wusste, dass Warden sie inzwischen nicht mehr las, aber mit zwölf war er wie besessen davon gewesen. Wir hatten stundenlang in der Bibliothek gesessen, weil sich seine Eltern die Hefte bei seinem hohen Konsum nicht hatten leisten können. Gott, wir hatten so viele Stunden auf dem Boden der Bücherei verbracht …

Vorsichtig ließ ich den Blick zu Warden hinüberwandern und betrachtete ihn. Vielleicht lag es an der Brille, vielleicht auch daran, dass er keine Waffen bei sich trug und nun völlig entspannt wirkte, aber er erinnerte mich in diesem Augenblick so sehr an sein früheres Ich, dass es beinahe wehtat.

»Manchmal vermisse ich dich«, entwischte es mir ohne jede Vorwarnung.

»Wieso? Ich bin doch hier.«

Ich zögerte, doch jetzt war es ohnehin zu spät für einen Rückzieher. Und wenn ich wirklich wollte, dass wir eine Zukunft hatten, musste ich ehrlich zu ihm sein. »Du weißt, wie ich das meine. Ich vermisse dich. Und ich vermisse es, Zeit mit dir zu verbringen.«

Wardens Augen wurden schmal, während er mich ein paar schnelle Herzschläge lang betrachtete. »Du vermisst nicht mich, sondern deinen Partner von früher. Das ist etwas anderes.«

»Du bist immer noch derselbe.«

»Nein, bin ich nicht«, sagte er, wobei er seine wahren Gefühle hinter einem falschen Lächeln versteckte, das so steif auf seinen Lippen saß, dass es beinahe schmerzhaft wirkte. Und zum ersten Mal überhaupt erkannte ich, dass er den Mann, zu dem er sich entwickelt hatte, nicht unbedingt mochte. Wie auch? Er war aus Hass, Wut und Angst geboren worden.

»Das redest du dir nur ein. Die letzten drei Jahre waren hart für dich, sie haben dich geprägt, vielleicht auch verändert, aber sie löschen nicht den Menschen aus, der du zuvor achtzehn Jahre lang gewesen bist«, erwiderte ich mit einer Überzeugung, die ich nicht spielen musste. Ich wusste, dass ich recht hatte. Läge ich falsch, säße ich jetzt allein in meinem Zimmer und nicht hier bei ihm. Er hätte mich nicht zu sich geholt und mir keine Cola und Schokolade vors Zimmer gestellt.

Er schüttelte den Kopf. »Du irrst dich.«

»Nein, tue ich nicht. Ich kenne dich, Warden, auch wenn du das vielleicht nicht wahrhaben willst.«

Bei diesem letzten Satz nahm sein Gesicht einen merkwürdigen Ausdruck an, als müsste er intensiv über meine Worte nachdenken. Schließlich legte er sein Sandwich beiseite und klopfte sich die Brösel von den Fingern. »Kann ich dich etwas fragen?«

Verwundert runzelte ich die Stirn. »Klar.«

»Warum …« Er stockte und presste die Lippen aufeinander. Ich wartete darauf, dass er weitersprach und seine Gedanken sortierte, doch dann schüttelte er den Kopf. »Weißt du was, vergiss es. Es … Es ist nicht so wichtig.«

»Sicher?«

»Ja. Außerdem ist es schon spät. Du solltest jetzt besser gehen.«

Es war noch nicht einmal elf, für uns Hunter praktisch Nachmittag, aber ich wollte Wardens Gastfreundschaft nicht überstrapazieren, zumal ich ihm sehr dankbar für die Unterbrechung meiner Langeweile war.

Ich schnappte mir meine noch halb volle Cola, um sie mit in mein Zimmer zu nehmen, und stand auf. In der offenen

Tür drehte ich mich noch einmal um. »Danke für den schönen Abend«, sagte ich und sah Warden an, der ebenfalls aufgestanden und mir gefolgt war. Ob aus Höflichkeit oder um dafür zu sorgen, dass ich auch wirklich verschwand, wusste ich nicht. Vor heute hätte ich auf Letzteres getippt, nun war ich mir allerdings nicht mehr sicher. »Wenn es irgendetwas gibt, das ich für dich tun kann, dann – «

»Da gibt es tatsächlich etwas«, sagte Warden, noch ehe ich den Satz beenden konnte. »Du schuldest mir ja noch einen Gefallen. Ich wollte fragen, ob du meine Mum besuchen könntest?«

Überrascht hob ich die Augenbrauen. Damit hatte ich nun wirklich nicht gerechnet. Ich war schon seit Monaten nicht mehr bei Emma gewesen. Nicht weil ich sie nicht sehen wollte, sondern weil ich immer davon ausgegangen war, dass es Warden nicht recht wäre, wenn ich Zeit mit ihr verbrachte.

»Ich soll deine Mum besuchen?«

Er nickte. »Sie hat dich immer sehr gemocht. Ich glaube, es würde sie freuen, deine Stimme zu hören.«

»Okay, ich schau morgen bei ihr vorbei.«

»Danke. Neben dem Bett liegt ein Stapel Bücher, aus denen kannst du ihr vorlesen.«

»Ach, ich denke, wir werden nur ein bisschen reden.«

Warden verzog die Lippen zur Andeutung eines Lächelns. »Solang du ihr nichts Schlechtes über mich erzählst.«

Ich erwiderte sein Lächeln. »Das würde mir im Traum nicht einfallen.«

20. KAPITEL

Warden

Ich wusste nicht, wie viel Zeit in meinem Leben ich schon auf Dächern, in dunklen Gassen oder versteckt in zwielichtigen Ecken verbracht hatte, um Vampiren aufzulauern. Es waren eindeutig zu viele, aber es war ein notwendiges Übel, wenn ich Isaac – und jetzt auch Jules – finden wollte. Seit fünf Tagen, genauer gesagt seit Cain wieder fit war, schlichen wir jede Nacht in der Nähe der Tolbooth Tavern umher in der Hoffnung, neuen Vampiren zu begegnen, die uns einen Hinweis auf Isaac lieferten. Doch die Spur war tot. Es tauchten keine weiteren Kreaturen in der Nähe das Pubs auf. Beinahe als wären sie von dem Massaker, das Cain und ich angerichtet hatten, gewarnt worden.

»Shortbread?«, fragte Cain und hielt mir die Packung hin.

Ich schüttelte den Kopf.

Sie zuckte mit den Schultern und knabberte weiter an ihrem Gebäck, als säßen wir erneut in meinem Zimmer anstatt auf dem Dach eines zweistöckigen Familienhauses, verborgen hinter einer Baumkrone, die allerdings nur noch aus skelettartigen Ästen bestand. Ihr Schatten gab uns dennoch Deckung.

Es war eine ungemütliche Nacht, mit Wind, der mir das Haar in die Stirn blies, und gelegentlichen Regentropfen, die auf meiner Haut zerplatzten. Ich schlang die Arme um die Beine, und ließ den Blick über die Nachbarschaft gleiten, die so ruhig und friedlich vor uns lag, dass es schwerfiel, ausgerechnet hier etwas Böses zu vermuten. Doch ich wusste aus eigener Erfahrung, wie sehr der Schein trügen konnte. Ich war in einem ähnlichen Viertel aufgewachsen, und weder der sauber gestutzte Rasen noch der kitschige Fußabstreifer vor der Haustür oder die Blumen auf der Terrasse hatten Isaac davon abgehalten, in mein Elternhaus einzudringen. Weshalb Cain und ich auch nicht gezögert hatten, dem Gerede im Quartier Glauben zu schenken. Angeblich trieben sich in dieser Ecke der Stadt seit Neustem vermehrt Vampire herum. Es war nur eine schwache Spur, kaum mehr als ein Hoffnungsschimmer, aber es war besser als nichts. Und wenn wir eine andere Familie vor einem ähnlichen Schicksal bewahren konnten …

»Du denkst an sie, oder?«, unterbrach Cain meine Gedanken.

Ich blickte auf. »An wen?«

»Deine Eltern.«

Widerwillig nickte ich, auch wenn es mir nicht gefiel, wie leicht Cain mich durchschaute. Aber das war schon immer so gewesen. Mein Kopf war wie die verschüttete Bibliothek von Wan Shi Tong in *Avatar – The Last Airbender*, unzugänglich für die meisten, aber Cain hatte dennoch einen Weg hineingefunden. Sie konnte nun nach Herzenslust darin stöbern und brachte dabei alles durcheinander.

Ich hatte mich mit meinem neuen Leben und der Einsamkeit abgefunden, die nur von kurzweiligen Bekanntschaften unterbrochen wurde. Drei Jahre lang war mir das genug gewesen, aber jede Minute, die ich mit Cain verbrachte, weckte in mir mehr und mehr das Gefühl, dass mir etwas fehlte. Dieses Verlangen nach mehr war es auch gewesen, das mich dazu getrieben hatte, Cain an jenem Abend in mein Zimmer zu holen. Es hatte Spaß gemacht, mit ihr zu zocken. Ich hatte mich in eine Zeit zurückversetzt gefühlt, die ich sehr vermisste. Aber Tatsache war, dass Cain nur Zeit mit mir verbrachte, weil Jules weg war. Sobald wir ihn gefunden hatten – ganz egal ob tot oder lebendig –, würde sie sich wieder ihm oder einem neuen Kampfpartner zuwenden. Ich war ihr Lückenbüßer, das durfte ich nicht vergessen, auch wenn sie es mir leicht machte, genau das zu tun. Vor allem, wenn sie mir sagte, dass sie mich vermisste, oder mich so ansah wie in diesem Augenblick.

»Ich war heute noch mal bei deiner Mum.«

»Warum?«, fragte ich verblüfft.

Sie zuckte mit den Schultern und streckte die Beine aus. »Keine Ahnung, einfach so. Ich hab ihr von meinem Job erzählt. Meinem anderen Job.«

Ich nickte, denn ich konnte mir gut vorstellen, wie meine Mum all ihren Freundinnen mit jüngeren Kindern von Cain erzählt hätte, damit diese sie als Prinzessin für ihre Geburtstage buchten. Cain hatte immer ihre bedingungslose Unterstützung gehabt, genau wie ich, egal welche Entscheidung ich getroffen hatte. Nur meine Entscheidung, Cain gehen zu lassen, hätte sie wohl nicht gutgeheißen.

»Ich werde wahrscheinlich kündigen«, sagte Cain.

»Warum?«

»Die Agentur ist super, und ich mag es, mit Kindern zu arbeiten, aber ich musste jetzt schon zwei Jobs wegen der Suche nach Jules absagen; und das würde in nächster Zeit sicher noch häufiger passieren. Ich kann nicht riskieren, dass mir irgendwelche Geburtstage in die Quere kommen.«

Das konnte ich gut nachvollziehen. Es war derselbe Grund, aus dem ich keinen Job länger als ein paar Wochen halten konnte. Wenn es hart auf hart kam, standen das Hunterdasein und die Jagd nach Isaac immer an erster Stelle.

»Ihr hättet euch wirklich einen schöneren Tag für diese Observierung aussuchen können«, erklang plötzlich eine Stimme neben mir.

Ich blickte auf und entdeckte einen jungen Mann mit hellbraunem Haar, der ein schwarzes T-Shirt trug, auf dem in weißer Schrift die Namen aller BTS-Mitglieder standen. Er kam vorsichtig das Dach nach unten gelaufen, einen Regenschirm in der Hand, und setzte sich neben mich.

»Keiner hat dich gezwungen herzukommen.«

Kevin zuckte mit den Schultern. »Mir war langweilig.«

»Du könntest auch die Mitglieder von BTS stalken.«

»Redest du mit mir?«, fragte Cain und schaute irritiert in meine und Kevins Richtung – mit der klitzekleinen Einschränkung, dass sie unseren Zaungast nicht sehen konnte. Todesboten waren nur für jene Menschen sichtbar, die wie Roxy verflucht waren oder in enger Verbindung mit dem Tod standen. Wie ich.

»Mit Kevin.«

Cain runzelte die Stirn. »Wer ist Kevin?«

»Der mächtigste Todesbote, der je existiert hat«, antwortete dieser, was Cain nicht hören konnte.

Ich schnaubte. *Eine mächtige Nervensäge* traf es wohl eher. »Er ist mein Todesbote.«

Empört schnappte Kevin nach Luft. »*Dein* Todesbote? Ich bin kein Haustier.«

»Und warum rennst du mir dann nach wie ein Hund?«

»Hey, sei nicht so gemein. Ich dachte, wir wären Freunde.«

»Moment mal«, unterbrach Cain unser Gestichel. »Du siehst einen Todesboten? Jetzt, in diesem Moment?«

»Ja.«

»Shit, und warum bleibst du dann so ruhig?« Cain warf mir einen Blick zu, der beinahe so tödlich war wie die Khukuri,

233

die sie plötzlich in den Händen hielt. Sie sprang von ihrem Platz auf und sah sich in der Nacht um, bereit, mich gegen jede Kreatur, die es wagte, mir zu nahe zu kommen, zu verteidigen.

Ich schmunzelte und griff nach ihrer Hand, um sie wieder nach unten zu ziehen, damit sie nicht versehentlich von jemandem bemerkt wurde. »Beruhig dich, ich werde nicht sterben.«

»Du siehst einen *Todesboten*«, fauchte Cain. Sie schüttelte meine Hand nicht ab, machte aber auch keine Anstalten, sich wieder hinzusetzen. »Weißt du überhaupt, was das bedeutet?«

»Ja, aber Kevin und ich … wir sind Freunde.«

Kevins Lippen verzogen sich zu einem frechen Grinsen, und er schob seinen Schirm in meine Richtung, der mich, obwohl er für Cain nicht sichtbar war, vor dem andauernden Tröpfeln schützte.

Ich hatte keine Ahnung, wie genau Kevins Magie funktionierte, aber sie war anders als die von Hexern, Vampiren oder Elfen. Sie war einzigartig und unaufhaltsam, so wie der Tod selbst, weshalb Todesboten auch die einzigen Kreaturen waren, die wahrhaftig als unsterblich galten. Sie waren eine Notwendigkeit für das Gleichgewicht und die meisten von ihnen weder gut noch böse. Sie waren neutrale Vollstrecker des Unvermeidlichen und brachten die Seelen Verstorbener in die Geister- oder Unterwelt. Kevin hatte einmal geschworen, dass er mich in die Geisterwelt bringen würde, aber so sicher war ich mir da nicht. Ich hatte in meinem Leben – vor allem in den letzten drei Jahren – viel Mist gebaut, der in meinen Augen unverzeihlich war.

»Du bist mit einem Todesboten befreundet?« Cains Stimme triefte vor Sarkasmus.

»Sozusagen. Er wollte mich schon ein paarmal holen, aber …
das hat nicht geklappt.«

Mit zusammengezogenen Augenbrauen starrte sie von oben
auf mich herab. »Und du findest das überhaupt nicht beunru-
higend?«

»Nicht beunruhigender als Vampire, und nach denen suche
ich freiwillig.«

Als Kevin das erste Mal aufgetaucht war, hatte ich an der
Westküste Schottlands gegen Lamien gekämpft. Ich hatte den
Kampf gewonnen, aber er hatte mir einiges abverlangt, und
ich hatte anschließend eine ganze Weile neben den Leichen
meiner Gegner auf dem Boden gelegen. Kevins Gesicht war
aus dem Nichts über mir aufgetaucht. Im ersten Moment hatte ich ihn für einen Menschen gehalten, der mir helfen wollte. Zugegeben, Kevin hatte mir tatsächlich helfen wollen, aber
seine Absicht war nicht gewesen, mein Leben zu retten, sondern mir das Überqueren der Brücke zur Geisterwelt zu erleichtern. Zu seinem Leidwesen war ich an diesem Tag nicht
gestorben.

»Und dieser Kevin ist jetzt gerade bei uns auf dem Dach?«

»Ja, er sitzt hier.« Ich deutete auf ihn oder vielmehr die Stelle
neben mir, und Kevin winkte, als könnte Cain ihn sehen.

Sie verzog die Lippen. »Verarschst du mich?«

»Nein.«

»Gut, denn wenn du es tust, töte ich dich, und dann begeg-
nest du wirklich einem Todesboten«, drohte sie mir, obwohl sie
in ihrem Leben schon weitaus Verrückteres gesehen und gehört hatte als das hier. Sie steckte ihre Waffen weg und hockte
sich wieder neben mich. Wachsam ließ sie dabei den Blick über
die Stelle gleiten, an der Kevin saß.

Der quittierte ihre Musterung mit einem schiefen Lächeln.
»Ich mag sie«, stellte er wie bereits bei ihrem ersten Kennen-

lernen in der Gasse am Halloween-Abend fest. »Warum seid ihr keine Partner mehr?«

»Das geht dich nichts an.«

Verwirrt sah Cain mich an. »Was?«

»Sorry, das war Kevin.«

»Was hat er gesagt?«

»Nichts«, erwiderte ich ausweichend.

»Ach komm schon, sag es mir.«

»Ja, sag es ihr«, echote Kevin.

»Bitte?« Sie sah mich mit großen grünen Augen an, die mir manchmal erschienen wie ein Wald, so tief, dass ich mich darin verlieren konnte.

Schlagartig fühlte sich meine Kehle kratzig und zu trocken an. Ich schluckte und beobachtete, wie ein Regentropfen auf ihre Wange traf und langsam daran herunterrollte. Ihr rotes Haar wellte und kräuselte sich durch die Feuchtigkeit noch mehr als sonst, und eine nasse Haarsträhne hing ihr in die Stirn, die ich gern beiseitegeschoben hätte. Aber Cain schien das überhaupt nicht zu interessieren. Es war ihr egal, ob sie für den Job nass wurde, durch Dreck kriechen oder durch Blut waten musste. Sie tat, was getan werden musste, und das hatte ich schon immer an ihr gemocht.

»Kevin wollte wissen, wieso wir keine Kampfpartner mehr sind.«

Cain blinzelte, wobei sich weitere feine Regentropfen in ihren Wimpern verfingen. Ihr Gesicht nahm einen nachdenklichen Ausdruck an. »Das ist eine gute Frage … die leider nur du beantworten kannst.«

Ich hob eine Braue. »Wie meinst du das?«

»Ich habe unsere Partnerschaft nicht beendet. Du warst derjenige, der *nur über seine Leiche* weiter mit mir zusammenarbeiten wolltest.«

»Ja, weil du mich verraten hast.«

»Weil du mir keine andere Wahl gelassen hast.«

Ich schnaubte. »Natürlich hattest du eine Wahl. Du hättest einfach deine Klappe hal- Was war das?«, unterbrach ich mich selbst, als ein grelles Licht am Himmel aufflackerte. Es war so schnell verschwunden, wie es gekommen war, und hätte Cain nicht genauso verwirrt dreingeblickt wie ich, hätte ich vermutet, es mir nur eingebildet zu haben.

»Ein Blitz?«, fragte sie skeptisch.

»Nein, das glaub ich nicht.« Es war zwar eine bewölkte Nacht, aber die Luft war nicht erfüllt vom Knistern eines bevorstehenden Gewitters.

Angespannt hielt ich den Atem an, als das Licht – ein bläulicher Schimmer – erneut aufflackerte, gefolgt von einem tiefen Knurren, das jemand Ahnungsloses womöglich für das Fauchen einer Katze gehalten hätte. Doch Cain und ich wussten es besser. Wir wechselten einen raschen Blick, dann rutschten wir so schnell es ging vom Dach auf den darunterliegenden Balkon, von dem aus wir zu Boden sprangen. Das feuchte Gras platschte unter unseren Stiefeln. Gemeinsam stürmten wir die Straße entlang in Richtung des aufblitzenden Lichts. Querfeldein folgten wir dem schnellsten Weg, sprangen über Zäune und durch Büsche hindurch und ignorierten die Kratzer, die deren Dornen und Zweige auf unseren Armen hinterließen. Ich zog eine der Macheten hervor, die auf meinem Rücken befestigt waren, und sah aus dem Augenwinkel, wie auch Cain ihre Waffen zückte.

Wir kamen dem Licht, das eindeutig magischen Ursprungs war, näher. Das bläuliche Flackern erinnerte an die Magie, die von einem Amulett der Stufe 5 oder 6 erzeugt wurde. Das Fauchen und Zischen wurden allerdings nicht lauter, sondern zunehmend schwächer, bis es schließlich vollkommen verstummte, kurz bevor Cain und ich die Quelle des Lichts erreichten. Wir wurden langsamer, setzten unsere Schritte vorsichtiger, damit man uns nicht kommen hörte.

»Du durchsuchst die beiden, ich übernehme die hier«, erklang eine tiefe Stimme.

»Warum muss ich immer die Ekligen anfassen?«, fragte eine Frau.

»Weil ich es dir sage, und jetzt hör auf zu jammern und beeil dich«, folgte ein schroffer Befehl.

Ich konnte die Stimmen keinen mir bekannten Huntern zuordnen. Fragend sah ich Cain an, die den Kopf schüttelte. Auch sie war den beiden offensichtlich noch nie begegnet. So leise wie nur möglich schlichen wir an die Fremden heran, bis wir sie sehen konnten.

Ich hielt den Atem an. Auf offener Straße lagen vier tote Vampire. Zwei von ihnen wirkten friedlich schlafend, die beiden anderen Leichen waren von der Magie bis zur Unkenntlichkeit zerfetzt worden. Lediglich der zarte Duft nach Rosmarin verriet mir, was sie gewesen waren. Neben den Leichen knieten eine Frau und ein Mann. Er war blond, sie hatte schwarze Haare. Freie Hunter? War das möglich?

»Und, hast du was gefunden?«, fragte der Mann.

Die Frau erhob sich, die Hände voller Blut. »Nur ein Handy, aber das ist im Kampf kaputtgegangen.«

Sie reichte das blutverschmierte Gerät ihrem Kollegen, der es kurz begutachtete, bevor er es einsteckte. »Vielleicht lassen sich die Daten noch retten. Und jetzt lass uns verschwinden, bevor uns jemand sieht.«

Die Frau, die eindeutig niedriger in der Rangordnung stand, nickte.

Ich spannte die Muskeln an und trat aus dem Schatten, um die beiden zur Rede zu stellen, da sie offenbar nicht planten, ihre Sauerei aufzuräumen. Mir lag bereits eine sarkastische Begrüßung auf der Zunge, als Cain mich am Arm packte und zurückhielt, denn im selben Moment hob der blonde Typ die Hand. Die Luft vor seinen Fingern begann zu wabern, und ein leuchtender Riss bildete sich, der die Welt zu teilen schien. Ein Portal. Er war ein Hexer.

Ich löste mich von Cain und spurtete los, doch bevor ich meine Waffe heben oder die beiden ansprechen konnte, traten sie durch das Portal und verschwanden ins Nichts. Der Weltenriss schloss sich hinter ihnen, und die Schatten, die das Leuchten des Portals erschaffen hatten, wurden von der Dunkelheit verschluckt.

Fuck! Schwer atmend blieb ich stehen, während über meinem Kopf die Straßenlaterne, die durch irgendeine Magie blockiert worden war, wieder zum Leben erwachte und mich in ihrem Lichtkegel erfasste.

»Ich hab mir das gerade nicht eingebildet, oder?«, fragte Cain, die mir hinterhergekommen war.

Ich schüttelte den Kopf. Der Regen war in den letzten Minuten stärker geworden, und der dunkle Stoff der Hunteruniform klebte förmlich an ihrer Haut. Es war ein Anblick, den ich unter anderen Umständen ziemlich genossen hätte, aber ich brannte innerlich. Nicht nur, dass uns die Chance durch die Lappen gegangen war, diese Vampire zu befragen – die einzigen, die sich in dieser Nacht hier überhaupt herumgetrieben hatten. Nein, wir hatten uns auch diese verdammten Hexer entgehen lassen. Was war auf dem Handy, das sie mitgenommen hatten? Und wohin waren sie verschwunden?

Ich ging neben einer der Leichen in die Hocke. Vorsichtig berührte ich die verbrannte Stelle in der Kleidung des Vampirs, wo die Magie des Hexers oder der Hexe ihn erwischt hatte. Bei dem Mann handelte es sich höchstwahrscheinlich um einen

Meister, denn soweit ich wusste, konnten nur diese Portale erschaffen.

»Ich versteh das nicht.« Cain trat an die Stelle, an der sich wenige Sekunden zuvor das Portal geschlossen hatte. »Warum machen Hexen Jagd auf Vampire?«

»Weil Baldur es ihnen befohlen hat.«

Verständnislos sah Cain mich an. Sie hatte ihre Dolche weggesteckt und berührte nun das Amulett an ihrem Hals, um uns vor neugierigen Blicken zu schützen. »Warum sollte er das tun? Der letzte Krieg zwischen Hexen und Vampiren liegt Jahrhunderte zurück, wenn wir den Aufzeichnungen glauben können. Seitdem leben sie friedlich nebeneinanderher. Mit Ausnahme der Fehde um 1920 in Ungarn. Vielleicht – «

»Isaac möchte Baldur töten, und offenbar versucht dieser gerade, ihm zuvorzukommen.«

Cain runzelte die Stirn. »Woher weißt du das?«

Ich seufzte und richtete mich auf. »Lass uns dafür ins Trockene gehen.«

Dagegen hatte Cain keine Einwände.

Ich informierte Wayne über die toten Vampire, damit er als Mittelsmann die Putzkolonne herschicken konnte. Anschließend machten wir uns auf den Weg zurück in die Innenstadt, wo wir uns in ein Fast-Food-Restaurant setzten, das als einziges um diese Uhrzeit noch geöffnet hatte. Cain, die manchmal eine genauso große Gesundheitsfanatikerin war wie Wayne, bestellte sich einen überteuerten Salat, ich entschied mich für eine kleine Portion Pommes – das günstigste Gericht auf der Speisekarte. Ich brauchte dringend einen Job, der mal wieder etwas Geld einbrachte, aber zwischen der Suche nach Jules, der Jagd nach Isaac und meinen Bemühungen, den Ghostvision für Roxy funktionstüchtig zu machen, blieb einfach keine Zeit, mir etwas Neues zu suchen.

»Also, was hat es mit Baldur und Isaac auf sich?«, fragte Cain und nahm einen Schluck von ihrem Wasser.

Ich schob mir eine Pommes in den Mund. »Was weißt du über meine Zeit in London?«

»Nicht viel. Als ich dich an Halloween danach gefragt habe, hast du abgeblockt.«

Das hatte ich ganz vergessen. Kaum zu glauben, dass das noch keine vier Wochen her war.

»Tut mir leid, ich war an dem Abend wirklich gereizt, weil du meinen Vampir getötet hast und die Tage vorher echt viel Scheiße passiert ist«, erwiderte ich, und – oh Wunder – dieses Mal widersprach Cain mir nicht, dass es sich um *meinen* Vampir gehandelt hatte, sondern hörte mir geduldig zu. Ich erzählte ihr von meinem Abstecher nach London, davon, wie ich Roxy und Shaw kennengelernt und mich unser Weg nach Frankreich geführt hatte. Ich berichtete ihr auch von Amelia, dem Schicksalsblick, ihrer Vision und ihrem Tod. Nur Dominique erwähnte ich nicht. Außer meiner Mum hatte ich bisher niemandem von ihr erzählt; und obwohl ich jetzt wusste, dass es ihr in der Geisterwelt gut ging, fühlte ich mich noch immer nicht bereit, über sie zu sprechen.

»Und ihr glaubt Amelia?«, fragte Cain, als ich schließlich schwieg. Ich hatte so lange geredet, dass sie ihren Salat längst aufgegessen hatte und meine Pommes kalt geworden waren.

»Ich hatte zuerst auch meine Zweifel, aber Roxy glaubt ihr, also tu ich es auch.« Ich zuckte mit den Schultern und griff nach Cains Wasser. Von all dem Reden fühlte sich meine Kehle ganz trocken an. »Und nach dem, was wir heute Abend gesehen haben, scheint tatsächlich etwas dran zu sein. Irgendwas kocht da zwischen Vampiren und Hexen.«

»Du denkst also, dass Baldur nach Isaac suchen lässt, um ihn umzubringen?«

Ich nickte, auch wenn mir der Gedanke nicht gefiel, dass jemand anderes als ich Isaac töten könnte. Doch offensichtlich hatte Amelia in Kontakt mit Baldur gestanden. Vermutlich war er es auch gewesen, der ihr ihre Kräfte verliehen hatte. Sie war viel zu stark für eine einfache Magic Huntress gewesen. Wenn dem so war, und die beiden tatsächlich zusammengearbeitet hatten, lag es nahe, dass Amelia Baldur auch von ihrer Vision erzählt hatte, um ihren Meister zu schützen. Und gewiss würde der mächtigste aller Hexer nicht tatenlos herumsitzen und gemütlich auf seine Hinrichtung durch den Vampirkönig warten.

Cain gab ein nachdenkliches Brummen von sich. »Wenn das alles stimmt, und so hört es sich an, sollten wir unsere Strategie dann vielleicht ändern?«

»Was schwebt dir vor?«

»Bislang waren wir nicht wirklich erfolgreich damit, den Vampiren zu Isaac zu folgen. Vielleicht sollten wir uns stattdessen an die Hexen dranhängen.«

»Du meinst, damit sie uns zu Isaac führen?«

»Ja, vielleicht … Keine Ahnung, aber im Regen auf Dächern zu sitzen und irgendwelchen Vampiren aufzulauern, war bisher nicht wirklich die effektivste Taktik.«

»Ich bin mir nicht sicher, ob das eine gute Idee ist.«

»Komm schon«, sagte Cain. »Was haben wir zu verlieren? Wir sollten zumindest mal eine andere Herangehensweise ausprobieren. Oder hast du einen besseren Vorschlag?«

Bedauerlicherweise hatte ich den nicht. Ich war kein Spezialist im Töten von magiebegabten Kreaturen, und das beunruhigte mich. Ginge es nur um mich, hätte ich das Risiko, ohne mit der Wimper zu zucken, in Kauf genommen, aber ich war nicht länger allein. Cain war bei mir, und ich wollte sie nicht noch einmal so verletzt sehen wie in der Gasse, nachdem diese Vampire uns angegriffen hatten.

»Vielleicht klappt es nicht und wir verschwenden unsere Zeit«, fuhr Cain fort, bevor ich ihr antworten konnte. »Aber es ist ja nicht so, als hätten wir sonst irgendwelche Erfolg versprechenden Hinweise. Wenn wir merken, dass Baldurs Leute auch keinen Plan haben, können wir immer noch zu unserer alten Methode zurückkehren. Aber im Moment scheint es so, als würden wir Jules erst finden, wenn wir Isaac finden, und umgekehrt. Warum also nicht Baldur die Arbeit für uns erledigen lassen?«

Mein Blick zuckte zu dem einsamen Mitarbeiter, der seit gut zehn Minuten mit einem Mopp durch den Laden wischte und immer wieder zu uns hinüberschielte, vermutlich in der Hoffnung, dass wir bald gingen und er dicht machen konnte. Ich sah wieder zu Cain, die mich hoffnungsvoll beobachtete, und auf einmal verspürte ich das irrationale Verlangen, über den Tisch nach ihrer Hand zu greifen. »Einverstanden. Aber mit Hexern ist nicht zu spaßen. Wenn die Sache zu heikel wird, verschwinden wir.«

»Warden Prinslo, hast du etwa Angst?«

Ja, um dich.

»Seine eigenen Grenzen zu kennen hat nichts mit Angst zu tun«, erwiderte ich trocken.

Magie bekämpfte man am besten mit Magie, und die besaßen weder Cain noch ich. Ich hatte schon mehrfach versucht, mit höheren Amulett-Stufen zu trainieren, aber ich war dafür einfach zu ungeduldig, ebenso wie Cain, auch wenn sie sich das selbst niemals eingestanden hätte.

»Wow, so viel Selbstreflexion hätte ich dir gar nicht zugetraut.«

»Du hast mich schon immer unterschätzt.«

Cain schüttelte den Kopf. »Du irrst dich, aber lass uns lieber über die Hexen reden. Wir haben da ein Problem.«

Ich schnaubte. »Nur eins?«

»Okay, ganz viele, aber das wohl wichtigste: Wie finden wir sie? Sie könnten durch das Portal überallhin verschwunden sein, und ich hab keine Ahnung, wo sich Baldurs Leute für gewöhnlich rumtreiben.« Es tat ihr vermutlich weh, das einzugestehen, denn es gab nur wenig, was Cain nicht über die Kreaturen der Nacht wusste.

»Ich auch nicht«, gab ich zu. »Aber ich kenne jemanden, der es weiß.«

21. KAPITEL

Cain

Warum hatten wir diesen Besuch nicht bereits letzte Nacht hinter uns bringen können? Und warum hatte ich darauf bestanden, Warden zu begleiten? Nicht nur, dass wir von allen angestarrt wurden wie eine Attraktion im Zoo, während wir gemeinsam durch die Flure des Quartiers marschierten. Bei der Vorstellung, mit Harper zu reden, wurde mir zusätzlich mulmig, da ich nicht ausblenden konnte, wie sie Jules behandelt und wie oft sie seine Gefühle verletzt hatte. Und nun sollte ausgerechnet sie uns dabei helfen, den Hexern auf die Spur zu kommen, die uns vielleicht zu Jules führen könnten? Wenn das keine Ironie des Schicksals war … Doch sie war die einzige Magic Huntress, der wir vertrauen konnten. Holdens und ihre leiblichen Eltern waren von einem Hexer getötet worden, als sie noch Babys waren. Harper jagte diesem Hexer bis heute nach, was offenbar eine verkorkste Freundschaft zwischen Warden und ihr hatte entstehen lassen – weshalb er davon überzeugt war, dass sie uns nicht verraten würde. Und auch wenn ich ihr gegenüber misstrauisch war, ich vertraute Warden. Was der einzige Grund dafür war, dass ich nun neben ihm vor ihrer Tür stand.

Warden klopfte.

Schritte waren zu hören, und kurz darauf wurde uns geöffnet.

Eine Woge der Verachtung erfasste mich, als ich in Harpers dunkle Augen blickte. Sie trug eine schwarze Leggings und ein Crop Top, das ihre zierliche Figur betonte. Obwohl sie eine Magic Huntress war, die von Natur aus ein Talent für Magie hatten, lag ein Amulett der Stufe 1 um ihren Hals. Warum das so war, hatte ich mich immer gefragt, aber ich hatte nie gewagt, mich danach zu erkundigen.

»Hi«, begrüßte uns Harper, wobei ihr Blick auf Warden ruhte.

Er lächelte. »Hey. Können wir kurz mit dir reden?«

Harpers Blick zuckte misstrauisch zu mir, als könnte sie meine voreingenommenen Gedanken lesen. Sie zögerte einen Moment, doch dann hielt sie die Tür auf und ließ uns rein.

Ich hatte mir ihr Zimmer vollkommen anders vorgestellt. In meinem Kopf lebte Harper in einer Art Gruft mit düsteren Plakaten, Kerzen und Schädeln in den Regalen und Büchern, in denen rituelle Opferungen beschrieben wurden. Und im Hintergrund spielte jene grausame Musik, die sich Ella merkwürdigerweise so gern anhörte. Aber das hier war etwas völlig anderes. Zwar gab es tatsächlich Kerzen, die allerdings nur dafür sorgten, dass es in dem Raum angenehm nach Feuerholz roch. Auf dem Bett stapelten sich Kissen in den verschiedensten Creme- und Beigetönen; und an den Wänden waren Bretter, Äste und Baumstämme befestigt, deren Sinn sich mir nicht erschloss, bis ich auf einem der Äste eine Katze entdeckte, die sich zu einer Kugel zusammengerollt hatte.

»Du hast eine Katze?«, fragte ich erstaunt.

»Ja, Loki und Thor.« Harper schlenderte zu der Katze hinüber, die ihren Kopf – nein, ihre *Köpfe* hob, um sich streicheln zu lassen. Der eine Kopf war weiß, der andere schwarz, und auch der Körper war zweigeteilt, als hätte man je die Hälfte zweier Katzen miteinander verschmolzen, doch statt zwei Schwänzen besaß die Katze drei. Der rechte, weiße Kopf gähnte, während der linke, schwarze sich von Harper hinterm Ohr kraulen ließ. Es war irgendwie süß, obwohl das Vieh eindeutig in die Unterwelt gehörte.

Harper lächelte das Tier an, dann sah sie wieder zu uns. »Also, was verschafft mir die Ehre?«

»Cain und ich brauchen deine Hilfe.«

»Seid ihr wieder Kampfpartner?«

»Nur temporär«, antwortete Warden, ohne mich dabei anzusehen. »Wir suchen nach Jules.«

Harpers Augenbrauen zuckten in die Höhe. »Ich dachte, er ist tot? Ich war auf seiner Trauerfeier.«

Das ließ mich aufhorchen. Warum war sie dort gewesen? Zu seinen Lebzeiten hatte Jules sie auch nicht interessiert. Es lag mir auf der Zunge, genau das auszusprechen, aber Warden kam mir zuvor.

»Cain glaubt, dass er noch lebt. Sein Körper wurde nie gefunden.«

Harper gab ein Brummen von sich, das deutlich machte, dass sie von dieser Theorie alles andere als überzeugt war, aber sie sagte nichts, sondern ließ Warden die Situation erklären. Erneut erzählte er von Paris, Amelia und Baldur, wobei er ein paar Details ausließ. Anschließend berichtete er von den Hexen, die wir keine zwölf Stunden zuvor beobachtet hatten, und unserem Plan, ihrer Spur zu folgen.

»Und was wollt ihr jetzt von mir?«, fragte Harper, als Warden geendet hatte. Sie saß inzwischen auf ihrem Bett, Loki und Thor hatten es sich auf ihrem Schoß gemütlich gemacht.

»Einen Tipp, wo wir anfangen können, die beiden zu suchen«, antwortete Warden. »Sie haben den Vampiren, die sie überfallen haben, ein Handy abgenommen.«

»Wie sah der Hexer aus, der das Portal erschaffen hat?«

»Er war groß. Kurze, blonde Haare. Schmales Gesicht. Die Frau war deutlich kleiner, mit sehr dunklem Haar.«

»Der Kerl hatte ein markantes Profil. Seine Nase war ziemlich spitz«, ergänzte ich.

»Klingt nach Tarquin. Er gehört zu Baldurs innerem Zirkel.« Harper schob den Kater von ihrem Schoß und stand auf, um zu ihrem Schreibtisch zu gehen. Sie klappte ihren Laptop auf, klickte darauf herum, und kurz darauf öffnete sich ein Foto. »War das der Mann, den ihr gesehen habt?«

Warden und ich betrachteten das Bild. Es war unscharf und musste der Qualität nach mindestens zwanzig Jahre alt sein. Dennoch war eine jüngere Version des blonden Hexenmeisters deutlich darauf zu erkennen.

»Ja, das ist er«, bestätigte ich. Neben ihm auf dem Foto stand nicht die Frau, sondern ein anderer Typ. »Und wer ist das?«

»Das ist Kane. Ebenfalls ein Hexer aus Baldurs innerem Zirkel. Von dem hat man schon lange nichts mehr gesehen. Vermutlich ist er tot.«

»Weißt du, wo wir Tarquin finden können?«, erkundigte sich Warden.

Harper lächelte grimmig und klappte ihren Laptop zu. »Wenn ich das wüsste, wäre er schon lange nicht mehr am Leben. Ihr könntet euer Glück in Leith versuchen. Da treiben sich Baldurs Leute öfter herum. Vielleicht findet ihr dort einen Hinweis auf Tarquin.«

Warden nickte. »Danke, das hilft uns sehr.«

Ich nuschelte ebenfalls ein Danke und machte auf dem Absatz kehrt, um das Zimmer zu verlassen, als mich Harpers Stimme noch einmal innehalten ließ.

»Seid ihr sicher, dass es das wert ist?«

Langsam drehte ich mich zu ihr um. »Was meinst du damit?«

Harper verschränkte die Arme vor der Brust. Die langen schwarzen Haare fielen ihr glatt über die Schultern, das Piercing in ihrem linken Nasenflügel reflektierte das künstliche Licht. »Wie lange ist Jules schon verschwunden? Zwanzig Tage? Mehr? Weniger?«

Ich hob die Brauen. Mein Herz begann heftig zu pochen. Mit Harper über Jules zu reden, war wie mit einem Stock in einem Wespennest herumzustochern – dumm und schmerzhaft. »Was willst du damit sagen?«

»Ihr begebt euch für ihn in Lebensgefahr.«

»Weil wir ihn retten wollen.«

»Er ist vermutlich tot.«

Ich ballte die Hände zu Fäusten, um das Zittern zu unterdrücken, das dabei war, Besitz von mir zu ergreifen. Wie konnte sie so etwas nur sagen? Mir war klar, dass sie ein Herz aus Eis hatte, aber dass sie so weit gehen würde … »Das würde dir gefallen, oder? Du hast ihn nie gemocht. Vermutlich bist du froh, dass er weg ist!«

Harpers Augen weiteten sich. Fassungslos starrte sie mich an, als wüsste sie nicht, mit welcher Lüge sie darauf antworten sollte, um alles zu leugnen. Sie hatte Jules aus Gründen, die ich niemals verstehen würde, verachtet und ihm immer und immer wieder das Gefühl gegeben, er wäre unter ihrer Würde.

»Wir sollten jetzt besser gehen«, sagte Warden. Er packte mich am Ellenbogen und zerrte mich aus dem Zimmer hinaus auf den Flur.

Ich leistete keinen Widerstand.

Wir liefen ein paar Schritte, erst dann ließ er mich los. Ratlos sah er mich an. »Was sollte das?«

Ich schüttelte den Kopf. »Du würdest es nicht verstehen.«

Genervt fuhr sich Warden mit einer Hand durch die Haare. Sein Blick zuckte zurück zu Harpers geschlossener Tür und dann wieder zu mir. »Ich kann es nicht verstehen, wenn du es mir nicht erklärst.«

Ich biss die Zähne aufeinander. Natürlich wusste er nicht, was sich zwischen Harper und Jules abgespielt hatte, dafür hatte er in den letzten drei Jahren zu wenig Zeit im Quartier verbracht.

»Harper hat Jules sehr verletzt«, antwortete ich im Flüsterton und schlang die Arme um meine Mitte, um mich irgendwie zusammenzuhalten. Ich würde niemals begreifen, was Jules an ihr fand, aber sein Schmerz und seine Enttäuschung von damals wogen in seiner Abwesenheit noch schwerer. Er hätte es verdient gehabt, das glücklichste aller Leben zu führen …

»Das tut mir leid«, sagte Warden, und es klang aufrichtig. »Aber ich bin mir sicher, dass Harper sich nicht seinen Tod wünscht. Sie hat nur einen klareren Blick auf die Situation.«

Ich runzelte die Stirn. »Was soll das heißen?«

»Nichts, nur dass sie vielleicht etwas rationaler an die Sache rangeht.«

Ich verengte die Augen zu Schlitzen und musterte ihn.

Warden starrte zurück, wobei sich sein Kopf leicht nach rechts neigte, wie immer, wenn er log.

Ein Stechen breitete sich in meiner Brust aus, und ich wich vor ihm zurück. »Du glaubst, dass sie recht hat.«

»Das habe ich nicht gesagt.«

»Aber du hast es gedacht.«

»Ja, ich denke, dass zwanzig Tage eine lange Zeit sind.«

Shit. Mir stiegen Tränen in die Augen, und ich wusste nicht einmal, warum. Warden hatte mir bereits am ersten Tag, als ich ihn um seine Hilfe gebeten hatte, klar und deutlich gesagt, dass er glaubte, dass Jules tot sei. Warum also verletzten mich seine Worte jetzt so sehr?

Ich blinzelte, um ihn meine Tränen nicht sehen zu lassen. »Warum verschwendest du überhaupt deine Zeit mit mir und dieser Suche, wenn du nicht daran glaubst, dass wir Jules finden können?«

»Ich habe meine Gründe.«

»Dir geht es nur um Isaac, nicht wahr?«, fragte ich, obwohl ich es nicht ganz begriff. Warden hatte jahrelang allein nach dem Vampirkönig gesucht. Er brauchte mich nicht, und in Anbetracht der jüngsten Ereignisse und meiner Verletzung war ich ihm eher ein Klotz am Bein als eine Hilfe.

Dennoch schüttelte er jetzt den Kopf. »Das stimmt nicht.«

»Ach nein? Und warum hilfst du mir dann?«

»Spielt keine Rolle.«

»Wenn du es nur aus Mitleid tust …«

»Das ist es nicht.«

»Was dann?« Ich verschränkte die Arme vor der Brust. Auf einmal fühlte ich mich wahnsinnig hilflos und verletzlich. Vielleicht weil Harper und Warden eine Angst ausgesprochen hatten, die tief in meinem Innersten schlummerte, die ich mir aber nicht erlaubte freizulassen. Denn wenn ich die Hoffnung verlor, verlor ich auch Jules.

»Das würdest du nicht verstehen.«

Ich schnaubte. »Ich kann es nicht verstehen, wenn du es mir nicht erklärst«, warf ich ihm seine eigenen Worte an den Kopf.

Warden stieß ein schweres Seufzen aus, bevor er sich aufmerksam umsah. Aber wir waren allein im Flur. Erwartungsvoll sah ich ihn an, bis sein Blick erneut meinen fand. Kurz starrte er mich an, dann gab er seinen Widerstand auf. »Ich helfe dir, weil ich die Vorstellung hasse, dass du allein auf der Jagd bist.«

»Weil du mich für eine schlechte Jägerin hältst. Wow, das ist —«

»Fuck, Cain! Nein.« Erneut fuhr er sich mit den Fingern durch die Haare, wobei er dieses Mal die Strähnen mit der Faust umklammerte, als würde ich ihn so sehr zur Verzweiflung treiben, dass er sie sich ausreißen wollte. »Selbst die besten Jäger können sterben. Ich könnte es nicht ertragen, dich zu verlieren! Denn falls du es nicht bemerkt hast, du bist mir verdammt wichtig.«

Ich blinzelte. »Ich bin dir …«, wiederholte ich verständnislos, brach aber mitten im Satz ab. Seine Bedeutung war das komplette Gegenteil von allem, woran ich die letzten Monate geglaubt hatte. »Aber du hasst mich.«

Warden schluckte. »Ich konnte dich nur so sehr hassen, weil du mir verdammt wichtig bist.«

Er machte einen Schritt auf mich zu, sodass ich den Kopf in den Nacken legen musste, um ihn ansehen zu können. Auf einmal fühlte sich meine Kehle staubtrocken an. Die Gefühle, die sich in seinen blauen Augen spiegelten, waren eine Reflexion meiner eigenen. Die letzten drei Jahre hatten einen Keil zwischen uns getrieben, aber Warden hatte einen festen Platz in meinem Herzen und daran würde sich niemals etwas ändern. Selbst in der finstersten Zeit, als ich ihn zum Teufel gewünscht hatte, hatte sein Name mich jedes Mal aufhorchen lassen.

»Das ergibt keinen Sinn«, murmelte ich, wobei ich mir nicht sicher war, ob das eine Antwort auf Wardens Worte oder meine eigenen, wirren Gedanken war. Ich verstand nichts mehr. Dennoch wehrte ich mich nicht gegen diesen Moment und auch nicht gegen seine Nähe, die mich vollkommen einnahm.

Ein sanftes Lächeln trat auf Wardens Lippen. »Meine Gefühle für dich haben noch nie Sinn ergeben«, wisperte er und hob die Hand. Sachte streichelte er mir über die Wange und schob mir eine Haarsträhne hinters Ohr, ehe seine Finger in meinem Nacken innehielten.

Ich war wie erstarrt, und mein Herz begann wild zu pochen, als sich Warden langsam zu mir herabbeugte. Sein warmer Atem streifte meine Lippen. Ich hielt die Luft an, während sich ein Kribbeln in mir ausbreitete und sich meine Augen wie von selbst schlossen. Stück für Stück kam Warden mir näher. Mein Magen zog sich zusammen, als seine Lippen meine streiften.

Oh mein Gott.

Meine Knie wurden weich, und ich ...

Ein lautes Räuspern erklang hinter uns, das mich wie ein Eimer kaltes Wasser traf und mich daran erinnerte, dass wir noch immer auf einem Gang mitten im Quartier standen.

Ich zuckte zurück, und Wardens Hand glitt von meinem Nacken. Sein Blick spiegelte meine eigene Verwirrung wider.

Heilige Scheiße, was taten wir hier eigentlich? Hatten ... Hatten wir uns gerade fast geküsst?

Benommen von dieser Erkenntnis sah ich mich nach der Quelle der Störung um. Ein paar Schritte von uns entfernt entdeckte ich Roxy und Shaw.

»Und ich dachte, das mit uns wäre etwas Besonderes gewesen«, sagte Shaw, ein breites Grinsen im Gesicht.

Roxy hingegen wirkte weniger erfreut. Sie verschränkte die Arme vor der Brust. »Hundertsiebenundzwanzig Tage, Warden. Hundertsiebenundzwanzig.«

»Ich weiß, und ich bin fast fertig.« Wardens Stimme klang belegt, als wäre er unerwartet aus einem Traum gerissen worden.

»Du bist seit Wochen *fast fertig*.«

Ich blinzelte irritiert, da ich der Unterhaltung nicht folgen konnte. »Fertig womit?«

»Roxy braucht eine der Erfindungen meines Vaters. Ich soll sie für sie modifizieren.«

»Wofür?«

»Roxy hat versehentlich ein Tor zur Unterwelt geöffnet und dabei 449 böse Geister befreit, die sie in ebenso vielen Tagen zurückschicken muss, anderenfalls verdammt Kevin ihre Seele in die Unterwelt.«

»Warden!«, fauchte Roxy. »Das war ein Geheimnis!«

»Mach dir nicht ins Hemd. Cain wird niemandem davon erzählen, oder?« Warden sah mich fragend an.

Ich war noch immer leicht verwirrt, dennoch nickte ich. Harper jagte den Mörder ihrer Eltern. Warden suchte nach Isaac. Ich versuchte, Jules zu finden. Warum sollte also nicht auch Roxy gegen die Regeln verstoßen dürfen? Offensichtlich waren die inzwischen ohnehin nicht mehr viel wert.

Roxy starrte Warden noch immer zornig an.

Er seufzte. »Gib mir noch zwei Tage, dann ist das Gerät für einen ersten richtigen Probelauf fertig, okay?«

»Okay«, sagte Roxy, wirkte aber alles andere als zufrieden.

Ich hatte keine Ahnung, was genau passiert war, aber ich konnte ihre Ungeduld verstehen. Die Aussicht, in der Unterwelt zu landen, war alles andere als reizvoll. Und 449 Geister waren eine ganze Menge. An einer solchen Aufgabe wäre vermutlich der beste Soul Hunter gescheitert.

»Super, dann gehen wir jetzt mal wieder und lassen euch in Ruhe weitermachen. Viel Spaß«, sagte Shaw und dirigierte Roxy an uns vorbei den Korridor entlang.

Wir rührten uns nicht, bis die beiden um die nächste Ecke verschwunden waren, und selbst dann wagte ich es nicht, Warden anzusehen. Warden, den ich um ein Haar geküsst hätte. Warden, der seine Hand so zärtlich in meinen Nacken geschoben hatte. Warden, dessen Lippen ich bereits auf meinen gespürt hatte. Was hatte ich mir nur dabei gedacht?

Gott, ich hatte gar nicht gedacht, sondern mich von meinen Gefühlen leiten lassen. Was es noch viel schlimmer machte, denn offenbar *wollte* ein Teil von mir Warden küssen. Oh Mann …

Warden räusperte sich und deutete unbeholfen den Gang hinunter. Was er wohl gerade dachte? Bereute er unseren Beinahe-Kuss? War es ihm peinlich? »Ich sollte dann wohl besser in die Werkstatt gehen, um … Du weißt schon …«

»Ja, ich muss auch … Dinge tun.«

»Genau, Dinge … Wir sehen uns?«

»Klar«, sagte ich mit einem steifen Lächeln.

Warden nickte, dann wandte er sich abrupt ab und lief davon.

Ich sah ihm nach. Mein Herz pochte noch immer heftig, während ich zu begreifen versuchte, was da gerade passiert war.

22. KAPITEL

Warden

»Lass uns da langgehen«, sagte ich zu Cain und deutete nach rechts in Richtung der Promenade.

Es war die vierte Nacht in Folge, die wir durch Leith streiften, einen Stadtteil von Edinburgh, in dem es immer etwas nach Salz, Algen und gegrilltem Fisch roch, um nach Tarquin und anderen Hexen Ausschau zu halten. Und es war auch die vierte Nacht in Folge, in der Cain und ich nicht über das redeten, was um ein Haar auf dem Flur vor Harpers Zimmer passiert wäre.

»Da waren wir schon«, sagte Cain.

»Ich weiß, aber lass uns noch mal nachsehen.«

Bisher hatte es in diesem Viertel keine Anzeichen magischer Aktivitäten gegeben. Vorgestern hatten wir eine Aswang erledigt, ein Blutwesen, das entfernt mit den Vampiren verwandt war, da es ihn nach dem Blut ungeborener Kinder verlangte. Allerdings standen diese Kreaturen bedauerlicherweise in keinerlei Verbindung zu Isaac und waren daher absolut nutzlos für uns.

Cain und ich folgten dem Weg, der am Ufer des Water of Leith entlangführte, und näherten uns langsam dem Hafen. Die vertäuten Schiffe wogten im Takt des Meeres, das sanft gegen die Kaimauer schlug.

Ich beobachtete einen Mann, der allein die Hafenpromenade entlangspazierte. »Schau dir mal den Kerl auf zehn Uhr an.«

Ohne den Kopf zu drehen, schielte Cain in die angegebene Richtung. »Der mit der roten Jacke?«

»Ja.«

»Sieht unauffällig aus.«

»Die sehen alle unauffällig aus.«

»Schon. Aber würde sich ein Hexer, der dabei ist, in Baldurs Auftrag Vampire zu töten, wirklich gemütlich auf eine Bank setzen, um sich das Meer anzuschauen?«, fragte Cain, denn genau das tat der Mann gerade.

Ich hasste es, dass ich Hexer nicht riechen konnte wie Vampire. Jeder, der uns begegnete, hätte einer von Baldurs Leuten sein können. Uns blieb nichts anderes übrig, als zu spekulieren. Die einzigen Hexer, die wir mit Gewissheit würden entlarven können, waren die Frau und die beiden Männer auf dem Foto, das Harper uns gezeigt hatte.

»Wir werden sie schon noch finden«, sagte Cain optimistisch und zog ihren grünen Mantel, den sie von Wayne zurückbekommen hatte, enger um die Schultern. Hier, in der Nähe des Meeres, wehte der Wind gleich deutlich kühler.

Ich musste das Verlangen unterdrücken, einen Arm um sie zu legen, um sie zu wärmen. Dafür war ich mir zu unsicher, wo wir nach unserem Beinahe-Kuss standen. Er war wie ein Geist der Phase 1. Er existierte, aber wir nahmen ihn nicht wahr, und das ließ mich ziemlich planlos zurück. Ich hatte noch nie ein Problem damit gehabt, zu erkennen, was Frauen oder Männer von mir wollten. Eigentlich war ich ziemlich gut darin, ihre Körpersprache zu lesen, aber Cain war wie ein auf Latein verfasstes Buch für mich. Ich konnte ein paar Wörter entziffern, denn sie war mir eindeutig zugeneigt, aber ich verstand den Kontext nicht. Wollte sie, dass ich sie küsste, oder rührte ihre

Zuneigung nur von unserer wiedergefundenen Freundschaft her? Waren wir überhaupt wieder Freunde? Es fühlte sich so an und gleichzeitig auch nicht.

»Ist Kevin wieder da?«, fragte Cain.

Ich sah sie an. »Nein, wie kommst du darauf?«

»Du hast so konzentriert ausgesehen.«

»Das ist mein normales Gesicht. Ich bin immer konzentriert.«

»Natürlich«, erwiderte sie amüsiert, wobei ein Lächeln in ihren Mundwinkeln zuckte. Und auch meine Lippen verzogen sich, ohne dass ich es hätte verhindern können.

Cain und ich blieben eine Weile direkt am Hafen, um die zahlreichen Restaurants im Auge zu behalten. Doch es gab keinerlei Auffälligkeiten, weshalb wir uns schließlich wieder in Bewegung setzten. Wir schlenderten über den Platz des Farmers Market, der um diese Zeit leer und verlassen war, und steuerten eine Bar an, die sich Teuchters Landing nannte und an der Mündung lag, an der das Water of Leith zum Meer wurde. Die Bar bestand lediglich aus einem kleinen Häuschen, die Sitzplätze für die Gäste befanden sich draußen auf einer Art Steg, der über dem Wasser lag.

Wir gingen im Schatten eines Baumes in Deckung, um die Gäste möglichst unbemerkt in Augenschein zu nehmen. Sie lachten, aßen und tranken, doch niemand wirkte einen Zauber. Was wirklich ätzend war, denn allmählich befürchtete ich, dass dieser Abend ein weiterer Reinfall werden würde.

»Funktioniert der Ghostvision inzwischen?«, erkundigte sich Cain mit gesenkter Stimme und trat etwas dichter an mich heran. Auf diese Weise wirkten wir nicht bedrohlich, sondern erweckten den Anschein eines Pärchens, das kurz davor stand, wild herumzumachen.

Ich war mir allerdings nicht sicher, ob das wirklich die beste

Vorgehensweise war – Cains blumiger Duft lenkte mich ziemlich ab. Während ein Teil von mir zurückweichen wollte, hätte der andere sie am liebsten gepackt und an mich gezogen, um aus der gespielten Täuschung Wirklichkeit werden zu lassen. Seit der Sache vor Harpers Tür war kein Tag, falsch, keine *Stunde* vergangen, in der ich nicht an ihre Lippen und den Kuss zurückdachte, der leider keiner gewesen war.

Ich schluckte trocken. »Ich hoffe es. Roxy und Finn testen ihn heute Abend noch mal. Wenn es wieder nicht funktioniert, werd ich das Teil wohl gegen die Wand schmeißen müssen.«

»Das würdest du bereuen.«

»Jup. Spätestens dann, wenn Roxy vor Enttäuschung auf *mich* losgeht.«

Cain lachte leise. Ihr Atem kitzelte meinen Hals. »Ich bin mir sicher, du bekommst das Ding noch zum Laufen.«

»Es läuft, das ist nicht das Problem. Es tut nur nicht das, was es sollte.« Die Sensoren des Geräts waren unglaublich sensibel. Manchmal funktionierten sie astrein, dann wieder schienen sie grundlos auszuschlagen. Es war dasselbe Problem, mit dem mein Dad damals bereits zu kämpfen gehabt hatte. Andererseits, wäre es einfach, hätte man inzwischen bereits Hunderte der Geräte gebaut, um die Soul Hunter zu entlasten.

»Warden ...« Cain klang auf einmal alarmiert.

Ich sah auf. »Was ist?«

»Dort drüben, am Eingang!«

Ich folgte ihrem Blick und musste lächeln. Wir hatten Tarquin tatsächlich gefunden! In diesem Moment verließ er die winzige Bar, mit derselben Hexe, die wir schon mit ihm zusammen bei den Vampiren gesehen hatten, bevor die beiden durch das Portal verschwunden waren. Inzwischen waren sie vor dem Eingang des Häuschens stehen geblieben, um etwas zu bereden. Angespannt beobachtete ich die beiden und fühlte mich dabei wie ein Raubtier auf der Jagd.

»Sieht irgendwie aus, als hätten die zwei heute noch was vor«, raunte Cain. »Verstehst du, was sie sagen?«

Bedauernd schüttelte ich den Kopf. Und obwohl es mich nach vier Tagen, die mehr oder weniger nur aus Observierung bestanden hatten, in den Fingern juckte, endlich wieder aktiv zu werden, geduldete ich mich.

Plötzlich trat die Hexe einen Schritt zurück. Sie nickte Tarquin zu, bevor sie sich umdrehte und in Cains und meine Richtung spazierte.

Fuck!

Ich riss Cain herum und drängte sie gegen den Baum, in dessen Schatten wir uns versteckt hatten. Angespannt hielt ich den Atem an und lauschte auf die Schritte der Hexe, die in der Ferne verklangen – als etwas an meinem Shirt zupfte.

Ich blickte auf Cain hinab.

Ihre Brust hob und senkte sich etwas rascher als noch vor einer Minute, und sie sah mich aus großen Augen an.

»Aufteilen?«, fragte sie tonlos.

Ich schüttelte den Kopf, deutete auf sie und mich und auf Tarquin. Er war eindeutig der größere Fisch von den beiden. Wenn einer von ihnen mehr über Isaac wusste, dann er.

Zu meiner Erleichterung schien Cain mit meinem Plan, zusammenzubleiben, einverstanden. Wir verharrten noch drei, vier Sekunden länger in der Position, in der wir uns befanden, bevor wir uns voneinander lösten.

Die Hexe war weg. Aber Tarquin leider auch.

»Shit, wo ist er?«

»Keine Ahnung«, antwortete Cain und schob sich an mir vorbei.

Wir hasteten zur Bar, hinter der eine Brücke über den Fluss führte, aber es gab noch mindestens drei andere Wege, die Tarquin hätte einschlagen können.

»Entschuldigung!«, brüllte Cain und erregte damit die Aufmerksamkeit einiger Bargäste. »Hier war gerade ein Mann, knapp zwei Meter groß, blond. Hat einer von Ihnen gesehen, wohin er gegangen ist?«

Ein paar Leute wandten sich einfach ab, andere schüttelten nur den Kopf, doch eine Frau mit blauen Haaren deutete auf die schmale Brücke.

Cain bedankte sich und stürzte in die angezeigte Richtung davon, und ich folgte ihr, ohne zu wissen, wohin genau wir rannten.

Unsere Schritte donnerten über den Asphalt, als wir in ein Wohnviertel mit mehrstöckigen Häusern gelangten. Auf einmal sah ich aus dem Augenwinkel das Zucken von blauem Licht wie schon vor einigen Nächten, als ich mit Cain auf dem Dach gesessen hatte. Sie bemerkte es auch und schlug einen Haken.

Wir bogen um eine Ecke, und da war Tarquin. Er hatte ein Portal erschaffen. Der Riss flackerte in der Luft, bereit, ihn hinzubringen, wo immer er wollte.

Überrascht sah Tarquin auf, als er uns kommen hörte. Uns trennten nur noch ein paar Meter von dem Hexer. Er musste wissen, wer und was wir waren, denn ein spöttisches Grinsen legte sich auf sein Gesicht, als wollte er sagen: Sorry, zu spät. Und mit diesem letzten stummen Gruß trat er über die Schwelle in das Portal.

»Nein!«, brüllte Cain und machte einen Satz nach vorne.

Mein Herz stockte. Plötzlich schien alles wie in Zeitlupe zu geschehen. Cain versuchte, Tarquins Hand zu packen, aber der Hexer war zu schnell. Er verschwand in dem leuchtenden

Riss, der hell aufflackerte, bereit, sich zu schließen – als Cain in letzter Sekunde hindurchhechtete und von der Magie verschluckt wurde.

Ich versuchte noch, sie zurückzuhalten, aber es war bereits zu spät. Das Portal hatte sich unmittelbar hinter ihr geschlossen. Und ich blieb allein zurück.

Fassungslos starrte ich in die Luft, wo sich eben noch das blaue Leuchten befunden hatte. Mein Magen verkrampfte sich, Panik stieg in mir auf, lähmte mich, aber nur für den Bruchteil einer Sekunde, bevor meine Instinkte meine Angst um Cain verdrängten und die Führung übernahmen. Ich zog mein Handy hervor und rief das Quartier an, während ich unruhig auf und ab lief.

»Gärtnerei Dagger. Was kann ich für Sie tun?«, meldete sich eine Frau.

»Warden Prinslo. WP170 516EDI. Ich brauche den Standort von Cain Blackwood. CB170 516EDI. Es könnte sein, dass sie sich nicht mehr in der Stadt befindet«, sprudelte es atemlos aus mir heraus.

Meine Handflächen waren feucht, Angstschweiß kribbelte auf meiner Kopfhaut. Was hatte Cain sich nur dabei gedacht, Tarquin hinterherzuspringen? Sie konnte überall auf der Welt sein, und vor allem war sie dort mit dem Hexer allein. Was, wenn er sie in Baldurs Versteck gebracht hatte? Oder zu einem anderen Stützpunkt der Hexen? Gegen einen oder zwei von ihnen könnte Cain vielleicht auch ohne Amulett-Magie bestehen, aber nicht gegen drei, vier oder gar ein Dutzend. Sie könnte bereits tot sein. Ein Gedanke, der meinen Puls weiter in die Höhe trieb und den ich energisch beiseiteschob.

»Ich habe sie gefunden«, sagte die Frau am anderen Ende der Leitung.

»Und?«

»Ich habe dir ihre Koordinaten aufs Handy geschickt.«

Ohne mich zu verabschieden, legte ich auf und öffnete die Nachricht aus dem Quartier. Im nächsten Augenblick durchflutete Erleichterung meinen Körper. Die Adresse lag in Edinburgh, am anderen Ende der Stadt. Hoffentlich würde ich es rechtzeitig schaffen …

Cain

Meine Haut prickelte, und in meinen Ohren klingelte es. Orientierungslos kniff ich die Augen zusammen, um den Schwindel abzuschütteln, der schlagartig Besitz von mir ergriffen hatte. Ich fühlte mich, als wäre ich betrunken Loopings in einer Achterbahn gefahren. Doch ein plötzliches Knurren ließ mich schlagartig ausnüchtern.

Ich blickte geradewegs in das von dunklen Adern durchzogene Gesicht eines Vampirs. Er kauerte nur wenige Meter entfernt von mir und starrte mich aus rot leuchtenden Augen an.

Ohne den Vampir zu lange aus den Augen zu lassen, nahm ich wahr, dass ich mich in einem heruntergekommenen Raum mit hohen Decken und altem Mobiliar befand. Das Oberlicht über den Fenstern war zersplittert, wodurch Laub und Dreck hineingetragen worden waren. Und offensichtlich war gerade Fütterungszeit, denn auf einem Tisch, nur ein paar Schritte von mir entfernt, lag der leblose Körper eines Mannes. Er war fast nackt und von Bisswunden übersät, um ihn herum hatte sich eine Handvoll weiterer Vampire versammelt.

Doch ich stand ihnen nicht allein gegenüber. Neben mir hatte Tarquin bereits eine Kampfposition eingenommen. Er wirkte nicht überrascht von den Blutsaugern, vielmehr schien es, als hätte er diesen Angriff geplant. Na ja, nur ohne mich.

Er warf mir einen raschen Blick zu, wandte sich dann aber wieder den Vampiren zu, als würde er in mir die kleinere Bedrohung sehen. Berechtigterweise, immerhin wollte ich nur mit ihm reden und ihn nicht tot sehen. Anders als unsere zähnefletschende Gesellschaft, deren Münder blutverschmiert waren. Die Gier in ihren Augen leuchtete noch offensichtlicher als sonst.

»Das hast du davon, dass du mir gefolgt bist«, sagte Tarquin, ohne mich anzusehen, kurz bevor ein blauer Blitz aus seiner Hand zuckte und den Vampir traf, der uns am nächsten war. Er wurde zurückgeschleudert und krachte gegen die Wand. Es fühlte sich an, als würde das gesamte Gemäuer von der Wucht des Aufpralls erbeben.

Die anderen Vampire fauchten und stürzten sich auf uns.

Ich riss meine Khukuri in die Höhe und wünschte, ich hätte eine größere Waffe dabei, Harpers Katana oder Wardens Macheten, um die Biester nicht so nahe an mich heranlassen zu müssen. Doch es gab in dem Raum ohnehin kaum eine Möglichkeit, ihnen auszuweichen, nicht mit all dem Mobiliar und den blauen Blitzen, die durch die Luft zuckten und denen ich ebenfalls ausweichen musste. Tarquin kämpfte in diesem Moment vielleicht an meiner Seite, aber seine Magie war für mich deswegen nicht weniger tödlich.

Ich duckte mich unter einem der Blitze hindurch, der sein Ziel verfehlte und hinter mir in die Wand einschlug. Gerade noch rechtzeitig bemerkte ich den Vampir, der mich von der Seite angriff, holte aus und rammte ihm eines meiner Khukuri in die Schulter. Ich wollte die Klinge wieder herausreißen, als der Vampir nach meinem Arm schlug, so kräftig, dass mir das zweite Khukuri aus der Hand fiel. Klirrend landete es auf dem

Boden, während der Vampir bereits erneut auf mich zusprang. Hinter seinem Kopf zuckten blaue Lichter.

Ich griff nach der Pistole an meinem Gürtel, und als ich den nach Verwesung stinkenden Atem des Vampirs bereits riechen konnte, feuerte ich einen gedämpften Schuss ab. Die Kugel schlug in seinen Schädel ein und zerfetzte ihn aus nächster Nähe. Kopflos sackte er zusammen.

Ich ging in die Knie. In einer fließenden Bewegung hob ich das eine Khukuri auf und riss das andere aus dem Körper des Vampirs, bevor ich mich meinem nächsten Gegner zuwandte, als ich plötzlich Glas splittern hörte.

Tarquin hatte mit seiner Magie einen der Blutsauger durch das Fenster in den Garten geschleudert, den ich erst jetzt, da die Scheibe nicht mehr spiegelte, erkennen konnte. Immerhin wusste ich nun, dass wir uns im Erdgeschoss eines Wohnhauses befanden. Der Hexer hechtete hinterher, und ein kühler Windstoß wehte in den Raum.

Ich atmete erleichtert auf. Ohne die Magie-Blitze, denen ich ständig ausweichen musste, konnte ich mich ganz auf meinen Gegner konzentrieren.

Und er sich auf mich. Der Vampir, der mir gegenüberstand, stieß ein Knurren aus und machte einen Satz auf mich zu.

Ich feuerte mehrere Schüsse auf ihn ab, doch der Mistkerl war schnell, mehr als einen Streifschuss bekam er nicht ab.

Ich drückte noch einmal ab, aber das verdammte Magazin war leer. Achtlos warf ich die Pistole beiseite und stürzte mich mit meinen Khukuri in den Kampf.

Der Vampir erwischte meinen Mantel mit seinen Klauen. Der Stoff riss, und ich spürte ein leichtes Brennen auf der Haut, wovon ich mich allerdings nicht beirren ließ. Stattdessen nutzte ich den Schwung aus, drehte mich um und stieß ihm eine Klinge in den unteren Rücken, so tief, dass sie seine Wirbelsäule erreichte.

Er jaulte auf wie ein geschlagener Hund und ging zu Boden, als seine Beine unter ihm nachgaben.

Ohne jegliches Mitleid packte ich ihn bei den Schultern, drehte ihn herum und rammte ihm mein zweites Khukuri ins Herz, worauf der Blutsauger leblos in sich zusammensackte. Mit einem Ruck zog ich die beiden Klingen wieder aus seinem Körper. Blut tropfte von den Spitzen.

Keuchend sah ich mich um. Der Tisch mit der Leiche war umgestoßen. Der Körper lag nun auf dem Boden, zusammen mit vier toten Vampiren, die teils enthauptet, teils verbrannt waren. Laub fegte durch das geborstene Fenster ins Innere und verfing sich in den Blutlachen, die sich überall gesammelt hatten.

Ich trat ans Fenster und sah hinaus. Es war dunkel, aber soweit ich erkennen konnte, befanden wir uns in einer Art Villa mit weitläufigem Garten und hohen Bäumen, die mir den Blick auf eine mögliche Nachbarschaft versperrten. Tarquin kämpfte ganz in der Nähe auf dem ungepflegten Rasen gegen zwei Vampire, die ihn umkreisten und nur Augen für ihn hatten. Meine Chance zur Flucht. Doch wenn ich jetzt verschwand, konnte es Tage, Wochen oder gar Monate dauern, bis Warden und ich wieder eine Spur fanden, die uns zu Tarquin und hoffentlich auch Isaac führte.

Glas knirschte unter meinen Füßen, als ich herumfuhr, um meine Pistole aufzuheben und das Magazin zu wechseln. Dann sprintete ich zurück zum Fenster und richtete den Lauf auf einen der Vampire. Doch Tarquins magische Attacken trieben die beiden hin und her, was es mir schwer bis unmöglich machte, einen von ihnen anzuvisieren. Ein besserer Schütze wie Jules hätte vermutlich problemlos treffen können, doch meine Stärke lag im Nahkampf. Ich holte tief Luft und feuerte dennoch einen Schuss ab – der, wie erwartet, danebenging.

»Scheiße«, fluchte ich, denn nun hatten mich die beiden Vampire bemerkt.

Während der eine einen erneuten Satz in Tarquins Richtung machte, sprang der andere über verwilderte Beete und Büsche auf das gesplitterte Fenster zu.

Mir blieb keine Zeit zu reagieren, binnen eines Wimpernschlags war er bei mir und riss mich um. Doch bevor er mich auf dem Boden festnageln konnte, sprang ich mit einem kräftigen Kick-up wieder auf die Beine. Überrascht fletschte der Vampir die Zähne, wobei ich seine Fänge aufblitzen sah, aber damit konnte er mir keine Angst einjagen.

Dieses Mal ging ich zuerst in den Angriff über, um der Sache endlich ein Ende zu bereiten. Doch mein Gegner war wendig und zäh, und während ich versuchte, den Vampir mit meinen Klingen zu erwischen, setzte er alles daran, mit seinen Klauen meine Deckung zu durchbrechen.

Mein Herz raste, und mein Atem kam nur noch stoßweise. Ich merkte, dass meine Verletzung mir noch immer ein wenig zu schaffen machte, aber daran durfte ich jetzt nicht denken. Stattdessen tauchte ich unter einem Schlag des Vampirs hindurch, trieb eines meiner Khukuri durch seinen Fuß und pinnte ihn damit am Boden fest. Anschließend verpasste ich ihm einen heftigen Tritt gegen das Knie. Das Geräusch brechender Knochen erfüllte mich mit Genugtuung. Kreischend sackte der Vampir zusammen, und bevor er wusste, wie ihm geschah, packte ich seine Schulter, wirbelte ihn herum und durchbohrte mit meinem zweiten Khukuri sein Herz.

Der Vampir war tot. Und auch draußen im Garten war alles still. Kein Aufleuchten von Magie, keine Kampfgeräusche, keine Schritte. Es war vorbei.

Der Raum war getränkt vom Blut der Vampire und ihres Opfers. Meine Seite, wo mich einer der Vampire mit seinen Klauen erwischt hatte, brannte, und die alte Verletzung in meinem Bein pochte protestierend.

Schwer atmend stand ich mitten im Raum und zuckte nicht mal zusammen, als Tarquin wieder durch das Fenster hereingeklettert kam. Mehrere tiefe Kratzer zogen sich über seinen Hals und sein Gesicht, und er versuchte, sein linkes Bein möglichst wenig zu belasten. Seine Verletzungen schienen ihn allerdings nicht zu interessieren. Wortlos ging er vor einem der Vampire in die Knie und begann, ihn zu durchsuchen. Mich beachtete er dabei nicht weiter.

Aufmerksam beobachtete ich, wie er Leichnam für Leichnam durchsuchte, zu misstrauisch, um zu sprechen. Anders als Vampire waren Hexer nicht per se bösartig. Sie wurden nicht von ihren Instinkten getrieben und mussten auch nicht töten, um zu existieren. Nichtsdestotrotz gab es einen Grund, aus dem die Magic Hunter Jagd auf sie machten – nicht alle von ihnen entschieden sich, ein friedliches Leben zu führen.

Was immer Tarquin suchte, er schien es nicht zu finden. Nachdem er die letzte Leiche abgetastet hatte, richtete er sich auf und sah zu mir. Der Blick aus seinen hellbraunen Augen war nicht zu deuten. Er nickte mir zu, ein stummes Dankeschön oder was auch immer, dann hob er eine Hand und erschuf ein Portal.

»Warte!« Ich trat einen Schritt vor.

Keine Ahnung, ob es der flehende Klang meiner Stimme war oder die Tatsache, dass wir einander gerade den Rücken freigehalten hatten, aber Tarquin hielt tatsächlich inne. Fragend sah er mich an. Das Leuchten des Portals flackerte über seine Gesichtszüge.

»Baldur lässt euch nach Isaac suchen, nicht wahr?«

Der Hexer wirkte überrascht und machte sich keine Mühe, es zu verbergen. »Woher weißt du davon?«

»Ich suche auch nach Isaac«, erwiderte ich, ohne auf seine Frage einzugehen. »Er hat einen Freund von mir entführt. Einen Grim Hunter. Ihr habt ihn nicht zufällig gesehen?«

»Nein, ein Grim Hunter ist mir nicht untergekommen«, antwortete Tarquin.

Ich glaubte ihm. Immerhin hatte er keinen Grund, mich anzulügen. Isaac war der Feind seines Meisters, nicht Jules.

Der Hexer verharrte noch einen kurzen Augenblick vor dem Portal, doch als ich nichts mehr sagte, schritt er hindurch.

Dieses Mal folgte ich ihm nicht. Das Portal schloss sich, und ich blieb allein in der heruntergekommenen Villa zurück.

Rasch machte ich mich daran, die Vampire zu durchsuchen in der Hoffnung, dass Tarquin möglicherweise etwas übersehen hatte, als plötzlich ein Knall ertönte. Ich zuckte zusammen und wirbelte herum. Die Eingangstür des Hauses war so heftig aufgestoßen worden, dass sie gegen die Wand geschlagen war. Ich rechnete damit, weitere Vampire in das Zimmer stürmen zu sehen, doch es war nur eine einzige Person, die den Raum mit erhobener Waffe betrat.

Warden.

Seine Brust hob und senkte sich rasend schnell, und in seinen Augen lag eine Furcht, die ich noch nie zuvor bei ihm gesehen hatte. Seine Knöchel traten hell hervor, so fest umklammerte er den Griff seiner Machete. Als wäre er bereit, alles und jeden, der ihm in die Quere kam, kurz und klein zu schlagen.

Fassungslos starrte er mich an.

»Cain …« Mein Name war nur ein Flüstern auf seinen Lippen.

Zwei, drei Herzschläge lang rührte er sich nicht, dann ließ er plötzlich seine Machete fallen und überbrückte mit drei kurzen Schritten die Distanz zwischen uns. Die Angst verschwand aus seinen Augen und wurde von einer anderen Empfindung abgelöst, doch bevor ich mir klar darüber werden konnte, um welche genau es sich handelte, zog er mich an sich und küsste mich.

Heiß und gierig pressten sich seine Lippen auf meine, so hart, dass ich seine Sorge und Angst um mich förmlich schmecken konnte. Er war hier, um mich zu beschützen, und mit einem Schlag wich alle Anspannung aus meinem Körper. Ich schloss die Augen, schlang die Arme um seinen Hals und zog ihn an mich.

Als ich die Finger in sein Shirt krallte, löste sich ein zufriedenes Seufzen aus seiner Kehle. Ich fing den Laut mit meinen Lippen ein, stellte mich auf die Zehenspitzen, um ihm noch näher zu kommen. Mein Herz pochte wie wild, und das lag nicht länger an der Anstrengung des Kampfes.

Wardens Finger glitten langsam meinen Rücken hinab, als wollte er jeden Millimeter meines Körpers abtasten, um sicherzustellen, dass es mir gut ging.

Ich erschauderte. Selbst durch den Stoff meines Shirts brannte seine Berührung heiß auf meiner Haut. Nur kurz dachte ich, dass es sich seltsam anfühlen sollte, ihn zu küssen – meinen ehemals besten Freund, meinen persönlichsten Feind –, aber das tat es nicht. Warden zu küssen war wie Atmen, selbstverständlich und in diesem Augenblick absolut lebensnotwendig.

Er drückte mich noch fester an sich, und mir wurde leicht schwindelig unter dem Ansturm der Gefühle, die mich auf einmal überrollten. Ich hatte nie daran gedacht, Warden zu küssen. Nein, das stimmte nicht, ich hatte mir nur nie erlaubt, daran zu denken. Aber jetzt, in diesem Augenblick, fragte ich mich, wie ich jemals *nicht* daran hatte denken können. Wardens

Küsse waren stürmisch und leidenschaftlich und doch sanft, als wäre ich die kostbarste Waffe, die er jemals in den Händen gehalten hatte. Er raubte mir den Verstand und brachte meine Gedanken zum Verstummen, bis ich nur noch ihn fühlte. Seine Hände, seine Lippen, seinen Atem auf meiner Haut.

Wardens Finger bahnten sich einen Weg unter mein Shirt, strichen meine Wirbelsäule hinauf, und eine glühende Hitze nistete sich in meiner Magengrube ein. Ich klammerte mich noch fester an ihn, und seine Brust drängte gegen meine, während seine Zunge neckend über meine Unterlippe fuhr. Ich stieß ein leises Keuchen aus und kam ihm mit meiner entgegen.

Warden hatte mich in der Vergangenheit schon zu vielen Dummheiten verleitet, aber das hier war eindeutig die beste Dummheit, die wir je gemeinsam begangen hatten …

Unser Kuss wurde sanfter. Hauchzart streichelte er mit seinem Mund über meinen, bevor er sich von mir löste.

Flatternd öffnete ich die Lider und blickte in seine blauen Augen, aus denen er mich intensiv musterte.

»Geht es dir gut?«

Ich sah an mir hinab. Mein Mantel war nach dieser Aktion definitiv gerade noch gut genug für den Müllcontainer, aber abgesehen davon hatte ich keinen schlimmeren Schaden genommen. »Ja, das sind nur ein paar Kratzer.«

Warden nickte, ohne wirklich erleichtert zu wirken. »Was hast du dir dabei gedacht, Tarquin durch das Portal zu folgen?«

»Ich habe gar nicht gedacht. Tut mir leid.«

Warden starrte mich an, als gäbe es nicht genug Schimpfwörter auf der Welt, um mich für meine Naivität zu verfluchen. Doch anstatt mir einen Vortrag zu halten, schloss er mich ein weiteres Mal fest in die Arme.

Obwohl er nichts davon erwähnte, spürte ich die Verzweiflung, die Unsicherheit und die Angst, die ihn die letzten Minuten begleitet hatten, und ich umklammerte ihn mit all der Kraft, die ich noch aufbringen konnte.

»Mach so etwas nie wieder«, murmelte er an meinem Hals.

Sein warmer Atem kitzelte meine feuchte Haut. Ich erschauderte und nickte an seiner Brust. Erst jetzt wurde mir wirklich bewusst, in was für eine Gefahr ich mich begeben hatte. Hinter diesem Portal hätte alles lauern können. Ich konnte von Glück reden, dass es nur ein paar Vampire gewesen waren und keine Versammlung der Hexen. Oder Baldur persönlich.

»Versprochen.«

Warden löste sich von mir und umfasste mein Gesicht mit beiden Händen. Das Blau seiner Augen erinnerte mich an die Magie, die noch kurz zuvor in diesem Raum wild um mich herumgewirbelt war. Doch ich wich nicht vor ihm zurück. Vor ihm hatte ich keine Angst, auch wenn er die Macht besaß, mich zu verletzen.

Langsam sah sich Warden in dem zerstörten Raum um. »Was ist hier passiert?«

Ich schluckte schwer. »Tarquin hat uns in ein Vampirnest teleportiert. Offenbar hat er hier nach Hinweisen zu Isaac gesucht, aber nichts gefunden.«

»Und wo ist er jetzt?«

»Weg. Er ist vor ein paar Minuten gegangen. Ich habe ihn nach Jules gefragt, aber er wusste nichts über ihn. Was bedeutet, wir können wieder von vorn anfangen«, sagte ich mit einem tiefen Seufzen.

»Mach dir deswegen keine Sorgen. Ich bring dich jetzt erst mal nach Hause. Morgen sehen wir weiter, okay?«

Dagegen hatte ich nichts einzuwenden. Die letzte halbe Stunde hatte sich angefühlt wie ein ganzer Tag.

Warden ergriff meine Hand und führte mich aus dem Haus

und zu einem Wagen, der quer auf der Auffahrt geparkt war. Er half mir einzusteigen, ehe er sich hinters Lenkrad setzte. Bevor er den Motor startete, rief er Wayne an, damit er die Sauerei in der Villa beseitigen lassen konnte.

Auf dem Weg zurück zum Quartier spürte ich immer wieder Wardens Blick auf mir. Ich fragte mich, was er wohl dachte, denn mir selbst fiel es ziemlich schwer, zu begreifen, was gerade passiert war. Wir hatten uns geküsst! Ich suchte in seinen Augen nach Hinweisen auf Reue, konnte aber keine finden.

Im Quartier angekommen, half Warden mir auszusteigen und begleitete mich durch die Flure bis zu meinem Zimmer.

Vor meiner Tür blieben wir stehen.

»Brauchst du noch etwas?«

Ich schüttelte den Kopf. »Nur eine Dusche.«

»Okay, dann geh ich besser mal.«

»Ja.« Nervös trat ich von einem Fuß auf den anderen. Wie verabschiedete man sich von seinem ehemals besten Freund, der zugleich dein Ex-Kampfpartner und der Typ war, den du gerade geküsst hattest?

Warden räusperte sich. »Okay, dann … gute Nacht.«

»Dir auch«, erwiderte ich.

Einen Moment blieb er regungslos stehen, zögerte – bis er sich vorbeugte und mir zum Abschied einen Kuss gab. Es war nur eine kurze, gleichzeitig zärtliche wie flüchtige Geste, die manch einem vielleicht unbedeutend erschienen wäre, dabei war sie alles andere als das. Und als Warden sich abwandte, um zu gehen, hinterließ sie ein Lächeln auf meinen Lippen.

23. KAPITEL

Cain

»Geister der Phase 4 sind besonders heimtückisch«, erklärte Ella den Kindern mit gruseliger Stimme. »Sie können nicht nur unsichtbar sein und fremde Körper besetzen, sondern verfügen auch über die Fähigkeit, den eigenen Körper wieder fest werden zu lassen.«

»Aber ist das nicht gut?«, fragte Lina, eine meiner ehrgeizigsten Schülerinnen. »Dann kann auch ein Blood Hunter wie mein Dad sie töten.«

»Das ist wahr. Aber Geister der Phase 4 haben nicht nur einen eigenen Körper, sondern besitzen in den meisten Fällen auch telekinetische Kräfte, was sie verdamm… sehr gefährlich macht. Nur erfahrene Hunter sollten sich mit ihnen anlegen.«

»So wie mein Daddy!«, rief Lina.

Ella lachte. »Ja, so wie dein Daddy.«

Hin und wieder holte ich mir andere Jäger und Jägerinnen in den Unterricht, um über ihre Spezialgebiete zu reden, und ich kannte keine bessere Soul Huntress als Ella. Sie erzählte noch mehr über Geister im Allgemeinen und einen ihrer Fälle mit Owen. Ich war froh, dass sie heute hier war, sodass ich mich ein wenig zurücklehnen konnte. Denn um ehrlich zu sein, war ich nicht ganz bei der Sache. Was mit Tarquin und dem Portal geschehen war, hing mir noch immer nach. Genau wie der Kuss mit Warden. Je länger ich darüber nachdachte, umso unsicherer wurde ich. Ich hatte keine Ahnung, wo wir standen. War der Kuss eine einmalige Sache gewesen, die im Affekt geschehen war, oder würde er sich wiederholen? Insgeheim hoffte ich es. Aber was machte das aus uns? Denn einer Sache war ich mir sicher, Warden war nicht Finn. Ich konnte nicht aus Spaß mit ihm rumknutschen, dafür bedeutete er mir zu viel.

Warum musste alles nur immer so kompliziert sein? Nicht nur mit Warden, sondern auch mit Jules und Isaac. Wir waren wieder bei null angelangt, ohne irgendeinen Hinweis auf den Vampirkönig oder Jules. Gott, das nervte mich so sehr!

Ella beendete die Stunde, ohne dass ich noch etwas beitragen musste. Während die Kinder aus dem Raum zu ihren Eltern stürmten, die auf dem Gang warteten, packten wir unsere Sachen zusammen. Im Anschluss an den Unterricht hatten wir verabredet, schwimmen zu gehen.

Wir wollten gerade aufbrechen, als meine Mum den Raum betrat. Sie hatte ihre Hunteruniform abgelegt und trug eine Leggings und einen hellblauen Pullover. Das rotbraune Haar, das etwas dunkler war als meine eigenes, fiel ihr offen über die Schultern. »Hey ihr zwei.«

»Hallo Lillian«, begrüßte Ella meine Mum. »Wie geht es dir?«

»Ich kann mich nicht beklagen. Heute ist mein freier Tag. Glückwunsch übrigens zu dem toll erledigten Job in Helsinki, dein Dad hat mir davon erzählt.«

Ella strahlte über das ganze Gesicht, was ihre Wangen zum Glühen brachte. Ihr Dad war ihr großes Vorbild. Sein Lob wog für sie mehr als das jedes anderen Menschen auf dieser Welt. »Danke. Es war sehr aufregend.«

»Das glaub ich dir. Bei Gelegenheit musst du mir unbedingt davon erzählen, aber wenn es okay ist, würde ich jetzt gern kurz mit meiner Tochter sprechen.«

Ein ungutes Gefühl stieg in mir auf. Vermutlich wollte sie mit mir wieder über die Wahl eines neuen Kampfpartners reden.

Ella sah mich an und schien die Sorge in meinen Augen zu erkennen. »Eigentlich wollten wir gerade –«

»Schon gut«, unterbrach ich sie, dankbar, dass sie versuchte, mich vor dieser Unterhaltung zu retten, aber besser ich brachte sie so schnell wie möglich hinter mich. »Geh du doch schon mal vor. Ich komm nach, sobald wir hier fertig sind.«

Sicher?, fragte Ella mit ihrem Blick.

Ich nickte.

Sie zögerte nur noch kurz, dann verabschiedete sie sich von meiner Mutter und ließ uns allein im Klassenzimmer zurück.

Meine Mum schloss die Tür und kam zu mir ans Pult. »Warum gehst du nicht an dein Handy? Ich habe heute schon fünfmal versucht, dich anzurufen«, sagte sie in dem mütterlichen Tonfall, der in mir sofort ein schlechtes Gewissen hervorrief.

»Tut mir leid, ich hab eine neue Handynummer. Ich schick sie dir später.« Mein altes Handy hatte ich verlegt oder besser gesagt verloren. Ich hatte keine Ahnung, wo das Ding war. Zuerst hatte ich gedacht, ich hätte es im Kampf mit den Vampiren in der Villa versehentlich fallen gelassen, aber weder Wayne noch der Reinigungstrupp hatten es dort finden können. Und im Wagen, den Warden und ich genutzt hatten, war es auch nicht gewesen. Die Archivare hatten es ebenfalls nicht orten können und mir deshalb ein neues gegeben. Ich war nur froh, dass ich mich immer vorbildlich an die Regeln gehalten hatte, sodass auf meinem Handy keine Informationen und Nachrichten gespeichert waren, welche den Huntern und dem Quartier schaden konnten.

Wortlos lehnte sich meine Mum gegen das Pult und musterte mich von Kopf bis Fuß.

In diesem Moment wurde mir klar, dass sie nicht wegen der verpassten Anrufe hier war, sondern weil ich in den letzten Wochen auf Jagd gewesen war. Keine Ahnung, woher sie es wusste, aber irgendwie hatte sie es herausgefunden.

»Ich habe doch recht, wenn ich annehme, dass deine neue Handynummer nicht das Einzige ist, wovon du mir erzählen solltest. Nicht wahr?«

Ich nickte. Lügen machte jetzt keinen Sinn mehr. »Es tut mir leid«, sagte ich und hockte mich meiner Mum gegenüber auf einen der Tische der Kinder.

Sie verschränkte die Arme. »Was tut dir leid?«

»Dich angelogen zu haben.«

»Das ist alles?«

Ich nickte, denn ich hatte das Gefühl, dass sie wirklich bereit war, mir zuzuhören. »Ich weiß, dass wir Hunter den Menschen gegenüber eine Verantwortung haben und unser Job gefährlich ist, aber ihr habt Jules viel zu schnell aufgegeben. Das konnte ich nicht akzeptieren.«

»Und deswegen bist du allein losgezogen?«

»Nein, nicht allein … Mit Warden.«

Die Mundwinkel meiner Mum hoben sich, und sie schüttelte amüsiert den Kopf. »Warum überrascht mich das nicht? Ich wusste immer, dass ihr zwei euch irgendwann wieder zusammentut.«

Ich hob die Augenbrauen. »Ach ja?«

»Ja, eine Mutter weiß so etwas.« Sie zuckte mit den Schultern, als wäre Muttersein ein übernatürliches Mysterium, das ihr irgendwelche hellseherischen Fähigkeiten verlieh.

Ich ging darauf jedoch nicht weiter ein, denn was sie über Warden und mich dachte, war nebensächlich, viel wichtiger war eine andere Frage. »Wirst du uns verraten?«

Wenn sie Grant von der Sache erzählte, könnten wir einpacken. Zwar waren Warden und ich brav gemeinsam auf Jagd gewesen, aber mit unserer Suche nach Jules hatten wir klar gegen die Anweisungen des Quartiers gehandelt.

Sie seufzte. »Nein, werde ich nicht.«

»Wirklich nicht?«, fragte ich überrascht, denn meine Mutter war wie ich. Sie schätzte die Regeln des Quartiers und ordnete sich ihnen unter. Selbst dann, wenn es zu ihrem Nachteil war; wie damals, als Xavier statt ihr die Leitung über die Blood Hunter erhalten hatte. Sie hatte diese Tatsache hingenommen, aus dem einfachen Grund, dass den Regeln nach allein Grant entschied, mit wem er den Posten besetzte.

»Wirklich nicht. Ich verstehe, warum du es tun musst. Aber versprich mir, dass ihr vorsichtig seid. Dann werde ich versuchen, Grant und Xavier noch eine Weile hinzuhalten. Die beiden möchten, dass du dir einen neuen Partner aussuchst.«

»Danke, Mum.« Ich sprang vom Tisch, um sie fest in die Arme zu schließen, und sie erwiderte die Geste, die sich unglaublich warm und vertraut anfühlte.

Nachdem wir uns voneinander gelöst hatten, verließen wir gemeinsam das Klassenzimmer.

»Wie hast du es herausgefunden?«, fragte ich sie im Gang, kurz bevor sich unsere Wege trennten.

»Durch Zufall. Ich war bei den Archivaren, als ein Anruf von Wayne reinkam, der einen Reinigungstrupp angefordert hat – zehn Minuten, nachdem ich ihm im Quartier begegnet war. Daraufhin hab ich mir ein paar Akten angeschaut und festgestellt, dass Wayne seit Jules' Verschwinden ziemlich viele Reinigungen beauftragt hat. Viel zu viele. Da hab ich eins und eins zusammengezählt. Nur das mit Warden wusste ich nicht.«

»Wenn du irgendwann keine Lust mehr auf diesen Laden hast, könntest du Detektivin werden«, sagte ich, als wir das Treppenhaus erreichten.

Sie lachte. »Das ist gut zu wissen, aber ich glaube, dafür bin ich viel zu gern Jägerin.«

Wir verabschiedeten uns, und ich machte einen Abstecher in mein Zimmer, um mir meinen Bikini anzuziehen. Ein Handtuch unter den Arm geklemmt, machte ich mich anschließend auf den Weg zum Pool, wo ich zu Ella ins Wasser sprang.

Während ich meine Bahnen schwamm, lag Ella auf einer Luftmatratze. Eigentlich war der Pool nicht zum Vergnügen, sondern fürs Training da, aber Ella interessierte das nicht. Sie ließ sich gemütlich treiben, als wäre sie im Urlaub. Alles, was fehlte, war eine Sonnenbrille auf ihrer Nase und ein Cocktail in ihrer Hand.

»Hey, was wollte deine Mum?«, erkundigte sie sich.

Ich schwamm um ihre Luftmatratze herum. »Sie hat rausgefunden, dass Warden und ich nach Jules suchen.«

»Oh mein Gott! Was hat sie gesagt?«

Ich lieferte ihr eine Zusammenfassung des Gesprächs. Ich hoffte, dass niemand sonst herausfand, was meine Mum herausgefunden hatte. Allerdings bezweifelte ich das. Die Archivare besaßen zwar jede Menge Daten über jeden einzelnen Hunter und wussten theoretisch genau, wann wir die Waffenkammer aufsuchten und das Quartier verließen, aber diese Daten wurden nicht benutzt, um uns zu kontrollieren. Solange Warden und ich uns weiter bedeckt hielten und vorsichtig waren, sollte uns niemand sonst auf die Schliche kommen. Vielleicht war es trotzdem nicht verkehrt, noch ein, zwei weitere Hunter mit an Bord zu holen, damit Waynes häufige Reinigungsaufträge keinen Verdacht erregten.

»Wie läuft es überhaupt mit der Suche nach Jules?«, erkundigte sich Ella und paddelte gegen die Strömung der Filteranlage an.

»Nicht gut«, antwortete ich mit gesenkter Stimme und gab ihr ein kurzes Update. Zwar waren außer uns nur zwei weitere Hunter im Schwimmbad, aber ich wollte nicht riskieren, dass wir belauscht wurden. »Es ist wirklich frustrierend, bisher sind alle Hinweise im Sand verlaufen. Wir haben gar nichts.«

»Das tut mir leid. Aber ihr werdet ihn schon noch finden.«

»Glaubst du das wirklich?«

Ella nickte und wandte mir ihr Gesicht zu. Das blonde Haar hatte sie mit einer Klammer auf dem Kopf zusammengesteckt, damit es nicht nass wurde. Allerdings hatten sich ein paar Strähnen gelöst, die ihr nun feucht auf der Stirn und an den Wangen klebten. »Ich kann in deiner Aura sehen, dass du noch immer daran glaubst, und solange du Hoffnung hast, habe ich sie auch.«

Ich lächelte. Es tat gut, das zu hören. Ja, ich war noch nicht bereit, Jules aufzugeben, aber mit jedem Tag, der verging, wurden die Zweifel stärker, wurde es schwerer, die Hoffnung aufrechtzuerhalten. Vor allem wenn ich mir klarmachte, wie das Quartier bereits zum Alltag zurückgekehrt war. Niemand redete mehr über Jules oder Floyd, ihr Tod wurde einfach hingenommen, und abgesehen von ihren Eltern machte der Rest einfach weiter wie zuvor. Auf eine gewisse Weise konnte ich es verstehen. Wir hatten einen gefährlichen Beruf, es verschwanden und starben ständig Hunter im Dienst, dennoch war es schwer zu akzeptieren, wie schnell Jules in Vergessenheit geriet.

»Und was macht die Zusammenarbeit mit Warden? Treibt ihr euch gegenseitig in den Wahnsinn?«

Überrumpelt von der Frage, vergaß ich für eine Sekunde, mit den Armen zu rudern. Wasser schwappte mir ins Gesicht, und es dauerte einen Moment, bis ich meinen Rhythmus wiederfand. »Nein, es ist … okay.«

Sie hob eine Braue. »Was soll das heißen?«

Verlegen biss ich mir auf die Unterlippe. »Es ist anders als erwartet.«

»Ich wiederhole: Was soll das heißen?«

Obwohl ich im kühlen Wasser trieb, wurde mir warm. »Vielleicht haben wir uns geküsst.«

»Was?!«, platzte Ella heraus, die sich im selben Augenblick ruckartig aufsetzte. Ihre Luftmatratze geriet ins Schwanken, und sie verlor das Gleichgewicht. Mit einem lauten Platschen fiel sie ins Wasser. Nach Luft japsend und mit triefenden Haaren tauchte sie wieder auf. Ihr Blick fand meinen. »Was hast du gesagt?«

»Wir haben uns geküsst.«

»Wann?« Ella versuchte nicht einmal, ihre Luftmatratze einzufangen, die gerade davontrieb.

»Vor zwei Tagen.«

»Und das erzählst du mir erst jetzt?«

»Sorry«, entschuldigte ich mich und berichtete ihr, wie Warden mich im Anschluss an den Kampf in der Villa gefunden und geküsst hatte. Bei der Erinnerung daran begannen meine Lippen zu kribbeln und ein nervöses Flattern breitete sich in meiner Brust aus. Auf einmal wurde mir klar, dass ich es kaum erwarten konnte, ihn wiederzusehen. Gestern Abend war er mit Roxy und Finn auf die Jagd gegangen, um seinen Ghostvision aus nächster Nähe zu erleben. Seitdem hatte ich nichts mehr von ihm gehört.

»Wow«, raunte Ella und unterbrach damit meine Gedanken. »Ich hätte nicht gedacht, dass das noch einmal passieren wird. Jules schuldet mir zwanzig Pfund.«

Verständnislos sah ich sie an.

»Komm schon, das mit euch war doch ziemlich offensichtlich, zumindest vor der Sache mit Wardens Eltern. Jules und ich haben jeden Tag drauf gewartet, dass du damit rausrückst, dass ihr rumgeknutscht habt.«

Davon hörte ich gerade zum ersten Mal. »Und ihr habt darauf gewettet?«

»Ja.« Sie grinste. »Jetzt guck nicht so schockiert. Ihr wart damals unzertrennlich und hättet alles füreinander getan.«

»Weil wir Kampfpartner waren.«

Ella verdrehte die Augen. »Ja, klar, rede dir das nur ein.«

»Wieso habt ihr nie etwas gesagt?«

»Wir wollten uns nicht einmischen«, sagte Ella mit so etwas wie einem Schulterzucken und schwamm nun doch ihrer Luftmatratze hinterher, die inzwischen an die andere Seite des Schwimmbeckens getrieben worden war.

Ich blickte ihr hinterher und dachte über ihre Worte nach, entschied aber, dass es keine Rolle mehr spielte, was Jules und sie damals gedacht hatten. Oder was Warden und ich früher füreinander gewesen waren. Das lag in der Vergangenheit. Viel mehr interessierte mich, was die Zukunft bringen würde.

Ella kam mit ihrer Luftmatratze zurück, die ich für sie festhalten sollte, während sie versuchte, wieder aufzusteigen. Anschließend blieben wir noch eine Weile im Wasser. Ella ließ sich treiben, während ich wieder meine Bahnen schwamm und versuchte, den Kopf freizubekommen. Doch meine Gedanken wanderten immer wieder zu Warden und dem Kuss.

»Schau mal, wer uns da besuchen kommt«, hörte ich Ella säuseln, die plötzlich neben mir aufgetaucht war.

Aus meinen Gedanken gerissen, sah ich auf. Sofort fand mein Blick Warden, der am Rand des Beckens entlanglief. Und vielleicht wurde mein Mund bei seinem Anblick ein klein wenig trocken. Ich hatte ihn früher schon des Öfteren ohne Shirt

gesehen, aber dies war das erste Mal seit drei Jahren und ...
wow. Zwar hatte ich im Laufe meines Lebens schon einige
schöne Männerkörper gesehen, aber Warden ... Warden war
anders. Vielleicht dachte ich das auch nur, weil ich inzwischen
genau wusste, wie sich seine muskulöse Brust anfühlte, wenn
sie gegen meinen Körper drängte.

Ich zwang mich, den Blick von seinem wohldefinierten Six-
pack abzuwenden, und erkannte, dass auch er mich bemerkt
hatte. Ein wissendes Grinsen lag auf seinen Lippen. Ohne
mich aus den Augen zu lassen, legte er seine Sachen auf einer
der Bänke am Beckenrand ab.

»Ich glaube, das ist mein Signal, zu gehen«, sagte Ella, und
bevor ich sie hätte aufhalten können, ruderte sie mit ihrer
Luftmatratze zum nächsten Ausstieg. Im Vorbeigehen grüßte
sie Warden, kurz darauf war sie verschwunden.

Als ich mich umsah, stellte ich fest, dass wir allein im
Schwimmbad waren. Unwillkürlich beschleunigte sich mein
Herzschlag.

Warden setzte sich an den Rand des Beckens und beobachtete mich mit einem Blick, den ich selbst auf die Distanz auf
meiner Haut prickeln fühlte.

Ich schwamm zu ihm, da es merkwürdig gewesen wäre,
einfach weiter meine Bahnen zu ziehen und ihn zu ignorieren.
Nicht dass ich das gewollt hätte. Viel lieber wollte ich mit ihm
reden. Ihn berühren. Seine Lippen auf meinen spüren. Wenn
es das war, was er sich auch wünschte.

»Hey«, rief er mir zu, als uns nur noch ein paar Meter trennten.

»Hey«, erwiderte ich atemlos und hoffte, dass er es darauf
schob, dass ich schon eine Weile im Becken trainierte.

Sein rechter Mundwinkel zuckte. »Ella hatte es gerade
ziemlich eilig.«

»Ja, sie muss … Dinge erledigen. Geister«, log ich so schlecht, dass ich mir selbst nicht geglaubt hätte. Warum war ich auf einmal so nervös?

Warden machte keine Anstalten, ins Wasser zu kommen, also stemmte ich mich am Beckenrand in die Höhe und setzte mich neben ihn auf die kühlen Fliesen. Eine Gänsehaut breitete sich auf meinem Körper aus.

Warden beobachtete mich, wobei sein Blick nicht sonderlich diskret an meinen Brüsten hängen blieb, bevor er mir ins Gesicht schaute. Ich konnte es ihm nicht einmal verdenken, immerhin hatte ich keine zwei Minuten zuvor genauso seinen Körper bewundert.

»Wie lief es mit Roxy?«, fragte ich, um mich von der Tatsache abzulenken, dass Warden und ich in diesem Moment praktisch in Unterwäsche nebeneinandersaßen – mehr als ein BH verbarg mein Bikini auch nicht.

»Sehr gut. Der Ghostvision läuft jetzt einwandfrei. Wir konnten gestern gleich zwei ihrer Geister erledigen«, sagte Warden mit leicht belegter Stimme.

Er hatte mir während unserer Patrouillen in Leith ausführlich erzählt, was es mit Roxy, Kevin und ihrem Fluch auf sich hatte. Die Geschichte war unglaublich, und es tat mir leid, dass Roxy von ihrer früheren Mentorin so hintergangen worden war. Ich wusste nicht, wie ich mich fühlen würde, wenn ich herausfände, dass Grant oder meine Mum die ganze Zeit mit Isaac zusammengearbeitet hatten.

»Herzlichen Glückwunsch! Du kannst uns nicht zufälligerweise auch ein Gerät bauen, mit dem wir Isaac finden können?«

Warden lachte. »Dann hätte ich es schon vor Jahren getan.«

»Schade«, erwiderte ich und planschte mit den Füßen im Wasser. Plötzlich fühlte ich mich eigenartig befangen in Wardens Gegenwart. Und das nicht nur wegen des relativ nackten Zustands, in dem wir uns befanden, sondern weil es da etwas gab, das mir auf dem Herzen lag. Schon seit jener Nacht, die wir gemeinsam auf dem Dach verbracht hatten. Ich räusperte mich. »Ich würde gern mit dir über etwas reden.«

»Worüber?«

Über den Kuss. Über die Art, wie du mich gerade ansiehst. Und über das Flattern in meiner Brust, jedes Mal, wenn ich dich ansehe.

»Über das, was damals zwischen uns passiert ist.«

»Ich dachte, das Thema hätten wir abgehakt.«

»Nein, weil du es nicht verstehst.«

Er hob die Augenbrauen. »Was gibt es da noch zu verstehen? Du hast mich hintergangen.«

Er klang nicht wütend, aber eine kratzige Note hatte sich in seine Stimme geschlichen. Als müsste er darum kämpfen, seine wahren Gefühle zurückzuhalten – was nur umso offensichtlicher machte, dass die Sache eindeutig noch nicht abgehakt war.

»Ja, ich habe dich hintergangen«, gab ich zu. »Aber nur, um dich zu beschützen.«

Die Muskeln an Wardens Kiefer traten hervor, als er fest die Zähne zusammenbiss. »Hättest du mich wirklich beschützen wollen, wärst du mit mir gegangen.«

Ich schüttelte den Kopf, und meine Hände krallten sich unwillkürlich um den Rand des Beckens. »Das hätte nicht funktioniert, Warden. Wir waren damals beide jung und unerfahren. Du warst meilenweit davon entfernt, der Hunter zu sein, der du heute bist. Genau wie ich. Hätte mich wie gestern eine Horde Vampire angegriffen, hätte ich nichts unternehmen können, um mich selbst, geschweige denn zusätzlich dich zu retten. Du warst damals zu wütend, um das zu erkennen, aber ich habe es gesehen.«

Warden schluckte hart. »Du hast mich also verraten, weil du mich für unfähig gehalten hast?«

»Ehrlich? Ja. Ich konnte nicht mit ansehen, wie du praktisch Selbstmord begehst«, gestand ich. Meine Stimme hatte einen leicht zittrigen Klang angenommen wie jedes Mal, wenn ich an jene Nacht und die Stunden zurückdachte, in denen ich nicht gewusst hatte, wo er war und wie es ihm ging. Und auch mein Herz begann bei der Erinnerung erneut panisch zu flattern. »Du hattest Angst um mich, als ich hinter Tarquin durch dieses Portal verschwunden bin, oder?«

»Ja«, antwortete Warden nach einem kurzen Zögern.

»Nimm diese Angst und stelle sie dir mal hundert vor. Dann weißt du, was ich empfunden habe, als du in jener Nacht losgezogen bist. Ich wäre fast gestorben vor Sorge … weil auch du mir verdammt wichtig bist.«

Warden sah mich nicht an.

Vorsichtig griff ich nach seiner Hand, die neben meiner auf dem Beckenrand lag.

Er entzog sie mir nicht, machte aber auch keine Anstalten, meine Berührung zu erwidern.

»Ich wollte dich nie hintergehen«, sprach ich weiter. »Und wenn du mich jetzt fragen würdest, ob ich losziehen würde, um Isaac mit dir zu töten, bräuchte ich nur fünf Minuten, um mich zu bewaffnen. Du bist heute ein besserer Hunter als früher, und auch wenn du noch immer wütend auf Isaac bist, ist deine Wut nicht mehr zügellos. Du lässt dich von ihr leiten, aber nicht beherrschen. Nicht wie damals.«

Warden erwiderte nichts. Das Rauschen und Rattern der Filteranlage war das einzige Geräusch, ansonsten war es vollkommen still.

»Warum hast du mir das alles nicht schon früher gesagt?«

Ich lächelte traurig. »Weil du mir keine Gelegenheit dazu

gegeben hast. Du hast unsere Partnerschaft aufgegeben. Ohne auch nur eine Sekunde zu zögern. Ich dachte immer, dass du nach deinem Arrest zu mir kommen und dich entschuldigen würdest, aber das bist du nicht. Offenbar hat dir unsere Partnerschaft nicht so viel bedeutet wie mir.«

Warden riss den Kopf hoch. »Unsere Partnerschaft hat mir alles bedeutet, aber es hat dich keine vier Wochen gekostet, mich zu ersetzen. Jules und du –«

»Das sollte nicht von Dauer sein«, unterbrach ich Warden und zog meine Hand zurück. Nun war ich diejenige, die wütend wurde. Wie konnte er das nur glauben? Kannte er mich überhaupt nicht? Jules war einer meiner besten Freunde, aber ich hatte Warden bestimmt nicht durch ihn ersetzt. »Ich brauchte einen Partner, um auf die Jagd gehen zu können, um besser zu werden und dir mit Isaac helfen zu können, aber ich wäre jederzeit zu dir zurückgekehrt, hättest du mich darum gebeten. Aber das hast du nicht. Also bin ich bei Jules geblieben und habe mich gezwungen, dich zu vergessen.«

»Und, hast du mich vergessen?«

Ich lächelte. »Du kennst die Antwort darauf.«

Warden erwiderte nichts und starrte in das künstliche Blau des Pools.

Mit angehaltenem Atem beobachtete ich ihn und wünschte mir nichts sehnlicher, als dass er mich ansah, ebenfalls lächelte und sagte, dass er mir für damals verzieh. Ich wollte nach vorn blicken und an unserer Zukunft arbeiten, aber das ging nicht, solange uns das Gewicht unserer Vergangenheit zurückhielt.

»Hast du Lust auf ein Wettschwimmen?«, fragte Warden plötzlich.

Ich blinzelte. War das sein Ernst? »Sicher, dass du dir das antun willst?«

»Ich bin besser geworden.«

»Okay«, sagte ich, nachdem offensichtlich war, dass er keinen Witz gemacht hatte.

Ich sprang zurück ins Wasser und beobachtete, wie sich Warden ebenfalls langsam in den Pool gleiten ließ, wobei ich immer noch versuchte, seine Miene zu deuten. Aber in diesem Augenblick war sie undurchdringlich. Was ging in ihm vor?

»Sechs Bahnen?«

Ich nickte. »Bereit?«

»Ja. Auf drei. Eins – zwei – drei!«

Ich stieß mich vom Rand des Beckens ab und schoss mit kraftvollen Bewegungen durchs Wasser. Ohne darauf zu achten, was Warden neben mir tat, kraulte ich, so schnell ich konnte, auf die andere Seite des Pools, stieß mich erneut ab und schwamm zurück. Dieses Spiel wiederholte ich mehrmals. Kurz vor dem Ziel zog ich das Tempo noch einmal an. Aber vielleicht war es auch nur das Durcheinander in meinem Kopf, das es mir so schwer machte, meine Arme und Beine zu koordinieren. Ich wollte dieses Wettschwimmen nicht, ich wollte Antworten – ohne Warden zu ihnen zu drängen. Vielleicht brauchte er einfach etwas Zeit, um über das Gesagte nachzudenken.

»Fertig!«, brüllte ich am Ende der sechsten Bahn und klammerte mich für eine Verschnaufpause am Beckenrand fest. Schwer atmend sah ich mich nach Warden um, der weit hinter mir gerade erst seine fünfte Bahn beendet hatte. Ich wartete, bis er neben mir auftauchte. Das braune Haar hing ihm in dunklen, beinahe schwarzen Strähnen in die Stirn, die ihn jungenhaft wirken ließen. »Sicher, dass du besser geworden bist?«

»Ach, halt die Klappe.« Warden spritzte Wasser in meine Richtung.

Ich spritzte zurück. »Sei nicht so ein schlechter Verlierer.«

»Sei du nicht so ein gönnerhafter Gewinner.« Erneut schlug er Wasser in meine Richtung, und der Schwall traf mich mitten ins Gesicht.

Empört schnappte ich nach Luft. Na warte! Das konnte ich so nicht auf mir sitzen lassen. Ich spritzte Warden erneut nass.

Sein Blick verfinsterte sich, und ehe ich michs versah, steckten wir mitten in einer Wasserschlacht und fluteten dabei das halbe Schwimmbad. Ich paddelte wild mit den Händen und Warden tat dasselbe, bis ich mich schließlich umdrehte und lachend vor ihm zu fliehen versuchte. Aber die Aussicht, mich in dieser Schlacht zu besiegen, machte Warden plötzlich doch zu einem erstaunlich guten Schwimmer. Er holte mich ein und schlang die Arme um meine Taille, ein freches Grinsen auf den Lippen. Die Schwere unseres Gesprächs war verflogen.

»Warden! Nicht!« Quietschend versuchte ich, mich seinem Griff zu entwinden, aber da war es bereits zu spät. Er tauchte ab.

Das Wasser schlug über unseren Köpfen zusammen und verschluckte meine Rufe. Ein Rauschen dröhnte in meinen Ohren. Doch das Geräusch verschwand so schnell, wie es gekommen war, als Warden sich vom Boden abstieß und wir blitzschnell wieder auftauchten. Instinktiv klammerte ich mich an ihm fest. Wie von selbst schlangen sich meine Beine um seine Hüfte, und meine Fersen gruben sich in seinen Hintern. Keuchend schnappte ich nach Luft.

Warden lachte. Er war so groß, dass er problemlos im Pool stehen konnte, während mir Wasser in den Mund schwappte, sobald ich versuchte, die Füße auf den Grund zu stellen.

Ich verpasste ihm einen Klaps auf den Rücken. »Du Pappnase, das war unfair!«

»Unfair? Ich wusste nicht, dass es Regeln gibt.«

»Die gibt es immer«, protestierte ich, aber nur halbherzig, denn in diesem Augenblick realisierte ich, wie nahe wir einander waren. Warden hielt mich an sich gedrückt. Seine muskulösen Arme fest um mich geschlungen, presste sich seine nackte Brust gegen meinen Oberkörper.

Obwohl ich in den letzten Minuten mehr Wasser geschluckt hatte, als mir lieb war, fühlte sich mein Mund auf einmal trocken an. Ich starrte Warden an. Tropfen hingen in seinen Wimpern und rollten über sein Gesicht, das meinem auf einmal unerträglich nahe schien.

Die Veränderung in mir blieb von Warden offensichtlich nicht unbemerkt, denn das schelmische Funkeln in seinen Augen wurde von einem weichen Blick abgelöst. Sanft wanderte dieser über mein Gesicht. Ich konnte sehen, wie er nervös schluckte, als hätte er mir etwas Schweres zu sagen, von dem er nicht wusste, wie ich es verkraften würde.

Meine Hand bewegte sich wie von selbst. Vorsichtig hob ich sie an seine Wange und hoffte, er verstand, dass er mir alles sagen konnte. Alles, selbst wenn es mir das Herz brach.

»Es tut mir leid, wie ich mich damals verhalten habe«, setzte Warden an. Seine Entschuldigung waren geflüsterte Worte, die nur zwischen ihm und mir existierten. »Ich habe die Welt gehasst und mich selbst, nicht dich. Ich wollte diese Gefühle nicht auf dich übertragen, aber ich habe es getan, und das war falsch.«

Ich betrachtete ihn eingehend. »Das heißt, du verzeihst mir?«

Er schüttelte den Kopf, und ein gequälter Ausdruck trat auf sein Gesicht, als würde er sich für das verabscheuen, was er uns angetan hatte. »Da gibt es nichts zu verzeihen. Ich verstehe es jetzt.«

Zärtlich streichelte ich ihm über die Wange in der Hoffnung, die Schuld aus seinem Gesicht wischen zu können. Das Wissen darum, dass wir uns gegenseitig auf furchtbare Weise verletzt hatten, obwohl wir einander so viel bedeuteten, schmerzte. Ich trauerte um die Jahre, die wir verloren hatten, denn in diesem Job wusste niemand, wie viel Zeit einem noch blieb. Aber ich freute mich auch, dass wir das, was zwischen uns gestanden hatte, nun endlich aus dem Weg geräumt hatten. Unter all den Schichten aus Einsamkeit, Angst und Wut befand sich noch immer der Warden von früher, der mir mehr bedeutete als mein eigenes Leben, und ich wollte ihn zurückhaben.

Ich drückte ihn an mich. »Ich hab dich vermisst.«

Warden vergrub sein Gesicht an meiner Schulter. »Ich dich auch.«

Ich schloss die Augen und erlaubte mir, diesen Moment voll und ganz zu genießen und jede Faser, jede Regung von Warden zu spüren. Seinen Atem auf meinem Hals. Seine Arme um meine Taille. Seine Finger auf meiner Haut. Ihn zu umarmen kam mir auch nach all den Jahren noch immer vertraut vor.

Ich atmete ein letztes Mal tief ein, bevor ich mich von Warden lösen wollte, doch sein Griff gab mich nicht frei. Er hielt mich weiter fest, und plötzlich spürte ich seine Lippen an meinem Hals.

Ich erstarrte.

Federleicht, so als wäre es nur ein Zufall, streiften sie über meine Haut. Doch es war kein Zufall, kein Versehen, denn sie berührten dieselbe Stelle noch einmal und noch einmal und noch einmal.

Ich erschauderte und biss mir auf die Unterlippe, um keinen Laut von mir zu geben, während ich Warden in stiller Übereinkunft erlaubte, meinen Hals zu küssen. Ich hielt den Atem an, bis ich es nicht mehr aushielt. Dann vergrub ich eine Hand in seinem feuchten Haar, um seine Lippen zu der Stelle zu dirigieren, an der sich seine Küsse besonders gut anfühlten. Doch er brauchte meine Führung nicht, er fand die Stelle ganz von selbst. Sanft saugte er an meiner Haut, ehe er begann, mit der Zunge die Wasserperlen aufzufangen, die mir über die Haut rannen.

Ein nervöses Kribbeln breitete sich in mir aus. Auf einmal schien das Wasser um mindestens zehn Grad wärmer zu sein.

»Warden …«

»Mhm«, brummte er an meinem Hals.

»Wir sollten das nicht hier tun.« Ich hörte selbst, wie schwach mein Protest klang.

»Oh doch, das sollten wir.« Seine Hände, die bis eben auf meiner Taille gelegen hatten, wanderten tiefer, hinab zu meiner Hüfte, und schließlich noch tiefer bis zu meinem Hintern. Er packte mich, und mit einem Ruck zog er mich noch enger an sich, bis ich ihn hart und heiß zwischen meinen Schenkeln spüren konnte.

Ich gab einen erstickten Laut von mir. Ich konnte alles fühlen … Alles. Mein dünnes Höschen und seine Schwimmshorts trugen nicht dazu bei, irgendetwas zu verbergen, genauso gut hätten wir nackt sein können. Und ein Teil von mir wünschte sich genau das.

Warden liebkoste noch immer meinen Hals, knabberte sanft an meinem Ohrläppchen und streifte weich, ohne jeden Druck, mit den Lippen über die Stelle, an der mein Puls viel zu heftig pochte, meinen Kiefer empor, bis er schließlich meinen Mund erreichte. Doch er küsste mich nicht, obwohl ich seinen Atem auf meinen Lippen spüren konnte.

Blinzelnd hob ich die Lider und blickte geradewegs in seine blauen Augen. Sein Blick war dunkel, aber es waren nicht länger Sorge und Schuld, welche diese Dunkelheit zu verantworten hatten, sondern Lust und Verlangen. Empfindungen, die ich nur zu gut nachvollziehen konnte. Ich hatte auf einmal das Gefühl, in Lava zu baden. In Flammen zu stehen.

»Warden …«

»Ja?«

»Küss mich.«

Ich konnte sein Lächeln spüren, kurz bevor er mir meinen Wunsch erfüllte. Heiß und hungrig trafen seine Lippen auf meine.

Endlich waren es nicht mehr nur unsere Körper, die sich berührten, sondern auch unsere Münder. Instinktiv öffnete ich mich für ihn und seufzte, als ich seine Zunge spürte. Es war ein stürmischer, fieberhafter Kuss, der mir den Atem raubte. Mir wurde schwindelig, nicht nur von dem Kuss, sondern von allem, was ich fühlte, aber besonders von dem stetig wachsenden Ziehen in meiner Mitte, dort, wo ich Warden spürte.

Es gefiel mir, wie sehr er mich wollte, und es machte mich mutig. Rhythmisch begann ich, meine Hüfte zu bewegen und mich an Warden zu reiben, was ihm einen Fluch an meinen Lippen entlockte. Ich konnte spüren, wie er noch härter wurde. Seine Hände an meinem Hintern brachten mich seiner Erektion noch näher. Eine Stimme in meinem Kopf sagte mir, dass das eine ganz schlechte Idee war. Nicht die Sache mit Warden an sich, aber die Tatsache, dass wir uns schon wieder an einem öffentlichen Ort befanden. Alles, was es brauchte, war ein einziger Hunter, der ein wenig trainieren wollte, und schon würden Gerüchte und Geschichten die Runde machen, was das Letzte war, was ich wollte. Dennoch konnte ich mich nicht dazu bringen aufzuhören. Es fühlte sich einfach zu gut an – und zu richtig –, genau wie unsere anderen Küsse zuvor. Als wären all die Höhen und Tiefen und Umwege der letzten Jahre nur dazu da gewesen, uns im Hier und Jetzt wieder auf diese Weise zusammenzuführen.

»Cain ...«, murmelte Warden an meinem Mund. Der raue Klang seiner Stimme fuhr mir durch den gesamten Körper. »Wollen wir auf mein Zimmer gehen?«

Mein Nicken kam ohne Zögern.

Zum Glück ließ Warden mich nicht los. Meine Knie waren butterweich, ich wusste nicht, ob ich in der Lage wäre zu schwimmen. Er führte uns zu einem Ausstieg und half mir aus dem Pool, ehe er selbst aus dem Wasser stieg. Seine Erektion zeichnete sich deutlich unter seiner nassen Badeshorts ab. Als er meinen Blick bemerkte, trat ein verschmitztes Grinsen auf seine Lippen.

Gemeinsam gingen wir zu den Bänken, auf denen unsere Sachen lagen. Warden reichte mir mein Handtuch und schnappte sich sein eigenes, das er sich um die Hüfte wickelte, um nicht das ganze Quartier an seinem Zustand teilhaben zu lassen. Anschließend griff er nach seinem Handy und wollte mit der freien Hand bereits wieder meine nehmen, als er in der Bewegung innehielt.

Ich runzelte die Stirn. »Was ist los?«

Warden antwortete nicht, stattdessen drehte er sein Handy in meine Richtung. Sein Blick, der zuvor voller Verlangen nach mir gewesen war, wirkte nun nachdenklich und wachsam.

Verwirrt betrachtete ich das Display, und es dauerte einige Sekunden, bis ich realisierte, was ich dort sah. Ein Nachrichtenverlauf war geöffnet. Jemand hatte Warden geschrieben. Ich, um genau zu sein. Es war eine Nachricht, verschickt von meinem Handy, das ich nicht mehr hatte finden können. Doch es war nicht dieser Umstand, der mich erstarren ließ, es waren die Worte, die mir entgegenleuchteten.

Ich weiß, wo ihr den Grim Hunter findet.

24. KAPITEL

Cain

»Das ist eine Falle«, sagte Warden.

Wir waren in seinem Zimmer, und während ich mich vor Schock erst einmal hatte setzen müssen, tigerte er unruhig durch den Raum. Warden hatte mir eines seiner T-Shirts gegeben, damit ich nicht nur im Bikini in seinem Zimmer herumsaß, trotzdem fröstelte ich, als ich jetzt von seinem Handy aufblickte. »Ja, vermutlich.«

Er blieb stehen und starrte mich an. »Das heißt, wir sind uns einig, dass wir der Sache nicht nachgehen?«

»Was? Nein! Natürlich werden wir ihr nachgehen«, protestierte ich fassungslos. Ich hatte nicht erwartet, dass Warden anderer Ansicht sein würde nach allem, was wir schon unternommen hatten, um Jules zu finden.

Er deutete auf sein Handy in meinen Fingern. Wasser tropfte aus seinem nassen Haar und sickerte in den Kragen seines Shirts. »Wir wissen nicht mal, von wem die Nachrichten kommen.«

»Offenbar von jemandem, der weiß, wo Jules ist.«

Er schnaubte. »Dafür haben wir keinen Beweis.«

»Na und?« Ich zuckte mit den Schultern. »Wir jagen die ganze Zeit irgendwelchen Hoffnungen nach. Warum nicht auch dieser?«

»Weil es eine Falle ist«, wiederholte er, als wäre ich schwer von Begriff. Was war nur in ihn gefahren? »Ich wette, das ist dein Freund Tarquin, der dich ausschalten will, weil du zu viel über ihn weißt.«

»Ich weiß gar nichts über ihn.«

»Du hast ihn gesehen, das reicht vielleicht schon.« Warden nahm mir das Handy ab, um die ominösen Nachrichten selbst noch einmal zu lesen, obwohl er die Worte wie ich inzwischen vermutlich auswendig kannte.

»Vielleicht will er uns wirklich helfen.« Dem Hinweis nicht zu folgen, kam für mich nicht infrage. Ich würde es tun, ob mit oder ohne Warden, das musste ihm bewusst sein.

Dennoch schüttelte er den Kopf. »Würde er helfen wollen, würde er uns schreiben, wo wir Jules finden, und nicht auf ein Treffen bestehen.«

»Ich finde, wir sollten trotzdem hingehen.«

»Hast du nicht gehört, was ich gerade gesagt habe?« Seine Stimme hatte einen harten, fast schon schroffen Klang angenommen. »Es sind nur SMS. Die sind es nicht wert, dass wir beide unser Leben riskieren.«

Ich verschränkte die Arme vor der Brust, wie um das Gesagte nicht an mein Herz zu lassen. »Was du damit sagen willst, ist, dass *Jules* es dir nicht wert ist.«

»Hör auf, mir die Worte im Mund rumzudrehen. Ich will Jules finden, aber das …«, er schüttelte das Handy, »ist nichts von Substanz.«

Ich kniff die Augen zusammen, um die Tränen der Verzweiflung, die in mir aufstiegen, zurückzuhalten. Ich wusste, dass Warden recht hatte, aber das änderte nichts an meinen Gefühlen. Ich hatte Jules allein in den Kampf ziehen lassen. War nicht bei ihm gewesen, als er mich am meisten gebraucht hatte. Ich hatte ihn im Stich gelassen, und das würde ich nicht noch einmal tun. »Jules ist irgendwo dort draußen. Allein. Meinetwegen. Und ich werde alles in meiner Macht Stehende tun, um ihn zu finden und zurückzuholen.«

»Cain …« Warden ging vor mir auf die Knie. Er betrachtete mich mit einem sanften Blick. Und als er mir auch noch über die Wange streichelte, war ich kurz davor, loszuheulen.

Ich griff nach seiner Hand, zog sie von meinem Gesicht und sah ihm fest in die Augen. »Bitte, komm mit mir.«

»Cain, es ist eine Falle.«

»Das sagtest du bereits, aber wir können uns darauf vorbereiten«, erwiderte ich, und in meine Verzweiflung mischte sich eine wachsende Ungeduld. Ich verstand nicht, weshalb ich dieses Gespräch mit Warden führen musste. War es nicht das, was wir beide gewollt hatten? Einen Hinweis auf Jules und vielleicht auch Isaac?

»Wie stellst du dir das vor?«

Ich zuckte mit den Schultern. »Wir können es den anderen sagen.«

»Kommt nicht infrage«, sagte Warden in schneidendem Ton. »Selbst wenn wir mit zwanzig Huntern zu einem Treffen gehen, können sie uns trotzdem überraschen. Vielleicht locken sie uns mitten in ein Vampirnest oder stellen uns einen anderen Hinterhalt. Und so gern ich auch gegen die Regeln verstoße, es gibt eine Regel, die ich für mich selbst aufgestellt habe und niemals brechen werde: dass ich keine Unschuldigen in meine Scheiße hineinziehe. Ich will Isaac finden und dafür alles riskieren? Schön, aber das ist meine Angelegenheit, nicht die der anderen. Ich werde sie keiner Gefahr aussetzen.«

»Das verstehe ich, aber …«

Ungeduldig schnitt Warden mir das Wort ab. »Abgesehen davon musst du dir im Klaren darüber sein, dass wir, wenn wir uns mit Tarquin – oder wer auch immer die Nachrichten geschrieben hat – treffen, keinen fairen Kampf führen werden, sondern einen zu ihren Bedingungen. Es wird nicht sein wie sonst, wenn wir unerwartet in ihre Verstecke stürmen.«

Verwirrt blinzelte ich Warden an. Was war nur in ihn gefahren? Er hatte sich bisher noch nie einem Kampf verweigert. Es war beinahe so, als hätte jemand anderes diese Worte in seinen Mund gelegt.

»Was ist mit Isaac?«, fragte ich. Für den König der Vampire hatte er sein Leben schon dermaßen oft aufs Spiel gesetzt, dass er sogar mit einem verdammten Todesboten befreundet war. »Willst du ihn nicht mehr finden? Früher hättest du alles stehen und liegen gelassen, um eine solche Chance zu bekommen. Und jetzt machst du einen Rückzieher?«

»Doch, natürlich will ich ihn finden, aber nicht um diesen Preis.«

»Welchen Preis?«

Er presste die Lippen aufeinander und wandte den Blick ab, als würde er es keine Sekunde länger ertragen, mich anzusehen.

Wut stieg in mir auf. Ich hatte geglaubt, dass wir endlich, nach all den Jahren, wieder am selben Strang zogen, aber anscheinend hatte ich mich geirrt.

»Welchen Preis, Warden?«, wiederholte ich mit zusammengebissenen Zähnen.

Er schüttelte den Kopf und wandte sich ab, als hätte ich keine Antwort von ihm zu erwarten, doch dann sah er mich wieder an. Der gequälte Ausdruck in seinen Augen traf mich vollkommen unvorbereitet. »Den Preis, dich zu verlieren. Du hast keine Ahnung, was alles schiefgehen könnte.«

»Geht es darum, dass ich Tarquin durch das Portal gefolgt bin?«, fragte ich in dem Versuch, den Schmerz in seinem Blick zu verstehen.

»Nein.«

»Um meine Verletzung?«

»Nein, das ist es nicht.« Warden erhob sich, um erneut unruhig durch den Raum zu tigern. Fahrig fuhr er sich mit der Hand durchs Haar, wobei seine Schritte immer schneller wurden. Was mich ziemlich nervös machte, da mich mehr und mehr das Gefühl beschlich, dass es da etwas gab, das er mir verschwieg.

»Warden, was ist los? Ich versteh dich nicht.«

»Ich versteh mich selbst nicht …«

Ich runzelte die Stirn. »Was meinst du damit?«

Er schüttelte den Kopf, als könnte er nicht glauben, was aus ihm geworden war, dann ließ er sich neben mir aufs Bett fallen. Sekundenlang starrte er auf den Boden zu seinen Füßen, bevor er den Blick hob. Er war voller Schmerz, getränkt von einer Qual, die ich nicht verstand. »Als ich mit Roxy und den anderen in Frankreich war, ist jemand gestorben, der mir sehr nahestand.«

»Maxwell Cavendish?«

»Nein, Dominique Delacroix.«

Ich hatte den Namen noch nie zuvor gehört.

Warden rieb die Hände aneinander, als versuchte er sie zu wärmen, und holte dabei zittrig Luft. Ich ahnte, dass er das, was er mir sagen wollte, noch keiner Menschenseele erzählt hatte. Sonst wäre es ihm nicht so schwergefallen, die richtigen Worte zu finden. »Sie war eine Freundin. Mehr als das, um ehrlich zu sein. Wir haben uns vor zwei Jahren in Paris kennengelernt und hatten sofort einen Draht zueinander. Sie hatte kurz davor ihren Bruder bei einem Werwolf-Angriff verloren. Ich konnte sie trösten, weil ich verstand, was sie durchmachte, und so hat eins zum anderen geführt.«

Ich verspürte ein leichtes Stechen in der Brust, das jedoch keine Eifersucht war, sondern Schmerz. Es tat weh, wie viele von uns bereits geliebte Menschen verloren hatten, und wir waren alle noch keine dreißig.

»Wart ihr zusammen?«

»Nein.« Ein trauriges Lächeln erschien auf Wardens Lippen, beinahe so, als würde er diesen Umstand bedauern. »Dafür war keine Zeit. Aber wir sind in Kontakt geblieben und haben uns immer getroffen, wenn uns der Job in dieselben Ecken der Welt geführt hat. Sie war auch einer der Gründe, aus denen ich Roxy nach Paris begleitet habe. Es gab dort keine Spur von Isaac. Ich wollte einfach nur Dominique sehen.«

Ich griff nach seiner Hand. Fest umschloss ich seine Finger mit meinen, um ihm die Kraft zu geben weiterzusprechen. »Was ist passiert?«

»Sie wurde im Kampf gegen Amelia getötet. Während ich danebenstand und einfach nur zugesehen habe.«

Ich rutschte vom Bett und setzte mich vor ihm auf den Boden, damit er meinem Blick nicht ausweichen konnte. Es war mir wichtig, dass er wirklich verstand, was ich ihm sagen wollte. »Was mit Dominique passiert ist, ist nicht deine Schuld.«

»Ich wusste, dass du das sagen würdest. Und ja, es stimmt, ich hab sie nicht mit eigenen Händen umgebracht, aber ich hab sie auch nicht beschützen können. Sie ist in meinen Armen gestorben, und jedes Mal, wenn ich die Augen schließe, sehe ich wieder ihr Gesicht vor mir. Sie hat so unglaublich hilflos ausgesehen …«

Ich schluckte schwer. »Hast du sie geliebt?«

»Nein. Und das ist es, was mir solche Angst macht.« Nachdenklich strich Warden mir eine einzelne Haarsträhne hinters Ohr. Seine Finger verweilten an meinem Hals, und ein kleines, gequältes Lächeln erschien auf seinen Lippen. »Wenn es sich schon bei Dominique so grauenhaft anfühlt, möchte ich nicht wissen, wie es bei jemandem sein wird, den ich wirklich liebe. Deswegen will ich nicht, dass du gehst.«

Ich erstarrte. Ich musste Warden gerade missverstanden haben, oder? Er konnte mir gerade unmöglich seine Liebe gestanden haben. Doch sein Blick sagte etwas anderes. Warm und voller Zuneigung lag er auf mir. Der Schmerz, den die Erinnerung an Dominiques Verlust darin hinterlassen hatte, war nur noch ein schwaches Echo, das von den Gefühlen, die Warden für mich hegte, übertönt wurde. Während er mich betrachtete, hoben sich seine Mundwinkel leicht. Als wäre es ihm nicht möglich, unglücklich zu sein, wenn er mich ansah.

Mein Herz raste, und meine Gedanken überschlugen sich, aber mir blieb keine Zeit, nachzudenken. Warden schob seine Hand in meinen Nacken und zog mich an sich. Vorsichtig, als wäre dies unser erster Kuss, ließ er mich seine Lippen spüren und küsste mich mit einer Zärtlichkeit, die ich nicht hatte kommen sehen. Verschwunden war das Drängen und das Verlangen, das wir eben noch im Pool geteilt hatten. An ihre Stelle war eine geradezu schmerzhafte Sehnsucht getreten, die alles andere in den Hintergrund drängte.

Ich schlang meine Arme um Wardens Hals und erwiderte seinen Kuss, der zugleich eine stumme Bitte war. Die Bitte, mich nicht in Gefahr zu bringen, weil er es nicht ertragen könnte, wenn mir etwas zustieß. Wie um sich zu vergewissern, dass es mir gut ging, ließ er seine Hände über meinen Körper wandern. Er schob sie unter mein Shirt, und als seine Finger über meine nackte Haut strichen, stieß er ein leises Seufzen aus. Ohne unseren Kuss zu unterbrechen, umfasste er meine Taille und zog mich auf seinen Schoß.

Mit einer sanften Bewegung löste er die Nadel aus meinem Haar, mit der ich es auf dem Weg vom Pool in sein Zimmer hochgesteckt hatte, worauf es mir in feuchten Wellen über die Schultern fiel. Warden unterbrach unseren Kuss und lehnte sich ein wenig zurück. Der Blick, mit dem er mich ansah, fühlte sich an wie eine Umarmung. Langsam, als hätte er Angst, mich zu verscheuchen, griff er nach einer Strähne und ließ sie durch seine Finger gleiten. »Du …«

Ich lehnte mich vor und küsste ihm das Wort von den Lippen. Warden nicht zu küssen schien plötzlich keine Option mehr in meinem Leben zu sein.

Mein Plan war, ihn aufs Bett zu drücken, doch er kam mir zuvor. Erneut umfasste er meine Hüfte, und mit einem Move, auf den ich im Training niemals reingefallen wäre, drehte er uns auf dem Bett herum, sodass ich unter ihm lag. Ein zufriedenes Grinsen huschte über sein Gesicht, und ich hob herausfordernd die Brauen. Er kam der Aufforderung nach, und wir küssten einander ohne Eile. Unsere Zungen trafen zuerst vorsichtig, dann immer verlangender aufeinander.

Mein Atem beschleunigte sich, und ich ließ die Hände unter Wardens Shirt gleiten. Zentimeter für Zentimeter ertastete ich die harten Muskeln, die ich im Pool bereits hatte bewundern können. Sie spannten sich unter meiner Berührung an. Doch auf einmal war das nicht mehr genug, ich wollte ihn nicht nur fühlen, ich wollte ihn auch sehen und schmecken. Fordernd zupfte ich am Saum seines Shirts, bis er sich aufrichtete und es sich über den Kopf zog.

Der Anblick, der sich mir bot, war atemberaubend. Ich setzte mich auf und erlaubte mir einige Sekunden, seine Schönheit ausgiebig zu bewundern. Mit lustverhangenem Blick beobachtete Warden, wie ich meine Hand nach ihm ausstreckte. Zuerst berührte ich die Hunderte kleiner Tätowierungen, die seinen Unterarm zierten, bevor ich meine Finger seinen Arm hinaufwandern ließ, über seine Schultern wieder nach unten über seine Brust bis zu seinem Bauch. Zahlreiche Narben überzogen seinen Körper, alte Wunden, die inzwischen nur noch aussahen wie kleine Kratzer, aber ziemlich ernst gewesen sein mussten, wenn sie die Heilungsfähigkeiten eines Blood Hunters überdauert hatten.

Zitternd atmete Warden aus, als meine Finger auf den Bund seiner Shorts trafen. Unentwegt sahen wir dabei einander in die Augen, als müssten wir uns beide vergewissern, dass der jeweils andere mit dem, was hier passierte, einverstanden war. Mein Körper vibrierte vor Aufregung und Verlangen.

Ich lehnte mich vor und küsste eine gezackte Narbe, die direkt unter seinem Schlüsselbein verlief. Seine Haut schmeckte leicht salzig. Ich wanderte tiefer, fuhr mit der Zunge die Konturen seines Körpers nach. Er seufzte genießerisch und vergrub seine Hand in meinem Haar. Ich kostete den Moment in vollen Zügen aus, bis Warden sanft an der Strähne zog, die er zwischen seinen Fingern hielt, und mich dazu zwang, zu ihm aufzusehen. Mein Blick hatte kaum seinen gefunden, da lagen seine Lippen wieder auf meinen. Er küsste mich stürmisch und wild und zog dabei nachdrücklich an meinem Shirt. Offensichtlich war meine Zeit der Entdeckungen vorüber.

Ich hob die Arme, und Warden streifte mir den Stoff über den Kopf. Darunter trug ich noch immer meinen Bikini, und obwohl es kein raffiniertes Dessous war, schien Warden zu gefallen, was er sah. Er stieß ein Knurren aus und ergriff sofort wieder Besitz von meinem Mund. Sein Gewicht drückte mich herrlich schwer in die Matratze, und seine Erektion lag als heißes Versprechen zwischen meinen Schenkeln. Ich erschauderte vor Lust, während meine Haut in Flammen stand.

Warden ließ von meinem Mund ab und küsste eine Spur meinen Hals hinab, entlang meines Schlüsselbeins zu meinen Brüsten, die sich im Takt meiner Atmung aufgeregt hoben und senkten. Mit leicht zitternden Fingern öffnete er den Verschluss meines Oberteils und entblößte, was darunter lag.

Einige Sekunden lang betrachtete er mich einfach nur, als wollte er meinen Anblick vollständig in sich aufnehmen und für immer in seinem Gedächtnis abspeichern. Sein Gesichtsausdruck war so voller Erstaunen, so voller Ehrfurcht, dass ich mich unter seiner Musterung gar nicht anders als wunderschön fühlen konnte. Ich hatte von Männern außerhalb des Quartiers schon zu hören bekommen, dass ich zu muskulös sei, zu drahtig, mit zu wenig weiblichen Kurven, was immer das heißen mochte. Und es wäre gelogen gewesen, hätte ich behauptet, die Kommentare würden nicht an mir nagen. Vor allem, da ich durch meine beste Freundin immer das Beispiel einer zarten, femininen Frau vor Augen hatte. Aber das war ich nun mal nicht, und in diesem Moment spielte es auch keine Rolle, denn Warden schien eindeutig zu gefallen, was er sah.

»Warum habe ich dich nicht schon früher verführt?«

Ich lachte. »Besser später als nie.«

»Stimmt.« Er lächelte und streichelte mit den Handflächen über meinen Bauch und empor zu meinen Brüsten. Zärtlich umfasste er sie und knetete sie sanft, bevor er eine der Spitzen mit seinen Lippen umschloss.

Ich stöhnte auf, als er seine Zunge hinzunahm, und wölbte mich ihm entgegen, um mehr von den Gefühlen in mich aufzunehmen, die er mir bereit war zu geben. Das Ziehen zwischen meinen Beinen, das stetig intensiver wurde, brachte mich beinahe um den Verstand. Am liebsten hätte ich Warden befohlen, sich gefälligst zu beeilen, doch andererseits waren die Empfindungen, die er schon jetzt in mir auslöste, dafür viel zu köstlich.

Im nächsten Augenblick löste er seine Hand von meiner Taille und schob sie langsam in Richtung meiner Mitte. Erwartungsvoll hielt ich die Luft an, als sich seine Finger einen

Weg unter mein Höschen bahnten. Und obwohl ich es kommen sah, konnte ich das Stöhnen nicht unterdrücken, als er mich berührte.

»Oh Gott …«, keuchte ich und schlang meine Arme noch fester um ihn, als er mich genüsslich zu reiben begann. Mein Körper stand unter Strom, meine Haut prickelte vor Spannung. Meine Atmung wurde immer schneller, ebenso wie Wardens kreisende Bewegungen. Er hatte aufgehört, mich zu küssen, um zu beobachten, wie ich unter seinen Fingern die Beherrschung verlor.

Es war zu viel. Ich wusste nicht, wie lange ich das noch ertragen würde. Auf der Suche nach Halt krallte ich die Nägel in seinen Rücken und stöhnte laut. »Warden …«

Seine Bewegungen wurden langsamer. »Soll ich aufhören?«

Ich biss mir auf die Unterlippe, um die Laute zu unterdrücken, die meine Kehle verlassen wollten, und schüttelte heftig den Kopf, während ich mich seinen Fingern entgegendrängte.

Seine Mundwinkel verzogen sich zu einem Lächeln, einem sanften, ermutigenden Lächeln, das es mir erlaubte, mich vollkommen fallen zu lassen.

Ich vergrub das Gesicht an seinem Hals, während sich alles in mir zusammenzog. Mein ganzer Körper schien zu pochen und zu pulsieren. Das Gefühl der Spannung, das mit jeder Sekunde in mir wuchs, war kaum mehr auszuhalten. Aber ich dachte gar nicht daran, Warden zu sagen, dass er aufhören sollte, denn ich wusste, wie erfüllend die Erlösung am Ende dieser bittersüßen Qual sein würde.

»Warden …« Ich bohrte die Fingernägel in seine Haut. »Oh Gott, ich …«

»Komm für mich, Cain«, befahl er mir mit rauer Stimme. Seine Bewegungen wurden noch schneller, der Druck seiner Finger noch fester.

Und dann geschah es. Obwohl ich darauf gewartet hatte, riss mein Höhepunkt mich mit sich. Ich presste die Lippen gegen Wardens Hals, um mein Stöhnen zu dämpfen, da ich mir sicher war, dass man mich anderenfalls bis in den Gang hinaus hören könnte.

Warden streichelte mich, bis mein Orgasmus verebbt war, erst dann löste er seine Hand von mir und hielt mich einfach fest, während ich versuchte, wieder zu mir zu finden.

Ich konnte mich nicht daran erinnern, wann es sich das letzte Mal so angefühlt hatte, so intensiv, so überwältigend und so … perfekt. Sanft streichelte er mir durch das Haar. Mein Herzschlag beruhigte sich allmählich, und meine Muskeln entspannten sich, bis ich ausgelaugt, aber zufrieden wie nach einem langen, ausgiebigen Training in seinen Armen lag.

Einen Moment verweilten wir in dieser einvernehmlichen Stille, bis Wardens Lippen mein Ohr berührten. Sein warmer Atem streifte mich, wobei ich bemerkte, dass er ebenfalls viel zu heftig atmete. »Hey.«

Ich blickte zu ihm auf und lächelte. »Hey.«

Er lächelte zurück und sah dabei so zufrieden aus, als wäre er selbst gekommen. Dabei konnte ich noch immer seine Erektion spüren.

Ich wollte zurückgeben, was er mir geschenkt hatte, und tastete nach seiner Shorts. Verheißungsvoll fuhr ich mit den Fingern über sein von Stoff bedecktes Glied, bevor ich begann, am Gummizug herumzunesteln.

Warden, der offenbar nicht mehr viel Geduld hatte, schob meine Hand sanft von sich, sprang vom Bett auf und entledigte sich selbst seiner Badehose. Als er sich zu mir umwandte und mich erwartungsvoll und ein wenig herausfordernd ansah, konnte ich mein Grinsen nicht verbergen. Und das lag nicht nur an Warden und der Tatsache, dass mich sein Anblick erneut atemlos machte und ein verlangendes Prickeln durch meinen ganzen Körper schoss. Es war erstaunlich, wie natürlich sich das hier zwischen uns anfühlte. Als hätten wir uns schon Dutzende Male nackt gesehen. Zwar hatten wir uns im Pool, in den Trainingsräumen und auch nach Missionen schon in den verschiedensten Stadien der Nacktheit gesehen, aber nie so, nie so direkt, und nie hatten wir uns ganz bewusst für den jeweils anderen ausgezogen.

»Und jetzt du«, verlangte Warden mit einem verschmitzten Funkeln in den Augen.

Ohne zu zögern, griff ich nach meinem Höschen und streifte es mir von den Beinen. Provokant warf ich es gegen seine Brust.

Er schmunzelte und erkundete mit seinem Blick, was er mit den Fingern bereits ertastet hatte.

Ich streckte die Hand nach ihm aus, und er folgte meinem stummen Ruf. Kurz darauf verschmolzen seine Lippen abermals mit meinen.

Warden unterbrach unseren Kuss nur für einen kurzen Moment, beugte sich zu der Kommode neben seinem Bett und holte ein Kondom hervor, das er mit raschen Bewegungen überstreifte. Die Arme links und rechts neben meinem Kopf abgestützt, ragte er anschließend über mir auf. Sein Gesicht war gerötet, und in seinen Augen lag eine tiefe Zufriedenheit, wie ich sie bei ihm zuvor so noch nie gesehen hatte.

Auf einmal wusste ich, nach dieser Nacht würde nichts mehr so sein wie früher. Und das wollte ich auch nicht. Was ich wollte – und das mit ganzem Herzen –, war dieser Moment.

Warden

Ich musste träumen. Anders konnte ich mir die Perfektion dieses Augenblicks nicht erklären. Cain, die nackt unter mir lag und deren Körper sich fordernd gegen meinen presste. Ihre kleinen, festen Brüste drängten gegen meinen Oberkörper, ihre Schenkel waren geöffnet, um in ihrer Mitte Platz für mich zu schaffen. Ihr rotes, noch feuchtes Haar war in wilden Locken über mein Kissen ausgebreitet, ihre Wangen waren gerötet, und ihr Blick ruhte voller Sehnsucht auf mir. Sie hatte mich seit Ewigkeiten nicht mehr so angesehen. Nein, *so* hatte sie mich noch nie angesehen. Cain war die schönste Frau, die ich kannte.

»Bist du dir sicher, dass du das hier willst?«, fragte ich in einem letzten Akt der Selbstbeherrschung. Zwar signalisierte sie mir mit ihrem Körper sehr deutlich, dass sie mich wollte, aber ich musste die Worte hören, brauchte ihre Erlaubnis, bevor ich bereit war, diese letzte Barriere einzureißen, die zwischen uns noch existierte.

Sie nickte entschieden, und ihre Stimme klang genauso atemlos wie meine, als sie antwortete: »Ja, mehr als alles andere.«

Ich lächelte. Es war genau das, was ich hatte hören wollen. Dann griff ich mit einer Hand zwischen uns und brachte mich, ohne den Blick von ihr zu nehmen, in Position. Ich lehnte mich ein Stück vor und küsste sie sanft, während ich mein Becken nach vorne schob und mich zwang, langsam in sie einzudringen, obwohl es das genaue Gegenteil von dem war, wonach mein Körper sich sehnte. Um Kontrolle ringend schloss ich die Augen. Die Geräusche, die Cain von sich gab, waren eine Zerreißprobe für meine Beherrschung.

»Warden, bitte«, flehte sie.

»Ich … Ich will dir nicht wehtun.«

»Du kannst mir gar nicht wehtun.« Auffordernd kam Cain mir mit der Hüfte entgegen, nahm mehr von mir in sich auf, und damit war es um mich geschehen. Jede Kontrolle, die ich bis zu diesem Augenblick noch besessen hatte, verabschiedete sich.

Mit einem letzten, harten Stoß drang ich tief in sie ein. Wir stöhnten gleichzeitig auf, und dann gab es kein Halten mehr. Erst langsam, dann immer schneller begann ich mich zu bewegen. Keuchend vergrub ich mein Gesicht an ihrem Hals, den Mund auf ihre Haut gepresst, und versuchte, nicht nur dem Drang meines herannahenden Orgasmus standzuhalten, sondern auch meinen überwältigenden Gefühlen für Cain. Ich hatte in meinem Leben schon mit vielen Menschen geschlafen. Vor allem in den letzten drei Jahren war Sex für mich zu einer Zuflucht geworden, um Nähe zu spüren und zumindest für eine Weile nicht über Isaac und meine Jagd nachdenken zu müssen. Aber noch nie hatte es sich so verdammt gut und richtig angefühlt wie mit Cain. Niemand kannte mich wie sie, und noch nie hatten sich mir meine Partner und Partnerinnen so komplett geöffnet. Diese Art von Intimität gab dem Ganzen eine vollkommen neue Intensität.

Halt suchend klammerte sich Cain an mir fest, während ich sie mit jeder Sekunde ihrem Höhepunkt näher brachte. Sie stöhnte und keuchte unter mir, laut genug, dass Leute, die an meinem Zimmer vorbeikamen, sie vermutlich hören konnten, aber das war mir egal. Sie sollten es alle wissen. Es gab nichts, wofür Cain und ich mich schämen müssten, denn zusammen waren wir großartig.

Meine Bewegungen wurden noch schneller, noch fester, noch ungezügelter. Die Gedanken in meinem Kopf verstummten, bis da nur noch Cain war. Cain, die mich an sich presste, die meinen Namen stöhnte, wieder und wieder und wieder, bis sie kam. Ich konnte spüren, wie sie sich um mich zusammenzog, und das Gefühl trieb auch mich über die Klippe. In heißen, pulsierenden Stößen ergoss ich mich in ihr, und mit einem Schlag schien all die Energie, die mich bis eben angetrieben hatte, aus meinem Körper zu weichen.

Erschöpft sackte ich auf ihr zusammen.

Cain gab ein leises Ächzen von sich, protestierte aber nicht gegen mein Gewicht, sondern schlang stattdessen die Arme um mich und hielt mich fest. Schwer atmend lagen wir zwei, drei Minuten einfach nur da und warteten darauf, dass sich unsere Herzen und Körper wieder beruhigten.

Schließlich zwang ich mich dazu, aufzustehen, um das Kondom zu entsorgen. Als ich wieder zurückkam, lag Cain noch immer unverändert in meinem Bett – nackt, mit zerzaustem Haar, die Haut von einem dünnen Schweißfilm überzogen. Ein zufriedenes Lächeln ruhte auf ihren Lippen. Ein Lächeln, das ganz allein mir gehörte.

Ich kletterte zu ihr auf die Matratze, und auch wenn es eine Schande war, ihren Körper nicht mehr anschauen zu können, breitete ich meine Bettdecke über uns aus. Darunter zog ich sie eng an mich. Ich war jetzt schon süchtig nach dem Gefühl ihrer Haut auf meiner.

Sanft küsste ich sie. »Wie geht es dir?«

»Wunderbar.« Sie fuhr mir durch die Haare. »Und dir?«

»Fabelhaft.« Ich lächelte und beugte mich noch einmal nach vorn, um sie zu küssen, dieses Mal länger und inniger, bis meine Erektion erneut zum Leben erwachte. Doch ich war nicht auf eine zweite Runde aus. Die bevorstehenden Entscheidungen würden nicht leicht werden, doch bis diese gefällt werden mussten, hatten wir uns etwas Ruhe verdient.

Ich löschte die Lampe neben meinem Bett, worauf uns Dunkelheit einschloss. Cain schmiegte sich an meine Brust, einen Arm hatte ich um ihre Schulter gelegt. Ich konnte ihr Gesicht nicht mehr sehen, da es im fensterlosen Quartier vollkommen finster wurde, sobald die Lichter aus waren. Aber ich spürte deutlich, dass sie wach war und dass ihr noch etwas durch den Kopf ging, was ihr keine Ruhe ließ.

»Warden?«

»Ja.«

Sie zögerte. »Was du da vorhin zu mir gesagt hast –«

»Nicht jetzt«, unterbrach ich sie, bevor sie den Satz beenden konnte. »Heute war ein langer Tag. Lass uns schlafen und später darüber reden, okay?«

»Okay.« Sie gähnte. Vermutlich waren die Erschöpfung und die Zufriedenheit nach ihren Orgasmen die einzigen Gründe, aus denen sie mich so leicht vom Haken ließ.

Ich wusste, was ich gesagt hatte; und es stimmte. Ich liebte sie, hatte sie wahrscheinlich damals bereits so geliebt wie heute. Aber ich hatte nicht geplant, es ihr zu sagen. Nicht so. Und sollte sie meine Gefühle nicht erwidern, verbrachte ich diese Nacht mit ihr lieber in glücklichem Unwissen, anstatt mich schon jetzt der harten Realität zu stellen.

25. KAPITEL

Cain

Als ich am nächsten Morgen aufwachte, fühlte ich mich wie in Watte gepackt. Gähnend vergrub ich das Gesicht in dem Kissen, das so wunderbar nach Warden roch, und räkelte mich. Unter der Decke war ich noch immer nackt, was mich an das erinnerte, was nur wenige Stunden zuvor passiert war.

Lächelnd streckte ich die Arme nach Warden aus, aber ich bekam nur Luft zu fassen. Neben mir war das Bett leer. Wann war Warden gegangen? Und vor allem, wohin war er gegangen? Ich richtete mich auf und nahm die Decke mit, als ich das Licht einschaltete. Geblendet kniff ich die Augen zusammen, bevor ich mich blinzelnd umsah, aber von Warden fehlte jede Spur. Nach einem kurzen Blick stellte ich fest, dass auch das Badezimmer leer war.

Ich wollte gerade meine Klamotten einsammeln, als die Tür zum Zimmer aufgeschoben wurde.

Warden betrat den Raum. Er war bereits vollständig angezogen. In der einen Hand hielt er einen Papphalter mit zwei Kaffeebechern, in der anderen trug er eine ominös aussehende schwarze Tasche. Ein Lächeln trat auf seine Lippen, als er mich ansah. »Guten Morgen. Hast du gut geschlafen?«

»Ja, wie ein Stein. Ich hab nicht einmal bemerkt, dass du gegangen bist. Wo warst du?«

Er stellte die Tasche ab. »Kaffee und Waffen besorgen.«

»Wofür?«

»Zum Wachwerden und zum Kämpfen.« Er gab mir einen Kuss auf den Scheitel, bevor er mir einen der Becher reichte. Es war der gute Kaffee aus einem der Cafés, die entlang der Princes Street lagen.

Genießerisch nahm ich einen Schluck. »Und gegen wen werden wir kämpfen?«

Warden ließ sich auf seinen Schreibtischstuhl sinken, als hätte er nicht genug Vertrauen in seine eigene Willensstärke, um sich neben mich zu setzen. »Das weiß ich noch nicht sicher, aber vermutlich gegen den Verfasser der mysteriösen SMS.«

Ich erstarrte in der Bewegung. »Was?

»Ich habe ihm noch einmal geschrieben und ein Treffen für heute Abend fix gemacht, damit er oder sie uns sagen kann, was sie angeblich über Jules wissen.«

»Warum hast du deine Meinung geändert?«

»Hab ich nicht«, antwortete Warden und nahm einen Schluck aus seinem Becher, in dem sich vermutlich Tee befand. »Ich halte es nach wie vor für einen Fehler, aber vielleicht irre ich mich auch. Vielleicht wäre es ein Fehler, nicht zu reagieren. Das können wir erst wissen, wenn wir es versucht haben. Und bevor du eine Dummheit begehst und allein losstürmst, komm ich lieber mit.«

Ich raffte die Decke um meine Füße und tappte zu Warden hinüber, um ihn zu umarmen. »Danke.«

Er legte einen Arm um meine Taille. »Dank mir erst, wenn wir lebend zurückkommen.«

»Das werden wir. Du wirst sehen.«

»Ich hoffe für uns beide, dass du recht hast.«

Warden

Es regnete in Strömen, als Cain und ich das Dominion erreichten, eines der ältesten Kinos der Stadt. Majestätisch ragte das Gebäude, das an die Dreißigerjahre erinnerte, in den wolkenverhangenen Himmel. Breite Stufen führten zu dem gläsernen Eingang hinauf, bei dessen dunkelroten Elementen mir das alte Hollywood in den Sinn kam.

Ich war überrascht gewesen, dass der Verfasser der Nachricht ausgerechnet diesen Ort für ein Treffen ausgewählt hatte, denn hier wimmelte es von Menschen. Zwar nahmen Vampire, Hexer und all die anderen Kreaturen zivile Opfer gern in Kauf, aber meistens versuchten auch sie möglichst unbemerkt zu agieren. Auf diese Weise blieb ihre Existenz geheim, was ihnen vieles leichter machte. Keinem übernatürlichen Wesen, das Jagd auf Menschen machte, war daran gelegen, dass seine Opfer von seiner Existenz erfuhren und womöglich Gegenmaßnahmen ergriffen.

»Warst du schon mal hier?«, fragte Cain. Ihr Haar war nass, da wir das Kino bereits eine Weile aus sicherer Distanz observiert hatten. Uns waren jedoch keine ungewöhnlichen Besucher oder Vorgänge aufgefallen.

Ich zog die Tür zum Kino auf. Warme Luft, die den Geruch von süßem Popcorn und geschmolzenem Käse mit sich trug, schlug uns entgegen. »Ja, mein Dad und ich haben uns hier mal einen der Star-Wars-Filme angeschaut, aber das ist schon Jahre her.«

Wir reihten uns in die Warteschlange für die Tickets ein.

Der Eingangsbereich war ziemlich verwinkelt, weshalb er recht schwer zu überblicken war. Misstrauisch sah ich mich unter den Anwesenden um, aber Tarquin war nicht hier; und es gab auch keinen Gast, der Cain und mich auffällig ansah oder aus anderen Gründen den Eindruck erweckte, er könnte der Verfasser der mysteriösen SMS sein. Ich holte mein Handy hervor und öffnete den Verlauf mit den Nachrichten, die ich geschrieben hatte, während Cain friedlich neben mir geschlafen hatte. Doch Tarquin, oder wer auch immer dahintersteckte, hatte auf keine meiner Fragen reagiert, sondern mir lediglich die Daten für das Treffen geschickt.

Noch wirkte das Ganze nicht wie ein Hinterhalt. Ich war dennoch angespannt und mir der Waffen unter meiner Kleidung nur allzu bewusst. Nach wie vor hielt ich die ganze Aktion für eine schlechte Idee, aber ich vertraute Cain. Mehr als jedem anderen Menschen auf dieser Welt. Und ich liebte sie auch mehr als jeden anderen Menschen. Deswegen ging ich dieses Risiko lieber mit ihr zusammen ein, als eines Tages aufzuwachen und feststellen zu müssen, dass sie sich ohne mich in Gefahr begeben hatte.

Die Schlange wurde kürzer, bis schließlich Cain und ich an der Reihe waren. Ich nannte dem Kassierer unsere Reservierungsnummer, und er reichte mir zwei Tickets für irgendeinen Actionstreifen, die bereits für uns bezahlt worden waren. Dann machten wir uns direkt auf den Weg in den Saal.

Das Dominion war bekannt für seine Extravaganz. Man saß nicht einfach nur auf irgendwelchen Stühlen, die sich aneinanderreihten, sondern auf sehr schicken, sehr bequemen Ledersofas. Zusätzlich gab es einen First-Class-Bereich. Vor Filmbeginn wurde man dort von Kellnern bedient, die einem Snacks und Getränke brachten. Dort nahmen wir Platz.

Cain streckte die Füße aus. »Warum waren wir noch nie zusammen hier?«

Ich hob eine Braue. »Ich weiß nicht … Möchtest du denn mal zusammen herkommen?«

»Keine Ahnung. Möchtest du?«

»Ja«, antwortete ich ehrlich. Wie hätte ich auch nicht ehrlich zu ihr sein können nach dem, was vergangene Nacht zwischen uns geschehen war?

Sie lächelte mich an. »Cool, ich auch.«

Meine Mundwinkel hoben sich, und ich lehnte mich auf der Couch zurück in dem Versuch, mich zu entspannen, da noch keine unmittelbare Gefahr drohte.

Auf der Leinwand liefen gerade Zusammenschnitte berühmter Filmszenen, als einer der Kellner an unseren Platz kam, um unsere Bestellung aufzunehmen. Wir lehnten ab, schließlich waren wir dieses Mal nicht zum Vergnügen hier.

Nach gut einer Viertelstunde wurde der Saal verdunkelt, und das aufgeregte Gemurmel der anderen Gäste verstummte. Das Kino war gut besucht, was an einem regnerischen Abend wie diesem nicht verwunderlich war. Von unserem mysteriösen Kontakt fehlte aber noch immer jede Spur.

Mit wachsender Ungeduld sah ich mich um. Es machte mich nervös, dass so viele Leute in unserem Rücken saßen, die wir nicht ohne Weiteres im Blick hatten.

Der Film lief bereits eine halbe Stunde, als ich spürte, wie Cain sich neben mir versteifte. Ich sah zu ihr und folgte ihrem Blick. Ein Mann, der nicht Tarquin war und die Uniform der Kinomitarbeiter trug, kam auf uns zu. Sein Geruch nach Rosmarin war selbst zwischen den starken Aromen von Popcorn und Chipsgewürzen unverkennbar.

Ich tastete nach meinem Dolch, zückte ihn aber nicht, während ich den Vampir musterte. Er hatte dünnes Haar, das er auf seltsam altmodische Art am Hinterkopf zusammengebunden trug und das an einigen Stellen schon grau wirkte, obwohl das im flimmernden Licht der Leinwand nur schwer zu erkennen war. Ohne ein Wort zu sagen, schob er sich an Cain und mir vorbei und nahm auf der freien Couch neben unserer Platz.

»Es freut mich, dass ihr meiner Nachricht gefolgt seid«, sagte er so leise, dass ich seine Worte nur dank meiner Huntergabe über den Lärm des Films hinweg hören konnte.

Cain rutschte näher an den Vampir – und damit auch an mich – heran. »Wer bist du?«

»Ihr könnt mich Phineas nennen.«

Ich biss die Zähne zusammen. »Okay, *Phineas*, was machen wir hier? Was weißt du über Jules?«

Der Vampir lehnte sich gemütlich zurück und blickte auf die Leinwand, anstatt uns anzusehen. Bunte Lichter flackerten über seine blasse Haut und die hohen Wangenknochen, und ich war mir auf einmal sicher, dass er schon sehr alt war. Sehr, sehr alt.

»Ich weiß, wo ihr ihn finden könnt.«

»Woher?«, fragte ich.

»Ich habe meine Quellen. Quellen, die eng mit Isaac zusammenarbeiten.«

Bei der Erwähnung des Vampirkönigs schoss mein Puls in die Höhe. Am liebsten hätte ich Phineas gepackt, um sämtliche Informationen aus ihm herauszuprügeln. Wenn er der war, der er vorgab zu sein, hatte er uns sicherlich einige interessante Dinge zu erzählen.

»Das macht dich in unseren Augen nicht gerade vertrauenswürdig«, bemerkte Cain.

Phineas zuckte mit den Schultern. »Das ist nicht mein Problem.«

Sie seufzte. »Und warum willst du Isaac verraten?«

»Ich und ein paar andere finden nicht gut, in welche Richtung sich seine … Bestrebungen entwickeln«, erklärte er. Das Zögern in seiner Stimme war so minimal gewesen, dass es mir fast entgangen wäre. »Das bescheidene Domizil, das du mit deinem Hexer-Freund überfallen hast, war unser Treffpunkt.«

Isaacs eigene Leute stellten sich gegen ihn? Das war interessant.

»Geht es dabei um Baldur?«

Phineas antwortete nicht, sondern griff, ohne den Blick von der Leinwand abzuwenden, in seine Tasche. Er holte ein Handy hervor, tippte kurz darauf herum, und einen Moment später vibrierte mein eigenes in meiner Hosentasche.

Ich zog es heraus und sah, dass er mir von Cains alter Nummer aus Koordinaten geschickt hatte.

»Dort findet ihr euren Grim Hunter«, erklärte Phineas.

Cain riss mir mein Handy aus der Hand und starrte auf die Koordinaten. »Hast du dafür auch einen Beweis?«

Phineas schnaubte. »Ihr Blood Hunter seid immer so verdammt misstrauisch.«

Abschätzend musterten Cain und ich ihn, bis er ein Seufzen ausstieß und sich von seinem Platz erhob. Ich wollte schon aufstehen und ihn stoppen, als er etwas in meinen Schoß fallen ließ. »Macht mit dieser Information, was ihr wollt, aber ich an eurer Stelle würde schnell handeln«, sagte er und warf Cain ihr Handy zu. »Und ihr solltet künftig keine Handys mehr herumliegen lassen. Man kann nie wissen, wer sie findet.« Mit diesen Worten verschwand er in die Richtung, aus der er gekommen war.

Ich blickte ihm nach, bis er außer Sichtweite war, erst dann erlaubte ich mir nachzusehen, was er in meinen Schoß geworfen hatte. Es war eine bunte, geflochtene Kordel, an der ein magisches Amulett der Stufe 1 baumelte.

Cain neben mir sog scharf die Luft ein. Ich konnte förmlich spüren, wie sich jeder Muskel in ihrem Körper versteifte, und auch mein eigener Magen zog sich bei dem Anblick zusammen. Es gab nur einen Hunter, der sein Amulett an einer solch auffälligen Kordel trug.

26. KAPITEL

Cain

Phineas Koordinaten führten uns tief ins Nirgendwo, in das Herz von Schottland. Weit und breit gab es nichts außer Berge, Wiesen und Wälder, die an der einen oder anderen Stelle von Flüssen durchbrochen wurden. Und ich war mir sicher, in der letzten halben Stunde mehr Schafe und Hochlandrinder als Menschen gesehen zu haben. Es war eine idyllische Route, vor allem nach dem Regen der letzten Nacht. Der Himmel war klar, strahlender Sonnenschein ließ das Grün um uns herum noch satter erscheinen. Doch ich konnte diesen Ausflug nicht genießen, denn die Angst vor dem, was am Ende der Fahrt auf uns wartete, saß wie ein Eisblock in meinem Magen.

»Wir sind bald da«, stellte ich mit einem Blick auf das Navi fest. Tränen brannten mir in den Augen, und ich umklammerte das Amulett in meiner Hand so fest, dass es wehtat. Ich war nicht dumm. Natürlich wusste ich, was es bedeutete, wenn Jules dieses Amulett nicht mehr trug. Einmal angelegt, ließen sie sich nicht mehr abnehmen, bis ihre Magie aufgebraucht oder ihr Träger … nicht mehr da war. Diese Erkenntnis schnürte mir noch immer die Luft ab, denn sosehr ich auch an Jules' Überleben geglaubt hatte, nun konnte ich mich nicht länger vor der Wahrheit sperren. Ihn aufzugeben und bei den Vampiren verrotten zu lassen kam dennoch nicht infrage. Wir mussten ihn zurückbringen, nach Hause, damit er den Abschied bekam, den er verdient hatte, und damit er bei uns war, bei seinen Freunden und seiner Familie. Er hatte es nicht verdient, irgendwo verscharrt im Wald zu liegen wie ein wertloses Stück Dreck.

Zehn Minuten später parkte Warden den Wagen am Ende eines holprigen Feldwegs. Der Motor verstummte, und sofort war nur noch das Zwitschern der Vögel zu hören. Die Luft war klar, und eine sanfte Brise brachte die Natur um uns herum zum Tanzen, während sich die Sonnenstrahlen einen Weg durch die Baumwipfel suchten und abstrakte Muster auf den Waldboden zeichneten. Was für ein merkwürdiger Ort, an den Phineas uns geschickt hatte …

Mit weichen Knien stieg ich aus dem Wagen. Wir holten unsere Waffen aus dem Kofferraum und folgten den Anweisungen des Handys bis zu den Koordinaten, die uns erstaunlich zielgenau zu einer Hütte führten. Unscheinbar duckte sie sich zwischen den Bäumen, aus Holz errichtet, mit einem gemauerten Schornstein und einer kleinen Veranda, auf der eine Bank stand. Die Hütte erinnerte mich an ein Ferienhaus, in dem meine Eltern und ich vor Jahren eine Woche verbracht hatten.

»Ziemlich ruhig hier«, bemerkte Warden.

Wir saßen versteckt hinter ein paar Sträuchern, Ferngläser in den Händen. Es war ein friedlicher Ort, an dem man nichts Böses vermutete, aber wir beide wussten, wie sehr der Schein trügen konnte.

Ich ließ den Blick durch das Fernglas über den Boden gleiten auf der Suche nach Reifenspuren oder Ähnlichem. Vampire konnten sich weder teleportieren noch in Fledermäuse verwandeln … aber der Wald schien vollkommen unberührt.

»Wollen wir reingehen?«, fragte ich.

Warden nickte.

Wir tauschten unsere Ferngläser gegen Klingen. Ich zückte meine Khukuri, und Warden zog eine seiner Macheten aus der

Halterung an seinem Rücken. Langsam näherten wir uns der Hütte. Obwohl es keine Anzeichen von Gefahr gab, hämmerte mein Herz wie wild. Ich wollte Jules unbedingt finden, aber gleichzeitig fürchtete ich mich vor dem Anblick. Sein Amulett wog schwer in meiner Hosentasche.

Die Hütte sah aus der Nähe betrachtet ebenso friedlich aus wie aus der Ferne. Nichts rührte sich, und auch der vertraute Geruch nach Rosmarin blieb aus. Warden ging voraus und betrat die Veranda, die unter seinen Füßen knarzte. Angespannt hielten wir den Atem an, aber niemand kam, um nachzusehen, was los war. Ich gab Warden Rückendeckung, während er sich daranmachte, das Schloss zu knacken. Nach ein paar Sekunden sprang die Tür mit einem Klicken auf und gewährte uns Zugang ins Innere.

Die Hütte war verlassen. Sie war so klein und überschaubar, dass ein einziger Blick genügte, um festzustellen, dass sich hier niemand aufhielt.

Ich ließ meine Waffen sinken. »Irgendetwas stimmt hier nicht.«

Warden nickte und steckte seine Machete weg.

Langsam durchquerte ich die Hütte, die aus einem einzigen großen Raum und einem angrenzenden Badezimmer bestand, ganz ähnlich wie unsere Zimmer im Quartier. Allerdings wirkte dieses kleine Häuschen im Vergleich zur Zentrale der Hunter vollkommen unbewohnt. Auf dem Bett in der Ecke lagen weder Kissen noch eine Decke, die Küchenzeile war so sauber, als wäre sie ein Ausstellungsstück, und auch sonst gab es keine Gegenstände, die einen Hinweis darauf hätten geben können, ob sich manchmal jemand hier aufhielt. Weder Fotos noch Bücher oder sonstige Habseligkeiten. Einzig und allein der Kühlschrank war eingeschaltet und summte leise vor sich hin.

Warden ging zielstrebig darauf zu.

»Ich schwöre, wenn da Jules' Leiche drin ist, raste ich aus«, versuchte ich es mit einem Scherz.

Warden öffnete den Kühlschrank. »Entwarnung, kein Jules.«

»Aber?«

»Jede Menge Blut.« Er machte einen Schritt beiseite, sodass ich die dunkelroten Konserven sehen konnte, die sich darin stapelten. Warden nahm eine Packung heraus und inspizierte sie. »Die wurde vom Roten Kreuz geklaut.«

»Mach ein Foto, vielleicht können wir die Spur zurückverfolgen.«

Warden holte sein Handy hervor und machte sich daran, Bilder von einigen der Beutel aufzunehmen, während ich mich weiter in der Hütte umsah. Irgendjemand musste hier leben, anderenfalls gäbe es keinen Bedarf an solch einer Menge Blut. Aber wo war der dazugehörige Vampir? Und warum lebte er hier, in dieser Einöde? Schließlich gab es hier nichts, keinen Fernseher, noch nicht einmal ein Paket Spielkarten konnte ich finden.

Genervt ließ ich mich auf einen der Stühle am Esstisch plumpsen, der mit einem lauten Knarzen unter mir nachzugeben drohte. Hastig sprang ich wieder auf die Beine. »Huch!«

Warden sah auf. »Ist alles in Ordnung?«

»Ja, ich dachte gerade nur, dass der Stuhl zusammenbricht.« Ich ging auf die Knie, um das Möbelstück zu inspizieren. Durch das tägliche Training wog ich für meine Größe zwar ziemlich viel, aber doch nicht so viel! Allerdings erkannte ich in diesem Moment, dass nicht der Stuhl unter meinem Gewicht nachgegeben hatte, sondern der komplette Boden. »Warden, das solltest du dir anschauen.«

Er schloss den Kühlschrank und kam zu mir.

Ich deutete auf die Kerben im Holz. Es sah aus, als hätte sich der Boden um den Stuhl herum leicht abgesenkt, aber nicht zufällig. Dafür waren die Kanten zu scharf und glatt. Jemand hatte an dieser Stelle ein Loch gesägt.

Ich richtete mich auf und zückte erneut meine Khukuri. Mit einem Nicken gab ich Warden zu verstehen, dass ich bereit war.

Er griff nach dem Stuhl, um ihn anzuheben, aber es ging nicht. Die Beine waren am Boden festgenagelt. Allerdings ließ sich der Stuhl zur Seite kippen, sodass eine Öffnung im Boden freigegeben wurde. Eine Luke, um genau zu sein, mitsamt einer Leiter, die in die Tiefe führte.

»Na, sieh mal einer an.« Warden beugte sich vor, um einen Blick in das Loch zu werfen, an dessen Ende eine Lampe brannte. Jedoch war nicht zu erkennen, was oder wer genau sich dort unten befand.

Die Härchen an meinen Armen richteten sich auf, dennoch kletterte ich in das Loch, bevor Warden mich aufhalten konnte. Langsam stieg ich die Stufen hinab, um so wenig Lärm wie möglich zu erzeugen, wobei ich immer wieder innehielt, um auf verdächtige Geräusche zu lauschen. Auf den letzten Metern zog ich meine Klinge für den Fall, dass am Ende der Leiter eine böse Überraschung auf mich wartete.

Aber es gab kein nach Blut dürstendes Empfangskomitee, und ich stand auch nicht in einer Folterkammer oder in Isaacs Wohnzimmer.

Warden sprang die letzten Stufen herunter und landete neben mir auf dem Boden. »Was ist das hier?«

»Gute Frage. Sieht aus wie ein Labor«, erwiderte ich.

Das grelle Licht der Neonleuchten spiegelte sich auf den glänzenden Metalloberflächen wider, die den ganzen Raum einzunehmen schienen. Überall standen komplex aussehende Maschinen aus Edelstahl, und ich entdeckte mehrere Reagenzgläser, die mit Flüssigkeiten in den unterschiedlichsten Farben gefüllt waren. An einer Wand hingen Kittel, die alle die gleiche Größe hatten, und es roch klinisch sauber, als wären wir in einen Topf mit einer Mischung aus Desinfektionsmittel und Raumerfrischer gefallen. Darunter schwang eine feine Note von Rosmarin mit, aber es schienen keine Vampire mehr hier zu sein. Dennoch ließ ich mein Khukuri nicht los, als ich mich weiter vorwagte, um das Labor genauer zu inspizieren.

Auf einem Schreibtisch lag ein Block mit unleserlichen Notizen und auch ein Laptop stand dabei, der allerdings mit einem Passwort gesichert war. Aus Angst, einen Alarm auszulösen, unternahm ich keinen Versuch, mich einzuloggen. Was für Passwörter benutzten Vampire überhaupt? Blut4ever? BloodyValentine? Buffyistscheiße?

»Noch ein Kühlschrank voller Blut«, sagte Warden und ließ die Tür, die er geöffnet hatte, wieder zufallen. In seiner schwarzen Montur, mit den Macheten auf dem Rücken und den Dolchen an der Hüfte, wirkte er an einem Ort wie diesem völlig fehl am Platz. Skeptisch nahm er ein Reagenzglas aus einer der Maschinen und beäugte die darin enthaltene klare Flüssigkeit. »VS-19–124«, las er von der Beschriftung ab. »Klingt irgendwie nach einem Impfstoff.«

»Was glaubst du –«

Meine Frage wurde von einem Fauchen unterbrochen. Ich wirbelte herum, aber da war es bereits zu spät. Ein Vampir war wie aus dem Nichts aufgetaucht und stürzte sich auf Warden.

Warden

Ich hörte das Fauchen, aber mir blieb keine Zeit zu handeln. Mit voller Wucht wurde ich zu Boden gerissen.

Mir blieb die Luft weg, und das Reagenzglas in meiner Hand zerplatzte neben meinem Kopf, während der Vampir mit scharfen Fängen nach mir schnappte. Seine Klauen hatten sich um meinen Hals gelegt. Röchelnd kämpfte ich gegen seinen Griff an und packte seine Handgelenke, um wieder besser atmen zu können.

»Was macht ihr hier?«, zischte der Vampir. Schwarze Adern durchzogen seine Haut, und seine Augen hatten die Farbe von Blut angenommen. Er sah aus wie jeder andere Vampir im Rausch des Kampfes, doch trotz der entstellten Gesichtszüge kam mir etwas an ihm erschreckend vertraut vor. Die braunen Haare, die tief sitzenden Augenbrauen, die Narbe an seiner Wange, von der ich wusste, dass sie von einem Sturz mit dem Fahrrad stammte, als er neun Jahre alt gewesen war ...

Ich erstarrte.

Unmöglich.

Er konnte nicht ...

»Da... Dad?« Meine Stimme war nur ein heiseres Krächzen dank der Klauen, die meinen Hals umschlossen. Fassungslos starrte ich in das Gesicht, das ich seit drei Jahren nicht mehr gesehen hatte und das mir so vertraut und fremd zugleich war. »Dad, lass mich los«, presste ich hervor, während ich hustend versuchte, seine Hände von meinem Hals zu schieben.

Doch er hörte nicht auf mich. Und noch mehr als der Druck seiner Finger auf meiner Kehle schmerzte das Wissen, dass er mich ganz offenbar nicht wiedererkannte. Oder es ihm einfach egal war. Er fletschte die Zähne, seine Fänge gut sichtbar.

Plötzlich sah ich eine Bewegung hinter meinem Dad.

Cain.

»Nein!«, keuchte ich, so laut es mir nur irgendwie möglich war, dann hakte ich ein Bein um die Hüfte meines Dads und hebelte uns herum, sodass ich auf ihm zu liegen kam.

Einen kurzen Augenblick lockerte er seinen Griff, doch bereits einen Herzschlag später packte er wieder zu. Allerdings konnte er nun, da ich über ihm aufragte, weniger Kraft ausüben.

Ich packte seine Unterarme. Seine Haut fühlte sich merkwürdig kühl unter meinen Fingern an. Er musste aufhören, anderenfalls ließ er mir keine andere Wahl ...

»Hand!«, war alles, was ich noch hervorbrachte.

Ein anderer Hunter, der mich weniger gut kannte, hätte mich vermutlich nicht verstanden. Doch das hier war Cain. Blitzschnell befestigte sie die eine Seite einer Handschelle am Handgelenk meines Dads, bevor sie mit aller Kraft daran zerrte, bis sie es schaffte, seine Klaue von meinem Hals zu reißen. Dann befestigte sie den anderen Teil der Handschelle an einem der Metallschränke.

Mein Dad zerrte daran, versuchte sich loszureißen. Reagenzgläser stürzten um, aber der Schrank blieb fest in der Wand verankert. Fauchend und zähnefletschend schnappte er nach mir, aber er war machtlos.

»Danke«, krächzte ich, bevor ich mich vom Boden aufrappelte und nach meinem Hals tastete. Ein pochender Schmerz pulsierte an der Stelle, an der die Krallen mich erwischt hatten, und als ich einen Blick auf meine Finger warf, sah ich, dass sie blutverschmiert waren.

»Geht es dir gut?«, fragte Cain. Sie war vor Schreck beinahe so atemlos wie ich.

Ich nickte, obwohl sich meine Kehle wund anfühlte, und betrachtete den Vampir. Mein Herz raste, während ich zu begreifen versuchte, was meine Augen längst erkannt hatten.

Der Vampir – mein Dad – funkelte Cain und mich wütend an. Seine Fänge waren deutlich sichtbar. »Macht mich los«, zischte er.

Langsam sickerte die Erkenntnis, was vor drei Jahren wirklich geschehen war, in meinen Verstand. Isaac hatte meinen Dad nicht getötet, sondern entführt und verwandelt. Natürlich hatte ich damals schon an diese Möglichkeit gedacht, aber sie schnell wieder verworfen. In Isaacs Augen war die Verwandlung ein Akt der Gnade, von der ich nicht erwartet hätte, dass er sie einem Verbündeten der Hunter zukommen lassen würde. Doch offensichtlich hatte ich mich geirrt.

»Warden?« Cain berührte mich sanft am Arm. »Ist wirklich alles in Ordnung?«

»Mit mir schon, aber ... erkennst du ihn nicht?«, fragte ich, ohne mich von meinem Dad abzuwenden, der noch immer gegen seine Fesseln ankämpfte.

Cains Blick folgte meinem, und sie betrachtete ihn eingehend. Der Moment, in dem sie sah, was ich sah, war nicht zu überhören. Ein erstickter Laut kam über ihre Lippen. »Das kann nicht sein!«

Ich nickte. »Er hat ihn verwandelt.«

»Oh mein Gott.«

»Macht mich los!«, fauchte mein Dad. Seine Stimme war noch dieselbe, aber ihr Klang war roher, animalischer als zuvor. Die Zuneigung, die früher darin gelegen hatte, wenn er mit mir sprach, war verschwunden. Meine Kehle fühlte sich erneut wie zugeschnürt an, dieses Mal jedoch aus einem ganz anderen Grund.

Wieder berührte mich Cain am Arm. Mitfühlend blickte sie mich an, und ich sah Tränen in ihren Augen schimmern. Ich war mir allerdings nicht sicher, ob sie um meinen Dad weinte oder weil sie Mitleid mit mir hatte. Oder beides. »Was ... Was wollen wir jetzt mit ihm machen?«

»Keine Ahnung«, sagte ich, obwohl eigentlich auf der Hand lag, was zu tun war. Mein Dad war ein Vampir. Wir waren

Blood Hunter. Doch der Gedanke, meinen Dad, den ich eben erst wiedergefunden hatte, einfach so auszulöschen, war zu schrecklich, um ihn auch nur zu Ende zu denken.

»Macht mich los!«, verlangte mein Dad erneut und zerrte heftig an den Fesseln aus Silberlegierung, die er vor Jahren selbst entwickelt hatte.

»Vielleicht sollten wir meine Mum anrufen?«

Ich schüttelte den Kopf. »Nein. Sie würde ihn auf der Stelle töten.«

Cain schlang die Arme um ihre Mitte, als suchte sie bei sich selbst Halt. Sie empfand dasselbe wie ich – Hilflosigkeit. »Aber was ist die Alternative? Ich meine, wir können ihn nicht einfach gehen lassen, oder?«

»Keine Ahnung«, gestand ich. Ich hatte keinen Plan, so weit war ich noch nicht; dafür war ich zu beschäftigt damit, zu begreifen, was hier gerade vor sich ging. »Würdest du uns kurz allein lassen?«

»Warden –«

»Bitte«, fiel ich ihr ins Wort. »Ich brauche einen Moment für mich.«

Sie nickte. »Okay, aber bitte sei vorsichtig.«

Ich lächelte schwach. »Klar.«

Nach einem letzten Blick auf meinen Dad drückte Cain mir einen Kuss auf die Wange. Dann lief sie ans andere Ende des Labors, um mir etwas Privatsphäre zu geben und sich vermutlich weiter umzusehen.

Ich beobachtete ein paar Sekunden, wie sie Schubladen aufzog und durch herumliegende Akten blätterte, ehe ich mich wieder meinem Dad zuwandte. Er hatte sich seinem Schicksal, angekettet zu sein, scheinbar ergeben. Die bestialischen Züge waren aus seinem Gesicht gewichen, die schwarzen Adern verschwunden, und das Blutrot seiner Augen war zu einem tiefen

Braun geworden. Er sah nun beinahe vollkommen menschlich aus – wären seine Fänge nicht gewesen.

Ich ging vor ihm in die Knie und starrte ihn an.

Herausfordernd erwiderte er meinen Blick.

Meine Gedanken rasten und zogen zugleich unglaublich langsam durch meinen Kopf. Ich hatte meinen Dad gefunden. Und er war ein Vampir.

»Weißt du, wer ich bin?«, fragte ich mit heiserer Stimme.

Er verzog die Lippen zu einem Grinsen, das schief auf seinem Gesicht saß. »Du bist ein Blood Hunter.«

»Ja, aber ich bin auch dein Sohn – Warden.«

»Ich habe keinen Sohn.«

Seine Worte fühlten sich an wie ein Schlag ins Gesicht.

»Doch. Du bist James Prinslo, und bevor Isaac dich verwandelt hat, warst du mit Emma verheiratet. Erinnerst du dich?«

»Ich kenne keine Emma.«

Fuck! Wie konnte er Mum nur vergessen haben?

Ich zog mein Handy hervor und öffnete ein Foto unserer Familie, das wenige Wochen vor Isaacs Angriff entstanden war. Aus sicherer Distanz zeigte ich es ihm. »Siehst du, das bist du, mit meiner Mum und mir. An dem Tag waren wir auf dem Stockbridge Market. Erinnerst du dich?«

»Nein.«

»Oder hier.« Ich zeigte ihm ein weiteres Bild, auf dem ich selbst nicht zu sehen war, da ich es aufgenommen hatte. Es zeigte meinen Dad im Anzug und meine Mum in einem eleganten Kleid zur Feier ihres fünfzehnten Hochzeitstages. »An dem Abend seit ihr im Witchery essen gewesen, deinem Lieblingsrestaurant.«

Mein Dad neigte den Kopf und betrachtete das Foto. Ich glaubte, eine Regung in seinen Augen aufblitzen zu sehen, aber er schüttelte nur den Kopf. »Ich kenne diese Frau nicht.«

»Aber du stehst auf dem Foto neben ihr.«

»Das beweist gar nichts.«

Ich biss die Zähne zusammen, um den Frust niederzuringen, der in mir aufstieg. Ich konnte nicht sagen, ob mein Dad log oder ob die Verwandlung ihn all das tatsächlich hatte vergessen lassen. Je länger Vampire existierten, desto mehr entfernten sich die meisten von ihnen von ihrem früheren menschlichen Ich. Gefühle wurden begraben. Erinnerungen ausgelöscht.

»Was machst du hier?«, wechselte ich das Thema und griff nach einem der Reagenzgläser auf dem Schrank, um es ihm vor die Nase zu halten. »Was ist VS-19–124?«

Mein Vater gab mir keine Antwort.

»Arbeitest du für Isaac?«

»Mach mich los, vielleicht verrate ich es dir dann.«

Ich schüttelte den Kopf. So naiv war ich nicht, auch wenn es mir schwerfiel, den Vater, den ich gekannt hatte, von dem Vampir zu unterscheiden, der nun vor mir saß. »Ich kann dir nur helfen, wenn du meine Fragen beantwortest. Woran forschst du?«

»Das geht dich nichts an.«

»Wofür steht VS?« Er musste kooperieren. Er musste einfach! Andernfalls gab er mir, Cain und auch den anderen Blood Huntern keinen Grund, ihn auch nur eine Sekunde länger am Leben zu lassen.

Mein Dad schwieg.

Genervt rieb ich mir über das Gesicht, als plötzlich ein schriller Schrei die Luft zerriss und bis in meine Knochen drang.

Ich sprang auf die Beine und wirbelte herum.

Cain!

27. KAPITEL

Cain

Mit weichen Knien und einem mulmigen Gefühl entfernte ich mich von Warden und seinem Dad. Es gefiel mir nicht, die beiden allein zu lassen. Warden war ein fantastischer Blood Hunter, aber auch er wurde von seinen Gefühlen gelenkt, und ich hoffte inständig, dass er nichts Unvernünftiges tat – wie beispielsweise James' Fesseln lösen.

Der Vampir, den wir angekettet hatten, sah vielleicht aus wie sein Vater, aber er war es nicht. Er war nicht länger der Mann, der für uns Lasagne gekocht und Warden beigebracht hatte, wie Magnetismus funktionierte. Sein Körper war nur noch die Hülle für eine bestialische Seele. Der echte James hätte sich eher die Hand abgeschlagen, als Warden auch nur ein Haar zu krümmen. Er hätte sich für das, was er soeben getan hatte, gehasst, vermutlich noch mehr, als ich Isaac für das hasste, was er James – und damit auch Warden – angetan hatte. Warum hatte er ausgerechnet ihn verwandeln müssen? Als gäbe es auf dieser Welt nicht genug Wissenschaftler, die er für seine Forschungen hätte missbrauchen können.

Ich schüttelte den Kopf und zwang mich, meine Gedanken beiseitezuschieben. Stattdessen versuchte ich, mich wieder auf meine Mission zu konzentrieren. Schritt für Schritt entfernte ich mich weiter von Warden und seinem Dad. Das Labor war ziemlich weitläufig und erstaunlich groß, deutlich größer als die Hütte, die über unseren Köpfen lag. Offensichtlich waren keine Kosten und Mühen gescheut worden, um dieses Versteck auszubauen. Ich fragte mich, nach was Isaac hier forschen ließ, das Phineas und die anderen Vampire dazu gebracht hatte, sich gegen ihn zu verschwören.

Aufmerksam ließ ich den Blick über Schränke und Regale wandern und blätterte durch einige herumliegende Unterlagen und Bücher. Ich fand mehrere Doktorarbeiten, deren Titel allerdings so komplex verfasst waren, dass ich nur erahnen konnte, worum es in den Abhandlungen ging. Ich beschloss, die Unterlagen später mitzunehmen. Im Quartier konnten uns die Archivare sicherlich helfen, sie zu verstehen.

Prüfend sah ich mich nach Warden um. Er war vor seinem Dad in die Knie gegangen und starrte ihn einfach nur an. Selbst aus der Distanz konnte ich seine Anspannung spüren, aber es gab in diesem Moment nichts, was ich für ihn tun konnte – außer mich weiter umzusehen, damit wir hoffentlich schnell von hier verschwinden konnten. Ob mit oder ohne seinen Dad, würden wir allerdings erst noch entscheiden müssen. Denn Warden hatte recht: Sosehr meine Mum und die anderen Hunter James als Mensch auch geschätzt hatten, sie würden nicht zögern, ihn zu töten. Immerhin wäre es ein schneller, gnädiger Tod, und so wie ich den früheren James kannte, hätte er sich das vermutlich gewünscht.

Mit einer beklemmenden Enge in der Brust wandte ich den Blick von den beiden ab und entdeckte eine Tür, die mir zuvor noch nicht aufgefallen war. Sie war aus Metall und verschmolz farblich beinahe vollständig mit der Wand. Hätte sie nicht wenige Zentimeter offen gestanden, wäre ich vermutlich daran vorbeigelaufen. Vermutlich hatte sich James dort versteckt, bevor er uns aus dem Hinterhalt angegriffen hatte. Ich griff nach einem meiner Khukuri, bevor ich sie vorsichtig weiter aufschob. Automatisch erwachte das Licht dahinter zum Leben und gab den Blick auf eine Art Lager frei. Ich lauschte in die Stille, hörte aber nur das Surren einer Lüftung.

Angespannt betrat ich den Raum, in dem sich unzählige Kisten und Kartons bis zur Decke stapelten. Ich ließ den Blick über die Beschriftungen gleiten, aber nichts erregte meine Aufmerksamkeit, bis ich zwischen zwei Regalen eine weitere Metalltür bemerkte. Sie sah ziemlich massiv aus, und ein Display mit Thermometer war an ihr befestigt. Eine Kühlkammer. Das konnte nichts Gutes bedeuten.

Hauchzarte Wölkchen, wie sie bei einem großen Temperaturunterschied entstehen, waberten unter der Tür hervor, als ich sie aufzog. Ein Schwall kalter Luft schlug mir entgegen. Ich erschauderte, dennoch wagte ich mich tiefer in die Kammer vor.

»Was zur Hölle ...«, murmelte ich fassungslos und umklammerte das Heft meines Khukuri.

Die Kammer sah aus wie das Setting eines Horrorfilms. Sie war voller Leichen. Wie Schweinehälften beim Schlachter hingen sie nebeneinander von Haken an der Decke. Mir drehte sich der Magen um. Ich war in meinem Leben schon mit vielen Abscheulichkeiten konfrontiert gewesen, aber so etwas hatte ich noch nie gesehen. Was hatte James mit diesen Leuten angestellt? Auf den ersten Blick waren keine Bissspuren an ihren Körpern zu erkennen, doch ihre Gesichter sahen alle merkwürdig eingefallen und löchrig aus. Als hätte etwas von Innen an ihnen genagt und versucht, sich nach draußen zu fressen. Am liebsten wäre ich umgekehrt, doch ich unterdrückte das Verlangen und trat an die Leichen heran, um nachzusehen, ob Jules unter ihnen war.

Es befanden sich mindestens dreißig Tote in der Kammer, Frauen wie Männer. Ich beeilte mich, denn nicht nur der Anblick der Toten, sondern auch die Kälte in der Kammer war unerträglich. Meine Haut kribbelte schmerzhaft, und trotz meiner Stiefel spürte ich bereits, wie meine Zehen taub wurden.

Mein Herz pochte heftig, als ich die Reihen mit Leichen abschritt, aber Jules war nicht unter ihnen, was Erleichterung und Qual zugleich war. Ich erreichte das Ende der Kammer und wollte gerade wieder umkehren, um endlich wieder ins Warme zu kommen, als ich eine weitere Tür bemerkte, in deren Schloss ein Schlüssel steckte. Als hätte James noch versucht, sie abzusperren.

»Bitte keine weitere Kühlkammer voller Leichen«, murmelte ich, um mir selbst gut zuzureden, und stemmte die Tür mit einem Ruck auf, um es schnell hinter mich zu bringen.

Dahinter lag zu meiner großen Überraschung ein Gang, der links und rechts von Zellen gesäumt war. Ein Gefängnis. Offenbar hatte James hier die Menschen festgehalten, bevor seine Experimente sie dahingerafft hatten. Ein strenger Geruch lag in der Luft, eine Mischung aus Urin, Erbrochenem und Blut. Darunter mischte sich der chemische Duft von Reiniger, der allerdings nicht ausreichte, um die Gerüche nach Angst und Verderben zu übertünchen. Wie grausam mussten die letzten Tage dieser Menschen gewesen sein?

Ich zog den Schlüssel aus dem Schloss und trat aus der Kühlkammer in den Gang. »Hallo?«

Niemand antwortete mir.

Ich steckte meine Waffe weg und spähte in die Zelle links von mir. Getrocknetes Blut klebte auf dem Boden, doch sie war leer, ebenso wie der gegenüberliegende Verschlag. Und auch die nächsten fünf Zellen waren verlassen. Vielleicht kamen wir zu spät. Womöglich waren sie alle bereits tot.

Plötzlich hörte ich ein Geräusch, das klang wie das Quietschen einer Tür. Blitzschnell ging ich in Angriffshaltung, doch das Geräusch war bereits wieder verstummt. Es war so leise und kurz gewesen, dass ich nicht genau bestimmen konnte, woher es gekommen war. Ich bog in einen weiteren Gang ein und näherte mich einer Zelle. Der Geruch nach Elend und Blut wurde mit jedem Schritt stärker.

Und dann entdeckte ich ihn.

Zusammengekrümmt lag er auf einer Pritsche, einem wackeligen Gestell ohne Kissen und ohne Decke. Er hatte mir den Rücken zugewandt, seine Kleidung war dreckig, voll Staub und Blut, aber seine Haare waren unverkennbar rot.

»Jules!« Mein Herzschlag beschleunigte sich, und ein Beben durchlief meinen Körper. Fahrig versuchte ich, einen Schlüssel am Bund zu finden, der in das Schloss der Zelle passte, doch meine Finger zitterten so sehr, dass es mir schwerfiel, die einzelnen Schlüssel auszuprobieren.

»Jules«, rief ich erneut.

Er rührte sich nicht.

Meine Bewegungen wurden noch hektischer. Tränen brannten in meinen Augen.

Endlich rastete der Schlüssel ein. Ich rannte zu Jules und packte seinen Arm, um nachzusehen ob er noch lebte.

Als sich sein Körper unter meinen Fingerspitzen anspannte, wallte Erleichterung in mir auf.

Im selben Augenblick sprang Jules plötzlich auf die Beine und schleuderte mich mit einer Wucht, die ich noch nie zuvor erlebt hatte, durch die Zelle. Mit einem dumpfen Knall schlug ich gegen die Gitterstäbe am anderen Ende des Raumes. Die Luft wurde mir aus der Lunge gedrückt, und ich ging röchelnd zu Boden. Mein Rücken und meine Brust brannten vor Schmerz.

Verwirrt blickte ich zu Jules auf. Seine einst blauen Augen hatten die Farbe von Blut angenommen, und aus seinem Mund ragten zwei Fänge, wie sie sonst nur jahrzehntealte Vampire besaßen.

Das ergab keinen Sinn! Und er roch auch nicht nach Rosmarin. Wäre ich ihm nicht so nahe gekommen, hätte ich vermutet, dass der Gestank hier unten den Geruch überlagerte, aber ich hatte ihn sogar berührt. Wie war das möglich?

»Jules …«

Er stürzte sich auf mich, und es gab keinen Zweifel daran, was seine Absichten waren. Seine klauenartigen Hände packten mich, und er presste mich zurück auf den Boden, so fest, dass ich glaubte, meine Schulterblätter würden unter dem Druck brechen.

Ich schrie vor Schmerz auf. Gewaltsam versuchte ich, ihn von mir zu schieben, doch er rührte sich kein Stück. Seine Klauen bohrten sich dafür mit jedem Herzschlag fester und tiefer in meine Schultern, bis meine Haut aufplatzte und ich mein eigenes Blut riechen konnte.

»Jules, bitte«, flehte ich. Was war nur aus ihm geworden?

Er sagte nichts. Nur sein heißer Atem streifte mein Gesicht.

Ich wollte ihm nicht wehtun, aber er ließ mir keine andere Wahl. Blind tastete ich nach dem Khukuri an meinem Gürtel, wobei sich der Schmerz in meiner Schulter vervielfachte. Ich biss die Zähne zusammen und kämpfte dagegen an, als meine Finger immer wieder von der Waffe abglitten, die unter mir festgeklemmt war.

Komm schon …

Urplötzlich durchfuhr mich eine völlig neue Art von Schmerz, und ich schrie auf. Jules hatte seine Fänge in meinem Hals vergraben. Ich war schon ein paarmal gebissen worden, aber das hier war anders. Noch nie hatte ein Vampir von mir getrunken. Blood-Hunter-Blut schmeckte widerlich, so lautete die offizielle Annahme. Doch Jules schien sich daran nicht zu stören. Oder er war einfach zu ausgehungert. In tiefen Zügen trank er von mir, was sich merkwürdig anfühlte, als würden die Adern in meinem Körper vibrieren.

»Jules ... hör ... auf!«

Ich packte seine Haare und zog daran. Eine schlechte Idee. Ein reißender Schmerz zerrte an meinem Hals, da er nicht von mir abließ. Immer mehr Blut strömte aus meinem Körper, und ich merkte, wie ein leichter Schwindel einsetzte.

Nein! Du darfst jetzt nicht aufgeben, Cain!

»Hör auf!«, befahl ich noch einmal und versuchte, meine Hand zwischen Jules' Gesicht und meinen Hals zu schieben, um ihn irgendwie loszuwerden, bevor ich das Bewusstsein verlor.

Doch das ließ er nicht zu. Mit brachialer Gewalt packte er meine Handgelenke und schob sie zur Seite, um ungestört von mir zu trinken.

Ich spürte alles, seine Fänge, seine Zunge, seine Lippen und das Leben, das langsam, aber stetig meinen Körper verließ, während es Jules weiter stärkte.

»Hey, Blutsauger!«

Wardens Stimme drang zu Jules durch und ließ ihn aufblicken. Ein erleichterter Laut entwich mir, als das Vibrieren in meinen Adern endlich aufhörte. Jules fletschte die Zähne. Von seinen Lippen und seinem Kinn tropfte mein Blut.

Trotz des Schwindels konnte ich den exakten Moment, in dem Warden Jules erkannte, bestimmen. Doch ihm blieb keine Zeit, die Erkenntnis zu verarbeiten, denn Jules ließ von mir ab und stürzte sich nun auf ihn.

Anders als ich war Warden jedoch auf die Attacke vorbereitet. Gekonnt wich er Jules aus und schlug mit seiner Machete nach ihm. Die Klinge riss eine Wunde in Jules' Arm, aber der Schmerz schien ihn nur noch anzuspornen.

Jules schleuderte Warden gegen die Vergitterung einer anderen Zelle und versuchte ihn zu packen, doch bevor ihm das gelang, duckte sich Warden. Mit voller Wucht donnerte Jules gegen die Eisenstäbe, und das Geräusch von vibrierendem Metall erfüllte das Gefängnis und hallte als Echo von den kahlen Wänden wider. Warden verpasste Jules von hinten einen Tritt in die Kniekehle, worauf dieser ein Knurren ausstieß und ohne Unterbrechung zum nächsten Angriff überging.

Die beiden bewegten sich so schnell, dass ich dem Kampf kaum folgen konnte. Ich fühlte mich wie am Boden festgenagelt, wobei es weniger der Schmerz und der Blutverlust waren, die mich hinderten aufzuspringen, als der Schock über Jules. Irgendwann gelang es mir trotzdem, eins meiner Khukuri zu ziehen, und ich mühte mich auf die Beine, um Warden zu Hilfe zu kommen. Er hatte seine Macheten verloren und kämpfte nun mit bloßen Händen gegen Jules' Klauen, die schon einige Spuren auf seinem Körper hinterlassen hatten.

Ich näherte mich den beiden, doch ohne Deckung bemerkte Jules mich sofort. Er wich noch einem Hieb von Warden aus, dann war er erneut bei mir. Doch diesmal konnte er das Überraschungsmoment nicht für sich nutzen. Ich duckte mich unter seinen Armen hindurch und trieb in der nächsten Sekunde meinen Ellenbogen zwischen seine Schulterblätter. Als er nach vorn stolperte, rammte ich ihm mein Khukuri in die Leiste.

Jules brüllte auf.

Tut mir leid, dachte ich.

Er riss die Klinge aus seinem Fleisch und ging nun damit auf mich los. Ich fing seinen Arm ab, packte ihn fest und drehte sein Gelenk herum, bis ihm nichts anderes übrig blieb, als die Waffe fallen zu lassen. Doch bereits im nächsten Moment kollidierte die Faust seiner anderen Hand mit meiner

Nase. Schmerz explodierte in meinem Gesicht, als die Knochen brachen.

»Cain!«, hörte ich Warden brüllen.

Mein verschwommener Blick zuckte zu ihm. Er stand in Jules' Zelle, seine Handschellen bereit. Ich begriff sofort, was sein Plan war, und verpasste Jules einen heftigen Tritt in den Magen. Er geriet ins Taumeln, ohne jedoch sein Gleichgewicht zu verlieren. Unerbittlich setzte ich noch einen Hieb nach, der ihn geradewegs gegen seine Zelle beförderte. Blitzschnell fasste Warden durch die Eisenstäbe, und bevor Jules erneut auf mich losgehen konnte, schloss sich eine der Handschellen um seinen Arm. Er wirbelte zu Warden herum, aber dieser ließ bereits die zweite Schelle am Gitter einrasten und machte einen Satz zurück.

Jules riss an den Handschellen. Kurz fürchtete ich, dass das Material seiner enormen Stärke nicht standhalten würde, aber das tat es. Zumindest für den Augenblick. Er stieß ein wütendes Knurren aus. Sein zorniger Blick landete auf mir, und er ging erneut auf mich los. Doch die Fesseln hielten ihn zurück, sodass er mich nicht zu fassen bekam. Zähnefletschend starrte er mich an.

Ich starrte zurück, in das verzerrte Gesicht meines Cousins, meines Kampfpartners, meines Freundes. Was hatten Isaac und James nur aus ihm gemacht?

»Das erklärt, wieso sich sein Amulett gelöst hat«, sagte Warden. Er war mit deutlichem Abstand zu Jules aus der Zelle getreten und stand nun neben mir. Sein T-Shirt war an einigen Stellen zerfetzt. Er hatte ein blaues Auge und unzählige Kratzer am Körper, als wäre er in eine Grube mit wild gewordenen Katzen gestürzt.

Ich wischte mir mit dem Unterarm das Blut von der Nase. »Etwas stimmt nicht mit ihm.«

»Du meinst abgesehen davon, dass er ein Vampir ist?«

»Ja, riechst du es nicht?«

»Was?«

»Da ist nichts. Er hat keinen Geruch.«

Warden runzelte die Stirn. »Jetzt, wo du es sagst …«

»Seine Fänge sind auch viel zu lang«, fügte ich hinzu. Und warum hielt James ihn hier fest? Aus welchem Grund sollte Isaac seine eigenen Leute einsperren?

»Vielleicht liegt es daran, dass er ein Grim Hunter ist?«

»Vielleicht«, erwiderte ich skeptisch, ohne den Blick von Jules abzuwenden, der noch immer fauchte und knurrte und versuchte, sich von seinen Fesseln loszureißen, um uns zu töten. Es war ein abscheulicher Anblick, der mir den Magen umdrehte, und beinahe wünschte ich mir, nicht hergekommen zu sein. Doch zumindest hatte ich jetzt Gewissheit, und die war auch etwas wert. Oder?

Warden

Erst mein Vater. Und jetzt Jules. Womöglich war ich gestorben und Kevin hatte mich in die Unterwelt gezerrt, und das alles waren nur Visionen des Grauens, die mich bis in die Ewigkeit foltern sollten. Wenn dem so war, hätte es mich nicht gewundert, wenn auch Cain sich gleich verwandelte, auch wenn sie als Blood Huntress resistent gegen Vampirbisse war. Oder es zumindest sein sollte.

Mein Blick fiel auf die Bisswunde an ihrem Hals. Sie war blutüberströmt, aber es schien ihr gleichgültig zu sein. Sie hatte nur Augen für Jules.

»Wir müssen ihn ins Quartier bringen.« Ihre Worte klangen dumpf, was vermutlich an ihrer gebrochenen Nase lag, die man ihr auf der Krankenstation würde richten müssen. »Vielleicht kann uns dort jemand erklären, wieso er anders ist als die anderen Vampire.«

»Soll ich deine Mum anrufen?«

Cain presste die Lippen aufeinander und nickte, auch wenn es ihr sichtlich schwerfiel. Mein Dad und Jules waren nun Vampire. Die Feinde. Und es bestand durchaus die Möglichkeit, dass die anderen Hunter sie töten würden. Aber was hatten wir für eine Wahl? Wir konnten sie nicht selbst erledigen, keiner von uns beiden könnte sich dazu überwinden. Und einfach gehen lassen konnten wir sie auch nicht, denn dann trügen wir die Mitschuld am Tod jedes Menschen, den sie von nun an umbrachten.

Ich holte mein Handy hervor. »Mist, kein Empfang. Ich geh mal –«

Ich wurde von einem lauten Knall unterbrochen, der mich zusammenzucken ließ. Ich riss den Kopf hoch, doch es war nicht Jules, der den Laut verursacht hatte. Das Geräusch kam aus dem vorderen Bereich.

Cain und ich wechselten einen flüchtigen Blick, dann stürzten wir aus dem Gefängnis, durch die Kühlkammer mit den Leichen und den Lagerraum zurück ins Labor.

»Scheiße«, fluchte ich und rannte zu dem Schrank, an den Cain meinen Dad gefesselt hatte.

Er war nicht mehr da – zumindest nicht alles von ihm. Die Handschellen baumelten noch am Schrank, doch von meinem Dad war nur die linke Hand zurückgeblieben, die er sich offenbar selbst abgetrennt hatte.

»Was zum Teufel …«, raunte Cain neben mir und starrte fassungslos auf die leblose Hand, die vor uns auf dem Boden lag.

»Bleib du bei Jules, ich versuche ihn einzuholen«, sagte ich und stürzte los.

»Warden!«

Ich hielt inne und sah zu Cain.

»Nimm die hier mit.« Sie warf mir die Handschellen zu, die sie vom Schrank gelöst hatte.

Ich fing sie auf und rannte zur Leiter, an deren Ende es dunkel war. Mein Dad hatte nicht nur das Licht mitgenommen – er hatte auch die Luke geschlossen. Ich drückte dagegen, aber sie öffnete sich nicht. Fuck, er musste etwas darauf geschoben haben. Mit aller Kraft stemmte ich mich gegen das Holz. Ich drückte, bis meine Muskeln zitterten und mein Kopf vor Anstrengung zu pochen begann.

Endlich rührte sich die Klappe. Die ersten Millimeter waren die schwersten, danach ging es leichter. Ich biss die Zähne zusammen, und mit einem letzten Ruck öffnete ich den Durchgang. Was immer ihn versperrt hatte, stürzte zu Boden. Ich kletterte in die Hütte, zog meine Machete hervor und folgte der Spur aus Blut in den Wald.

Die roten Flecken machten es mir leicht, meinem Dad zu folgen. Doch je weiter ich mich von der Hütte entfernte, umso kleiner wurden die Sprenkel aus Blut und umso dichter wurde der Geruch nach feuchtem Laub. Ich ging langsamer, atmete tief ein und folgte der Rosmarin-Note, die nur noch als Hauch in der Luft lag. Hektisch sah ich mich nach Hinweisen um, aber ich war nun mal kein verdammter Pfadfinder. Trotzdem lief ich weiter.

Nach gut einer Meile musste ich mir eingestehen, dass ich die Spur verloren hatte. Ich blieb stehen. Eine kühle Brise erfasste mich. Die Härchen in meinem Nacken stellten sich auf, und meine Hände ballten sich zu Fäusten. Am liebsten hätte ich meinen Frust in die Welt hinausgeschrien. Ich konnte es nicht glauben. Ich hatte meinen Dad eben erst gefunden und schon wieder verloren. Am liebsten wäre ich noch tiefer in den

Wald gestampft, um seine Fährte womöglich wiederzufinden, aber ich wollte Cain nicht länger mit Jules allein lassen.

Mit einem Seufzen zog ich mein Handy hervor. Zum Glück war der Empfang zurück. Ich rief Cains Mum an, deren Nummer ich seit über drei Jahren nicht mehr gewählt hatte.

»Warden?«, erklang ihre überraschte Stimme.

Ich schluckte. »Hallo, Lillian.«

»Ist alles in Ordnung?«

»Nein. Cain und ich ... wir haben Jules gefunden.«

28. KAPITEL

Warden

Wenn Blicke töten könnten, hätte mein Herz längst aufgehört zu schlagen bei der Art und Weise, wie mich Cains Dad ansah, als ich Grants Büro betrat. Ich konnte mich noch an eine Zeit erinnern, in der Andrew mich gemocht hatte, aber das war gewesen, bevor ich Cain zu mir auf die dunkle Seite gezogen hatte und bevor wir miteinander geschlafen hatten. Zugegeben, davon wusste ihr Dad nichts, aber für jeden mit Augen im Kopf war ziemlich offensichtlich, dass das zwischen uns nichts Platonisches mehr war. Und wir gaben uns auch keine Mühe, es zu verbergen.

»Hey«, begrüßte ich Cain, die an der Wand lehnte, da es nicht genügend Sitzplätze gab.

Sie verzog die Lippen zu einem Lächeln, doch es wirkte freudlos. Dunkle Schatten lagen unter ihren Augen.

In den letzten Nächten hatten wir beide nicht viel Schlaf bekommen. Grant und den anderen zu erzählen, was wir die letzten Wochen getrieben hatten, war kein Vergnügen gewesen, und im Anschluss hatten wir eine Expedition zur Hütte im Wald angeführt.

»Wie geht es deinem Hals?«, fragte ich und strich ihr sanft das Haar von der Schulter. Die Bisswunde hatte sich geschlossen, aber die Narben waren deutlich sichtbar und leicht entzündet. Bei normalen Verletzungen geschah dies nur selten, aber Vampire hatten etwas in ihrem Speichel, das gegen unsere Heilfähigkeit arbeitete.

»Es wird jeden Tag besser.«

Ich nickte. Das war die erste gute Nachricht seit unserem Fund.

»Und wie geht es dir?«

Ich zuckte mit den Schultern. Darauf hatte ich keine Antwort. Im Moment gab es dafür einfach noch zu viele ungeklärte Fragen und zu wenig Zeit, um meine Gedanken zu sortieren. Und wenn ich ehrlich war, war ich mehr als dankbar für die Ablenkung, die mich davon abhielt, wach in meinem Bett zu liegen. Dafür verzichtete ich gern auf Schlaf.

»Lasst uns anfangen«, verkündete Grant. Er saß hinter seinem Schreibtisch, eine Cola-Dose in der Hand, dennoch sah er genauso müde und erschöpft aus, wie ich mich fühlte. Nein, wie wir uns vermutlich alle fühlten nach den Erkenntnissen der letzten Tage. »Wayne, was hast du zu berichten?«

Wayne, der am Schreibtisch gelehnt hatte, richtete sich auf. Er war einer von zwölf Huntern, die an dieser Besprechung teilnahmen. Neben Grant, Cain und mir waren auch Cains und Jules' Eltern anwesend sowie die anderen Leiter der Magic, Soul und Blood Hunter und Dr. Kivela von der Krankenstation.

»Wir haben die Region um das Labor weiträumig abgesucht«, berichtete Wayne. Dabei sah er nicht Grant an, sondern mich. Er hatte die Suchtrupps organisiert und war auch derjenige gewesen, der mir zugesichert hatte, dass sie versuchen würden, meinen Dad lebend zu fangen. »Aber es gibt keine Spur von James, und vermutlich werden wir ihn auch nicht mehr finden, weshalb ich einen Rückzug für die beste Strategie halte. Sein Labor scheint ihm viel bedeutet zu haben. Wenn er glaubt, dass die Luft rein ist, kommt er vielleicht zurück.«

»Du redest von einem Hinterhalt«, schlussfolgerte Grant.

»Ja, ich würde sämtliche Leute abziehen und versteckte Kameras in der Umgebung anbringen. Im Labor selbst würde ich drei oder vier Hunter stationieren. Diese müssten dort allerdings auf unbegrenzte Zeit leben. Sollte James die Hütte beobachten, darf dort keine Bewegung stattfinden.«

Grant ließ Waynes Strategie auf sich wirken, bevor er schließlich nickte. »Einverstanden. Du hast bis heute Abend, um vier Freiwillige zu finden, aber ich will, dass du hierbleibst. Wir wissen nicht, wann deine Fähigkeiten als Soul Hunter gebraucht werden.«

Automatisch trat ich einen Schritt vor, wobei ich eine leichte Gegenbewegung spürte, als versuchte Cain, mich zurückzuziehen. »Ich würde mich dieser Mission gern anschließen.«

Grant schüttelte den Kopf. »Kommt nicht infrage, du bist in der Sache befangen. Wir können niemanden gebrauchen, der zwischen den Stühlen steht, sollte es zu einem Kampf kommen.«

Das konnte er nicht ernst meinen, oder?

»Ich würde mich niemals gegen die Hunter stellen.«

»Tut mir leid, Warden. Du hast in der Vergangenheit leider zu oft bewiesen, dass man sich nicht auf dich verlassen kann. Du bleibst hier, Ende der Diskussion«, sagte Grant mit seiner entschlossensten Stimme. »Ihr zwei könnt ohnehin von Glück reden, dass ich euch für euer rücksichtsloses Verhalten nicht in den Arrest habe sperren lassen, also provoziert mich lieber nicht.«

Ich presste die Lippen aufeinander, um mich davon abzuhalten, noch etwas zu sagen. Ginge es nur um mich, hätte ich die Anschuldigungen nicht auf mir sitzen lassen, aber ich wollte nicht, dass mein Handeln Cain schadete. Und einmal im Arrest, wären wir vollkommen von dem abgeschottet, was um uns herum – und auch mit Jules – passierte. Das konnte ich

Cain nicht antun, denn im Gegensatz zu dem, was Grant von mir dachte, konnte man sich auf mich verlassen. Ich hatte nur eine Abneigung gegen bescheuerte Regeln.

»Maëlle, konntet ihr inzwischen etwas herausfinden?« fuhr Grant fort.

Dr. Kivela trat vor. Ich hatte die Ärztin noch nie ohne Stethoskop und weißen Kittel gesehen, aber für die Besprechung hatte sie beides abgelegt. Das graue Haar trug sie zu einem Knoten gebunden. Man sah ihr deutlich an, dass sie die letzten Nächte ebenfalls durchgemacht hatte. »Ja, den Archivaren ist es gelungen, James' Laptop zu hacken.«

»Und?«

Dr. Kivela verzog die Lippen auf eine Weise, die deutlich zeigte, dass uns nicht gefallen würde, was sie als Nächstes zu sagen hatte. »Wir haben Belege dafür gefunden, dass die Zahl der existierenden Vampire immer weiter sinkt. Es ist eine natürliche Entwicklung, da jeder Vampir nur einen weiteren erschaffen kann und die Hunter in den letzten dreißig, vierzig Jahren immer effektiver geworden sind. Offenbar will Isaac dagegen angehen, weshalb er James nach seiner Verwandlung damit beauftragt hat, ein Mittel zu finden, das Menschen verwandelt, ohne dass ein Biss nötig ist. Grundlage dafür war James' Forschung an einem Impfstoff, um Vampirismus zu verhindern oder sogar umzukehren. Es liegt die Vermutung nahe, dass diese Forschung der Grund dafür war, dass Isaac James vor Jahren überhaupt angegriffen und verwandelt hat.«

Bei den letzten Worten wanderte der Blick der Ärztin in meine Richtung, und es war, als würde ein Stromstoß durch meinen Körper fahren. Wir hatten uns nie erklären können, weshalb die Vampire scheinbar aus dem Nichts ins Haus meiner Eltern eingefallen waren und warum Isaac persönlich dort erschienen war. Doch wenn er wirklich Wind von der wissenschaftlichen Arbeit meines Vaters bekommen hatte, ergab das alles plötzlich Sinn. Wäre es meinem Dad gelungen, das Mittel fertigzustellen, gäbe es inzwischen wohl kaum noch Vampire und Isaac wäre so gut wie entmachtet. Dass er Dads Wissen nun für seine Zwecke einsetzen konnte, war vermutlich nur ein Bonus.

»Ist es das, was sie meinem Jules angetan haben?«, fragte Olivia mit zittriger Stimme. Sie saß neben Cains Mutter auf einem der Stühle vor Grants Schreibtisch. Lillian hielt ihre Hand. Ihr Mann Charles stand direkt hinter ihr. Das Entsetzen angesichts dessen, was sie soeben gehört hatten, stand auch ihm ins Gesicht geschrieben.

»Bedauerlicherweise ja«, antwortete Dr. Kivela. »Aus den Aufzeichnungen, die wir gefunden haben, geht hervor, dass James bereits seit circa drei Jahren an dem Serum arbeitet und es schon knapp zweihundert Testobjekten injiziert hat, vor allem Obdachlosen. Sie sind alle daran gestorben. Jules ist der Erste, der die Injektion und die damit verbundene Verwandlung überstanden hat.«

»Wissen wir, warum er es überlebt hat?« Die Frage kam von Cain, die bisher sehr still gewesen war. In ihrem Blick spiegelte sich nichts als eiserne Entschlossenheit.

»Nein, daran hat James noch geforscht. Er hat anscheinend versucht herauszufinden, wie er den Effekt dauerhaft herbeiführen kann«, erklärte Dr. Kivela mit verschränkten Armen. »Inzwischen ist es uns auch gelungen, eine Blutprobe von Jules zu nehmen, um sie genauer zu untersuchen.«

Olivias Stimme klang zittrig. »Wie geht es ihm?«

»Den Umständen entsprechend«, antwortete Wayne. »Dr. Kivela hat ihre Verbindungen genutzt, um uns Blutkonserven zu beschaffen, und solange er kooperiert, darf er sich frei in seiner Zelle bewegen.«

»Wann dürfen wir ihn sehen?«, erkundigte sich Charles.

Wayne sah fragend zu Dr. Kivela.

Sie seufzte. »Jules hat sich beruhigt, und wir haben unsere Proben. Ich denke, er kann nun besucht werden, allerdings haben wir ihn noch nicht zum Reden gebracht. Außerdem sollte euch bewusst sein, dass Jules nicht mehr der ist, den ihr als euren Sohn kanntet. Er ist jetzt ein Vampir.«

Erneut drang ein Schluchzen aus Olivias Kehle.

Cains Mum lächelte ihre Schwester traurig an, bevor sie sich ebenfalls an Dr. Kivela wandte. »Gibt es schon Pläne, was mit ihm passieren soll?«

»Nein. Eine solche Situation ist für uns völlig neu, wir gehen es Schritt für Schritt an. Aber ich kann euch versichern, dass wir Jules und das, was er für uns bedeutet hat, respektieren und ihn in keiner Phase unnötig werden leiden lassen. Über eine Entscheidung werden alle Anwesenden in diesem Raum natürlich rechtzeitig informiert.«

Übersetzt bedeutete das, dass Jules gerade in seiner Todeszelle saß, wenn kein Wunder passierte und wir meinen Dad fanden. Ich kannte die Unterlagen zu seiner Forschung und er hatte mir viel beigebracht, aber diese ganze Sache überstieg meine Fähigkeiten, mein Wissen und mein Können um Längen. Was meinen Dad zur einzigen Person machte, der es gelingen könnte, ein Mittel zu schaffen, um Jules von seinem Vampirismus zu heilen. Falls er das überhaupt wollte.

Cain

Nervös knetete ich die Blutkonserve in meiner Hand, doch ich befahl mir, damit aufzuhören, bevor die Verpackung zwischen meinen Fingern platzte. Die Besprechung mit Grant und den anderen lag fünf Stunden zurück, und seit ebenso langer Zeit versuchte ich den Mut zu fassen, Jules zu besuchen.

Zwei Tage waren vergangen, seit Warden und ich ihn in James' Labor gefunden hatten. Seitdem hatte ich ihn nicht mehr gesehen, obwohl ich kaum an etwas anderes denken konnte, aber ich hatte auch Angst. Nicht vor Jules selbst – trotz der Verletzungen, die er mir zugefügt hatte –, sondern vor meinen Gefühlen und der neuen Realität.

Shit.

Das nervöse Flattern in meiner Brust verstärkte sich. Ich presste eine Hand auf die Stelle, unter der mein Herz heftig klopfte, und versuchte mich zu beruhigen, um den Mut und die Gelassenheit zu finden, die ich den anderen vorspielte. Weil ich nicht wollte, dass man mich wegen meiner aufbrausenden Gefühle wieder ausschloss so wie nach Jules' Verschwinden. Tatsächlich war ich überrascht gewesen, wie leicht Grant Warden und mich hatte davonkommen lassen. Aber womöglich hatte er einfach großes Mitleid mit uns und dem Schicksal, das den Menschen, die wir liebten, widerfahren war.

»Wenn du noch länger wartest, wird das Blut ranzig.«

Erschrocken wirbelte ich herum und hätte beinahe die Konserve fallen lassen. Ich hatte nicht gemerkt, dass noch jemand hier war.

»Wayne! Du hast mich ganz schön erschreckt.«

Er lächelte entschuldigend. »Tut mir leid, ich wollte mich nicht anschleichen. Wie geht es dir?«

Ich zuckte mit den Schultern, da ich nicht wusste, wie ich darauf antworten sollte.

»Ich bin froh, dass ich dich hier treffe. Ich muss mich bei dir entschuldigen.«

»Wofür?«

»Dafür, dass ich Jules so schnell aufgegeben habe«, antwortete er und schob verlegen die Hände in die Hosentaschen. »Als Grant beschlossen hat, dass die Suche nach ihm eingestellt wird, hätte ich etwas sagen sollen. Vor allem nach dieser Sache mit den tot geglaubten Huntern, die vielleicht doch nur entführt wurden.«

Ich nickte unbestimmt, da ich von all dem nicht viel mitbekommen hatte. Warden hatte mir ein wenig darüber erzählt, aber ich war die letzten Wochen einfach zu sehr mit der Suche nach Jules beschäftigt gewesen. »Habt ihr schon eine Spur, wo sich die Hunter befinden könnten?«

»Nein, leider nicht. Und wir haben ehrlich gesagt auch noch keine Ahnung, wie alles zusammenhängt.«

»Sobald wieder Normalität einkehrt, gehe ich gern wieder auf Patrouille und helfe.«

»Mit Warden als deinem Kampfpartner?«

»Ich glaube, er ist als Einzelgänger ganz glücklich.« Ich wusste, dass Warden gern Zeit mit mir verbrachte, aber ich wollte ihn auch zu nichts zwingen. Oder mir falsche Hoffnungen machen. Über unsere gemeinsame Zukunft hatten wir bisher noch kein Wort verloren.

»Ja, er ist allein glücklich, aber nicht so glücklich wie mit dir. Eva kommt vermutlich nicht zurück in den Dienst. Als ich Warden gegenüber erwähnt habe, dass du und ich Partner werden könnten, hat ihm das überhaupt nicht gefallen.«

Mir wurde warm ums Herz. »Wirklich?«

»Ja, wirklich. Du solltest ihn danach fragen. Aber erst nachdem du bei Jules warst«, erinnerte mich Wayne daran, aus welchem Grund ich hier stand. Als er bemerkte, wie meine Stimmung sofort wieder kippte, trat er einen Schritt auf mich zu. Ein sanftes Lächeln lag auf seinen Lippen. »Ich weiß, es ist schwer. Aber du schaffst das.«

»Ich will ihn nicht als Monster in Erinnerung behalten.«

»Das wirst du nicht, glaub mir. Es ist vielleicht nicht genau das Gleiche, aber ich weiß, wie es sich anfühlt. Mein Dad war nach seiner Darmkrebs-Diagnose nicht mehr derselbe, die letzten Wochen seines Lebens waren verdammt hart. Er war nicht mehr der Mann, der mich großgezogen hat, und die Erinnerungen an seinen schwächer werdenden Körper tun weh, aber sie löschen all die schönen nicht aus.« Waynes Stimme hatte einen nachdenklichen Klang angenommen. »Ich hätte ihm den Rücken kehren und ihn alles allein durchstehen lassen können, um meine schönen Erinnerungen nicht zu trüben, aber ich bin froh, es nicht getan zu haben. Und ich bin mir sicher, dass es dir mit Jules genauso gehen wird.«

Ich lächelte. »Danke.« Seine Worte halfen mir wirklich.

Anschließend verabschiedete sich Wayne von mir, da er ein Meeting mit den Huntern hatte, welche die Hütte im Wald besetzen würden; auch mein Dad würde einer von ihnen sein.

Nachdem er gegangen war, atmete ich noch einmal tief ein, bevor ich den Code eintippte, der die Tür zu den Arrestzellen öffnete. Erleichtert stellte ich fest, dass die Luft dahinter sauber und rein roch, nicht wie in dem Kerker, in dem ich Jules gefunden hatte.

Ich trat vor seine Zelle. Er saß im Schneidersitz auf seinem Bett, als würde er meditieren, allerdings waren Hand- und Fußfesseln um seine Gelenke gelegt. Reglos starrte er an die Wand, obwohl es auch einen Fernseher und ein Regal voller Bücher in der Zelle gab. Er hatte seine Vampirform abgelegt – seine Hände waren keine Klauen mehr, und seine Augen hatten ihre natürliche blaue Farbe. Er sah beinahe so aus wie der alte Jules, nur dass er vollkommen farblose Kleidung trug, die der alte Jules niemals angerührt hätte.

Ich schluckte schwer und trat an die Zelle heran. »Hallo, Jules.«

Er rührte sich nicht.

»Ich hab dir dein Abendessen mitgebracht.« Ich ging in die Hocke und schob die Blutkonserve unter den Gitterstäben hindurch, anschließend trat ich zwei Schritte zurück, sodass Jules mich von seiner Zelle aus nicht zu fassen bekommen konnte. »Ich war vorhin mit deinen Eltern, Grant und all den anderen in einer Besprechung«, berichtete ich, da ich nicht wusste, was ich sonst sagen sollte. »Dr. Kivela hat uns erzählt, was James dir angetan hat.«

Angespannt beobachtete ich Jules, doch er reagierte nicht auf meine Worte, obwohl ich mir sicher war, dass er sie hörte und verstand. Vampire waren zwar Bestien, die von ihren Urinstinkten angetrieben wurden, wenn sie hungrig waren, aber sie waren immer noch in der Lage, zu denken wie ein Mensch. Vampire wie Phineas waren der beste Beweis, allerdings waren sie, anders als Jules, auf natürlichem Weg entstanden.

Mit einem Seufzen setzte ich mich auf den Boden vor der Zelle. »Es tut mir leid, was mit dir passiert ist«, sagte ich, die Stimme zu einem Flüstern gesenkt, und knetete dabei nervös meine Finger. »Und dass ich an jenem Abend nicht mit dir auf Patrouille war. Ich weiß nicht, ob meine Anwesenheit anstelle von Floyds etwas geändert hätte, aber ich habe das Gefühl, dich im Stich gelassen zu haben.« Mich bei Jules zu entschuldigen fühlte sich erstaunlich gut an. Von dieser Tatsache ermutigt, redete ich weiter. »Und es tut mir auch leid, dass ich dich nicht früher gefunden habe. Keine Ahnung, wie lange du schon so bist, aber vielleicht hätte ich es verhindern können. Ich hoffe, du kannst mir verzeihen und wirst eines Tages wieder mit mir sprechen, aber ich kann auch verstehen, wenn du nichts mehr mit mir zu tun haben willst.«

Plötzlich rührte sich Jules. Er stand vom Bett auf und starrte mich an. Den Blick auf mich gerichtet, näherte er sich dem

Rand seiner Zelle. Direkt vor den Gitterstäben blieb er stehen. Wortlos bückte er sich nach der Blutkonserve. Die Finger seiner rechten Hand verwandelten sich in Klauen. Mit einer seiner Krallen schlitzte er die Verpackung auf und führte sie an den Mund.

Mir drehte sich der Magen um. Verdammt, ich wusste, dass er Blut trank, er war ein verdammter Vampir, aber es mit eigenen Augen zu sehen, erinnerte mich daran, wie er sich auf mich gestürzt hatte. Sofort glaubte ich wieder das Pochen der Wunde an meinem Hals zu spüren. Ich unterdrückte den Drang, danach zu tasten, und schlang stattdessen die Arme um meine Knie.

Mit gespielter Furchtlosigkeit beobachtete ich, wie Jules die Blutkonserve austrank. Er warf die Verpackung in den Mülleimer in der Ecke und leckte sich mit der Zunge über die rot gefärbten Lippen, bevor er sich wieder aufs Bett setzte.

In diesem Moment hätte ich alles dafür gegeben zu erfahren, was in ihm vorging. Erinnerte er sich überhaupt an mich? Oder war seine Vergangenheit ein schwarzes Loch wie bei James?

»Du schuldest Ella übrigens zwanzig Pfund«, sagte ich und stützte das Kinn auf den Knien ab. »Sie hat mir von eurer kleinen Wette erzählt, und so wie es aussieht, hast du leider verloren. Warden und ich haben uns nämlich geküsst … Um ehrlich zu sein, haben wir schon viel mehr gemacht.« Mir war bisher nicht viel Zeit geblieben, darüber nachzudenken und in Erinnerungen zu schwelgen, aber auch jetzt, Tage später, bereute ich nicht, was wir getan hatten. »Ich weiß, ich habe die letzten Jahre viel auf ihn geschimpft … aber es war leichter, ihn für sein Verhalten zu verurteilen, als zu versuchen, es zu verstehen. Was ich jetzt tue. Nachdem du fort warst, konnte ich nicht anders, als gegen die Regeln zu verstoßen, um dich zu finden.«

Jules schwieg noch immer.

»Du denkst jetzt bestimmt: Aber Cain, was ist mit dem Posten der Quartiersleiterin?«, mimte ich seine schockierte Stimme nach und antwortete mir selbst. »Ich weiß es nicht. Aber wenn diese Position von mir verlangt, meinen besten Freund einfach aufzugeben und Warden den Rücken zu kehren, ist sie das einfach nicht wert. Außerdem bleiben mir sicherlich noch zwanzig, dreißig Jahre, um mich zu beweisen. Und das werde ich!«

Reglos starrte Jules die Wand an. Ich hatte keine Ahnung, ob er mir zuhörte, dennoch redete ich weiter und erzählte ihm alles, was im Quartier passiert war. Ich wusste nicht, was ich mir davon erhoffte, aber es fühlte sich richtig an, Jules an seinem alten Leben teilhaben zu lassen. Und als ich den Arrest schließlich verließ, musste ich an das denken, was Wayne gesagt hatte und daran, dass ich diese zwei Stunden, die ich mit Jules verbracht hatte, niemals bereuen würde.

29. KAPITEL

Warden

Das Surren der Tätowiernadel verstummte, nachdem ich den letzten Strich in meine Haut gestochen hatte. Ich beobachtete, wie die Rötung in Sekundenschnelle verheilte, sodass das frische Tattoo plötzlich so wirkte, als wäre es schon einige Tage alt.

Seufzend legte ich die Maschine beiseite und stellte mit einem Blick auf die Uhr enttäuscht fest, dass der Schmerz nur eine kurze Ablenkung gewesen war. Ich überlegte, mir noch einmal die alten Dokumente meines Dads zu seinem Vampir-Impfstoff durchzulesen, aber ich wusste, dass ich das nur tun würde, um den Besuch bei meiner Mum hinauszuzögern. Zwar gab es niemanden, der mich dazu zwang, ihr von Dad zu erzählen, aber ich musste es tun. Ich erzählte ihr alles; eine solch wichtige Entwicklung vor ihr geheim zu halten hätte sich einfach falsch angefühlt.

Ich schlüpfte in ein frisches T-Shirt, ehe ich mich mit schwerem Herzen auf den Weg in die Krankenstation machte.

Im Quartier herrschte eine merkwürdig gedrückte Stimmung, und ich konnte die Blicke der anderen Jäger auf mir spüren. Sie alle wussten, was aus meinem Dad geworden war und was Cain und ich erlebt hatten. Bevor jemand auf die Idee kommen konnte, mich anzuquatschen, beschleunigte ich vorsichtshalber meine Schritte.

Auf der Krankenstation begrüßte ich das Personal, bevor ich durch die Vorhänge zu meiner Mutter hineinschlüpfte.

»Hey, Mum.« Ich ließ mich auf meinen Sessel fallen und betrachtete sie. Ihr Gesicht hatte eine rosigere Farbe als sonst, und man hatte ihr die Haare gewaschen. »Du siehst gut aus heute.« Ich griff nach ihrer Hand, die schwer und reglos in meiner lag, und streichelte ihr mit dem Daumen über den Handrücken. Dabei berührte ich abwesend die Stelle, an der ihr Ehering gesessen hatte, der nun in der Nachttischschublade neben ihrem Bett lag.

Sie hatte meinen Dad wirklich von ganzem Herzen geliebt, und wenn ich eine positive Sache aus ihrem aktuellen Zustand hätte ziehen sollen, war es der Umstand, dass sie sich nie mit seinem Tod hatte auseinandersetzen müssen.

»Ich habe Dad gefunden«, sagte ich, meine Stimme nur ein heißeres Flüstern, den Blick auf ihre Hand gesenkt. Ihr gegenüber diese Worte auszusprechen war um einiges schwerer, als Grant, Lillian oder Wayne von meiner Begegnung mit James zu erzählen. »Er ist am Leben, wenn man so will, aber nicht mehr derselbe wie damals. Er ist jetzt einer von Isaacs Leuten.« Ich sah meine Mum an, die sich wie erwartet nicht rührte. Sie wirkte so friedlich, aber ich selbst verspürte keine Ruhe. »Ich habe immer gedacht, es würde mir irgendeine Art Frieden bringen, wenn ich herausfinde, was damals geschehen ist. Warum es geschehen ist … Aber ich glaube, ich habe mich geirrt«, gestand ich sowohl meiner Mum als auch mir ein. »Zu wissen, dass Isaac es auf Dad abgesehen hatte, ändert überhaupt nichts. Du liegst noch immer im Koma, und Dad … Mein Wunsch, Isaac für das, was er euch angetan hat, leiden zu sehen, ist größer denn je. Ich weiß, dass Rache ein hässliches Gefühl ist, und sie hätte mich um ein Haar Cain gekostet, aber …«

Ich brach ab, als wie aus dem Nichts ein kleiner Junge auftauchte, der vermutlich keine zehn Jahre alt war und sich völlig selbstverständlich auf den freien Stuhl auf der anderen Seite des Bettes setzte.

Ich schluckte schwer. »Bitte sag mir, dass du nicht ihretwegen hier bist.«

»Nein, ihre Zeit ist noch nicht gekommen«, antwortete Kevin mit kindlicher Stimme, die nicht zu dem wissenden Ausdruck in seinen Augen passen wollte. »Ich bin hier, um nach dir zu sehen.«

»Wie nett von dir.« Es sollte sarkastisch klingen, aber das tat es nicht.

»Das mit deinem Dad tut mir echt leid.«

Ich ließ die Hand meiner Mum los. »Warum hast du mir nicht gesagt, dass er nicht in der Geisterwelt ist?«

»Weil ich es nicht wusste. Hast du eine Ahnung, wie viele Menschen jeden Tag, jeden Monat, jedes Jahr sterben? Mein Kopf würde explodieren, wenn ich all ihre Schicksale kennen würde. Das mit Dominique konnte ich dir nur sagen, weil ich ein Auge auf sie hatte. Aber damals, als das mit deinem Dad passiert ist, kannten wir uns noch nicht. Hätte ich mitbekommen, dass er nicht übergetreten ist, hätte ich dir das gesagt.«

Ich nickte. Aus irgendeinem Grund glaubte ich ihm. »Danke, Kev.«

»Wofür sind Freunde da?« Er lehnte sich auf seinem Stuhl zurück. »Willst du darüber reden?«

»Über meinen Dad?« Ich schüttelte den Kopf.

»Dann vielleicht über die süße Blood Huntress?«

»Cain?«

»Ja. Ich habe gesehen, dass zwischen euch jetzt was läuft.«

»Sag jetzt nicht, dass du uns beim Sex beobachtet hast.«

»Natürlich nicht! Auch wenn du es mir nicht glaubst, ich besitze in der Tat so was wie Anstand.«

»Mit Cain läuft es gut.« Zwar hatten wir noch nicht genauer definiert, was das zwischen uns war und ob es eine Zukunft hatte, aber für den Moment genoss ich, was wir hatten.

Es war der einzige Lichtblick in diesen Wochen, in denen ein dunkles Ereignis das nächste jagte. Erst die Sache mit Dominique, dann Jules' Verschwinden und … alles, was danach gefolgt war.

»Wenn man vom Teufel spricht«, säuselte Kevin, ehe er plötzlich verschwand, nur einen Moment bevor der Vorhang zurückgeschoben wurde und Cain ihren Kopf hereinschob.

»Hey. Störe ich?«

»Nein, komm rein.«

Sie schlüpfte in das provisorische Zimmer und zögerte kurz, bevor sie zu mir kam und sich auf meinen Schoß setzte.

Ich zog sie an mich und atmete ihren süßen Duft ein, der den chemischen Geruch der Krankenstation verblassen ließ. Es war erstaunlich, wie Cain es schaffte, jeden Moment auf gewisse Art erträglicher zu machen.

Sie lehnte ihren Kopf an meine Schulter. »Worüber hast du mit ihr geredet?«

»Über meinen Dad. Ich habe ihr erzählt, dass wir ihn gefunden haben und was aus ihm geworden ist.«

Cain nickte. »Und wie geht es dir damit?«

»Gut.«

Zweifelnd hob sie die Brauen. »Bitte sei ehrlich.«

»Es geht mir wirklich gut«, beteuerte ich. »Meiner Mum davon erzählen zu müssen war hart, und es war zuerst ein ziemlicher Schock, aber es ist offensichtlich, dass von meinem Dad nichts mehr übrig ist. Der Mann, den ich kannte, ist gestorben. Und nach über drei Jahren habe ich mit seinem Tod abgeschlossen, zumindest so weit, wie man überhaupt mit so etwas abschließen kann. Es tut mir nur leid, was er Jules angetan hat.«

»Mir auch.«

Ich wünschte, ich könnte den Schmerz aus ihrer Stimme nehmen. »Warst du schon bei ihm?«

Sie nickte. »Gerade eben. Ich habe ihm zwei Stunden lang alles erzählt, was er in den letzten Wochen verpasst hat. Es hat ihn allerdings nicht sonderlich interessiert. Zumindest hat er auf nichts, was ich gesagt habe, reagiert.«

»Das tut mir leid.«

»Mir auch. Aber ich gebe die Hoffnung noch nicht auf.«

»Wenn du willst, können wir Jules morgen zusammen besuchen«, bot ich an.

»Das wäre schön.« Sie schmiegte sich an mich.

Ich streichelte ihr sanft über die Haare, und eine Weile saßen wir einfach nur da und genossen den Moment der Zweisamkeit. Es war das erste Mal seit Tagen, dass ich das Gefühl hatte, zur Ruhe zu kommen, und nicht in der ständigen Sorge lebte, dass gleich jemand mit der nächsten Hiobsbotschaft zu mir kam.

»Warden?«

Ich schielte auf sie hinunter. »Ja?«

Sie nahm den Kopf von meiner Brust, um mich anzusehen. Das rote Haar fiel ihr in sanften Wellen über die Schultern, und sie trug kein Make-up, dennoch waren die Sommersprossen auf ihrer Nase nur noch helle Schatten. Im Winter wurden sie immer etwas blasser.

»Willst du wieder mein Kampfpartner werden?«

Damit hatte ich nicht gerechnet.

»Ich weiß, du bist es inzwischen gewohnt, allein auf die Jagd zu gehen«, fuhr sie fort. »Und du glaubst vielleicht, dass ich dich damals einfach durch Jules ersetzt habe. Aber das hab ich wirklich nicht, genauso wenig wie ich Jules jetzt durch dich ersetze. Ihr beide seid großartig und unersetzlich, aber wenn du mich zurückhaben willst, würde mich das freuen. Monster jagen macht mit dir einfach am meisten Spaß.«

Meine Mundwinkel zuckten. »Mit dir macht Monster jagen auch sehr viel Spaß. Aber du weißt, dass ich weiterhin versuchen werde, Isaac aufzuspüren, daran hat sich nichts geändert.«

»Ich weiß, und ich werde dir folgen, wohin uns seine Spur auch führt.«

»Dann sind wir jetzt wohl wieder Partner.«

Cain nickte, bevor sie die Arme um meinen Hals schlang und mich fest an sich drückte.

Ich erwiderte die Umarmung, versuchte, den Moment festzuhalten. Niemals hätte ich mir träumen lassen, wieder ihr Partner zu werden. Ganz im Gegenteil hatte ich mich darauf eingestellt, für den Rest meines Lebens allein umherzuziehen. Aber jetzt, wo ich sie zurückhatte, würde ich sie nie wieder loslassen. Und ich würde auch nicht zulassen, dass sich noch einmal etwas oder jemand zwischen uns stellte – weder die Kreaturen der Nacht noch unsere eigenen, verworrenen Gefühle, weil wir es nicht über uns brachten, miteinander zu reden.

Plötzlich wurde der Vorhang, der uns vor neugierigen Blicken schützte, zurückgezogen, und Shaw schob seinen Kopf herein.

Ich schnaubte und ließ Cain los. »Ernsthaft, schon wieder? Du musst echt an deinem Timing arbeiten, Mann.«

»Sorry! Finn hat gefragt, ob wir alle zusammen etwas essen gehen wollen. Aber wenn ihr euch lieber gegenseitig vernaschen wollt, haben sicherlich alle Verständnis dafür«, sagte Shaw mit einem amüsierten Grinsen.

Ich schnaubte und sah Cain an. »Was denkst du?«

»Ich denke, eine kleine Auszeit würde uns allen guttun.«

»Wie ist das passiert? Ich dachte, ihr hasst euch.« Finn starrte erst Warden, dann mich fassungslos an. »Ich versteh echt die Welt nicht mehr. Plötzlich ist Jules ein künstlich erschaffener Vampir, James am Leben und betreibt Forschung für Isaac und ihr seid wieder Kampfpartner – mit Vorzügen! Als Nächstes erzählt ihr mir wahrscheinlich, dass Roxy sich jetzt vegan ernährt.«

»Ach, weißt du das noch nicht? Ich bin komplett auf Rohkost umgestiegen. Karotten sind die neuen Burger«, sagte Roxy, verzog dabei allerdings das Gesicht, als würde es ihr schon körperliche Schmerzen bereiten, ihr heiliges Fast Food nur zu verpönen, geschweige denn tatsächlich darauf zu verzichten. »Wo wir gerade von Burgern reden, können wir endlich bestellen?« Suchend sah sie sich nach der Kellnerin um.

Wir waren im Espy, einem gemütlichen Restaurant, das an der Strandpromenade von Portobello lag. Mit dem Rauschen des Meeres im Ohr schmeckte das Essen doppelt so gut. Wir waren eine ziemlich große Runde mit Roxy, Shaw, Finn, Ella, Owen, Warden und mir und hatten daher einen der runden Tische bekommen, von denen aus man auf den Strand und die Wellen blicken konnte. Beziehungsweise hätte blicken können, wäre es nicht so dunkel gewesen.

Roxy winkte eine Kellnerin heran, und wir bestellten unser Essen.

»Ich habe noch immer keine Antwort bekommen«, sagte Finn mit Nachdruck und nippte an dem kostenlosen Wasser, das man uns auf den Tisch gestellt hatte.

Ich sah zu Warden, der neben mir saß, eine Hand auf meinem Knie. Das erste Mal, seit wir seinen Vater gefunden hatten, wirkte er wirklich entspannt. Dasselbe konnte ich von mir nicht behaupten, aber vielleicht würden ein paar Cocktails helfen. »Nach der Gedenkfeier für Jules und Floyd bin ich losgezogen, um Jules zu suchen, da ich nicht an seinen Tod geglaubt habe. Warden hat mir geholfen. Dabei haben wir erkannt, was für ein gutes Team wir sind, und uns ausgesprochen.«

Skeptisch hob Finn die Brauen. »Das ist alles?«

»Mehr oder weniger.«

»Aber jetzt mal ehrlich …« Shaw beugte sich über den Tisch und ließ den Blick von Warden zu mir und wieder zurückwandern. »Wer küsst besser? Cain oder ich?«

Irritiert hob ich eine Augenbraue. Das war nicht das erste Mal, dass Shaw etwas in diese Richtung andeutete …

Warden schnaubte. »Du kennst die Antwort darauf.«

»Mhm, ich natürlich.« Er lehnte sich auf seinem Stuhl zurück. »Hab ich mir schon gedacht. Sorry, Cain«, fügte er augenzwinkernd hinzu.

»Wann habt ihr zwei euch geküsst?«, fragte Owen und nippte an seinem Bier.

Es freute mich, dass er mitgekommen war. Ich hatte ihn die letzten Male in unserer Runde vermisst, und es war schön zu sehen, dass Ella und er ihre Unstimmigkeiten offenbar hatten beilegen können.

»In London. Aber nur aus Spaß, weil Shaw doch keine Erinnerung hat und noch versucht herauszufinden, auf was oder wen er steht«, sagte Warden, wobei sein Blick wenig diskret in Roxys Richtung zuckte, die auf einmal ein unglaubliches Interesse an ihrer Serviette zu entwickeln schien.

»Konntest du in den letzten Wochen denn etwas über deine Vergangenheit herausfinden?«, fragte Ella.

Shaw wurde ernst und schüttelte den Kopf.

»Tut mir leid, dass ich dir nicht mehr helfen konnte.«

»Schon in Ordnung. Das mit dem Café war ein guter Hinweis. Aber entweder bist du die Einzige, die mich dort bemerkt hat, oder du hast mich mit einem Typen verwechselt, der mir einfach sehr ähnlich sieht.«

Ella erwiderte nichts, aber die kleine Furche auf ihrer Stirn zeigte deutlich, dass sie nicht glaubte, sich getäuscht zu haben. Genauso wenig wie ich. Sie hatte ein ziemlich gutes Gedächtnis, wenn es um Gesichter ging, zumal sie mit ihrem Seelenblick auch die Aura einer Person sah und ihre Farben mit dem entsprechenden Gesicht verknüpfen konnte. Das machte Menschen für sie eigentlich unverwechselbar.

»Hast du dich mal an der Universität umgehört?«, erkundigte sich Warden.

»Ja, da bin ich noch dran, aber wie du weißt, hatte ich auch noch andere Dinge zu tun.«

Warden nickte.

Es interessierte mich, wie die Jagd mit dem Ghostvision verlief, aber ich verkniff mir die Frage, da Owen und Ella nichts von der brenzligen Lage wussten, in der Roxy sich befand.

Ich sah zu Finn. »Wisst ihr schon, wie lange ihr noch in Edinburgh bleibt?«

»Nur noch ein paar Tage.«

»Wo geht es anschließend hin?« Die Frage kam von Ella.

»Das wissen wir noch nicht«, antwortete Roxy ausweichend und zuckte mit den Schultern. »Vielleicht zurück nach London, vielleicht auch nicht.«

Die Kellnerin kam mit unserer Bestellung zurück an den Tisch. Das Essen sah fantastisch aus, und ich mopste mir sofort eine Pommes von Wardens Teller. Ich selbst hatte mir die Mac 'n' Cheese bestellt und wollte gerade den ersten Bissen nehmen, als mein neues Handy signalisierte, dass ich eine Nachricht bekommen hatte. Sie konnte nur aus dem Quartier stammen, da all meine Freunde bei mir saßen.

Mich beschlich ein ungutes Gefühl, und ich griff nach meiner Tasche, als plötzlich auch Wardens Handy vibrierte, gefolgt von Ellas, Owens und schließlich auch Roxys und Finns.

»Was zur Hölle?«, fragte Shaw, den Mund voller Essen.

Kaum dass ich die Nachricht geöffnet hatte, gefror mir das Blut in den Adern.

NOTFALL! Das Quartier wird von Vampiren angegriffen!!

30. KAPITEL

Warden

Auf der Straße vor dem Friedhof, die zum Calton Hill führte, herrschte erschreckende Stille. Normalerweise wimmelte es hier von Touristen, aber nun war der Platz leer, beinahe so, als würden sie die Gefahr, die unter unseren Füßen lag, erahnen.

»Seid ihr bewaffnet?«, fragte ich die anderen.

»Immer«, erwiderte Roxy und berührt das blaue Amulett der Stufe 5, das um ihren Hals baumelte und bei der Berührung hell aufleuchtete, als wollte es zeigen, dass es bereit war, ein paar Vampire zu vernichten.

Cain hatte bereits ihre Khukuri gezückt, Owen zwei Schlagringe mit spitzen Stacheln angelegt, und Shaw hielt eine Pistole in der Hand. Ellas Amulett der Stufe 4 saß in der Form eines Rings an ihrem Finger.

»Dann los!« Ich marschierte voraus, durch das gusseiserne Tor, meine Schritte im Gleichklang mit meinem Herzschlag.

Cain war direkt an meiner Seite, und gemeinsam betraten wir den Friedhof. Sie sicherte die linke, ich die rechte Seite, ehe wir uns Grabstein für Grabstein bis zum Eingang des Quartiers vorarbeiteten, um sicherzugehen, dass nicht hier bereits Vampire lauerten.

»Shit«, fluchte Cain.

Die steinerne Tür, die den Aufzug schützte, war zerschmettert. Davor lag ein junger Mann, ein Hunter, dem offensichtlich das Genick gebrochen worden war. Anstelle des Aufzugs, der für gewöhnlich hinter dem Gestein wartete, klaffte ein Loch. Dumpfe Geräusche – einzelne Schreie und Hilferufe – drangen aus dem Untergrund.

Cain tippte eilig ihren Sicherheitscode ein, um den Aufzug zu rufen, aber er kam nicht. Sie versuchte es erneut – mit demselben Ergebnis. »Sieht aus, als müssten wir nach unten klettern.«

Ich nickte und stieg als Erster in den Schacht. Es gab eine schmale Leiter aus Metall, die nach unten führte. Mit jedem weiteren Meter wurde der Geruch nach Rosmarin und Blut intensiver. Es drehte mir den Magen um, aber die Übelkeit war nichts im Vergleich zu dem brennenden Verlangen, die Vampire bereuen zu lassen, hierhergekommen zu sein.

Ich sprang die letzten Meter von der Leiter auf das Dach des Aufzugs, der an dieser Stelle hängen geblieben zu sein schien. Cain war dicht hinter mir, gefolgt von den anderen. Meine eigene wilde Entschlossenheit spiegelte sich in ihren Gesichtern wider. Ich nickte, und Owen öffnete die Luke im Dach des Fahrstuhls.

»Oh, shit!«, fluchte Shaw.

Im Aufzug lag ein Berg Leichen. Ich entdeckte Florence und Carl, zwei Magic Hunter, und Floyds Mum, deren Namen ich vergessen hatte, aber die ich von seiner Gedenkfeier wiedererkannte. Ihre leblosen braunen Augen starrten mich an. Dies war das wahre Gesicht der Vampire, ihre wahre Natur. Egal wie zivilisiert sie sich zeigten, egal wie kultiviert sie wirkten, in ihrem Herzen waren sie alle Monster.

»Bitte sagt mir, dass wir da nicht draufsteigen müssen«, kam es von Ella.

Cain verzog die Lippen, was Antwort genug war.

Ich erbarmte mich und ging als Erster. Vom Rand der Luke

ließ ich mich langsam, sehr langsam nach unten gleiten, um möglichst sanft auf den Körpern aufzukommen. Dennoch gab ihr weiches Fleisch unter meinen Stiefeln nach.

Fuck!

Vorsichtig stieg ich von dem Haufen und sicherte die Tür. Wohin ich auch sah, entdeckte ich Tote. Das Einzige, was mich beruhigte und mir Hoffnung gab, war, dass sich unter den Leichen mindestens doppelt so viele Vampire wie Hunter und Archivare befanden. Das Klirren von Waffen und das Geräusch dumpfer Faustschläge drangen an mein Ohr, und meine Muskeln zitterten in Erwartung des Kampfes.

Ich half Cain, Ella und Roxy zu mir zu kommen, anschließend folgten Owen, Shaw und Finn. Vermutlich verfluchte Letzterer sich dafür, seinen Familienurlaub nicht noch etwas in die Länge gezogen zu haben. Aber ich war froh, dass er es nicht getan hatte. Er war ein verdammt guter Grim Hunter, und so wie die Lage aussah, konnten wir ihn gebrauchen.

»Wir sollten zuerst zur Waffenkammer«, sagte Cain.

Dagegen hatte keiner Einwände zu erheben.

Offenbar waren die Kämpfe auf dieser Ebene des Quartiers bereits beendet, denn wir erreichten die Waffenkammer ohne Zwischenfälle. Sie war schon ziemlich ausgebeutet, und ich konnte nur hoffen, dass sich andere Hunter eingedeckt hatten und nicht die Vampire. In Windeseile statteten wir uns mit dem aus, was noch da war. Ich schnappte mir zwei Macheten, und Shaw nahm sich eine alte Schrotflinte aus einer der Vitrinen. Cain bestückte sich mit weiteren Messern und uns alle mit Pfefferspray und Tränengas.

Dann machten wir uns gemeinsam auf den Weg, um nachzusehen, wo unsere Hilfe benötigt wurde.

Die Tür zum Treppenhaus wurde vom Körper eines durchlöcherten Vampirs aufgehalten. Die Rufe und Schreie erklangen hier lauter, ebenso wie das Fauchen und Zischen der Vampire.

Wir erreichten die zweite Etage, auf der sich unter anderem die Cafeteria und die Gemeinschaftsräume befanden. Auch hier herrschte Chaos und Verwüstung. Türen waren aus den Angeln gehoben und Tische umgestoßen worden, und von irgendwoher kreischte laut Musik aus einer Stereoanlage, die zusammen mit den Kampfgeräuschen zu einer schrecklichen Hintergrundkakofonie verschmolz.

Aufmerksam folgten wir dem Gang in Richtung der Auseinandersetzungen, als plötzlich ein Vampir aus einem der Räume sprang. Sein Mund war blutverschmiert. Er machte einen Satz auf unsere Gruppe zu, aber gegen Cain und mich, die an der Spitze liefen, hatte er keine Chance. Binnen Sekunden sackte sein Körper zwischen uns zu Boden. Doch sein Tod verschaffte mir keine Befriedigung. Er fühlte sich nicht an wie ein Sieg, sondern erst wie der Anfang.

Wir gingen weiter und entdeckten zwei tote Archivare, die Waffen noch in den Händen, die es nicht geschafft hatten, den Vampiren zu entkommen. Wir nahmen ihre Dolche an uns, womöglich würden sie uns später das Leben retten.

Plötzlich schrie Ella hinter mir auf. »Oh mein Gott!«

Alarmiert packte ich meine Macheten fester, als sie an mir vorbeistürzte, direkt auf einen Körper zu, der mitten im Gang am Boden lag. Es dauerte einen Moment, bis ich erkannte, dass es Wayne war, der dort in einer Lache seines eigenen Bluts lag. Tiefe Kratzer überzogen sein geisterhaft blasses Gesicht, und an seinem Oberschenkel klaffte eine große Fleischwunde. Sein Bein war auf eine Art und Weise verdreht, wie ich es noch nie gesehen hatte. War es überhaupt noch Teil seines Körpers?

Ella war vor ihm auf die Knie gesunken und berührte seine Schulter. »Wayne!«

Ich hielt den Atem an.

»Wayne … wach auf!«

Er rührte sich. Erst nach ein paar Sekunden öffnete er stöhnend ein Auge, das andere war blau und zugeschwollen. Eine Verletzung, die bei einem Blood Hunter eigentlich umgehend heilen sollte, aber wenn zu viele lebensbedrohliche Wunden zusammenkamen, verlangsamte das unsere Regenerationsfähigkeit.

»Wayne«, wiederholte Ella noch einmal und umfasste sein Gesicht mit beiden Händen. »Hörst du mich?«

»Ja«, krächzte er. Seine Stimme war schwach und gebrochen und kaum wiederzuerkennen. Seine Lider flatterten, als stünde er kurz davor, erneut das Bewusstsein zu verlieren.

»Bleib wach! Wir bringen dich hier raus.« Ella schob einen Arm unter seine Schultern. Ihre Hände zitterten. Es brach mir das Herz, mit anzusehen, wie sie versuchte, ihn aufzurichten. Aber sie war zu schwach und er nur ein lebloser Klumpen Fleisch in ihren Händen. Dabei konnten wir uns nicht einmal sicher sein, ob das, was sie vorhatte, etwas brachte oder ihn nur unnötig quälte.

»Owen, hilf mir!« Tränen rannen Ella über das Gesicht, und ich konnte spüren, wie auch hinter meinen Augen der Druck größer und die Enge in meiner Brust fester wurde.

Owen trat vor, den Kiefer angespannt, und hob Wayne in einer einzigen fließenden Bewegung vom Boden auf, als wäre er ein Kind und kein ein Meter neunzig großer, muskelbepackter Hunter.

»Wir bringen ihn raus und kommen dann zurück«, sagte Owen und wollte sich gerade abwenden, als sich Wayne in seinen Armen noch einmal regte. Seine Lippen teilten sich, und ich entdeckte Blut an seinen Zähnen. Das war kein gutes Zeichen.

»Iiiiisaaa…«

Ich trat näher an ihn heran. »Was hast du gesagt?«

Er schluckte schwer. »I… Isaac.«

»Isaac?«

Wayne nickte, ein kaum sichtbares Zucken seines Kopfes. »Hier.«

Ich erstarrte. »Isaac ist hier?«

Er nickte erneut.

»Wir müssen jetzt gehen«, drängte Ella.

Ich sah Ella, Owen und Wayne kurz nach, dann wandte ich mich wieder den anderen zu. Cain weinte nicht, aber ich konnte die Tränen in ihren Augen schimmern sehen, doch anders als bei Ella waren es keine der Trauer und Angst, sondern der Wut.

»Er muss wegen Jules hier sein«, sagte sie.

Ich nickte. Alles andere wäre ein zu großer Zufall. Er wollte den künstlich erschaffenen Vampir zurück, den wir aus seinem Labor entwendet hatten.

»Wenn das so ist«, warf Finn ein, »dann sollten wir besser nach unten. Früher oder später wird Isaac bei den Zellen auftauchen, um sich Jules zu schnappen.«

Niemand in der Gruppe widersprach, also setzten wir uns wieder in Bewegung und liefen zurück zum Treppenhaus. Wir sprinteten die Stufen nach unten, vorbei an der dritten Etage bis hinunter zur vierten, als plötzlich schrilles Schreien und lautes Weinen zu hören waren.

Cain erstarrte so urplötzlich mitten in der Bewegung, dass Shaw beinahe in sie hineingerannt wäre. Panisch sah sie zu mir auf. »Das sind die Kinder! Wir müssen ihnen helfen!«

Ohne zu zögern, stürzten wir aus dem Treppenhaus zu den Wohnräumen.

Hier waren die Kämpfe noch in vollem Gange. Wir entdeckten mehrere Hunter, die an den verschiedensten Stellen in den Fluren und Räumen gegen die Vampire kämpften. Wir folgten dem Kindergeschrei. Offenbar hatte man versucht, sie in einer der Wohnungen in Sicherheit zu bringen, aber die Vampire hatten sie aufgespürt.

Es waren mindestens ein Dutzend von ihnen, die versuchten, eine Wand aus sechs erwachsenen Huntern zu durchbrechen, um an die Kinder zu gelangen. Darunter auch Xavier, der Leiter der Blood Hunter, und Ronja, eine Grim Huntress, die verzweifelt versuchten, ihre Kinder zu beschützen. Blut tropfte ihr von der Stirn, und ihre Kleidung war an unzähligen Stellen zerfetzt, als wäre sie heute schon einmal in die Klauen der Vampire geraten. Die Kinder in ihren Rücken klammerten sich aneinander und weinten in Todesangst.

»Wir müssen ihnen helfen«, sagte Cain, doch Roxy hielt sie mit einer Bewegung ihres Armes zurück und trat vor.

Sie hatte ihr Amulett berührt, und die Luft war erfüllt vom Knistern der Magie, die sich in blauen Fäden um ihre Finger wickelte. »Finn, Shaw und ich kümmern uns darum, geht ihr Jules und Isaac suchen. Sie dürfen nicht entkommen.«

Cain zögerte. »Seid ihr euch sicher?«

Finn verzog den Mund zu einem grimmigen Lächeln. »Wir schaffen das. Und sobald wir hier fertig sind, kommen wir nach und helfen euch mit Isaac.«

»Passt auf euch auf«, sagte ich, bevor Cain noch etwas erwidern konnte, denn uns blieb keine Zeit zu diskutieren. Ich packte sie an der Hand und zerrte sie mit mir zurück in Richtung des Treppenhauses, während sich die anderen drei in den Kampf gegen die Vampire stürzten.

In der fünften Etage roch es nach Rauch. Dunkle Schwaden waberten aus der Richtung, in der Grants Büro lag, über den Flur. Die Angst schien hier unten noch dichter zu sein als in den Ebenen über uns, denn hier befand sich die Krankenstation mit den Verletzten, und auch die Archivare, von denen die wenigsten im Kampf ausgebildet waren, hatten auf diesem Stock ihren Sitz.

Vorsichtig schlichen Cain und ich vorwärts und sicherten auf dem Weg zu den Arrestzellen einen Flur nach dem anderen. Jeder Muskel in meinem Körper war angespannt, und ich hörte das Rauschen des Blutes in meinen Ohren.

Wir wollten gerade in einen neuen Gang einbiegen, als Alessandra um die Ecke gestürzt kam, dicht gefolgt von einem Vampir. Als sie uns entdeckte, stolperte sie fast, beschleunigte dann jedoch ihre Schritte wieder und hielt direkt auf uns zu. »Hilfe!«

Cain rannte los und warf sich zwischen Alessandra und den Vampir. Er versuchte sie zu fassen, aber Cain packte seinen Arm und verdrehte ihn mit voller Kraft. Er schrie auf und wirbelte zu ihr herum, doch sie fing seine Faust ab. In einem Sturm aus Hieben und Stichen umtanzten die beiden einander, bis es Cain gelang, die Klinge eines ihrer Khukuri durch sein Herz zu rammen. Der Vampir sackte zu Boden.

Schwer atmend wandte sich Cain mir und Alessandra zu, die sich hinter meinem Rücken versteckt hatte. »Bist du verletzt?«

Grants Assistentin schüttelte den Kopf. Ihr Haar war zerzaust, aber bis auf einen Kratzer an ihrem Hals sah sie unversehrt aus. Vermutlich hatte sie nur so lange überlebt, weil es die Vampire einiges an Zeit gekostet hatte, so weit in das Quartier vorzudringen.

»Wo ist Grant?«

»Er ist mit den Huntern, die Wayne ausgewählt hat, zu James' Hütte gefahren.«

Ich konnte die Erleichterung in Cains Gesicht sehen, als ihr bewusst wurde, dass zumindest ihr Vater, der sich freiwillig für die Mission gemeldet hatte, in Sicherheit war. Und bestimmt ging es auch ihrer Mum gut. Lillian gehörte neben Cain zu den talentiertesten Blood Huntern, die ich kannte.

Wir begleiteten Alessandra zum Treppenhaus, da die Aufzüge im gesamten Quartier lahmgelegt waren, und schickten sie in die oberste Etage, von der aus sie hoffentlich ohne Probleme ins Freie würde fliehen können. Womöglich traf sie noch auf Ella und Owen, die ihr helfen konnten, aber Cain und ich mussten uns jetzt um Isaac kümmern.

»Bereit?«

Cain nickte. »Das wird vermutlich ziemlich hässlich.«

»Sehr hässlich«, bestätigte ich.

Erneut schlugen wir den Weg zu den Zellen ein, da dies der einzige Anhaltspunkt war, den wir hatten, sofern sich Isaac und Jules noch im Quartier befanden und wir nicht zu spät waren.

»Du kommst hier nicht durch!«, hörte ich eine Frau brüllen.

Ich erkannte Dr. Kivelas Stimme, kurz bevor ich die Ärztin im Korridor entdeckte, der zur Krankenstation führte. Sie sah erschöpft aus, dennoch stand sie breitbeinig vor dem Eingang. Die gläserne Tür war zersplittert und lag in Scherben um sie herum. Sie hielt ein Schwert in den Händen, das in ihren feinen, schmalgliedrigen Fingern völlig fehl am Platz wirkte, und bedrohte damit einen Vampir. Er hatte mir den Rücken zugewandt, doch sobald mein Blick auf seinen Armstumpf fiel, wusste ich, wer er war.

»Lass mich«, zischte mein Dad, die verbleibende Klaue bedrohlich erhoben.

»Nein, du kannst nicht zu ihr.«

Ihr. Meiner Mum.

»Ich kann, und ich werde. Sie gehört mir!«

Mit einem Satz stürzte sich mein Dad auf Dr. Kivela. Es geschah so schnell, dass Cain und mir keine Zeit blieb zu reagieren. Er riss sie zu Boden und verbiss sich in ihrem Hals. Das Schwert glitt aus ihrer Hand, ohne meinen Dad auch nur gestreift zu haben. Im nächsten Moment war die Ärztin tot, ihr lebloser Körper auf einen Haufen Scherben gebettet.

Mein Dad richtete sich auf. Er wischte sich das Blut aus dem Mundwinkel und trat an Dr. Kivela vorbei auf die Krankenstation zu.

»Meine Mum! Wir müssen sie beschützen.« Meine Stimme klang seltsam tonlos in meinen Ohren. All die Jahre war es mein größter Wunsch gewesen, Isaac zu töten, und jetzt hatte ich die Chance dazu. Aber keine Rache der Welt war das Leben meiner Mum wert. Ich musste meinen Dad aufhalten.

Cain nickte, als im selben Augenblick ein lautes, kreischendes Geräusch wie von einer Kettensäge zu hören war. Und es kam aus Richtung der Arrestzellen.

Scheiße!

»Cain …«

Sie starrte mich an, und die Zerrissenheit, die ich in ihren Augen sah, brach mir beinahe das Herz. Sie könnte mich begleiten und gemeinsam mit mir meine Mum beschützen, aber dann würde es Isaac vermutlich gelingen zu fliehen.

»Warden, ich … ich muss zu Jules.«

»Du solltest nicht allein …«

»Warden«, unterbrach mich Cain, »vertrau mir. Ich halte ihn hin, bis du, Finn und die anderen nachkommen. Das schaffe ich. Mach dir keine Sorgen.«

Ich starrte sie an, und ihr entschlossener Blick sagte mir alles, was ich wissen musste. Ich beugte mich zu ihr und gab ihr einen Kuss, nur zur Sicherheit, falls einer von uns beiden nicht zurückkam. »Ich liebe dich, Cain.«

Sie lächelte. »Ich dich auch, also pass bitte auf dich auf.«

Cain

Ich blickte Warden nach, aber nur für einen kurzen Moment, ehe ich mich abwandte, bevor mich meine Zweifel übermannen konnten. Ich klammerte mich an meine Klingen und sprintete entschlossen in Richtung der Arrestzellen und des sägenden Geräusches, wobei ich die Kämpfe, das Blut und Leid um mich herum zu ignorieren versuchte, auch wenn das kaum möglich war. Ich hatte so etwas noch nie erlebt. Isaac musste mit mindestens hundert Vampiren in unser Quartier eingefallen sein. Wie er es gefunden hatte und reingekommen war, war mir ein Rätsel, das es allerdings nicht in diesem Augenblick zu lösen galt. Zuerst musste ich Jules finden.

Bereits aus der Ferne erkannte ich, dass die stählerne Tür, die zu den Zellen führte, aus den Angeln gerissen war. Hoffentlich war ich nicht zu spät! Ich hechtete über einen toten Vampir, der mitten im Gang lag, und wurde nur widerwillig langsamer, um mir einen Überblick zu verschaffen. Vorsichtig näherte ich mich den Zellen. Es war zu laut um mich herum und der Gestank nach Rosmarin zu durchdringend, um zu sagen, ob noch jemand bei den Zellen war, daher blieb mir nichts anderes übrig, als selbst nachzusehen.

Mit rasendem Puls ging ich hinter einer Mauer in Deckung und schielte Richtung Jules' Zelle. Sofort fiel mein Blick auf Jules. Er war frei. Jemand hatte vier Stäbe aus dem Gitter gesägt, und er war gerade dabei, sich durch die entstandene Lücke zu zwängen. Doch er war nicht allein. Im Gang vor ihm standen ein weiterer Vampir mit einer robust aussehenden Säge und Isaac! Ich hatte ihn bisher nur auf alten Fotos und auf den körnigen Aufnahmen der Überwachungskameras vor Wardens Haus gesehen, aber ich war mir sicher. Er war es.

Sein junges Gesicht verbarg, dass er bereits Jahrhunderte,

vielleicht sogar Jahrtausende alt war. Er trug einen Anzug, das dichte schwarze Haar fiel ihm bis auf die Schultern. Ich hatte ihn mir größer und muskulöser vorgestellt, aber ich würde nicht den Fehler begehen, ihn zu unterschätzen. Selbst aus der Entfernung konnte ich die Wellen der Macht, die von ihm ausgingen, förmlich spüren. Er hatte etwas Anziehendes, geradezu Hypnotisches an sich, so groß war seine Macht und so berauschend seine Präsenz.

»Hallo, Julius«, hörte ich Isaac sagen. Seine Stimme war samtig und weich.

Jules deutete eine Verneigung an. »Hallo, mein König.«

Ein Lächeln trat auf Isaacs Lippen, und ohne dass er etwas befehlen musste, warf der andere Vampir achtlos seine Säge beiseite und wandte sich in meine Richtung, bereit, Isaac und Jules den Weg aus dem Quartier freizukämpfen.

Scheiße, mir blieb keine Zeit, um auf Finn und die anderen zu warten. Ich klammerte mich an meine Khukuri und trat aus meinem Versteck – während mich eine leise Stimme in meinem Kopf fragte, ob ich wahnsinnig sei, mich dem König der Vampire allein gegenüberzustellen.

»Cain Blackwood.« Isaac nannte mich beim Namen, als würde er eine alte Freundin begrüßen.

Mir jagte ein Schauder über den Rücken. Er wirkte so gelassen und erhaben, als wären wir in der Oper und würden nicht inmitten eines Infernos aus Leid, Verzweiflung und Wut stehen. Woher wusste er, wer ich war?

»Ich kann euch nicht gehen lassen«, sagte ich mit fester Stimme, obwohl meine Knie weich waren.

»Ich glaube nicht, dass du eine andere Wahl hast.«

»Jules bleibt hier!«

Isaac seufzte. »Geh uns aus dem Weg, dann lass ich dich vielleicht leben.«

Ich verharrte auf der Stelle. Der Tod machte mir keine Angst, und so hatte ich immerhin eine Chance, zumindest redete ich mir das ein. Bisher war es niemandem gelungen, Isaac zu töten. Aber wie auch, wenn sich der Drecksack die ganze Zeit irgendwo versteckte? Vielleicht war er gar nicht so stark, wie er uns alle glauben machen wollte, sondern in Wirklichkeit ein schwacher Feigling, der sich genau aus diesem Grund ständig irgendwo verkroch.

Isaac stieß ein Seufzen aus. »Na gut, du hast es nicht anders gewollt. Arol, kümmere dich um sie«, befahl er mit ausdrucksloser Stimme, als wäre ich weder eine Bedrohung noch ein Hindernis, sondern nur eine lästige Störung, die es möglichst schnell zu beseitigen galt.

Der bullige Vampir, der die Säge gehalten hatte, kam auf mich zu. Auf seinem Gesicht lag ein hässliches Lächeln, das seine vampirische Fratze noch grausamer erscheinen ließ. Als würde er sich darauf freuen, mich in Stücke zu reißen.

Ich blockte seinen ersten Schlag ab, doch sein zweiter traf mich hart in die Seite. Ächzend krümmte ich mich unter dem Hieb, aber ich kämpfte gegen den Schmerz an und griff mit meinen Khukuri an. Aus dem Augenwinkel konnte ich sehen, dass Jules und Isaac an uns vorbeigingen, aber Arol machte es mir unmöglich, ihnen zu folgen.

Es war offensichtlich, wieso Isaac ihn als seinen Bodyguard auserkoren hatte. Nicht nur, dass er körperlich einer Wand glich, er verhielt sich außerdem wie die reinste Tötungsmaschine. Seine Schläge waren unerbittlich. Jedem Hieb folgte umgehend der nächste, sodass mir kein Raum blieb, ihn anzugreifen, zu sehr war ich damit beschäftigt, seinen Attacken zu entgehen. Mit seiner beeindruckenden Größe hatte er zudem eine ziemliche Reichweite.

Sein nächster Tritt, dem ich nicht schnell genug ausweichen

konnte, traf mich mit voller Wucht in den Bauch. Ich donnerte gegen die Wand, und in meinem Magen explodierte ein noch nie da gewesener Schmerz, der mich um Atem ringen ließ. Tränen schossen mir in die Augen. Als ich aufstehen wollte, packte mich Arol. Ich strampelte in seinem Griff, aber es half nichts. Mühelos hob er mich in die Luft und schleuderte mich durch den Raum. Mit einem lauten Knall kam ich auf dem Boden auf.

Es fühlte sich an, als würde mein Rücken brechen, und ich hatte das Gefühl, nicht mehr atmen zu können. Panisch schnappte ich nach Luft und versuchte, mich zu beruhigen. Wenn ich jetzt aufgab, war es vorbei, und das womöglich nicht nur mit mir. Ich dachte an Warden, der gerade gegen seinen Vater kämpfte, an Roxy, Shaw und Finn, die die Kinder beschützten, und an Ella und Owen, die es hoffentlich geschafft hatten, Wayne in Sicherheit zu bringen, und bereits auf dem Weg zu mir waren, um mir zu helfen.

Der Gedanke an meine Freunde gab mir die Kraft, mich wieder auf die Beine zu kämpfen. Da ich meine Khukuri verloren hatte, zog ich meine Pistole und drückte ab.

Die Kugeln warfen Arols Körper zurück, aber er gab noch nicht einmal einen Laut von sich. Nur das Zucken der Muskeln in seinem Gesicht verriet mir, dass er überhaupt etwas fühlte.

Ich zielte auf seinen Kopf, doch meine Hand zitterte vor Schmerz so stark, dass die Kugel lediglich seine Wange streifte. Schneller als mir lieb war, war das Magazin leer, und er griff mich erneut an.

Ich warf mich zu Boden und rollte mich ab. In der Bewegung schnappte ich mir eine der Metallstangen, die er aus der Zelle gesägt hatte, und ging damit auf ihn los. Ich erwischte seinen Schädel, was dem Vampir zumindest ein Fauchen entlockte. Erneut holte ich mit der Stange aus, doch dieses Mal fing Arol sie ab und riss sie mir mit einem kräftigen Ruck aus der Hand. Und ehe ich michs versah, war er wieder bei mir. Er packte mich an der Kehle und drückte zu. Röchelnd versuchte ich, ihn von mir zu stoßen, aber er war zu groß und ich erreichte seinen Körper kaum. Doch offenbar war er noch nicht bereit, die Sache zu beenden und mich zu erledigen. Statt mich einfach zu erwürgen, warf er mich mit voller Wucht gegen eine der Zellen.

Mein Körper kribbelte in dem Versuch, die zahlreichen Prellungen zu heilen. Aber wie eine Puppe herumgeschleudert zu werden, verkraftete man auch als Blood Huntress nicht ohne Weiteres. Mein Kopf pochte, und alle Glieder schmerzten, außerdem war ich mir sicher, dass der Tritt in meinen Magen auch einige innere Verletzungen verursacht hatte. Ich musste mir eingestehen, dass ich diesen Kampf nicht gewinnen konnte, zumindest nicht auf diese Art und Weise. Arol war einfach zu stark.

Regungslos blieb ich auf dem Boden liegen. Hörte, wie sich seine Schritte näherten. Vorsichtig, damit er die Bewegung nicht sah, tastete ich unter meinem Körper nach dem Pfefferspray an meinem Gürtel.

Der Vampir blieb neben mir stehen, packte meinen Arm und zerrte mich auf die Beine. Mit einem hämischen Grinsen sah er mir direkt ins Gesicht.

Ich riss das Pfefferspray hoch und sprühte ihm eine ordentliche Menge davon direkt in die Augen.

Arol schrie auf und ließ mich los. Wütend versuchte er, nach mir zu greifen, aber er war blind und ich schnell. Ich zog den Dolch, den ich einem der toten Archivare abgenommen hatte, aus meinem Stiefel, und ging auf ihn los. Er bekam mich zu fassen, aber zu spät, denn im selben Moment holte ich aus und trieb die Klinge durch sein Herz.

Gemeinsam gingen wir zu Boden. Seine Arme wurden

schlaff, sein Kampfgeist erstarb, und ich konnte mich aus seinem Griff befreien.

Heilige Scheiße.

Ich gönnte mir und meinem Körper drei Sekunden zum Verschnaufen. Dann rappelte ich mich auf, sammelte meine Khukuri ein, die ein Stück entfernt im Flur lagen, und rannte los. Ich wusste nicht, ob es mir überhaupt noch gelingen würde, Jules und Isaac einzuholen, aber ich musste es wenigstens versuchen.

Ich atmete schwer. Meine Kehle brannte, und meine Knochen schmerzten, dennoch hielt ich nicht inne und stürzte zum Treppenhaus. Zwei Stufen auf einmal nehmend sprintete ich nach oben.

Ich hatte fast die zweite Etage erreicht, als ich eine schwarz gekleidete Gestalt entdeckte, die sich auf dem Boden krümmte, aber offenbar noch lebte. Meine Schritte wurden langsamer. Ich wusste, ich sollte Isaac und Jules nachgehen, aber ich konnte den verletzten Hunter nicht einfach ignorieren. Als ich neben ihm in die Knie ging, erkannte ich, dass es Holden war, Harpers Zwillingsbruder. Sein Gesicht war furchtbar entstellt, voller Kratzer, Blutergüsse und Schwellungen. Er regte sich kaum, doch die Geräusche, die er von sich gab, zeugten von großen Schmerzen.

Als sein Blick meinen fand, erkannte ich reine Panik darin. »Jules …«

Meine Augen weiteten sich. »Hast du ihn gesehen?«

Sein Blick zuckte zu der offen stehenden Tür, die in die zweite Etage führte. »Harper … du … helfen.«

Seine Worte waren nicht mehr als ein heißeres Krächzen, dennoch gelang es mir, sie zu verstehen. Und mir gefror das Blut in den Adern, als ich ihre Bedeutung begriff. Harper kämpfte gegen Jules. Sie würde ihn töten.

Sofern er nicht zuerst sie erledigte.

»Ich kümmere mich«, versprach ich Holden, nachdem ich ihn schnell in die stabile Seitenlage gebracht hatte. Dann sprintete ich erneut los.

Meine Sorge um Jules war noch größer als zuvor, aber nun verspürte ich auch Angst um Harper. Ich mochte sie nicht, aber deswegen wollte ich sie noch lange nicht tot sehen.

Panisch suchte ich die zweite Etage ab, bis ich Harpers Stimme hörte.

»Warum hörst du auf ihn?!«

Die Worte kamen aus der Cafeteria. Ich rannte darauf zu und schlitterte in den Raum, gerade als Harper mit ihrem Katana auf Jules losging. Isaac stand gelassen einige Meter entfernt zwischen umgeworfenen Tischen und Stühlen und beobachtete das Spektakel mit einem zufriedenen Lächeln, ohne selbst einen Finger krumm zu machen. Die Leichen zweier Hunter lagen vor seinen Füßen, und die Couch hinter ihm war zerfetzt, sodass die weiche Füllung wie Innereinen aus einem Körper quoll.

Fassungslos beobachtete ich Harper und Jules. Mein früherer Kampfpartner war nun wieder vollständig zum Vampir mutiert, mit roten Augen, schwarzen Adern und scharfen Klauen. Es war offensichtlich, dass Harper gut mit ihrer Waffe umzugehen wusste, dennoch gelang es Jules, jedem ihrer Manöver geschickt auszuweichen. Als wären ihm die Bewegungsabfolgen und ihre Art zu kämpfen vertraut. Doch davon ließ Harper sich nicht entmutigen, immer wieder hieb sie in Jules' Richtung. Ich hielt den Atem an, als sie ihre Klinge ein weiteres Mal auf ihn herabsausen ließ, doch er fing die tödliche Schneide mit seiner Klaue auf, als wäre sie nur ein Spielzeug.

Wie war das möglich? Ich konnte das Blut aus seiner Faust tropfen sehen, obwohl die Waffe ihm eigentlich alle Finger hätte abtrennen müssen. Harper versuchte, Jules die Klinge zu entziehen, aber er hielt sie fest. Mit einem Ruck riss er daran, und hätte Harper das Katana nicht losgelassen, wäre sie geradewegs in seine Arme gestolpert. Nun stand sie ihm unbewaffnet gegenüber.

Fuck!

Ohne darüber nachzudenken, setzte ich mich in Bewegung, rannte zu Harper und stellte mich mit erhobenen Khukuri an ihre Seite, um sie zu beschützen. »Verschwinde«, raunte ich ihr zu. »Ich schaff das hier. Bring Holden in Sicherheit!«

Harpers Keuchen drang an mein Ohr, dann hörte ich, wie sie davonrannte.

Mein Blick lag unverwandt auf Jules, der noch immer kampfbereit dastand, als würde er nur auf einen Befehl von Isaac warten, der das Spektakel mit gönnerhafter Faszination beobachtete.

»Wie ich sehe, konntest du Arol entkommen. Glückwunsch. Aber das wird dein Leben nicht retten«, sagte Isaac. Er schien die Situation viel zu sehr zu genießen. »Du lässt mir keine andere Wahl: Julius, töte sie.«

31. KAPITEL

Warden

Ich dich auch.

Cains Worte lagen mir noch im Ohr und verliehen mir den Antrieb und die Entschlossenheit, die ich brauchte, um der Sache mit meinem Dad ein schnelles Ende zu bereiten. Hatte er mit seiner Forschung für Isaac nicht schon genug Schaden angerichtet? Musste er jetzt auch noch hierherkommen und den Rest meines Lebens zerstören? Das Quartier würde nach diesem Tag nie wieder dasselbe sein.

Ich folgte meinem Dad auf die Krankenstation. Die Scherben der zerbrochenen Tür knirschten unter meinen Füßen. Die Station war wie ausgestorben, als wären alle geflohen. Nur Dr. Kivela war zurückgeblieben, und ich würde nicht einmal mehr die Gelegenheit haben, ihr dafür zu danken, dass sie versucht hatte, meine Mum zu beschützen.

Mit wild pochendem Herzen schlich ich auf meinen Dad zu, der sich dem Vorhang näherte, hinter dem meine Mum lag. Dr. Kivelas Blut tropfte noch von seiner Klaue. In diesem Moment bereute ich es von ganzem Herzen, ihn nicht getötet zu haben, als ich im Labor die Chance dazu gehabt hatte. Ich hatte mir erlaubt, meinen Vater in diesem Vampir zu sehen, und dieser kurze Augenblick der Sentimentalität kam uns jetzt teuer zu stehen. Diese Kreatur hatte nichts mehr mit meinem Dad gemeinsam. James Prinslo hatte Dr. Kivela gemocht und auch all die anderen Hunter, welche der Vampir, zu dem er geworden war, nun so unbarmherzig von seinen Artgenossen abschlachten ließ.

»Heh!«, brüllte ich.

Mein Dad ... nein, James drehte sich zu mir um. Seine Augen leuchteten rot, sein Kinn und sein ganzer Hals waren blutverschmiert. »Verschwinde!«

»Auf keinen Fall, du bekommst sie nicht.«

»Du kannst mich nicht töten.«

»Und ob ich das kann.« Meine Hände schlossen sich fester um die Griffe meiner Macheten.

»Wirklich? Warum hast du es nicht schon längst getan?«

»Weil ich nicht erkannt habe, was du wirklich bist. Ein Monster!«

Spöttisch verzog James die Lippen zu einem Lächeln, das seine Fänge aufblitzen ließ. »Na gut, wenn du glaubst, du kannst mich ohne deine kleine Freundin besiegen, dann versuch es.«

Es gab kein Zögern. Kein Innehalten. Kein Hinterfragen. Ich stürzte mich auf ihn, die Klingen erhoben, um ihm den Kopf vom Hals zu schlagen. Es musste sein.

James wich meinen Macheten gekonnt aus. Er war verdammt schnell, aber nicht schneller als ich. Ich wirbelte herum, und meine Macheten streiften den Arm, an dessen Ende der Stumpf saß.

Er fletschte die Zähne. »Ist das alles, was du draufhast?« Er ging auf mich los und tackelte mich mit voller Kraft zu Boden, wobei wir einen der herumstehenden Metallwagen mit uns rissen. Pflaster, Bandagen, Kanülen und andere medizinische Utensilien schlitterten über den Boden.

Die Wucht des Aufpralls presste mir den Sauerstoff aus der Lunge, und ein reißender Schmerz lief mir das Rückgrat hinauf. Ich schnappte nach Luft.

»Ich sagte doch, du kannst nicht gewinnen«, zischte James, der nun auf mir saß. Er legte seine Hand um meine Kehle und drückte schonungslos zu, genau wie vor wenigen Tagen im Labor.

Doch dieses Mal war ich vorbereitet. Ich packte seinen Arm mit beiden Händen und zerrte seine Finger von meinem Hals. Seine Klauen rissen Kratzer in meine Haut, doch das war mir egal. Ich biss die Zähne zusammen und kämpfte gegen seine Stärke und meinen Schmerz an.

James' Hand löste sich von meiner Kehle. Ich lächelte, schwang mein Bein um seines und hebelte uns herum, wie ich es bereits im Labor getan hatte. Nun saß ich auf ihm und blickte auf ihn hinab. Sein Gesicht war ein Spiegelbild meiner selbst in zwanzig Jahren.

»Es tut mir leid, dass es so enden muss«, sagte ich und zückte einen meiner Dolche.

James grinste. »Mir auch.«

Mit voller Wucht rammte er mir eine Spritze in den Hals. Sie musste aus dem kleinen Mülleimer gefallen sein, den wir mitsamt des Metallwagens umgestoßen hatten.

Ich schrie auf, und für zwei, drei Herzschläge nahm der Schmerz mich vollkommen ein.

James stieß mich von sich und sprang wendig auf die Beine.

Ich zog die Spritze heraus, die zum Glück leer gewesen war, und wollte meinen Dad packen, aber da war es bereits zu spät. Er war mir entkommen und hatte die Vorhänge zurückgezogen. Nun stand er mit meiner Machete in der Hand über meiner Mum, die von all dem Chaos und der Gewalt um sie herum nichts mitbekam.

Ich trat einen Schritt vor.

»Stopp!«, brüllte James.

Ich erstarrte.

»Wenn du näher kommst, stirbt sie.«

Mir drehte sich der Magen herum. »Was willst du?«

»Ich will, dass du verschwindest!«

Aus dem Augenwinkel sah ich eine Bewegung. Dr. Kivela. Nur war es nicht die Ärztin, die sich ein paar Meter von mir entfernt auf eines der Krankenbetten setzte, sondern Kevin, der ihre Gestalt kopiert hatte. Das erkannte ich nicht nur, weil die echte Dr. Kivela tot war, sondern auch an dem Funkeln in seinen Augen.

Mir wurde erneut übel, wenn auch auf eine völlig andere Art und Weise. Dass Kevin hier war, konnte nur eines bedeuten. Entweder hatte mein letztes Stündlein geschlagen oder das meiner Mum.

»Verschwinde, Warden«, warnte mich James erneut.

»Das kann ich nicht.«

»Dann muss ich Emma wohl leider töten …« Er hob meine Machete.

»Nein!« Ich trat einen Schritt vor, erstarrte aber sofort wieder. »Tu das nicht!«

»Dann verschwinde von hier.«

Ich wusste nicht, was ich tun sollte. Wenn ich blieb, würde James meine Mum töten, und wenn ich ging, bestand die sehr reale Chance, dass er es dennoch tat. Was sonst sollte er von ihr wollen? Sie lag im Koma und war eine Blood Huntress – sie zu verwandeln, um die Ewigkeit mit ihr zu verbringen, war keine Option.

Verängstigt sah ich zu Kevin, suchte seinen Blick. Ich wusste, dass er als Todesbote zu Neutralität gezwungen war, aber als mein Freund musste es doch etwas geben, das er unternehmen konnte mit all seiner Macht. Meine Kehle war auf einmal ganz trocken.

Kevin sah von mir zu James und wieder zu mir.

»Bitte«, flehte ich tonlos.

Er seufzte. »Na gut, aber nur dieses eine Mal ...«

Dr. Kivela löste sich in Luft auf, und keine Sekunde später riss meine Mum ruckartig eine Hand in die Höhe und packte James an der Kehle. Er ließ vor Schreck die Machete fallen und versuchte zurückzuweichen, aber es gelang ihm nicht; meine Mum war ganz offenkundig zu stark für ihn. Mit ihrer freien Hand riss sie sich die Kanülen und Schläuche, die mit ihrem Körper verbunden waren, heraus, dann schwang sie die Beine über die Bettkante.

Fassungslos beobachtete ich das Geschehen, das einen Keil zwischen mein Herz und meinen Verstand trieb. Mit Gewalt musste ich mich daran erinnern, dass es nicht meine Mum war, die diesen Körper steuerte, sondern Kevin, der ihn für eine kurze Zeit übernommen hatte, um mir zu helfen.

Er drängte James gegen die Wand. Mit aller Kraft versuchte dieser, die Hand von seinem Hals zu lösen, aber er schaffte es nicht. Allerdings konnte er auch nicht ersticken, da er als Vampir nur aus Gewohnheit atmete und nicht weil er den Sauerstoff brauchte.

»Warden«, mahnte Kevin, und die Stimme meiner Mum zu hören warf mich für einen Moment fast noch mehr aus der Bahn, als zu sehen, wie sich ihr Körper nach all der Zeit wieder bewegte.

Doch dann schüttelte ich meine Benommenheit ab und setzte mich in Bewegung. Mein Herz schlug mir bis in die Kehle. Ich schnappte mir meine Machete und ging auf James zu. Er wand sich unter Kevins Griff, aber es half nichts, und ich sah, wie mit jedem meiner Schritte die Angst in seinen Augen wuchs.

Er versuchte, den Kopf zu bewegen, ein Schütteln zustande zu bringen. »Warden, nicht! Du musst das nicht tun!«

»Doch, ich muss. Kevin, lass ihn los.«

Er gehorchte.

Im selben Augenblick holte ich mit der Machete aus, zielte auf James' Hals, und mit aller Kraft, die ich aufbringen konnte, trennte ich den Kopf von seinem Rumpf.

Ein Schlag, und es war vorbei. Sein Körper sackte an der Wand herunter, als meine Machete klirrend zu Boden fiel. Ich kniff die Augen zusammen und atmete tief ein, während ich versuchte, mich davon zu überzeugen, dass ich gerade nicht meinen Dad getötet hatte, sondern nur eine Bestie, die sein Gesicht trug.

»Vielleicht sollte ich Hunter werden«, sagte Kevin mit der Stimme meiner Mum. »Das ist eigentlich ganz lustig.«

Ich schlug die Augen auf und sah ihn ungläubig an. »Das nennst du lustig?«

»Na ja, vielleicht hab ich auch einfach eine andere Definition von lustig als die meisten.«

»Mhm«, brummte ich, und sah meine Mum an.

Ich wusste, dass es Kevin war, der vor mir stand, ganz offensichtlich, dennoch stellte es komische Dinge mit meinem Herz an, sie so lebendig vor mir zu sehen. Und ehe ich michs versah, zog ich sie an mich und umarmte sie fest. Ich vergrub das Gesicht in ihrem Haar und erlaubte mir für einen Moment, mir vorzustellen, dass nicht Kevin in diesem Körper steckte, sondern meine Mum. Genau genommen tat sie das auch, sie war nur stumm und leise, aber ihre Seele war noch da – weil Kevin mir geholfen hatte, sie zu retten.

»Aww, ich mag dich auch.«

»Mach es nicht kaputt«, nuschelte ich und drückte meine Mum ein letztes Mal fest an mich, da ich nicht wusste, wann und ob ich je wieder die Chance bekommen würde, sie auf diese Weise festzuhalten. Anschließend ließ ich sie los.

Kevin sah mich an. »Tut mir leid, dass du deinen Dad töten musstest.«

»Schon in Ordnung. Dieser Vampir … das war nicht mein Dad. Er hätte meiner Mum niemals wehgetan.« Ich konnte noch immer nicht glauben, dass ich sie um ein Haar verloren hätte. »Ihr Todesboten habt echt was drauf.«

Er grinste. »Danke, aber ich sollte jetzt besser wieder gehen. Wir sehen uns.«

»Bis bald«, erwiderte ich.

In der nächsten Sekunde verschwand der schelmische Ausdruck aus den Augen meiner Mum und ihr Körper wurde schlaff. Gerade noch rechtzeitig fing ich sie auf und ließ uns vorsichtig zu Boden gleiten.

Vom Gang waren Kampfgeräusche zu hören, und ich wusste, ich musste aufstehen und nach Cain und den anderen suchen, aber für einen kurzen Augenblick gab es nur mich und meine Mum auf dieser Welt. Ich strich ihr die Haare hinters Ohr und betete darum, dass sie hoffentlich eines Tages wieder aufwachen würde. Ich vermisste sie unglaublich. Zwar wurde die Sehnsucht mit jedem Tag erträglicher, aber niemals weniger.

»Warden?«

Ich riss den Kopf hoch. Mit angespannten Muskeln sah ich mich um, entdeckte aber niemanden – bis mir plötzlich bewusst wurde, dass die schwache, kratzige Stimme von der Frau in meinen Armen stammte. Das konnte nicht sein! Fassungslos starrte ich sie an. Tatsächlich, ihre Augen waren leicht geöffnet, und sie sah mich mit verständnislosem Blick an. Träumte ich?

»Mum?«, fragte ich vorsichtig.

»Warden …«, krächzte sie und schloss die Augen wieder, als würde es sie zu viel Kraft kosten, sie offen zu halten. Aber ich spürte, dass sie noch bei mir war.

Wie konnte das sein? Mein Herz pochte heftig, und meine Knie waren weich, als ich sie vom Boden aufhob und zu ihrem Bett zurücktrug. Vorsichtig legte ich sie auf die Matratze und griff nach ihrer Hand, die sich noch immer gewohnt kalt anfühlte.

Federleicht erwiderten ihre Finger den Druck.

Tränen traten mir in die Augen. Kevin, dieser verdammte Bastard ... Hätte ich vorher gewusst, das er dazu in der Lage war, hätte ich ihn gerade eben noch viel fester umarmt.

Cain

»Julius, töte sie«, befahl Isaac.

Ich wusste, dass Jules keine andere Wahl hatte – als Vampir stand er unter Isaacs Bann –, dennoch versetzte es meinem Herz einen Stich, als er sich so willenlos Isaacs Befehl ergab und mich ohne zu zögern attackierte. Er stürzte sich auf mich, und mir blieb keine andere Wahl, als meine Khukuri gegen ihn zu richten, auch wenn es jeder Faser meines Körpers widerstrebte, ihm wehzutun. Ich blockte seine Schläge ab, so gut es mir noch möglich war. Doch sich bis hierher durchzuschlagen und der Kampf mit Arol forderten ihren Tribut. Meine Bewegungen waren langsamer und meine Angriffe kraftloser, als mir lieb war.

Jules hingegen steckte voller bösartiger Energie. Er setzte einen Hieb nach dem anderen, bemüht, meine Deckung zu durchbrechen, um meinem Leben ein Ende zu bereiten.

Und auf einmal wurde es mir klar. Es gab keine Möglichkeit, dass wir beide diesen Kampf überlebten. Einer von uns musste sterben ...

Und dieser jemand würde nicht ich sein.

Ich mobilisierte meine letzten Kräfte und verpasste Jules einen Kick gegen die Brust, der ihn geradewegs gegen einen der umgeworfenen Tische beförderte. Holz splitterte bei seinem Aufprall, doch Jules wurde davon keine Sekunde ausgebremst. Sofort fand ich mich in einem Sturm aus Hieben und Schlägen wieder, bis ich nicht mehr hätte sagen können, wo ich überall getroffen worden war.

Mein Herz raste, Schweiß trat mir auf die Stirn. Ich wusste nicht, wie lange ich Jules noch standhalten würde. Wie bereits im Labor kamen mir seine Bewegungen und seine Kampftechnik vertraut vor. Doch irgendetwas war anders. Seine Schläge waren härter, seine Hiebe präziser, und ich hatte das Gefühl, dass er nur mit mir spielte und mich mit jedem Angriff aufs Neue verspottete.

»Du musst das nicht tun«, knurrte ich zwischen zusammengebissenen Zähnen, während er mich mit jedem Hieb weiter nach hinten drängte und ich aufpassen musste, nicht über umgekippte Stühle zu fallen. Ich setzte mit meinen Khukuri nach und erwischte Jules am Kinn.

Er stieß ein Zischen aus.

Ich ließ eine meiner Waffen fallen und riss das Pfefferspray von meinem Gürtel. Jules schlug es mir jedoch aus der Hand, bevor ich den Auslöser drücken konnte. Klirrend rollte die Sprühdose über den Boden. Das Geräusch lenkte mich ab, und Jules' Faust kollidierte mit meinem Kiefer. Der Geschmack von Blut flutete meinen Mund. Ich spuckte aus und ging mit meiner anderen Klinge auf ihn los. Gekonnt wich er meinen Schlägen aus, bis meine Arme müde und meine Kraft erschöpft war und ich glaubte, keine Sekunde länger durchhalten zu können.

Er passte genau diesen Moment ab, um mit seinen Klauen nach mir zu schlagen. Ich machte einen Schritt zurück, doch statt auf ebenen Boden traf mein Fuß auf eine rutschige Oberfläche. Ich verlor das Gleichgewicht und stürzte. Der Aufprall war nicht schlimm, aber er feuerte die Schmerzen in meinem ohnehin schon geschundenen Körper weiter an.

Ich wollte mich aufrichten, aber da war Jules bereits über mir. Er packte meine Kehle, sein Gesicht nur Millimeter von meinem entfernt, und drückte zu.

Seine Krallen schnitten in meine Haut. Ich schrie laut auf, als sie tiefer und tiefer in mein Fleisch eindrangen und ich fühlte, wie mir das Blut heiß aus den Adern quoll. Panik stieg in mir auf. Ich wand mich unter ihm wie ein Wurm, aber er war einfach zu stark. Wie ein Betonklotz saß er auf meiner Brust und starrte mich unentwegt an, als würde er überlegen, sich einen Snack zu gönnen, solange ich noch am Leben war.

Tränen schossen mir in die Augen, die nicht länger nur etwas mit dem Schmerz zu tun hatten. Das Atmen fiel mir zunehmend schwerer, und ich konnte spüren, wie ich langsam das Bewusstsein verlor. Eine Ohnmacht, von der ich wusste, dass ich aus ihr nicht mehr erwachen würde. Schwarze Flecken formten sich vor meinen Augen, sodass ich Jules nur noch durch einen Nebel aus Dunkelheit und Tränen wahrnahm.

»Bitte ...«, flehte ich.

Ohne Erbarmen blickte Jules auf mich herab. Sein verschwommenes Gesicht war zu einer Fratze des Grauens geworden.

»Du willst das nicht tun.« Ich wusste nicht, ob er meine Worte überhaupt verstand oder ob sie für ihn nur noch sinnloses Genuschel einer Sterbenden waren. »Wir waren Partner ...«

Meine Lider begannen zu flattern. Mit aller Macht kämpfte

ich gegen den überwältigenden Drang an, sie zu schließen und mich einfach meinem Schicksal zu ergeben. Vielleicht wäre es so leichter, aber der leichte Weg würde mich nicht zu Warden, meinen Freunden und meinen Eltern zurückbringen.

»Bitte, Jules ... Hör ... Hör auf ... Das bist nicht du«, krächzte ich in einem letzten verzweifelten Versuch, als sich der Griff um meinen Hals plötzlich lockerte und die Krallen sich aus meiner Haut zurückzogen. Ich blinzelte und versuchte durch den Tränenschleier hindurch etwas zu erkennen.

Jules starrte mich an. Seine Augen waren noch immer blutrot, aber sein Blick wirkte klarer, als hätte er nicht nur meine Worte verstanden, sondern würde endlich erkennen, wer ich war. Hoffnung stieg in mir auf, dass er vielleicht noch nicht ganz an Isaac verloren war. Er war schon immer stark gewesen, als Mensch und als Grim Hunter, warum also nicht auch als Vampir. Vielleicht konnte er gegen seine Instinkte ankämpfen, zumindest so lange, bis mir jemand zu Hilfe kam.

Ich schluckte schwer. »Jules, ich bin es ... Cain. Deine Kampfpartnerin.«

Er neigte den Kopf. »Cain ...?«

Seine Stimme klang dunkel und rau, anders als früher. Meinen Namen von seinen Lippen zu hören, löste ein bittersüßes Gefühl in mir aus.

»Ja, Cain. Deine Cousine. Wir sind zusammen aufgewachsen.«

»Worauf wartest du?«, erklang Isaacs Stimme. »Töte sie!«

Bangend wartete ich darauf, dass Jules wieder auf mich losging, doch dieses Mal gehorchte er Isaacs Befehl nicht. Nachdenklich betrachtete er mich, und als er blinzelte, nahmen seine Augen für einen kurzen Augenblick eine blaue Färbung an. Mir stockte der Atem.

»Töte sie!«, verlangte Isaac, und ich war mir sicher, es war keine Einbildung, dass er weitaus weniger gelangweilt klang als noch vor einer Minute.

Jules hörte auch diesmal nicht auf ihn, was mich mutiger werden ließ. »*Er* hat das aus dir gemacht, Jules. Du warst einer von uns. Ein Grim Hunter. Du hast hier gelebt, in diesem Quartier. Wir haben gemeinsam trainiert, und du … du hast diese Cafeteria gestaltet. Deine Eltern leben hier. Genau wie Harper, das Mädchen, in das du seit Monaten verknallt bist. Erinnerst du dich?« Jules' Augenbrauen zuckten, was ich als ein gutes Zeichen wertete, also redete ich weiter, auch wenn jeder Ton, der meinen Mund verließ, in meinem Hals schmerzte. »Deine Eltern sind Hunter. Deine Mum ist eine Blood Huntress wie meine und dein Dad ein Grim Hunter. Genau wie du! Du wolltest nie ein Vampir sein. Isaac hat dich entführt und festgehalten, um dich zu verwandeln.«

Jules blickte an sich herab, und ich glaubte zu sehen, dass er den Kopf schüttelte, aber vielleicht bildete ich mir das auch nur ein. Mein Blick war noch immer verschwommen, und mir war schwindelig vom Blutverlust, während mein ganzer Körper kribbelte in dem Versuch, meine zahllosen Verletzungen zu heilen.

»Jules, töte sie!« Isaacs Stimme war zu einem ungeduldigen Grollen mutiert.

»Nein.«

»Was hast du gesagt?«

»Nein!« Jules' Gewicht löste sich von meinem Körper. Fassungslos beobachtete ich, wie er sich aufrichtete und Isaac zuwandte.

»Du wagst es, dich gegen mich zu wenden?«

Jules starrte Isaac an, dessen glatte Gesichtszüge sich nun auch verwandelten, bis er aussah wie das Monster, das er in

Wirklichkeit war. Die schwarzen Adern schienen unter seiner Haut zu pulsieren.

Ich wusste nicht, was genau Jules aufgerüttelt hatte oder ob es eine Kombination aus allem war – meinen Worten, meiner Angst und unserer Vergangenheit –, ich war nur froh, dass es funktioniert hatte.

Zwei, drei Herzschläge geschah nichts. Es war, als würde Isaac Jules diese Sekunden lassen, um es sich anders zu überlegen, aber der rührte sich nicht vom Fleck, und damit fiel Isaacs Entscheidung. Er stürzte sich auf Jules, als würde ihm dessen Leben nichts bedeuten. Als hätte er gerade nicht Dutzende von Menschen ausgelöscht, um ihn wiederzubekommen, aber anscheinend ließen seine Ehre und seine Gier nach Macht alles andere verblassen.

Ich hatte schon viele Vampire kämpfen sehen, gegen mich, gegen andere Jäger, gegen Kreaturen und auch gegeneinander, doch einen Kampf wie den zwischen Isaac und Jules hatte ich noch nie beobachtet. Die beiden bewegten sich so schnell, dass sie zu Schatten verschwommen. Ich hörte sie fauchen und zischen, aber mit den Augen konnte ich ihnen kaum folgen. Isaac so zu sehen, überraschte mich nicht, er war schließlich der mächtigste Vampir der Welt. Jules dagegen … Er schien ihm ein ebenbürtiger Gegner zu sein. Nein, nicht nur ebenbürtig. Überlegen.

Ich fragte mich ernsthaft, wie ich so lange gegen ihn hatte bestehen können. Er wehrte jeden von Isaacs Angriffen ab, und als Isaac ihn doch zu fassen bekam und gegen die Wand schleuderte, zahlte er es ihm mit voller Wucht heim. In diesem Moment packte er einen der Tische und schleuderte ihn auf Isaac, der davon mitgerissen wurde und gegen das Gemäuer flog. Putz rieselte zu Boden.

Mir wurde klar, dass Jules jederzeit aus unseren Arrestzellen hätte ausbrechen können. Vielleicht lag es daran, dass er ein Grim Hunter war, vielleicht auch an dem Serum, das James ihm verabreicht hatte, aber er war nicht einfach nur ein Vampir. Er war mehr.

Keuchend kam Isaac wieder auf die Beine. Sein Anzug war an mehreren Stellen zerrissen, und obwohl sich die Wunden bereits wieder geschlossen hatten, war sein Gesicht von Blut bedeckt, seinem eigenen und dem von Jules.

Schwer keuchend standen sich die beiden gegenüber wie Raubtiere. Ich konnte die Anspannung und das Adrenalin nicht nur fühlen, sondern in Form von Blut, Schweiß und Rosmarin auf durchdringende Weise riechen.

»Wenn du jetzt aufhörst, lass ich Gnade walten«, knurrte Isaac.

Selbst ich erkannte, dass das eine Lüge war. Vermutlich würde er Jules allein dafür töten, dass er sich seinen Befehlen widersetzen konnte, denn damit war er eine unberechenbare Bedrohung.

»Vergiss es«, war alles, was Jules darauf entgegnete, und mit einem Fauchen stürzten sie sich erneut aufeinander.

Ich rutschte an die Wand, um den beiden Vampiren auszuweichen, doch meine Knie waren zu weich, als dass ich hätte aufstehen können. Mit angehaltenem Atem beobachtete ich den Kampf und wie die zwei versuchten, den jeweils anderen niederzuringen.

Jules war stärker als Isaac. Er zwang den König zu Boden und trieb ihm sein Knie ins Gesicht. Blut spritzte aus dessen Nase. Isaac fauchte und wollte gerade wieder aufstehen, als Jules ihn mit seinem ganzen Körper zu Boden riss. Rittlings setzte er sich auf ihn und holte mit seiner Klaue aus, um sie mit voller Wucht durch Isaacs Brust zu rammen. Ich konnte seine Rippen selbst aus der Distanz brechen hören. Er schrie auf, doch sein Schrei verstummte, als Jules ihm das Herz bei lebendigem Leib aus dem Körper riss. Blutig und rot lag es in seiner Klaue.

Gespenstische Stille breitete sich aus. Nicht nur in der Cafeteria, sondern im ganzen Quartier. Für einen winzigen Augenblick schien alles innezuhalten.

Der König der Vampire war tot. Sein Herz lag in der Hand der Kreatur, die er selbst erschaffen hatte.

Jules ließ es fallen und stand auf. Hoch ragte er über Isaacs Leichnam auf. Sein Gesicht war eine stählerne Maske, die es mir unmöglich machte zu erkennen, was er in diesem Moment dachte oder fühlte.

Gott, ich wusste noch nicht einmal, was ich selbst fühlte. Der Schock über das, was ich gerade beobachtet hatte, saß zu tief. Niemals hätte ich das für möglich gehalten. Wie alle Hunter war ich fest davon überzeugt gewesen, dass Vampire ihrem König unbedingten Gehorsam leisteten, der einen wesentlichen Teil seiner Macht ausmachte. Aber vielleicht hatte ich, hatten wir uns alle geirrt. Oder es lag an Jules … Immerhin war er nicht auf natürlichem Weg entstanden; man hatte ihn in einem Labor erschaffen. Isaac war vielleicht sein König, aber nicht sein Schöpfer, zumindest nicht auf die gleiche Weise wie für alle anderen Vampire.

Als Jules zu mir sah und sich sein Blick in meinen bohrte, stockte mir der Atem. Sekundenlang starrten wir uns einfach nur an, und ich musste mir eingestehen, dass ein kleiner Teil von mir fürchtete, er könnte nun das beenden, was er kurz zuvor unterbrochen hatte. Er hatte mich vielleicht verschont, weil ein Teil von ihm sich noch an mich erinnerte, aber er war nicht mehr derselbe wie früher. Das hatte mir der Kampf mit Isaac bewiesen. Jules war stärker und mächtiger als je zuvor. Stärker und mächtiger, als ich nach seiner Verwandlung angenommen hatte. Sonst wäre es ihm nicht gelungen, sich gegen die Befehle seines Königs zu stellen.

»Cain!«

Ich zögerte, wandte den Blick dann aber doch von Jules ab und auf Warden, der in diesem Moment in die Cafeteria stürzte. Ein erleichtertes Keuchen kam mir über die Lippen. Er war am Leben, Gott sei Dank!

Warden sank vor mir auf die Knie und umfasste mein Gesicht mit beiden Händen, um mich anzusehen. »Geht es dir gut?«

Ich nickte. »Dir?«

»Auch. Was ist passiert?«

»Jules ...« Mein Blick zuckte zu ihm, doch er stand nicht länger über Isaacs leblosem Körper. Suchend sah ich mich um, aber ich konnte ihn nirgendwo entdecken. Wie hatte er so schnell verschwinden können? Ich hatte ihn weder gehört, noch gehen sehen.

»Was zum Teufel?« Ungläubig starrte Warden Isaacs Leiche mit dem aufgebrochenen Brustkorb an. »Das ... Warst du das?«

Ich schüttelte den Kopf und kämpfte mich auf die Beine. Mein ganzer Körper schmerzte, und ich fühlte mich so gerädert, als hätte ich nächtelang nicht geschlafen. »Nein, das war Jules.«

Warden runzelte die Stirn. »Wie?«

»Das erzähl ich dir später.« Ich musste das, was ich gesehen hatte, erst einmal verarbeiten, außerdem fehlte es mir an Kraft. Ich stützte mich gegen die Wand, da meine Knie unter mir nachzugeben drohten. Sofort war Warden bei mir und schlang einen Arm um meine Taille. »Was ist mit deinem Dad?«

»Er ist tot.«

»Das tut mir leid.«

Warden schüttelte den Kopf. Erst jetzt bemerkte ich, dass er merkwürdig glücklich aussah. »So ist es besser, glaub mir. Aber ... meine Mum ist aufgewacht.«

Verwirrt sah ich ihn an. »Emma ist wach?«

Er nickte, wobei sich ein Lächeln auf seine Lippen legte. »Ja, aber das erzähl ich dir später«, gab er mir meine eigene Antwort zurück. »Jetzt bring ich dich erst mal hier raus.«

»Was ist mit den übrigen Vampiren?«

»Um die können sich die anderen kümmern.«

Ich nickte, bevor ich mich von Warden aus der Cafeteria führen ließ.

Gemeinsam stiegen wir die Treppen nach oben. Stufe für Stufe ließen wir das Chaos und die Verwüstung zwar hinter uns, aber ich wusste, dass uns dieser Tag noch lange begleiten würde. Er würde in die Geschichtsbücher der Hunter eingehen und das Quartier in Edinburgh für immer verändern. Niemand, der ihn miterlebt hatte, würde ihn je wieder vergessen. Der Tag, an dem Isaac die Wände des Quartiers mit unserem eigenen Blut befleckt hatte.

Der Tag des Blutbades.

32. KAPITEL

Cain

Zweiundvierzig Kerzen. Eine Kerze für jeden Hunter und jeden Archivar, der am Tag des Blutbades sein Leben gelassen hatte.

Ich blickte in die züngelnden Flammen und kämpfte gegen die Tränen an. Inzwischen war über eine Woche vergangen. Die Toten – Menschen wie Vampire – waren beerdigt oder verbrannt. Die Flure gereinigt. Die Kampfspuren, das Chaos und die Verwüstung beseitigt. Dennoch glaubte ich, das Blut und den überwältigenden Gestank nach Rosmarin noch immer riechen zu können. Und wenn ich die Augen schloss, sah ich das Rot, das die Wände gesprenkelt hatte. Mir wurde übel, wenn ich daran zurückdachte.

Eine Berührung an meiner Schulter ließ mich zusammenzucken. Seit dem Angriff der Vampire war ich unglaublich schreckhaft. Doch als ich Warden erkannte, entspannte ich mich sofort wieder. Er schlang einen Arm um mich und gab mir einen Kuss auf die Schläfe. Seine Nähe brachte mein Herz dazu, ruhiger zu schlagen. Ich ließ mich gegen ihn sinken, die Kerzen, die auf einem Altar in einem der Trainingsräume standen, noch immer im Blick.

»Wie geht es dir?«, fragte er, die Stimme zu einem Flüstern gesenkt.

Ich zuckte mit den Schultern, ratlos, was ich darauf antworten sollte. Ich war unversehrt, meine Wunden geheilt, zumindest die physischen. Meine Seele hingegen war eine klaffende Wunde, roh und blutig, und ich konnte nicht aufhören, an all die Menschen zu denken, die in diesen Räumen ihren letzten Atemzug getan hatten. Es waren einfach zu viele. Das Quartier war mir immer wie ein sicherer Hafen erschienen, aber ich hatte mich geirrt. Nach dieser Katastrophe würde nichts mehr so sein wie früher. Ich würde nie wieder ohne Messer unter meinem Kissen schlafen, nie wieder mein Zimmer ohne Dolch verlassen. Zwar war Isaac tot, trotzdem würde ich auf der Hut sein, und viele andere mit mir. Das Gefühl der Sicherheit war für immer zerstört.

Als könnte Warden meine düsteren Gedanken spüren, drückte er mich noch fester an sich.

Ich presste mein Gesicht an seine Brust und nahm einen zittrigen Atemzug. Es erschreckte mich, wie überwältigend sich die Trauer anfühlte, nun da meine Mauer aus Wut im Kampf mit Isaac gefallen war.

Schniefend sah ich zu Warden auf. Er starrte noch immer die Kerzen an, den Kiefer angespannt, als ich eine Bewegung bemerkte und erkannte, dass er etwas in seiner anderen Hand hielt, das er nervös hin und her drehte. Eine weiße Kerze, ähnlich jenen, vor denen wir standen.

»Ist die für deinen Dad?«

Als er nickte, konnte ich den Kampf in seinen Augen sehen. Er wollte sie zu den anderen stellen, um seines Dads zu gedenken, der so lange Teil der Hunter gewesen war – und als Vampir zugleich so viel Leid erschaffen hatte. Ich war nicht dabei gewesen, als Warden ihn getötet hatte, aber er hatte mir unter Tränen davon erzählt, während er im Bett in meinen Armen gelegen hatte.

»Stell sie dazu.«

Warden zögerte. »Sicher?«

Ich lächelte und antwortete, indem ich mich von ihm löste, damit er die Kerze anzünden konnte. Was James getan hatte, war nicht seine Schuld. Er hatte unter dem Einfluss von Isaac gestanden, der auch für das verantwortlich war, was mit Jules geschehen war.

Warden zog ein Feuerzeug aus seiner Hosentasche, das klackend zum Leben erwachte. Er zündete den Docht an und stellte die Kerze zu den anderen, ehe er wieder neben mich trat.

Ich ergriff seine Hand, und er drückte dankbar meine Finger, während wir schweigend James' gedachten, für den es keine Trauerfeier geben würde.

Es war schwer zu sagen, wie lange Warden und ich beisammenstanden, als plötzlich Schritte hinter uns erklangen. Ich drehte mich um und entdeckte Harper. Sie erwiderte meinen Blick, und meine Trauer traf auf ihren Hass. Er loderte in ihren Augen wie ein Feuer, das darauf wartete, seine zerstörerische Gewalt auf die Welt loszulassen, um sie brennen zu sehen.

»Hey«, kam es von Holden. Er saß in einem Rollstuhl, den Harper vor sich herschob. Die Strapazen des Kampfes waren ihm noch immer deutlich anzusehen. Seine Haut war blass, wirkte beinahe durchsichtig, so deutlich waren die Adern darunter zu erkennen. Dunkle Ringe lagen unter seinen Augen, und sein rechter Arm steckte in einer Schlinge.

Ich konnte noch immer nicht glauben, dass Jules ihm all das angetan hatte. Wäre er ein Blood Hunter, bestünde wohl der Hauch einer Chance, dass er irgendwann wieder würde laufen können, doch als Magic Hunter machten ihm die Ärzte keine Hoffnungen.

Ich zwang mich zu einem Lächeln. »Hey.«

Holden sah zu Harper auf, die ihn fast schon widerwillig näher an uns heranschob. Später würde Holden gewiss auch allein zurechtkommen, aber noch war er zu geschwächt. »Wie geht es unserer Heldin?«

Der Spitzname ließ mich verkniffen lächeln. Nach Isaacs Tod waren seine Vampire leider nicht zu Staub und Asche zerfallen, aber viele hatten den Rückzug aus dem Quartier angetreten, vermutlich irritiert vom Ableben ihres Königs. Dass Jules und nicht ich Isaac getötet hatte, wussten nur eine Handvoll Leute. Früher oder später würde Grant dieses Wissen sicherlich öffentlich machen, aber noch saßen der Schock und die Trauer zu tief, um die anderen wissen zu lassen, dass ein Vampir, ihr größter Feind, dem schlimmsten Tag ihres Lebens ein Ende bereitet hatte. Zumal keiner von uns wusste, wo sich Jules befand. Er war nach dem Kampf mit Isaac spurlos verschwunden, vermutlich, um nicht wieder in irgendeiner Zelle zu landen. Nach allem, was geschehen war, hatte Grant entschieden, ihn erst einmal ziehen zu lassen und das Quartier wiederaufzubauen. Jules schien keine unmittelbare Bedrohung für die Welt zu sein, auch wenn seine Fähigkeiten und seine Stärke erschreckend waren.

Warden und ich wechselten noch ein paar Worte mit Holden, ehe wir ihn mit Harper allein ließen, damit sie in Ruhe der gefallenen Hunter und Archivare gedenken konnten. Anschließend machten wir uns auf den Weg in die Cafeteria, um die anderen dort zu treffen.

Die Einrichtung, die Jules handverlesen und zum Teil sogar selbst hergestellt hatte, war im Kampf komplett zerstört worden. Jetzt gab es nur noch schlichte Bierbänke und ein paar Sessel, die Hunter, die außerhalb des Quartiers lebten, aus ihren Wohnungen gespendet hatten.

Wir entdeckten Shaw, Roxy und Finn sofort. Die drei hatten nicht nur gemeinsam mit den anderen Erwachsenen die Kinder beschützt, sondern sich danach auch noch in weitere

Kämpfe gestürzt und einen großen Teil dazu beigetragen, die verbliebenen Vampire aus dem Quartier zu vertreiben. Allerdings hatte es Finn in einem der letzten Kämpfe leider schlimmer erwischt. Sein linker Arm war von einem Vampir zerschmettert worden, und er hatte sich bei einem Treppensturz mehrere Rippen gebrochen. Außerdem hatte er sich eine Gehirnerschütterung zugezogen, weshalb er die Tage nach dem Blutbad auf der Krankenstation gelegen hatte. Es würde wohl noch einige Wochen dauern, bis er wieder uneingeschränkt kämpfen konnte.

»Hey«, begrüßte ich die drei und setzte mich zu ihnen an den Tisch.

Ein Echo aus Begrüßungen schlug mir entgegen, und Shaw packte Warden und mir zwei Pizzastücke auf Servietten. Da ein Teil des Küchenpersonals ebenfalls getötet worden war, wurde hier nicht mehr gekocht.

»Danke«, sagte Warden und nahm einen Bissen.

»Was habt ihr heute so getrieben?«, fragte ich.

»Gar nichts«, antwortete Finn, der parallel versuchte, einhändig seine Wasserflasche aufzuschrauben. »Ich lag im Bett rum und hab mir diesen Anime angeschaut, den Warden mir empfohlen hat. *Kill la Kill?* Ziemlich verstörend, aber irgendwie gut.«

Warden schnaubte. »Ja, genau das hab ich dir gesagt.«

»Roxy und ich waren gestern Nacht noch auf Geisterjagd und haben heute geholfen, die Zimmer auf der dritten Ebene zu renovieren«, erzählte Shaw und biss in seine Pizza. »Wir sind fast fertig und beginnen vermutlich morgen mit der vierten. Ich hätte niemals gedacht, dass mir Streichen so viel Spaß macht. Auch wenn Blutflecken erstaunlich schwer zu überdecken sind.«

Wir redeten noch eine Weile über die positiven Veränderungen im Quartier, auch wenn wir alle wussten, dass wir das nur taten, um uns von der Tatsache abzulenken, dass wir unvollständig an diesem Tisch saßen.

»Wie geht es Ella?« Es war Shaw, der die Frage stellte, die wir alle zu vermeiden versucht hatten.

Ich seufzte und legte mein Pizzastück ab. Mein Appetit war in diesen Tagen ohnehin so gut wie nicht vorhanden, der Gedanke an Ella ließ ihn gänzlich verschwinden. »Keine Ahnung. Ich war vorhin bei ihr, aber sie hat sich in ihrem Zimmer verbarrikadiert und lässt mich nicht rein.«

»Shit.«

Ich nickte. Ella hatte es ziemlich schwer getroffen. Körperlich war sie zwar unversehrt, aber ihr Herz war gebrochen. Nicht nur ihr Dad war im Kampf gegen die Vampire gefallen, sondern auch Owen, der in ihren Armen gestorben war. Sie hatte die zwei wichtigsten Männer in ihrem Leben am selben Tag verloren. Ich hatte sie seitdem erst einmal gesehen, bei der Beisetzung, bei der sie neben ihrer Mutter gestanden hatte. Jedem meiner Versuche, mit ihr zu reden, war sie ausgewichen. Ich gab mein Bestes, es nicht persönlich zu nehmen. Jeder trauerte auf seine eigene Art und Weise, und Ella brauchte eben Abstand, um verarbeiten zu können, was geschehen war. Auch wenn ich ihr gern geholfen hätte, das musste ich respektieren und darauf hoffen, dass sie mich eines Tages wieder an sich heranlassen würde.

»Hey.«

Ich blickte auf und entdeckte Wayne, der an unseren Tisch gehumpelt kam, einen Gehstock in der Hand. Sein schwarzes Haar war zerzaust, und er sah aus, als hätte er seit Tagen nicht geschlafen. Ebenso wie Finn und Holden hatte es ihn ziemlich schlimm erwischt. Dass er noch lebte, hatte er allein Ella und Owen zu verdanken.

Ächzend setzte er sich zu uns auf die Bank und nahm sich eines der fettigen Pizzastücke. Etwas, das ziemlich viel über Waynes mentalen Zustand aussagte, wenn ihm seine Ernährung plötzlich egal war. Schweigend aß er ein paar Bissen, bevor er in die Runde sah. »Worüber habt ihr gerade geredet?«

Verunsichert wanderte mein Blick zu Warden.

»Über Ella«, sagte der geradeheraus.

Wayne verzog das Gesicht, als hätte er Schmerzen. »Habt ihr etwas von ihr gehört?«

Ich schüttelte den Kopf. Sie redete zwar mit keinem von uns, aber Wayne schien ihre Schweigsamkeit aus irgendeinem Grund besonders hart zu treffen.

»Wisst ihr inzwischen, wie Isaac und seine Leute ins Quartier gekommen sind?«, wollte Finn wissen.

»Ja, sie haben einen unserer jungen Hunter abgefangen und gefoltert, bis er sie reingelassen hat. Dann hat Isaac ihn getötet«, antwortete Wayne und nahm sich ein zweites Stück Pizza.

Shaw neigte den Kopf. »Ist es hier dann überhaupt noch sicher?«

Wayne nickte. »Wir haben sehr ausführlich darüber gesprochen und uns letztendlich gegen ein neues Quartier entschieden. Isaac ist tot, und wir werden in den nächsten Wochen und Monaten die Sicherheitsvorkehrungen noch einmal verschärfen. Damit so etwas kein zweites Mal vorkommt.«

Ich hoffte, dass Wayne recht behalten würde. Auf keinen Fall wollte ich miterleben, wie sich ein solcher Tag wiederholte. Einen zweiten Angriff dieser Art würden weder unser Quartier noch die Hunter überstehen, denn mit über vierzig Toten und zahlreichen Verletzten hatte sich unsere Zahl erschreckend dezimiert. Es würde wohl eine ganze Weile dauern, bis die Hunter in Edinburgh zu ihrer alten Stärke zurückfanden.

Unsere Runde löste sich auf, nachdem wir aufgegessen hatten. Und wie jeden Tag nach dem Mittagessen machten Warden und ich uns auf den Weg in die Krankenstation, die auch eine Woche nach dem Tag des Blutbades noch hoffnungslos überfüllt war.

Hand in Hand schritten wir durch den Gang, links und rechts von uns belegte Zimmer, in denen je mindestens drei Betten standen. Hunter und Archivare mit unauffälligeren Wunden waren ins örtliche Krankenhaus verlegt worden, doch Schuss- und Bisswunden wurden hier von Ingrid Abrahamsson behandelt, der Ärztin des Londoner Quartiers, die gekommen war, um für ein paar Wochen auszuhelfen. Sie hatte auch Finn und Wayne wieder zusammengeflickt.

Warden klopfte mit den Knöcheln gegen die Wand, um uns anzukündigen, bevor er den Vorhang zurückzog, hinter dem seine Mum lag.

Emma lächelte, als sie uns sah. Sie saß aufrecht in ihrem Bett, ein Buch in der Hand. Sie sah noch immer blass und erschöpft aus von den Jahren im Koma, aber sie wirkte mit jedem Tag fitter, und vermutlich würde es nicht mehr lange dauern, bis sie von der Krankenstation in ein eigenes Zimmer verlegt werden konnte.

»Hey, Mum«, begrüße Warden sie.

»Hey, da sind ja meine beiden Lieblingshunter.«

Warden schnaubte. »Ich wette, das sagst du zu allen.«

»Nein, nur zu euch.« Sie klappte ihr Buch zu, und Warden beugte sich über das Bett, um ihr einen Kuss auf die Wange zu geben, bevor er sich auf den Sessel fallen ließ.

Suchend sah ich mich nach dem zweiten Stuhl um, aber dieser war verschwunden. Vermutlich hatte man ihn an ein anderes Krankenbett gebracht. Ich zögerte kurz, dann setzte ich mich auf die Lehne von Wardens Sessel.

»Wie geht es dir?«, fragte ich.

Emma strahlte mich an. »Gut. Ich hatte vorhin Besuch von einem jungen Mann, der meinte, er wäre ein Freund von dir, Warden. Kurzes braunes Haar und eine Tätowierung auf der Hand. Ich hab seinen Namen leider vergessen.«

»Kevin?«, schlug Warden vor.

»Ja, genau! Wirklich ein netter Junge.«

»Mhm«, brummte Warden mit einem wissenden Blick in meine Richtung. Er hatte nur mir erzählt, was am Tag des Blutbades wirklich zwischen James, Kevin und ihm vorgefallen war. Und was für eine Kraft Kevin offenbart hatte. Vielleicht würde er seiner Mum irgendwann auch gestehen, dass kurzzeitig ein Todesbote Besitz von ihrem Körper ergriffen hatte, aber sicher erst, wenn sie wieder bei vollen Kräften war.

Emma berichtete uns, was auf der Krankenstation so passiert war, und wir gaben ihr ein Update, was die Arbeiten im Quartier anging. Unverfängliche Themen, da Emma früh genug ihren Weg zurück in den Hunteralltag finden würde. Genau wie ihr Sohn war sie voller Tatendrang und konnte es kaum erwarten, die Vampire auszulöschen, die ihr ihren Mann genommen hatten.

»Emma?« Eine Krankenschwester schob ihren Kopf durch den Vorhang.

Sie blickte auf. »Ja?«

»Es wird Zeit für deine Physio.«

Emma verzog das Gesicht. »Muss das sein?«

»Wenn du wieder fit werden willst: ja.«

»Na gut.« Sie seufzte und sah uns an. »Es war schön, euch zu sehen.«

»Wir kommen morgen wieder«, versprach Warden und gab ihr zum Abschied noch einen Kuss, und auch ich umarmte sie.

Es fühlte sich fast an wie in alten Zeiten. Zumal für Emma tatsächlich keine Zeit vergangen war. Sie wusste nichts von

Wardens und meinem Streit und der Tatsache, dass wir drei Jahre lang kaum ein Wort miteinander gewechselt hatten. Inzwischen konnte ich mir das selbst nicht mehr vorstellen und fragte mich ernsthaft, wie ich es so lange ohne ihn ausgehalten hatte.

»Worüber denkst du nach?«, fragte Warden, als wir die Krankenstation verließen.

»Über uns.«

»Und worüber genau?«

Wir erreichten die Aufzüge, und ich drückte die Taste. Sofort schob sich die Metalltür auf, und wir stiegen ein.

»Einfach über alles.«

Warden warf mir einen skeptischen Blick zu. »Du bereust es hoffentlich nicht, mich gefragt zu haben, ob ich wieder dein Kampfpartner werden möchte.«

»Nein, überhaupt nicht.«

»Freut mich zu hören. Einen besseren Kampfpartner als mich wirst du nämlich eh nicht bekommen.« Er grinste frech.

Ich schnaubte, doch der Laut erstarb, als Warden sich vorbeugte, um mich zu küssen. Federleicht streifte sein Mund über meinen, und ich genoss das inzwischen vertraute Gefühl.

»Ich liebe dich, Cain.«

Ich verzog die Lippen. »Ach ja?«

»Ja.«

»Auch als du mich gehasst hast?«, neckte ich ihn.

Er schmunzelte. »Ich konnte dich nur so sehr hassen, weil ich dich schon damals so sehr geliebt habe.«

Ich lächelte und schlang die Arme um seinen Hals, um ihn noch einmal zu küssen. Er war das einzig Gute für mich, das aus all dem Chaos heraus entstanden war. Ich hatte mit Jules und Owen zwei wertvolle Freunde verloren, und nach all den Regeln, die ich gebrochen hatte, würde es schwer werden, mir

Grants Vertrauen und das der anderen Hunter wieder zu erarbeiten. Aber ich würde alles daransetzen, denn ich war noch nicht bereit, meinen Traum von der Leitung aufzugeben. Das Quartier war mein Zuhause, und ich wollte dabei helfen, es nicht nur zu einem sicheren, sondern auch zu einem besseren Ort zu machen.

EPILOG

Cain

Ich schlang die Arme um meine Mitte, um mich warm zu halten. Es war kurz vor Weihnachten, und ein kühler Wind, der an manchen Tagen sogar den Duft von Schnee mit sich trug, wehte durch Edinburgh.

Wir standen auf der Straße vor dem alten Calton Hill Friedhof. Um uns herum Leute, die munter shoppen gingen, um die letzten Geschenke zu besorgen, vollkommen unwissend, was für ein Massaker sich erst kürzlich unter ihren Füßen abgespielt hatte.

»Da kommt Shaw«, sagte Roxy und schulterte ihre Tasche.

Shaw parkte seinen Sportwagen, den er aus der Tiefgarage geholt hatte, direkt vor unserer Nase. Es war Zeit, Abschied zu nehmen.

Ich wandte mich Ella zu, die beschlossen hatte, Roxy und Shaw zu begleiten. Ich wusste nicht, ob es die richtige Entscheidung war, aber ich verstand ihren Wunsch, Abstand zwischen sich und diesen Ort zu bringen, der ihr so viel Leid gebracht hatte. Ich hoffte nur, sie war sich bewusst, dass sie nicht vor dem Schmerz wegrennen konnte. Er würde sie durch ganz Europa begleiten; weder Ort noch Zeit würden ihr Owen und ihren Dad zurückbringen.

Ich lächelte Ella an. Der Ausdruck in ihren Augen erinnerte mich an Nebel – geisterhaft, trüb und so dicht, dass man die eigene Hand vor Augen nicht mehr sehen konnte. Jegliches Licht schien daraus verschwunden zu sein. »Ich werde dich vermissen.«

Sie nickte. »Ich dich auch.«

Ich trat einen Schritt vor und umarmte meine beste Freundin. Fest drückte ich sie an mich und versicherte ihr, dass alles wieder gut werden würde und sie mich jederzeit anrufen könnte, wenn sie reden wollte. Dann ließ ich sie widerwillig los, damit sie sich von Warden und Finn verabschieden konnte, ehe sie auf die Rückbank von Shaws Wagen kletterte.

»Ich komme nach, sobald ich wieder fit bin«, hörte ich Finn zu Roxy sagen.

»Keine Sorge, ich passe auf unser Mädchen auf.« Shaw legte Roxy einen Arm um die Schultern.

Sie hob die Brauen und schüttelte ihn ab. »*Unser* Mädchen? Ich bin mein eigenes Mädchen.«

Shaw verdrehte die Augen. »Du weißt, wie das gemeint war.«

Roxy schnaubte, beließ es aber dabei. Sie verabschiedete sich von Finn, der noch eine Weile in Edinburgh bleiben würde, um sich auszukurieren. In seinem gegenwärtigen Zustand wäre er Roxy bei ihrer Mission, ihre Geister einzufangen, mehr Hindernis als Hilfe gewesen.

Wir tauschten noch eine Runde Umarmungen, bevor auch Roxy und Shaw in den Wagen stiegen, um mithilfe des Ghostvision weiter nach den entflohenen Seelen zu suchen.

Warden, Finn und ich blieben stehen, bis der Wagen in der Ferne verschwunden war, erst dann kehrten wir ins Quartier zurück. Am Aufzug verabschiedete sich Finn, um sich eine Weile aufs Ohr zu hauen, worauf Warden und ich allein zurückblieben.

Ich wandte mich dem Mann zu, der seit heute Morgen auch

wieder ganz offiziell mein Kampfpartner war. »Und wie geht es jetzt weiter?«

»Was meinst du damit?«

»Na ja, was ist dein Plan, jetzt wo Isaac tot ist?« Ich griff nach seiner Hand, und gemeinsam schlenderten wir durch das Quartier, in dem es noch immer nach frischer Farbe roch.

»Isaac ist vielleicht tot, aber seine Vampire nicht.«

»Das ist also der Plan, Vampire töten?«

Warden grinste. »Ja. Und Jules finden. Oder?«

Ich nickte.

Wir machten uns auf den Weg in die Waffenkammer, um uns auszurüsten. Für den nächsten Kampf und all die weiteren Kämpfe, die wir von nun an gemeinsam bestreiten würden. Denn eines wusste ich mit absoluter Gewissheit: Warden und mich, uns würde in diesem Leben nichts wieder trennen.

DANKSAGUNG

Na, wie hat euch der zweite Band der *Midnight Chronicles* gefallen?

Blutmagie zu schreiben, war eine völlig neue Erfahrung für mich (Laura), denn ich habe die Geschichte von Warden und Cain nicht nur einmal, sondern zweimal erzählt. Als ich damals 2013 das Wort »Ende« unter ihre Geschichte gesetzt habe, hätte ich nicht gedacht, dass ich noch einmal auf diese Art und Weise zu den beiden zurückkehren würde, aber es freut mich, dass es passiert ist! Ich mochte die alte Fassung ihrer Geschichte, aber ich habe das Gefühl, dass die beiden erst in dieser Version ihr volles Potenzial entfaltet haben. Es war unglaublich spannend und interessant, das zu beobachten und die beiden Wort für Wort noch einmal kennenzulernen.

Ich bin dem LYX-Verlag sehr dankbar dafür, dass er mir die Möglichkeit gegeben hat, *Blutmagie* noch einmal zu erzählen, und ich bin dankbar für die Chance, die Welt der Hunter dieses Mal gemeinsam mit der lieben Bianca erkunden zu können!

Noch ein kleiner Funfact: Bianca hat bereits 2013 an der damaligen Fassung von *Blutmagie* mitgearbeitet, nicht als Co-Autorin, sondern als Korrektorin. Und ich vermute, damals hätte sie auch nicht damit gerechnet, Warden und Cain auf diese Weise noch einmal wiederzusehen.

Wie immer möchten wir beide unserer wunderbaren LYX-Lektorin Stephanie Bubley danken sowie dem Rest des LYX- und Bastei-Lübbe-Teams, dafür, dass sie an die *Midnight Chronicles* glauben und uns unterstützen. Danke Ruza Kelava, Simone Belack, Sina Braunert, Momke Zamhöfer, Simon Decot, Barbara Fischer, Sandra Krings und Teresa Krull.

Wir danken außerdem auch unseren wunderbaren Agent*innen Gesa Weiß und Kristina Langenbuch Gerez von der *Literaturagentur Langenbuch & Weiß* und Markus Michalek von der *AVA international GmbH*. Ganz besonders möchten wir uns bei der lieben Kristina bedanken, welche Bianca nicht nur als Agentin vertritt, sondern die Reihe zusätzlich als Lektorin begleitet. Danke, dass du uns dabei hilfst, das Beste aus den *Midnight Chronicles* zu machen! Derselbe Dank gilt auch Melike Karamustafa, die dabei geholfen hat, dem Text seinen letzten Feinschliff zu geben.

Bedanken möchten wir uns auch bei unseren Beta- und Testleserinnen: Saskia, Mandy und Beate. Sowie bei den PJS: Alex, Anabelle, Ava, Laura (aka Jesus), Klaudia, Nina, Nicole, Marie und Tami. Danke für den täglichen Austausch, eure Unterstützung und Motivation und ganz besonders eure Freundschaft. Wir haben euch lieb!

Und abschließend möchten wir uns natürlich auch bei euch bedanken! Danke, dass ihr *Schattenblick* mit so viel Begeisterung in euren Bücherregalen willkommen geheißen habt, und danke, dass ihr für *Blutmagie* zurückgekehrt seid. Wir waren und sind überwältigt von all eurem positiven Feedback und können es kaum erwarten, euch zu erzählen, wie die Geschichte von Roxy, Shaw, Ella & Co. in *Dunkelsplitter*, dem dritten Band der *Midnight Chronicles*, weitergeht. Bis zum nächsten Mal!

Freut euch auf Band 3 der
Midnight Chronicles!

Roxys und Shaws Geschichte
geht weiter am 25.08.2021.

MIDNIGHT CHRONICLES

GLOSSAR &
PERSONENVERZEICHNIS

BLOOD HUNTER

Blood Hunter werden umgangssprachlich auch als Vampirjäger bezeichnet, ganz konkret jagen sie jedoch Blutwesen. Dazu zählen alle Kreaturen, die Blut konsumieren, um zu leben. Das können klassische Vampire sein, oder auch Strigois, Ghule, Aswang und eine Vielzahl anderer Wesen. Blood Hunter werden mit der Gabe geboren, Blutwesen zu riechen, wodurch sich diese nicht vor ihnen verstecken können. Zudem sind Blood Hunter immun gegen Vampirbisse und können nicht verwandelt werden. Außerdem heilen sie schneller als alle anderen Hunter und können sich so effizienter von Verletzungen erholen.

DIE BLOOD HUNTER
DER MIDNIGHT CHRONICLES

Cain Blackwood
Alter: 19 Jahre
Waffe(n): Dolche
Amulett: Stufe 1
Blick: –

Warden Prinslo
Alter: 21 Jahre
Waffe(n): alle!
Amulett: Stufe 1
Blick: –

Emma Prinslo (47 Jahre) – Wardens Mutter
Grant Livingston (67 Jahre) – Leiter des Quartiers in Edinburgh
Lillian Blackwood (50 Jahre) – Cains Mutter
Nala Madaki (40 Jahre) – Waffenexpertin im Londoner Quartier
Olivia Marlowe (47 Jahre) – Jules' Mutter
Sébastien Mercier (25 Jahre) – Leiter des Quartiers in Paris

GRIM HUNTER

Grim Hunter sind neben Blood Huntern die am häufigsten vertretene Hunterart. Sie machen Jagd auf Werwölfe, Drachen, Höllenhunde, Gremlins, Wendigos etc. Generell kümmern sie sich um alle Wesen, die nicht ins Einsatzgebiet der Blood, Soul oder Magic Hunter fallen, wofür sie auch prädestiniert sind. Denn Grim Hunter sind meist sehr kräftig und besitzen einen stämmigen, muskulösen Körperbau, der ihnen im Kampf einen deutlichen Vorteil verschafft.

DIE GRIM HUNTER
DER MIDNIGHT CHRONICLES

Jules Marlow
Alter: 21 Jahre
Waffe(n): Pistolen und Messer
Amulett: Stufe 1
Blick: –

Andrew Blackwood (49 Jahre) – Cains Vater
Chales Marlowe (48 Jahre) – Jules' Vater
Dinah King (25 Jahre) – Ripleys Kampfpartnerin
Finn MacLeod (21 Jahre) – Roxys Kampfpartner
Owen Boyd (23 Jahre) – Ellas Kampfpartner

SOUL HUNTER

Soul Hunter machen Jagd auf verlorene Seelen – Geister, wenn man so will. Alle Soul Hunter verfügen über den sogenannten Seelenblick, der es ihnen erlaubt, die Seele eines Menschen oder eines Wesens, ähnlich einer Aura, zu sehen. Egal ob sich diese in einem Körper befindet oder sich von der sterblichen Hülle getrennt hat. Somit erkennen sie auch, wenn jemand von einem Geist besessen ist, da sich zwei Seelen in dessen Körper befinden. Zudem besitzen sie die Gabe, körperlose Seelen mit einer Berührung zu materialisieren und zu vernichten. Soul Hunter sind sehr selten, und man erkennt sie auf den ersten Blick, denn ihre Augen haben eine graue, fast weiße Iris.

DIE SOUL HUNTER
DER MIDNIGHT CHRONICLES

Mariella »Ella« Matthew
Alter: 19 Jahre
Waffe(n): –
Amulett: Stufe 4
Blick: Seelenblick

Wayne McKinley
Alter: 25 Jahre
Waffe(n): Doppelspeer
Amulett: Stufe 1
Blick: Seelenblick

Louis Matthew (46 Jahre) – Ellas Vater

MAGIC HUNTER

Magic Hunter sind das genaue Gegenteil der Grim Hunter. Sie sind von Natur aus sehr grazil, geradezu feenhaft und von einer besonderen Schönheit, was ihnen als eine Art Tarnung dienen kann. Denn auch die Wesen, die sie jagen (Elfen, Feen, Sirenen, Meerjungfrauen, Hexen etc.), sind meist besonders attraktiv, um mit ihrem Aussehen ihre Beute zu bezirzen. Magic Hunter besitzen selbst keine Magie, sind aber sehr geschickt im Umgang mit magischen Amuletten und immun gegen Flüche und Illusionen.

DIE MAGIC HUNTER
DER MIDNIGHT CHRONICLES

Harper Iwanow
Alter: 20 Jahre
Waffe(n): Katana
Amulett: Stufe 1
Blick: –

Amelia Dupont (49 Jahre) – Roxys Mentorin; verstorben
Dominique Delacroix (20 Jahre) – Jägerin aus Paris
Holden Iwanow (20 Jahre) – Harpers Zwillingsbruder
Jackson Lothian (39 Jahre) – Kampfpartner von Lillian Blackwood
Maxwell Cavendish (72 Jahre) – Leiter des Quartiers in London
Ripley York (23 Jahre) – Kampfpartner von Dinah

FREIE HUNTER

Freie Hunter sind Menschen, die nicht als Blood,
Soul, Grim oder Magic Hunter geboren wurden, sich
aber dennoch der Jagd nach übernatürlichen Wesen
angeschlossen haben.

DIE FREIEN HUNTER
DER MIDNIGHT CHRONICLES

Roxana »Roxy« Blake
Alter: 21 Jahre
Waffe(n): Pistolenarmbrust, magisches Amulett (Stufe 5)
Amulett: Stufe 5
Blick: Schattenblick

Shaw
Alter: ca. 24 Jahre
Waffe(n): Schrotflinte, Pistolen
Amulett: –
Blick: –

ARCHIVARE, MENSCHEN UND SONSTIGE CHARAKTERE

Alessandra Petrostelli (29 Jahre) – Assistentin von Grant Livingston

Elspeth »Beth« Matthew (44 Jahre) – Ellas Mutter

Giselle Beauvais (19 Jahre) – hat den Todesblick

Ingrid Abrahamsson (60 Jahre) – Oberärztin im Londoner Quartier

Jacques Mathieu (24 Jahre) – Archivar im Pariser Quartier

James Prinslo (38 Jahre) – Wardens Vater, verstorben

Linnea Abrahamsson (16 Jahre) – Tochter von Ingrid, Archivarin in Ausbildung

Niall Blake (21 Jahre) – Roxys verschollener Bruder

Weston Cavendish (21 Jahre) – Archivar im Londoner Quartier, Maxwells Großneffe

KREATUREN UND IHRE KÖNIGE

Baldur – König der Hexer
Isaac – König der Vampire
Kevin – Todesbote
Marjorie – Königin der Geisterwelt
Ulysses – König der Unterwelt

Kann ich es wagen, mein Herz über meinen Verstand zu stellen?

Laura Kneidl
SOMEONE TO STAY

432 Seiten
ISBN 978-3-7363-1452-8

Aliza weiß nicht, wo ihr der Kopf steht. Nicht nur versucht sie, ihr Jurastudium durchzuziehen, sie hat auch mit ihrem Instagram-Account alle Hände voll zu tun, und ihr erstes Kochbuch steht kurz vor der Veröffentlichung. Da kann sie sich keine Ablenkung erlauben – selbst dann nicht, wenn sie so attraktiv ist wie Lucien. Doch obwohl Aliza fest entschlossen ist, das Prickeln zwischen ihnen zu ignorieren, fällt es ihr immer schwerer, sich von Lucien fernzuhalten. Dabei hat dieser seine ganz eigenen Gründe, warum die Liebe für ihn zurzeit an letzter Stelle steht …

»Ab der ersten Seite habe ich mich in die Geschichte verliebt.«
LENISWORLDOFBOOKS über Someone Else

LYX